LANDON & SHAY

Ce livre est un ouvrage de fiction. Les noms, personnages, lieux et événements sont le produit de l'imagination de l'auteur ou utilisés de façon fictive. Toute ressemblance avec des faits réels, des lieux ou des personnes existants ou ayant existé serait purement fortuite.

Titre de l'édition originale : *Landon & Shay*

Collection créée par Hugues de Saint Vincent
et dirigée par Arthur de Saint Vincent
Ouvrage dirigé par Bénita Rolland
Traduit de l'anglais (États-Unis) par Robyn Stella Bligh

Pour la présente édition :

Collection dirigée par Arthur de Saint Vincent
Ouvrage dirigé par Bénita Rolland

34-36 rue La Pérouse
75116 Paris
www.hugopublishing.fr

ISBN : 9782755671674
Dépôt légal : novembre 2023
Imprimé en Chine

1

NEW ROMANCE®

LANDON & SHAY

BRITTAINY C.CHERRY

Hugo Poche

À tous ceux qui se sentent seuls :
placez votre main sur votre cœur.
Vous le sentez ?
Il bat encore.
Celui-ci est pour vous.

« Je t'aime comme l'on aime certaines choses obscures, de façon secrète, entre l'ombre et l'âme. »

Pablo Neruda

CHAPITRE 1

LANDON

Dernière année et troisième année de lycée 2003

Je n'ai jamais cherché à être un monstre, mais je me demande si certaines personnes sont nées ainsi, avec un sang noir qui coule dans leurs veines et empoisonne leur âme.

Mon prénom est la preuve que j'aurais dû être une personne meilleure.

Je descends d'une lignée d'hommes extraordinaires. Ma mère m'a nommé comme mon oncle, Lance, et mon grand-père, Don – deux des meilleurs hommes qui aient existé. Le prénom Don signifie « noble », et Lance veut dire « serviteur ». Et mes aïeuls ont tous deux incarné leur prénom du mieux qu'ils l'ont pu. Ils ont fait la guerre. Ils ont sacrifié leur vie et leur esprit pour les autres. Ils ont tout donné, sans retenue, et laissé d'autres profiter de leur générosité de cœur jusqu'à ce qu'ils n'aient plus rien.

Le mélange de leurs prénoms aurait dû faire de moi un noble serviteur, mais j'en suis loin. Si l'on demandait à mes camarades ce que signifie mon prénom, la plupart répondraient « connard ». Et ils auraient raison.

Je ne suis en rien comme mon grand-père ni comme mon oncle. Je fais honte à leur mémoire.

Je ne sais pas pourquoi j'ai cette obscurité en moi. Je ne sais pas pourquoi je suis autant en colère. Je sais simplement que c'est ainsi.

Je suis un enfoiré, même quand je ne veux pas l'être. Les seules personnes qui tolèrent mon comportement sont mes quelques amis et Monica, la fille dont j'essaie désespérément de me libérer.

Je n'ai rien de noble en moi et je ne suis en rien un serviteur. Je ne pense qu'à moi et aux quelques personnes qui ont le courage de me considérer comme un ami.

Je me déteste. Je déteste ne pas être une bonne personne. Je ne suis même pas décent. Je fais beaucoup de choses affreuses et je suis certain que Lance et mon grand-père se retournent dans leur tombe.

Pourquoi suis-je ainsi ?

Si seulement je le savais.

Mon esprit est un puzzle et je ne comprends pas comment les différentes pièces s'imbriquent entre elles.

Je me dirige vers le self après une matinée de cours inutiles et je saisis un plateau. C'est ma dernière année de lycée ; un semestre s'est déjà écoulé. Il n'en reste plus qu'un, et je pourrai enfin fuir la petite ville de Raine, dans l'Illinois.

J'avance vers ma table et grimace en voyant que Monica y est installée. J'envisage un instant d'attendre que Greyson, Hank ou Éric arrivent, mais elle m'a déjà vu et me fait signe de la rejoindre.

– Landon ! Prends-moi du lait allégé, ordonne-t-elle de sa voix aiguë.

Je déteste sa voix. Dans mes pires cauchemars, je l'entends hurler mon prénom.

Sa voix ne m'agaçait pas autant, auparavant, mais c'est sans doute parce que j'étais souvent ivre ou défoncé. On se connaît depuis longtemps. Monica et moi sommes voisins, et on a tous les deux des vies pourries. J'ai mes démons, Monica a les siens.

Quand nos soucis étaient trop lourds à supporter, on employait le sexe pour cesser de réfléchir. Nos relations n'avaient rien de romantique. En toute sincérité, on ne s'apprécie même pas, c'est pour ça que la situation me convenait. Je ne cherchais ni une petite amie ni quoi que ce soit de sentimental. J'avais seulement besoin de baiser pour ne pas penser.

Ça me convenait… jusqu'à ce que j'arrête l'alcool et la drogue.

Et Monica n'y voit rien de bien.

– Je t'appréciais davantage quand tu étais défoncé, a-t-elle dit la dernière fois qu'on a baisé.

J'ai répondu que je l'appréciais davantage quand sa bouche était sur ma queue, ce qui n'est même pas vrai. Je n'aimais même pas coucher avec Monica. Elle se comportait toujours comme les nanas des films porno. En théorie, ça aurait dû être génial. En vérité, c'était juste maladroit et, souvent, j'étais obligé de me faire jouir tout seul.

Le soir où je l'ai dit à Monica, elle m'a giflé, et une partie de moi a aimé ça. Les picotements de sa main m'ont rappelé que j'étais en vie, que je pouvais encore ressentir quelque chose. Or, la plupart du temps, j'ai l'impression d'être un bloc de glace : givré et douloureux pour ceux qui s'accrochent à moi trop longtemps.

Ce soir-là, Monica a dit qu'elle ne recoucherait plus avec moi, à moins que je sois défoncé.

Nos rapports désastreux sont donc officiellement terminés, du moins pour moi.

Apparemment, elle n'a pas compris le message. Ça fait des semaines que j'essaie de me débarrasser d'elle, mais elle ne cesse de réapparaître dans ma vie, souvent aux pires moments.

– Alors, tu es défoncé ? Tu as craqué ? Tu veux boire un shot sur mes seins ?

Je n'ai pas l'énergie de supporter Monica, mais si je ne m'assois pas, elle ne fera que parler plus fort.

Je pose donc mon plateau sur la table et la salue d'un mouvement de tête.

– Putain, mec, il est où mon lait ? demande-t-elle.

– Je ne t'ai pas entendue, je réponds sèchement.

Elle saisit ma briquette de lait, sans se soucier que j'aie soif, et elle l'ouvre sans gêne. Elle a de la chance, car je n'ai pas l'énergie de me disputer. Je n'ai pas dormi de la nuit et je préfère garder ma colère pour les gens qui comptent vraiment. La liste de ces personnes est courte, et le prénom de Monica n'y figure pas.

– Je me disais : tu devrais organiser une fête chez toi ce week-end, déclare-t-elle en buvant mon lait.

Il n'est pas allégé, donc j'ai la satisfaction de savoir qu'elle n'a pas complètement gagné.

– Tu dis tout le temps ça, je réponds en attaquant mon repas.

C'est la première semaine après les vacances d'hiver, et je suis soulagé de voir que le lycée sert toujours la même nourriture merdique. S'il y a bien une chose que j'aime, dans la vie, c'est la régularité. La constance.

– Ouais, mais tu devrais vraiment faire la fête ce week-end, vu que c'est l'anniversaire de Lance. On devrait fêter sa mémoire.

Mon sang ne fait qu'un tour en l'entendant parler de Lance comme si elle l'avait connu. Or, c'est justement pour ça qu'elle parle de lui, pour m'énerver. Pour faire de moi le monstre qui lui manque depuis plusieurs semaines. Monica a besoin de moi pour oublier ses blessures, mais elle ne peut pas le faire sans rouvrir les miennes.

Cela fait presque un an que Lance m'a quitté.

J'ai l'impression que c'était hier.

– Ne me cherche pas, Monica, je gronde en serrant les dents.

– Pourquoi ? J'adore te chercher, justement. C'est mon passe-temps favori.

– Tu n'as pas de vieilles queues à sucer ?

Je soupire et Monica me lance un sourire sinistre. Elle adore que je mentionne son goût pour les hommes plus âgés. C'est ainsi qu'elle cherche à m'atteindre, depuis que je ne veux plus coucher avec elle, elle se tape un vieux et me raconte tout en détail.

Hélas, sa stratégie est stupide, car je m'en fiche.

La seule chose que son manque de confiance suscite en moi, c'est de la pitié.

Monica incarne à merveille le cliché de la gosse de riches qui a des soucis avec son père. Bien sûr, le fait que son père soit un véritable connard n'aide en rien sa situation. Quand Monica lui a dit qu'un de ses associés l'avait tripotée à la soirée de Noël, il l'a traitée de menteuse. Mais je sais qu'elle ne mentait pas, car je l'ai vue s'enfermer dans sa chambre ce soir-là, et s'effondrer. On ne pleure pas comme ça à moins que ce ne soit vrai. J'ai appris par la suite que ce n'était pas la première fois qu'un des collègues de son père la touchait sans sa permission. Or, chaque fois qu'elle le lui a dit, il a répondu qu'elle inventait n'importe quoi pour attirer son attention.

Elle l'a donc pris au pied de la lettre : elle fait n'importe quoi en espérant attirer l'attention.

Elle cherche désespérément l'attention des hommes dont son père nie les actes. Elle a des soucis avec son père, donc elle couche avec des hommes de son âge. Elle les appelle même « daddy » au pieu, ce que je trouve dérangeant à plus d'un égard.

Elle a crié « daddy » en étant au lit avec moi, une fois, et je me suis aussitôt rhabillé. Je ne voulais pas encourager ses démons ; je voulais seulement faire taire les miens.

Honnêtement, je suis content de ne plus coucher avec elle.

Monica hausse un sourcil en me regardant.

– Quoi, tu es jaloux ?

C'est ce qu'elle souhaite, ce dont elle rêve désespérément.

Mais ce n'est pas le cas.

– Monica, tu sais qu'on n'est pas ensemble, n'est-ce pas ? Tu es libre de faire ce que tu veux avec qui tu veux. On n'est pas en couple.

J'ai toujours été très clair avec les nanas qui me tournent autour. Je ne leur fais jamais croire que ça peut devenir sérieux entre nous. Mon esprit ne peut pas supporter unerelation sérieuse, et j'ai conscience que je serais un piètre petit ami. Je n'ai pas l'énergie d'être le quelqu'un de quelqu'un, seulement le plan cul de quelqu'un. Rien de plus.

Monica me fait un clin d'œil, pensant que nous jouons au chat et à la souris et qu'elle est le chat, à l'évidence. Je suis sans doute fautif. La pire chose qu'une personne brisée peut faire, c'est fréquenter une autre personne brisée. Dix fois sur dix, ça vire au désastre.

Monica sort son téléphone de sa poche et envoie une série de messages en marmonnant des choses que je n'écoute qu'à moitié, racontant que telle ou telle personne est moche, bête ou pauvre. Aussi canon que soit Monica, c'est une des personnes les plus moches que j'aie jamais rencontrées.

Cela dit, je suis mal placé pour la juger. Quand j'étais défoncé, j'étais un véritable connard, pire que maintenant. Il se trouve que quand on se drogue, le niveau de compassion qu'on éprouve pour les autres est extrêmement bas. J'ai dit et fait des choses affreuses, et je suis certain que ça se retournera tôt ou tard contre moi.

– Le bruit court qu'il y a une fête chez toi, ce samedi, déclare Greyson en arrivant avec Hank et Éric.

Ouf. Être seul avec Monica est un cauchemar.

– De quoi tu parles ? je demande.

Il me montre son téléphone et le message que Monica lui a envoyé. Pourquoi ne suis-je pas surpris ? J'imagine que ce même message a été envoyé à la moitié du lycée qui va donc se pointer chez moi samedi soir, que je le veuille ou non. Apparemment, j'organise une fête chez moi ce week-end.

Joyeux anniversaire, Lance.

Je tourne le dos à Monica pour chuchoter en direction de Greyson.

– Mec, elle est tarée.

Il éclate de rire et passe sa main dans ses cheveux noirs.

– Je déteste te dire que je t'avais prévenu, mais…

Il ne termine pas sa phrase, mais ricane en secouant la tête. Greyson m'a dit dès le premier jour que coucher avec Monica était une mauvaise idée, mais je ne l'ai pas écouté. J'ai préféré baiser d'abord et penser aux conséquences plus tard. Ça s'est vite retourné contre moi.

Monica s'est levée et me tape dans le dos.

– Eh, surveille mes affaires, je vais aux toilettes.

Je hausse les épaules, n'ayant pas l'énergie de lui répondre. Parler à Monica est plus fatigant que le pire des devoirs. Je choisirais sans hésiter un devoir d'algèbre plutôt qu'une conversation avec elle, et je suis nul en maths.

Monica sort du self alors que Shay y entre, et ma gorge se noue. Ça fait un an que ce phénomène se produit chaque fois que Shay Gable entre dans une pièce. Je ne comprends pas ce que ça signifie, mais c'est impossible à ignorer.

C'est sans doute le début d'un rhume, je me dis, comme à chaque fois.

Je déteste Shay Gable.

Si j'ai une certitude dans ma vie, c'est ça.

Ça fait des années qu'on se connaît. Elle a un an de moins que moi, mais sa grand-mère est ma femme de ménage et elle l'amenait à la maison quand ses parents n'étaient pas là.

On s'est détestés dès le premier jour. Certaines personnes deviennent instantanément amies, nous, c'est le contraire. Nous sommes tout de suite devenus ennemis. Je la déteste, elle et son côté sainte-nitouche. Même quand nous étions gamins, Shay ne désobéissait jamais. Elle avait toujours de bonnes notes et se faisait de nouveaux amis en claquant des doigts. Elle ne se drogue pas et elle ne boit jamais. Je parie qu'elle prie tous les soirs et embrasse sa grand-mère avant de se coucher.

La parfaite petite fille.

Tu parles. C'est plutôt la parfaite petite menteuse.

Je n'ai jamais cru à son jeu. Personne ne peut être parfait à ce point. Tout le monde a des démons cachés quelque part.

Nous avons le même cercle d'amis, mais ça ne change rien à notre animosité. Or, notre haine mutuelle me convient parfaitement. C'est étonnamment agréable, d'ailleurs. Ma haine pour Shay est une des seules constantes de ma vie. La détester semble être la défonce que j'ai toujours cherchée, et au fur et à mesure que les années passent, je prends de plus en plus plaisir à être rejeté par elle. Notre antipathie est intense, et plus je vieillis, plus j'en ai besoin. J'y suis accro.

Shay a grandi comme le fantasment la plupart des filles. Son corps s'est développé aussi vite que son esprit. Elle a des courbes partout où les mecs en rêvent, un regard qui pétille en toute situation et une fossette si profonde qu'on se surprend à vouloir qu'elle sourie tout le temps. Lorsqu'il m'arrive de l'observer, je me déteste d'apprécier ce que je vois. Cette année, après les vacances d'été, Shay est revenue encore plus adulte que l'an passé, avec plus de courbes, plus de seins et plus de cul. Si je ne la détestais pas autant, j'aurais même envisagé de la sauter.

Or, elle n'est pas seulement sublime. Elle est brillante, aussi. Mais je ne lui dirai jamais que je le pense. Pour autant qu'elle sache, mes pensées pour elle sont emplies de haine et de dégoût. Toutefois, quand je l'observe sans qu'elle le voie, je regarde sa façon d'étudier les gens comme s'ils étaient des œuvres d'art et qu'elle cherchait à comprendre comment ils ont été créés. Elle écrit constamment dans des carnets, aussi, comme si sa vie dépendait des mots qu'elle couche sur le papier.

Je ne connais personne qui écrit autant ses pensées que Shay. Elle a dû noircir des milliers de pages.

Monica arrête Shay sur son passage, sans doute pour l'inviter à la fête chez moi, ce qui est absurde. Tout le monde sait combien on se déteste. Cela dit, c'est Monica. Elle est tellement obnubilée par sa propre vie qu'elle est incapable de remarquer celle des autres. Ou peut-être qu'elle invite Shay pour m'emmerder. Après tout, c'est un de ses passe-temps favoris.

Shay est avec ses meilleures amies, Raine et Tracey. Raine est également une de mes amies les plus proches, car elle sort avec Hank, un de mes super-potes. Quelle que soit la situation, Raine a le don de faire rire les gens et de détendre l'atmosphère. C'est elle que tous vont voir quand ils ont besoin de se détendre. Elle aime plaisanter en disant qu'elle porte le nom de sa ville de naissance parce que ses parents étaient trop paresseux pour trouver autre chose. « Heureusement que je ne suis pas née à Accident, dans le Maryland, dit-elle. La facture de la psy aurait été salée ! »

Quant à Tracey, c'est le rayon de soleil du lycée Jackson High. Je ne connais personne qui ait autant l'esprit d'équipe qu'elle et qui répande autant de paillettes et d'arc-en-ciel autour d'elle. En ce moment, Tracey semble vouloir gaver Reggie de sa joie de vivre, mais je ne crois pas qu'il soit intéressé. Reggie est le nouveau du lycée. Il arrive du Kentucky, et la plupart des nanas ont le béguin pour lui et son accent du Sud. Mais selon moi, c'est un connard et je suis un pro pour les repérer.

Après tout, je suis le mieux placé pour reconnaître ceux de mon espèce.

Tracey est trop naïve pour un mec comme lui. Même si elle peut être agaçante parce qu'elle en fait trop, c'est une fille bien. Elle ne veut de mal à personne, et c'est justement pour ça qu'elle n'a pas besoin d'un mec comme Reggie dans sa vie. Il la mangera toute crue et la recrachera dès qu'il aura eu ce qu'il voulait.

C'est ce qu'on fait, nous, les mecs : on dévore les filles bien avant de les jeter quand on a fini.

Reggie a plutôt besoin d'une meuf comme Monica. Ils sont faits l'un pour l'autre.

Les filles continuent à discuter, et je devine que Monica leur parle de la fête que je ne veux pas organiser. Shay me lance un regard dédaigneux et gêné.

Salut, ma biche.

S'il y a une chose que cette fille déteste plus que moi, ce sont mes fêtes. C'est d'ailleurs pour ça qu'elle ne vient jamais. Nos routes se croisent rarement, mais lorsque c'est le cas, nous échangeons quelques brèves insultes avant de passer notre chemin. C'est notre truc, en fait. On prend plaisir à se détester.

Sauf cette fois-là, il y a neuf mois.

Sa grand-mère Maria est venue aux obsèques de Lance, et Shay était avec elle. Elles étaient aussi présentes à la réception qui s'est tenue chez moi, après, et Shay m'a surpris dans un moment peu viril.

Je regrette qu'elle m'ait vu comme ça : brisé, anéanti, à nu. Sincère.

Je regrette aussi que Lance soit mort, mais il en est ainsi. Les vœux, les rêves et les espoirs ne sont que fiction.

– Tu es sûr que tu veux faire une fête ? demande Greyson à voix basse, me tirant de mes pensées.

Les autres mecs parlent de basket et de nanas, mais Greyson n'y prête pas attention.

– Vu que ce sera l'anniversaire de Lance… ajoute-t-il.

Il est le seul à savoir que ce sera l'anniversaire de mon oncle, et je lui en suis reconnaissant. Greyson le sait parce qu'il n'oublie pas les choses importantes. C'est un super-ami. Il a une mémoire impressionnante, et il s'en sert pour faire du bien, contrairement à Monica qui n'est au courant que parce qu'elle collecte toute information susceptible de blesser ses victimes. Elle est tout le contraire de Greyson.

– Je préfère être entouré qu'être tout seul, je suppose, je réponds en haussant les épaules.

Je le vois sur le point de répondre, mais je lui coupe la parole.

– Ne t'en fais pas, la compagnie me fera du bien. Et puis, je doute que Monica fasse marche arrière.

– Ça peut se faire chez moi, si tu préfères.

Je lui ôte tout de suite l'idée de la tête. Si mes parents risquent d'être agacés que j'organise une fête, ils passeront vite à autre chose. Or, si le père de Greyson apprend que son fils a fait la fête chez lui, sa punition sera bien plus grave. Je ne sais pas grand-chose de Monsieur East en dehors du fait qu'il a des pulsions violentes et qu'il n'a aucun scrupule à lever la main sur sa femme et son fils.

Heureusement pour lui, je ne l'ai jamais vu faire. Sinon, il n'aurait plus que cinq doigts sur dix.

Un groupe de filles arrive à notre table en gloussant, elles nous saluent timidement de la main. Toutes les nanas ont le béguin pour Greyson, et celles qui ne l'ont pas l'ont pour moi. C'est étrange, d'ailleurs, car Greyson et moi sommes différents en tous points. Lui, c'est le bon élève par excellence, qui ne ferait pas de mal à une mouche. Et moi, je suis le diable incarné. Il faut croire que les femmes peuvent aimer un ange en journée, et vouloir pécher à la nuit tombée avec le diable.

– La rumeur dit qu'il y a une fête chez toi ce samedi, Landon, dit une des nanas en jouant avec une mèche de cheveux. On peut venir ?

– Je te connais ? je réponds.

– Pas encore, mais on pourra y remédier à ta fête, dit-elle d'un ton lourd de sous-entendus.

Elle pousse la pointe de sa langue dans sa joue, au cas où je n'aurais pas compris sa pensée. Waouh. Je suis presque surpris qu'elle ne plonge pas directement sa main dans mon froc.

Elles sont plus jeunes que nous, en première année. Or, les premières années sont toujours les plus chaudes. C'est comme si elles passaient directement des scénarios innocents de leurs Barbie à étudier le *Kama-Sutra* avec Ken. Je comprends que les pères s'inquiètent pour leurs filles lorsqu'elles entrent au lycée. À leur place, je les enfermerais dans la cave jusqu'à leur trentième anniversaire.

– Si vous trouvez l'adresse, vous pouvez venir, je réponds en haussant les épaules.

Leurs regards s'illuminent et elles repartent en riant, déterminées à dénicher mon adresse. Si elles me l'avaient demandée, je la leur aurais sans doute donnée. Je suis d'humeur charitable, aujourd'hui.

– Alors tu vas vraiment faire la fête ? demande Greyson.

Je mords dans mon sandwich au poulet en m'efforçant de ne plus penser à Lance. Une fête fera l'affaire. Ce sera une bonne distraction.

– Ouaip. Carrément.

Je lève la tête vers Shay, qui parle à un geek qui doit être dans la fanfare du lycée. Elle fait toujours ça, elle parle à tout le monde. Elle n'est pas seulement appréciée par tout le monde. Tout le monde est amoureux d'elle.

Shay est la reine de Jackson High, et si les gens l'adorent autant, c'est parce qu'elle est la princesse Diana du lycée. Or, si les gens adorent Monica et moi, c'est parce qu'ils ont peur de nous.

C'est justement pour ça que je la déteste. Je hais son bonheur sans remords. Je hais sa façon de se mouvoir avec autant de confiance et de joie. Sa joie de vivre m'agace au plus haut point.

On dirait une véritable princesse, avec son port gracieux, ses yeux de biche et ses lèvres charnues qui sourient tout le temps. Sa peau est lisse et hâlée, et ses cheveux sont noirs et ondulés. Son corps a des courbes somptueuses, et je ne peux pas m'empêcher de l'imaginer à poil. Pour faire court, Shay est superbe. La plupart des mecs disent qu'elle est bonne, mais je ne suis pas d'accord. Le terme me paraît bête et vulgaire, parce qu'elle n'est pas canon comme d'autres filles du lycée. Elle est resplendissante. Elle est l'étincelle qui illumine un ciel sombre. C'est une putain d'étoile filante.

Aussi cliché que cela puisse paraître, tous les mecs la désirent et toutes les filles veulent être comme elle.

Même quand elle sort avec un mec, ça finit bien. La rupture semble toujours paisible et amicale. Shay ne fait pas que ressembler à une princesse. Elle se comporte comme telle. Elle est calme et sereine. Digne. Elle ne manque jamais de saluer quelqu'un qui vient la voir. Elle n'exclut jamais quelqu'un d'une activité. Si elle organise quelque chose, elle invite les intellos comme les geeks et les joueurs de football.

Elle n'aime pas la séparation des classes, ce qui fait d'elle une exception dans notre lycée, et dans la vie en général. Shay semble être née avec un cerveau bien plus avancé que le nôtre, consciente avant nous que les statuts qui régissent le lycée ne seront rien dans quelques années. Elle s'adapte à tout le monde et à toutes les situations. Elle trouve une place dans le monde de chacun, et tout ça sans faire le moindre effort. Les geeks du lycée parlent de Shay avec la même admiration que les gothiques. Elle est merveilleuse aux yeux de tout le monde.

Tout le monde, sauf moi.

Et ça me convient parfaitement. Honnêtement, l'idée que Shay puisse être sympa avec moi me file la nausée.

Je préférerai toujours ses yeux assassins à son doux regard de biche.

CHAPITRE 2

LANDON

Une fois par semaine, à la pause déjeuner, je suis forcé de voir la conseillère d'orientation. C'est censé être mon moment de récréation, mais au lieu de ça, je dois consulter Madame Levi. À croire que je suis dépressif.

Je regrette de ne pas avoir pris de drogue avant de venir, car les regards attristés de Madame Levi seraient plus supportables. En fait, je regrette souvent d'avoir arrêté la drogue et l'alcool. Ça a longtemps été mon moyen préféré pour oublier mes pensées lugubres.

Madame Levi a pitié de moi, ce que je trouve étrange parce que j'ai une belle vie. Ma famille est riche et je suis un des mecs les plus populaires du lycée. J'ai de bonnes notes et j'obtiens toujours ce que je veux. Je doute qu'elle puisse en dire de même.

Globalement, ma vie est plutôt cool. Il y a des hauts et des bas, bien sûr, mais c'est le cas de tout le monde.

En fait, c'est plutôt moi qui ai pitié d'elle.

En tant que conseillère d'éducation, elle doit avoir un salaire de misère, tout ça parce qu'elle n'est pas assez douée pour être psychologue. Son mari l'a quittée, donc j'imagine que ses seules interactions sont avec les élèves qui la consultent. Sa vie sociale, c'est nous, des abrutis qui n'ont absolument pas envie de lui parler.

Si ça, ce n'est pas pathétique, je ne sais pas ce qui l'est.

Je n'ai aucune envie d'être ici, mais mes parents me tomberont dessus s'ils apprennent que j'ai raté une séance. Du moins, ma mère. Mon père n'en a rien à foutre.

Hier soir, ma mère m'a laissé un message vocal en me disant qu'elle regrettait de ne pas pouvoir être là cette semaine. Qu'elle se doutait que l'anniversaire de Lance serait difficile pour moi, mais qu'elle n'avait pas pu modifier ses projets.

Je comprends, je suppose. Après tout, on ne peut pas annuler un voyage entre filles à Hawaï. Ce serait du jamais-vu. Et puis, ce sont les seuls congés de Rebecca, et Karen ne pouvait pas voyager jusque-là à cause du bébé. Quant à Kim, elle a désespérément besoin de vacances après son divorce.

« Je suis désolée, Land. J'aurais aimé être avec toi. Je t'ai laissé ma carte bleue pour que tu puisses te commander à manger. Tu peux appeler le traiteur, aussi. Son numéro est sur le frigo. Je t'appellerai matin et soir. Surtout : dors. Il faut te reposer. Puis n'oublie pas ton traitement. Je t'aime plus que tout, mon cœur. On s'appelle bientôt. Je t'aime. Ok. Bye. »

Elle dit toujours « je t'aime » deux fois.

Mon père a préféré m'écrire plutôt que m'appeler. Son message était bien plus encourageant.

Papa : Chez les Harrison,
les hommes ne sont pas faibles.
Garde la tête haute. Sois un homme.

Ça roule, papa.

S'il y avait une médaille pour le meilleur père sur terre, elle ne serait pas au cou de Ralph Harrison.

Je sais que si je ne vais pas à mon rendez-vous avec Madame Levi, elle en informera mes parents et que ma mère m'obligera à revoir le psy que je voyais après le lycée. Mais je n'ai aucune envie d'enchaîner une journée de cours et une séance dans un cabinet à l'odeur rance face à un sexagénaire qui vient sans doute de se taper sa secrétaire.

Ma thérapie préférée est une bonne partie de *Mortal Kombat* en buvant du Schweppes agrumes et en dévorant une énorme pizza. C'est l'avantage de vivre sans ses parents.

Au moins, le bureau de Madame Levi sent la rose, et elle a toujours un bol rempli de M&M's.

– Alors, Landon, commence-t-elle en souriant. Comment ça va, cette semaine ?

Elle sourit tout le temps, ce que je trouve étrange. Pour quelqu'un qui gère les problèmes de dizaines de gamins en plus des siens, elle est bien trop joyeuse. Mais peut-être que c'est son kif. Peut-être qu'elle prend son pied en entendant les drames des autres. Je parie qu'elle se détend en regardant des documentaires sur des criminels.

– Comme la semaine dernière, je réponds en reculant dans le fauteuil.

Son bureau est couvert de papiers et de photos de sa nièce et de son neveu. Je parie que même leurs parents n'ont pas autant de photos des deux gamins.

Il y a quelques mois, une rumeur a circulé selon laquelle Madame Levi avait fait une fausse couche. Les gens ont dit que c'était pour ça que son mari l'avait quittée, pas parce qu'il la trompait. Depuis, son bureau est devenu une sorte d'autel à la gloire de sa nièce et de son neveu. Les gens disent qu'elle est obsédée par ces enfants parce qu'elle ne pourra jamais en avoir. Ils la font passer pour une tarée en mal d'amour.

Je n'ai jamais participé à faire circuler cette rumeur. Ma mère a fait une fausse couche l'été dernier, et ça l'a anéantie. Elle n'était jamais restée à la maison aussi longtemps. D'un côté, c'était super de l'avoir à la maison. D'un autre, l'écouter pleurer tous les soirs était un cauchemar.

Je ne pensais pas qu'il était possible de souffrir autant du malheur de quelqu'un.

Papa n'a pas jugé nécessaire d'annuler sa conférence en Californie pour rentrer soutenir sa femme, donc nous nous sommes retrouvés tous les deux dans notre immense maison. Je ne savais pas comment l'aider. Or, je ne suis pas doué pour consoler les autres. Comment aider une personne qui vient de perdre une partie d'elle-même ? Comment lui dire que tout va bien alors que ce n'est clairement pas le cas ?

Je ne sais pas comment réparer une personne brisée. Si je le savais, ça fait longtemps que j'irais mieux. Donc, plutôt que de lui dire des platitudes débiles, je me suis contenté de m'asseoir devant sa porte, tous les soirs, et d'écouter ses pleurs jusqu'à ce qu'ils se changent en ronflements.

Parfois, ça ne prenait que quelques heures. Parfois, j'y étais encore au lever du soleil.

Puis, dès qu'elle s'en est remise, elle a pris un avion et elle a disparu de nouveau.

Ma mère me manque chaque fois qu'elle part. Ses absences répétées ne font pas d'elle la meilleure mère au monde, mais quand elle est là, elle l'est vraiment. C'est comme si elle était faite pour être mère. Et même quand elle est en voyage, elle n'oublie jamais de m'appeler, matin et soir.

Avec mon père, c'est différent. Il pourrait être dans la même pièce que moi et ne pas remarquer que j'existe. Et même s'il le remarquait, il noterait d'abord mes défauts. Néanmoins, je suppose que sa présence est plus agréable que son absence, c'est juste que ça arrive rarement.

Est-ce tordu de souhaiter un nouveau drame pour que mes parents soient plus présents ? Sans doute, mais il est difficile de ne pas se sentir seul dans une maison aussi grande que la mienne. Ham, mon chien, est ma seule compagnie et j'imagine qu'il en a plus qu'assez de me voir scotché à des jeux vidéo.

– Alors, comment tu vas ? Tout va bien ? demande Madame Levi.

– Tout va toujours bien, je réponds.

Allez, va droit au but, bon sang.

As-tu eu des pensées lugubres, Landon ?

Non, pas aujourd'hui, mais reposez-moi la question demain, au cas où.

– Oui, mais étant donné les semaines à venir…

Sa voix prudente ne laisse pas de doute quant à ce dont elle parle. Madame Levi fait bien sûr référence à l'accident de Lance qui a eu lieu l'an dernier, et je vois que ça la met mal à l'aise. Certaines personnes ne sont pas douées pour parler de sujets sensibles, Madame Levi en fait partie.

Elle s'est clairement gourée de carrière.

– Tout va bien, je répète en me tenant plus droit. L'année dernière a été difficile, à cette même période, mais ça va, cette année. C'est ce qu'est censé faire le temps, après tout, non ? Rendre les choses plus faciles ? Ça fait un moment, maintenant.

– La guérison n'a pas de délai déterminé. Ça prend le temps que ça prend.

Eh ben, si ce n'est pas le truc le plus cliché que j'ai entendu depuis des semaines…

Madame Levi se penche en avant et sa voix devient plus grave.

– Sérieusement, Landon. Que ressens-tu à propos de Lance ? Tu penses beaucoup à lui, ces jours-ci ?

Je pense constamment à lui, comme une cigarette qui ne s'éteint jamais. Je sens sa flamme et sa fumée chaque fois que je ferme les yeux. C'est autant une malédiction qu'une bénédiction. Il y a des jours où je suis reconnaissant d'avoir autant de souvenirs de lui, et d'autres où je le hais d'envahir mes pensées. Il a le chic pour jaillir aux pires moments, en plus. Comme quand je suis en train de tripoter la nana que je drague depuis des semaines et qui a le malheur de sentir le citron, comme les bonbons préférés de mon oncle.

– Non. Je ne pense presque plus du tout à lui, je mens.

Madame Levi m'offre un sourire forcé.

– Pourquoi ai-je la sensation que c'est un mensonge ?

Parce que c'en est un, Madame Levi. On peut passer à autre chose ?

– Il y a des milliers de gens qui vivent des choses bien plus affreuses que moi. Je n'ai pas le droit de me plaindre, je déclare en haussant les épaules et en pianotant sur l'accoudoir du fauteuil.

Mon regard se fixe sur sa pendule, désespéré de voir l'heure passer. Je n'ai aucune envie de parler de mes sentiments. J'ai envie de rentrer chez moi et de faire comme tout le monde, de m'allonger sur mon lit pour sur-analyser ma vie dans les moindres détails.

– On ne peut pas comparer les souffrances, répond-elle en fronçant les sourcils.

Eh bien, on devrait. Il devrait y avoir une échelle officielle pour régir qui a le droit de se plaindre, selon des critères bien précis. Partout dans le monde, des gens n'ont pas assez à manger ou se retrouvent seuls au monde après avoir vécu un drame terrible. Bon sang, quelque part sur terre, quelqu'un tient dans sa main un certificat de décès fraîchement imprimé. Qui suis-je pour me plaindre ?

Madame Levi m'étudie comme si elle cherchait à comprendre le fonctionnement de mon cerveau, mais elle perd son temps. Elle pourrait m'observer nuit et jour qu'elle ne pourrait pas me percer à jour. Je n'invite personne à connaître mes pensées, car personne n'en ressortirait indemne.

– Landon, tu sais que ce qu'a fait Lance n'a rien à voir avec toi, n'est-ce pas ? Il était profondément dépressif, et c'est terrible à vivre. Il avait d'énormes problèmes.

Je déteste l'entendre parler de Lance comme si elle l'avait connu. Elle sait seulement ce qui a été écrit dans le journal le jour de sa mort. Lance n'était pas brisé. C'était mon meilleur ami. Ma famille. Mon héros. C'est ma mère et lui qui m'ont élevé, puisque mon père travaillait tout le temps. Lance est le petit frère de ma mère et ils étaient très proches. Quand il a emménagé dans notre maison d'amis, c'est la première fois que j'ai eu l'impression d'avoir une vraie famille. C'est Lance qui m'a appris à faire du vélo. C'est lui qui m'a appris à faire des ricochets. Mon sens de la morale me vient de lui. Et c'est lui qui me faisait rire.

Madame Levi ne sait pas de quoi elle parle, mais ça ne l'empêche pas de continuer.

– Ses actes n'ont rien à voir avec toi. Tu le sais, n'est-ce pas ?

– Oui.

C'est un mensonge, ça aussi, même si je préférerais que ça n'en soit pas un. J'aimerais vraiment ne pas voir de lien entre l'accident de Lance et moi, mais il n'est pas évident de séparer ses propres souffrances de celles des autres. Je suppose que c'est normal quand on aime quelqu'un. Nos pensées et nos sentiments s'emmêlent au point qu'il n'y a plus de distinction entre notre douleur et la sienne.

Je savais que Lance était dépressif, et je crois sincèrement que je suis le seul à en avoir réellement pris conscience. Les autres étaient trop obnubilés par leurs propres vies. J'ai donc endossé beaucoup de culpabilité, suite à sa mort. J'aurais dû faire quelque chose. J'aurais dû en parler à quelqu'un. J'aurais dû être là pour lui.

Ma tête se met à tourner et les larmes me montent aux yeux. *Chez les Harrison, les hommes ne sont pas faibles*.

Lance ne me parlait jamais de son mal-être, mais ça ne m'empêchait pas de le voir. Peut-être parce que je lui ressemblais beaucoup.

Et puis, il le cachait bien. Sa joie de vivre était comme une armure qui lui permettait de garder tout le monde à distance. Si personne ne savait qu'il était triste, personne n'aurait pitié de lui, et c'est bien la dernière chose qu'il souhaitait. La pitié des autres.

Samedi, il aurait eu quarante-cinq ans.

Je ne devrais pas y penser. Je ne devrais pas le laisser envahir mes pensées, mais il est bien là, fermement ancré dans mon cerveau.

Arrête, je me dis en secouant la tête quand je sens mes émotions prendre le dessus. *Sois un homme. Sois un homme. Sois un homme.*

– Tu es toujours avec moi, Landon ? demande Madame Levi, interrompant mes pensées.

Je remue sur le fauteuil et me racle la gorge. Je déteste voir les gens s'inquiéter pour moi.

– Je peux partir ? Vous en faites pas, je dirai à mes parents que mon âme est guérie, grâce à vous.

– Landon…

La sonnerie retentit, lui coupant la parole. *Libre, enfin !* Je me lève d'un bond, empoigne mon sac à dos et me dirige d'un pas rapide vers la porte.

– Landon, attends.

Je me tourne vers elle et découvre qu'elle sourit de nouveau. Je commence à penser que c'est pour masquer son malaise lors de conversations délicates.

– Peut-être que le meilleur moyen de supporter les mois à venir est d'être occupé. Si tu es actif et que tu penses à autre chose, tu t'en sortiras, d'accord ?

Elle n'a pas besoin de le dire, c'est justement ce que j'ai prévu de faire. Il faut que je trouve quelque chose de suffisamment distrayant pour m'aider à endurer les semaines à venir, quelque chose qui me fera oublier que ma vie est pourrie.

J'ai besoin d'une distraction.

– À lundi prochain, dit-elle.

Je ne réponds pas. Je suis épuisé rien qu'à l'idée de repasser une heure avec elle. Mais ce n'est pas de sa faute.

Tout m'épuise.

***

La lumière m'aveugle, et je prie pour que ça cesse.

Tous les matins, lorsque je suis dans mon lit, j'ai le plus grand mal à en sortir.

Je suis fatigué. De la pointe des pieds jusqu'à la tête, je suis fatigué.

Mais je n'ai pas le temps d'être fatigué. Trop de gens comptent sur moi pour sourire et être l'homme bien qu'ils me savent capable d'être. C'est épuisant.

Sourire est un supplice, car c'est un mensonge. Pour chacun de mes sourires, cinq grimaces se cachent derrière mon masque. Est-ce normal ? Est-ce que tout le monde ressent ça ? Est-ce que tout le monde est accablé par un tel poids ?

Lourd.

Je me sens si lourd.

Je vais le faire quand même.

Je vais me lever.

Je vais sourire. Rire. Je serai celui qu'ils veulent que je sois, car c'est ce qu'on attend de moi. On attend de moi d'être étincelant.

Même quand la lumière est aveuglante et me brûle.

L

CHAPITRE 3

SHAY

Mon père est le seigneur de notre château et je suis sa princesse préférée.

Certes, je suis son unique fille, donc sa préférée par défaut, mais maman ne manque pas de me le confirmer. « L'amour de ton père est infini, même s'il ne sait pas toujours le montrer. »

C'est on ne peut plus vrai. Mon père n'est pas quelqu'un de bien mais, de façon générale, c'est un bon père. Même s'il ne montre pas son amour de façon directe. Il le montre plutôt dans ses actes et ses critiques. Quand j'étais plus jeune, je me souviens que ma mère étudiait pour obtenir son diplôme d'infirmière. Elle avait demandé à mon père de l'aider à réviser et il lui avait répondu que c'était hors de question, qu'elle devait apprendre seule, puisqu'elle serait seule le jour de l'examen.

Je l'avais trouvé bêtement méchant, mais ma mère n'avait pas été d'accord avec moi. « Il a raison de ne pas m'aider. Il ne sera pas là lors de l'examen, donc je dois apprendre à me débrouiller toute seule. »

Elle avait obtenu son diplôme sans son aide, et quand elle lui avait annoncé la nouvelle, il l'attendait avec un collier de diamants pour la féliciter. « Je savais que tu réussirais toute seule, lui avait-il dit. Tu es brillante sans moi. »

Mes parents s'aiment. Vu de l'extérieur, ma mère semble sans doute aimer davantage mon père, mais je sais que ce n'est pas le cas. Mon père est un homme compliqué. Je ne me souviens pas de la dernière fois qu'il m'a dit qu'il m'aimait, mais il me prouve son amour dans ses regards, ses hochements de tête et ses sourires discrets. Quand il est fier de moi, il hoche la tête deux fois. Quand il n'est pas content, son regard d'un bleu acier me transperce jusqu'au plus profond de mon âme. Quand il est très déçu, son poing fait un trou dans le mur. Quand il est triste, il disparaît.

L'histoire d'amour de mes parents est jonchée de défis. Papa a eu beaucoup d'ennuis dans sa jeunesse, parce qu'il vendait de la drogue dans notre ancien quartier. Je sais que c'est étrange à dire, mais mon père était doué pour ce qu'il faisait. C'était un commercial hors pair. Maman dit toujours qu'il pourrait vendre de la bouse en faisant croire que c'est du shampoing. On a longtemps eu un train de vie luxueux. Mais tout s'est effondré quand il s'est mis à consommer la drogue qu'il vendait. La pire chose que puisse faire un dealer, c'est goûter sa came. Et avec la drogue, il s'est mis à boire. Il est devenu encore plus froid. Plus distant. Plus dur.

Cruel, même.

Il rentrait souvent la nuit en hurlant et en bafouillant. Les autres nuits, il ne rentrait pas du tout.

Tout a changé le jour où son ami a été tué par balle et que mon père s'est fait arrêter par les flics. Il a passé quelques années en prison.

Aujourd'hui, il en est sorti et il a cessé de vendre et de consommer de la drogue. Il a aussi arrêté de boire.

Ça fait plus d'un an qu'il est rentré à la maison.

Un an, deux mois et vingt et un jours.

Maman déteste parler de tout ça. Elle aime faire comme si rien de tout ça ne s'était produit. Mais ma grand-mère Mima n'est pas du même avis, et elle n'a aucun mal à parler du passé de mon père. Elle a emménagé avec maman et moi quand mon père était en prison, parce qu'on avait besoin d'elle. Mima n'a pas hésité une seconde à venir et à nous aider à nous en sortir. Et je lui en suis infiniment reconnaissante. Si mon père est froid et distant, ma grand-mère est tout le contraire. Elle est chaleureuse, ouverte et généreuse. Elle a un cœur en or, et elle ne reculerait devant rien pour s'assurer que les êtres qui lui sont chers vont bien.

Quand nous vivions entre filles, toutes les trois, la vie était légère, fun et pleine de liberté. Pendant cette période, j'ai dormi à poings fermés toutes les nuits, car je ne craignais plus pour mon père. Au moins, enfermé dans sa cellule, plus rien ne pouvait lui arriver. Au moins, il ne risquait pas de mourir dans un deal qui aurait mal tourné.

Le fait que ma grand-mère et mon père ne s'entendent pas n'est un secret pour personne. Quand il est sorti de prison, il est revenu en pensant qu'il serait de nouveau le chef. Or, Mima avait un tout autre point de vue. Ils se disputent fréquemment. Ma mère fait de son mieux pour maintenir la paix et, en général, elle réussit. Mima évite mon père et mon père évite Mima.

Sauf quand on se réunit tous ensemble pour fêter les occasions importantes.

S'il y a bien une chose pour laquelle ma famille est douée, c'est pour fêter les anniversaires. Ma mère a trente-deux ans aujourd'hui, et elle semble en avoir à peine vingt. On nous prend souvent pour des sœurs, et elle adore ça. Je suppose que je serai reconnaissante d'avoir ses gènes, plus tard.

Ma cousine Eleanor et ses parents, Kevin et Paige, se joignent toujours à nous pour faire la fête. Oncle Kevin est le frère aîné de mon père, mais il semble avoir cinq ans de moins. Cela dit, Kevin n'a pas mené une vie aussi dangereuse que mon père. Les rides sur le visage de mon oncle ne sont pas dues au stress ni aux difficultés, ce sont des rides de rire et de joie.

Mima pose le gâteau sur la table et commence à chanter « Joyeux anniversaire » tandis que tout le monde se joint à elle. Ma mère sourit jusqu'aux oreilles en nous écoutant chanter faux, et elle prend la main de mon père.

Parfois, je surprends mon père observer ma mère d'un air émerveillé. Quand je l'interpelle à ce propos, il répond toujours la même chose : « Je ne la mérite pas. Je ne l'ai jamais méritée et je ne la mériterai jamais. Ta mère est une sainte. Elle est trop bien pour moi. Trop bien pour ce monde. »

Sur ce point, nous sommes d'accord. Je n'ose même pas imaginer ce que lui a fait subir mon père. Ma mère ne m'en parlera jamais. Je parie que si je connaissais tous leurs secrets, je finirais par détester mon père, et c'est sans doute pour cela qu'elle préfère ne rien dire. Elle ne veut pas gâcher mon opinion de l'homme qui m'a élevée. Toutefois, je sais qu'aimer un homme comme mon père n'est pas une tâche facile. Il faut un cœur solide pour supporter quelqu'un comme lui, et je sais que celui de ma mère est fort. Ma seule certitude dans ma vie, c'est l'amour de ma mère. Je n'en ai jamais douté, pas un seul instant. Et je doute que mon père ait douté de son amour. Ma mère est la personne la plus fidèle et loyale que je connaisse. Elle offre son amour sans retenue, au risque d'y perdre son âme.

Mima commence à couper le gâteau et Paige lui sourit.

– Il faudra que tu me donnes ta recette, Maria. Ce gâteau est tout simplement délicieux.

– Jamais de la vie, ma puce. Mes secrets mourront avec moi. J'ai la ferme intention de me faire enterrer avec mon livre de recettes, répond Mima d'un ton enjoué.

Je ne crois pas qu'elle plaisante. Et ma mère serait capable de creuser sa tombe, rien que pour goûter à nouveau les *enchiladas* de ma grand-mère. Je la comprends parfaitement. D'ailleurs, je serais sans doute aux côtés de ma mère, une lampe de poche à la main.

La cuisine de Mima est divine.

Lorsque tout le monde est servi, mon père se lève et se racle la gorge. Lui qui est plutôt discret, déteste les discours. Maman dit toujours qu'il réfléchit à ses paroles jusqu'à les étrangler et que, quand il ouvre enfin la bouche, elles sont devenues muettes.

Toutefois, chaque année pour l'anniversaire de sa femme, il porte un toast en son honneur.

– J'aimerais que tout le monde lève son verre, déclare-t-il. Camila, tu es le soleil de cette famille ainsi que du monde entier, et nous sommes chanceux d'entamer une nouvelle année avec toi. Merci de rester à mes côtés et de porter cette famille malgré les épreuves. Tu es mon univers, mon souffle, mon oxygène, et aujourd'hui, c'est toi que nous fêtons. Trinquons à un nouveau tour du soleil et à tous ceux qui suivront.

Tout le monde trinque et boit une gorgée en riant. Ces moments sont mes préférés, ceux qui créent des souvenirs heureux.

– Ah, j'oubliais presque ton cadeau, dit mon père en sortant de la pièce un instant, revenant avec un petit paquet multicolore.

Ma mère se tient plus droite, mal à l'aise.

– Kurt, il ne fallait pas…

– Bien sûr que si. Allez, ouvre-le.

Ma mère remue sur sa chaise et toussote. Elle déteste être le centre de l'attention. Elle déchire le papier cadeau et pousse un petit cri.

– Mon Dieu, Kurt, c'est beaucoup trop !

– Pas pour toi.

Ma mère nous montre alors une paire de boucles d'oreilles en diamants qui étincellent sous la lumière du plafonnier.

– Elles ont dû coûter cher, marmonne Mima en haussant un sourcil.

– Rien n'est trop cher pour ma femme, répond mon père.

– Sauf quand c'est vraiment trop cher et qu'on a un mi-temps d'agent d'entretien et un autre d'agent d'accueil, rétorque-t-elle.

– Et si tu t'occupais de ton argent, Maria ? Laisse-moi m'occuper du mien, siffle mon père.

Revoilà la tension qui ne quitte jamais cette maison et qui paraît de plus en plus pesante à chaque dispute.

– Merci, chéri, dit ma mère en prenant mon père dans ses bras. C'est vrai qu'elles ont dû coûter cher.

– Ne t'en fais pas. Ça fait un moment que j'économise. Tu mérites de jolies choses.

Ma mère semble avoir un millier de remarques à faire, mais comme d'habitude, elle ne dit pas ce qu'elle pense.

– Eh bien, super ! Que tout le monde savoure son gâteau et son champagne ! Que la fête continue !

On ne parle plus des boucles d'oreilles en diamants, et j'en suis soulagée. Heureusement que nous avons des invités, sinon mon père et ma grand-mère se seraient sans doute disputés pendant des heures.

Eleanor n'a presque pas lâché son bouquin depuis qu'elle est arrivée.

– Je suis ravie de voir que tu n'es plus introvertie, Ellie, se moque Mima en lui servant une part de gâteau.

Eleanor referme son livre en rougissant.

– Pardon. Je voulais juste finir mon chapitre avant de manger.

– Tu as toujours un chapitre à finir, je me moque en lui mettant un petit coup de coude.

– C'est toi qui dis ça ? La fille qui a toujours un scénario à finir ?

Elle n'a pas tort.

Le seul point commun entre Eleanor et moi, en dehors de notre ADN, c'est notre amour des mots et des histoires, et cela suffit à faire de nous les meilleures amies du monde.

Avec Eleanor, j'ai l'impression qu'on me livre un nouveau bouquet de fleurs chaque jour. Elle est intelligente, gentille et merveilleusement sarcastique. Personne ne me fait rire autant qu'elle.

Les personnes silencieuses ont toujours les meilleurs commentaires.

– À propos de scénario, dit Eleanor en se tournant vers moi, la bouche pleine de gâteau, quand est-ce que tu vas me faire lire celui que tu écris ?

Eleanor a lu toutes mes histoires, et ça en fait beaucoup. Elle est sans aucun doute ma plus grande fan. Elle est aussi ma meilleure critique, et ses remarques font de moi une meilleure écrivaine.

Le jour où je lui ai donné mon premier scénario, je lui ai fait promettre de n'en parler à personne, ce à quoi elle a répondu : « Ok, Shay. Je te promets de ne pas en parler à M. Darcy ni à Elizabeth Bennet. Mais je ne peux pas te garantir de le cacher à Harry, Ron ou Hermione. » En effet, Eleanor Gable n'a aucun ami en dehors des personnages de ses romans, et je trouve ça dommage. Les gens ne savent pas ce qu'ils ratent.

Mon téléphone sonne plusieurs fois d'affilée, presque dix fois en l'espace de trois secondes, en fait. Ma mère lève la tête en souriant d'un air entendu.

– Tracey ?

– Bien sûr.

La seule personne capable d'écrire non-stop sans recevoir de réponse est ma copine Tracey. On a grandi ensemble, et tout le monde sait que c'est une pipelette. C'est la capitaine des cheerleaders, la présidente du conseil des élèves et la supportrice la plus fervente de tout ce qui a trait au lycée. J'ai également l'esprit d'équipe et tiens à mon lycée, mais je suis loin d'être aussi engagée que Tracey. Elle vit, respire et mange tout ce qui est Jackson High.

Ce n'est donc pas surprenant qu'elle soit l'une des filles les plus populaires du lycée. Elle est intelligente, belle et drôle. C'est juste dommage que les mecs soient découragés par sa joie de vivre.

Tracey : OMG ! Reggie va
à la fête de Land ce samedi !
IL FAUT QU'ON Y AILLE !
Tracey : Avant de dire non
(je sais ce que tu penses), sache que
j'ai vraiment VRAIMENT besoin de ça !
Tracey : J'ai besoin de ton soutien !
Tracey : Je n'ai que 3 mots pour toi :
Reggie va y aller !
Tracey : Ok, ça fait 4, mais t'as pigé !
Tracey : S'IL TE PLAÎT ! J'ai besoin
de toi. Reggie est l'homme
de ma vie et la fête chez Land
lui fera comprendre que je suis
la femme pour lui.
Tracey : Dis oui ?
Tracey : Je ferai en sorte que
tu ne croises pas Landon et que vous
ne respiriez pas le même air.
Tracey : Je t'achèterai aussi un poney,
ou ce que tu veux. STP ?

Je glousse en lisant les messages bien trop dramatiques de Tracey. Elle est gaga du nouveau, qui est tout à fait le genre de mec dont elle tombe constamment amoureuse : il est viril, arrogant, terriblement séduisant et bien trop conscient de son charme. Je ne sais pas grand-chose à son sujet en dehors de ce que Tracey m'a raconté et de ce que j'ai noté lors de nos brèves rencontres, mais je suis certaine que Reggie est atteint d'une vilaine TDC : une Tendance De Connard. Je ne le connais pas suffisamment pour savoir si c'est un CDP (un Connard De Première), mais je compte me renseigner sur lui pour éviter à mon amie d'avoir le cœur brisé.

S'il y a bien une chose pour laquelle je suis douée, c'est lire dans les gens, ce qui me permet de m'inspirer de personnes réelles pour créer les personnages de mes histoires. En général, lorsque je rencontre quelqu'un, je sais d'un coup d'œil s'il sera le héros, le méchant ou un personnage secondaire. J'ai besoin de passer du temps avec Reggie pour me faire une meilleure idée du personnage qu'il est.

Tracey : Ton silence veut dire oui ?

Moi : Je veux un poney blanc qui
s'appelle Marcy.

Tracey : C'est pour ça que je t'adore.

Ça va être bizarre d'aller chez Landon. On fait en sorte que notre haine mutuelle ne fléchisse jamais, ce qui implique que je ne vais jamais à ses soirées.

Or, depuis que son oncle est décédé, il semble en organiser tous les quinze jours.

Je n'aurais pas songé à y aller, mais Tracey étant désespérée de passer du temps avec Reggie, il en va donc de mon devoir d'amie de l'y accompagner. J'espère seulement qu'il y aura suffisamment de gens pour que je n'aie pas à adresser la parole à Landon.

Si nous fréquentons les mêmes personnes, Landon et moi ne nous sommes jamais entendus. Même gamin, il me détestait. Il y a quelques années, il m'a traitée de poule mouillée parce que j'ai refusé de fumer un joint. Depuis, il m'appelle Poulette. Quant à moi, je l'ai surnommée Satan, pour des raisons évidentes.

Cependant, il y a presque un an, nous avons eu un moment… intime. Mima m'a emmenée aux obsèques de Lance puis à la réception qui se tenait chez Landon. Je cherchais les toilettes, et j'ai ouvert la porte de sa chambre par erreur. Il sanglotait sur son lit, en costume cravate, et n'arrivait plus à respirer.

Je n'ai pas su quoi faire. Après tout, je n'étais pas son amie. Nous étions à peine des connaissances. En fait, je suis la méchante dans l'histoire de Landon et il est le méchant dans la mienne. Mais, en cet instant, il avait l'air terriblement seul et fragile. J'ai beau ne pas l'apprécier, je savais combien il aimait son oncle. Tout le monde savait que Lance était comme un père pour lui. D'ailleurs, il semblait l'être davantage que son véritable père, qui se contente de verser de l'argent dans le compte en banque de son fils.

Je n'ai pas su quoi faire, alors j'ai fait la seule chose qui m'a paru juste : je suis entrée dans sa chambre et je me suis assise à ses côtés. J'ai desserré sa cravate et je l'ai pris dans mes bras tandis qu'il sanglotait de façon incontrôlable. Il s'est véritablement effondré.

Le lendemain, au lycée, je suis allée vers lui alors qu'il prenait ses livres dans son casier. Je voulais m'assurer qu'il allait bien. Lorsqu'il m'a vue, il a grimacé et a refermé son casier en claquant la porte. Il a baissé la tête, refusant de me regarder dans les yeux tandis qu'il me parlait d'une voix basse et maîtrisée. « Te fais pas d'illusions, Poulette. On ne se parle pas, toi et moi. Mes sentiments ne t'ont jamais importé avant, alors je n'ai pas besoin que tu aies pitié de moi parce que Lance est mort. Va réconforter quelqu'un d'autre. Je me fous de ce que t'as à dire, et c'est pas près de changer. »

On n'a plus jamais reparlé de ce jour-là. C'est presque comme si je l'avais inventé et que ça ne s'était jamais produit. Mais ça me va très bien. S'il ne veut pas en reparler, soit. On est retombés dans notre haine habituelle, et je dois dire que la pérennité de notre dégoût mutuel me rassure. Toutefois, je dois avouer que j'y repense parfois. Je pense au fait que le mec le plus populaire du lycée est aussi le plus triste, et que personne ne le sait.

Peut-être que sa tristesse est temporaire et qu'elle passera avec le temps. Peut-être que Landon va très bien, à présent. Quoi qu'il en soit, il a été on ne peut plus clair : ce ne sont pas mes oignons.

Il faut que je mette au point une stratégie pour ce week-end : quelques remarques acerbes toutes prêtes, beaucoup d'évitements et l'ignorance la plus complète.

– Eh, Eleanor…

Je mets un coup de coude dans les côtes de ma cousine qui a englouti sa part de gâteau et est replongée dans son roman.

– Tu veux venir à une soirée avec Tracey et moi, samedi ?

– C'est une soirée lecture ? répond-elle en haussant un sourcil.

– Une soirée lecture ?

– Ben, tu sais, une fête où des gens se réunissent pour s'asseoir en cercle et s'ignorer pendant quelques heures tandis qu'ils se plongent dans le roman de leur choix ? C'est dans une bibliothèque ? Il y aura des marque-pages ?

– Ben, non, je réponds en riant.

– Ah. Non merci, alors.

Elle retourne aussitôt à sa lecture et je me promets de la traîner un jour à une fête où elle devra passer un mauvais moment comme toute adolescente normale.

Qui sait ? Peut-être qu'elle tombera amoureuse. À tout le moins, peut-être qu'elle rencontrera quelqu'un qu'elleappréciera. Maman dit que c'est la première étape de l'amour : apprécier quelqu'un à tel point qu'on ne craint plus de se laisser tomber amoureux. Or, Eleanor n'est jamais dans cette position. Les seuls mecs qui intéressent ma cousine sont dans ses livres. Toutefois, j'espère sincèrement que son cœur chavirera un jour pour quelqu'un. C'est sans doute la romancière en moi qui parle. J'ai un penchant pour les fins heureuses et je souhaite aux gens que j'aime d'être heureux en amour.

J'ai quand même le sentiment qu'Eleanor serait parfaitement satisfaite de vivre sa vie dans un donjon rempli de livres.

Ah ? Et comment est décédée Eleanor Gable ?

Entourée d'un million de fins heureuses.

Eleanor reprend sa lecture tandis que j'essaie de me faire à l'idée que je vais chez Landon. Je m'apprête à passer la porte d'un mec que je ne supporte pas et pour lequel mon dégoût n'a d'équivalent que celui qu'il a pour moi.

Et, pour ma part, je n'y suis absolument pas prête.

CHAPITRE 4

SHAY

Je passe la matinée de samedi à tenter de calmer Tracey qui a le chic pour se prendre la tête. Ma mère essaie de me convaincre de rester à la maison pour manger chinois avec eux, mais Tracey me tuerait si je la plantais à la dernière minute.

Je donnerais tout pour un rouleau de printemps plutôt qu'une soirée chez Landon.

– Mon Dieu, j'ai le ventre tellement noué que je pourrais vomir, déclare Tracey alors que nous sommes sur le perron de l'immense demeure.

Moi.

Devant la porte de Landon.

Merde.

J'envisage un instant de battre en retraite, de tourner les talons et d'attendre une semaine pour que quelqu'un d'autre organise une fête. Je suis nerveuse depuis que j'ai décidé de venir chez Landon. Je suppose que je me prends la tête pour rien, mais le fait que Landon ait sangloté dans mes bras la dernière fois que j'étais dans cette maison me perturbe énormément.

Cet instant d'intimité parmi nos années de haine est encore tellement frais dans mon esprit que ça aurait pu se produire la veille. Je revois encore la tristesse dans ses yeux bleus, je sens encore son corps trembler contre le mien, je ressens encore sa souffrance si vive et si intense. Ce jour-là, il était tout l'opposé du personnage qu'il incarne au lycée. Au quotidien, il semble insensible à ce qui se passe autour de lui ; comme s'il ne faisait pas réellement partie du monde qui l'entoure. Or, ce soir-là, assise sur son lit, tandis qu'il pleurait dans mes bras, j'ai aperçu son cœur doux et brisé. Il souffrait comme nous tous.

Peut-être souffrait-il davantage que nous tous, d'ailleurs ?

Je regarde mon amie pleine d'espoir. Tracey a parlé non-stop de cette fête et de Reggie depuis qu'elle a su qu'ils y seraient tous les deux. Elle est convaincue qu'elle drague mieux à ce type d'événement qu'au lycée, ce qu'elle trouve trop stressant. Elle préfère les lumières tamisées, la musique forte et la tequila.

Surtout la tequila.

– Je n'arrive pas à me détendre, Shay, insiste-t-elle en me tirant de mes pensées.

– Pourquoi ? Tu es une fille géniale. Reggie serait fou de ne pas le voir, je réponds alors qu'elle me tend son rouge à lèvres après en avoir remis une couche.

– Tu le penses ? Tu ne crois pas que ma tenue est *too much* ? Je cherchais à être sexy, sans faire salope. Genre : *Ouais, j'ai des seins, mais tu n'as pas le droit de les toucher*.

– Tu pourrais être à poil qu'il n'aurait pas le droit de les toucher, meuf. Et puis, une tenue ne fait pas de toi une salope ; c'est notre société tordue qui nous fait penser ça.

J'ai à peine prononcé ces paroles que je réalise que je suis sur le point de devenir comme ma mère et ma grand-mère, à faire des leçons de morale sur la valeur d'une femme, consciente de ce que je mérite ou ne mérite pas de la part d'un homme.

Tracey ricane en levant les yeux au ciel.

– Ok, mère Teresa. Je voulais juste que tu me complimentes sur ma poitrine.

J'éclate de rire.

– Ah ! Ben, si ça peut te rassurer, si j'étais Reggie, j'aurais du mal à te regarder dans les yeux.

Elle lisse ses cheveux en arrière avant de se recoiffer aussitôt. Elle fait beaucoup ça quand elle est nerveuse.

– Ok. Ok. C'est juste un mec normal. Ce n'est pas comme si c'était le plus beau mec de la ville. Il a tout juste quatre mois de plus que moi ; c'est rien, n'est-ce pas ? Je n'ai aucune raison de me mettre autant la pression. En même temps, si je ne fais pas attention, il va croire qu'il ne m'intéresse pas, et c'est tout l'inverse de ce que je veux lui faire comprendre, et… et…

– Tracey ! je gronde.

– Oui ?

– Respire.

Elle vide tout l'air de ses poumons.

– Ok.

– Sois toi-même. Et si ça ne lui convient pas, il n'a qu'à aller se faire foutre. Il y a plein d'autres mecs sur cette terre.

– C'est facile à dire pour toi, ricane-t-elle. Les mecs se jettent à tes pieds tous les jours. On n'est pas toutes nées parfaites, tu sais.

Je ne réponds pas à mon amie qui dit fréquemment ce genre de chose. Cela me met toujours mal à l'aise. Je n'ai pas envie qu'on me réduise à mon physique, mais je ne peux rien dire, car ça paraîtrait faussement humble. Je sais que je suis jolie, mais pour une raison que j'ignore, je suis gênée de l'admettre. Je ne peux rien à mon physique, bien sûr, mais c'est la chose la moins intéressante à mon sujet.

Je préférerais que les mecs m'apprécient pour mon sens artistique, mon humour ou mes connaissances encyclopédiques sur *Charmed*. Pas parce qu'ils me trouvent « bonne ».

Il est vrai que j'ai la chance d'avoir hérité des gènes de ma mère. Mima appelle ça le don Martinez. D'ailleurs, ma grand-mère paraît plus proche de la quarantaine que de la soixantaine. Mon père plaisante toujours en disant que ma mère m'a eue seule et qu'il n'y a pas un seul de ses chromosomes en moi. « Tu as clairement mon lobe, c'est évident, dit-il. Ou alors : « Sans rire, nos auriculaires sont identiques. »

J'ai les mêmes yeux chocolat que ma mère et ses lèvres pulpeuses. Mes cheveux sont bouclés et ébène, et j'ai les mêmes courbes que ma mère, ce que les mecs semblent apprécier. Pour moi, ces traits sont plutôt un frein lorsqu'il s'agit des garçons. Si la première chose qu'ils remarquent est en lien avec mon corps, je sais tout de suite qu'ils n'y toucheront jamais.

« Tu es bien plus que ton corps, et seuls ceux qui le voient ont le droit de le posséder de cette façon » me dit toujours Mima, comme elle l'a sans doute répété à ma mère quand elle était adolescente.

Tracey et moi entrons dans la maison et je peux enfin respirer. Je l'ai fait. Je suis dans l'antre de Satan et j'ai survécu. Mieux que ça, je n'ai pas pris feu. Les anges comme moi ne sont pas censés partager la scène avec le diable.

Je balaie la pièce du regard et suis soulagée de noter que chaque invité est un de mes amis. Ouf. Je vais pouvoir être moi-même.

– Regarde, il est là-bas ! chuchote Tracey en me mettant un coup de coude.

Elle hoche la tête en direction de la cheminée où Reggie discute avec des mecs de l'équipe de football. Il a une bière à la main et rigole, employant sans doute son accent du Sud qui fait perdre la tête à toutes les filles du lycée.

– Viens, on va lui dire bonjour, je dis alors que Tracey se crispe. Roh, bon sang, Trace, déstresse ! Il ne mord pas ! Et même s'il te mordait, je parie que tu aimerais ça, je plaisante en la tirant vers l'avant.

Lorsqu'ils nous voient approcher, les mecs cessent de parler et nous regardent en souriant.

– Eh bien, voilà les ennuis qui arrivent, remarque Éric en me toisant du regard.

Je souris jusqu'aux oreilles en le bousculant.

– Salut mec. J'espérais bien te voir ici, histoire que je puisse me moquer de quelqu'un, je réponds en plaisantant.

Éric et moi sommes sortis ensemble quelque temps ; c'est-à-dire que nous nous sommes embrassés trois fois avant qu'il n'admette que cela lui plairait davantage si j'avais un pénis. Soit. Éric n'a avoué son homosexualité qu'à moi, et son secret est bien gardé. La seule chose qu'on ait tirée de notre relation de cinq mois, c'est une amitié solide.

En effet, on s'est fréquentés pendant cinq mois en ne s'embrassant que trois fois. J'aurais dû me douter de quelque chose, mais c'était mon premier petit ami et je ne voulais pas me prendre la tête.

– Eh bien, tu as de la chance, répond Éric en me prenant par l'épaule, car je suis d'humeur particulièrement agaçante, ce soir.

Tracey reste figée sur place, clairement stressée et mal à l'aise. Je devine que sa confiance en elle fléchit et, en tant qu'amie digne de ce nom, je suis déterminée à lui filer un coup de pouce.

– Eh, Reggie, tu es doué pour le bière-pong ? je demande.

– Doué ? Je suis le meilleur, rétorque-t-il, faisant frémir de plaisir mon amie.

Sa réponse me donne la nausée, mais je prends sur moi pour aider Tracey.

– Ah, eh bien, Tracey est la championne en titre. Elle n'a jamais perdu un seul match.

Reggie se tourne vers elle et hausse un sourcil. Bon sang, même ses sourcils sont arrogants.

– C'est vrai, ça ?

– Euh, ben oui, je suppose. Je n'ai jamais perdu contre qui que ce soit, bégaie-t-elle nerveusement.

– C'est vrai, je renchéris. Vous devriez faire équipe et commencer un tournoi. Ce serait amusant, je propose.

Reggie hausse les épaules.

– Ouais, ça pourrait être fun. Allons chercher à boire et voir qui veut jouer. Tu t'appelles Tracey, c'est ça ?

Elle répond en baissant les yeux et en rougissant comme une pivoine.

– Oui, Tracey avec un « E », non pas qu'il serve à quelque chose puisqu'on ne l'entend pas, mais ma mère trouvait que…

– On s'en fout, je lance en toussant dans ma main et en bousculant mon amie.

Elle rougit de plus belle et cesse aussitôt son histoire.

– Oui, c'est Tracey. Allons chercher un verre.

Elle se penche vers moi pour chuchoter dans mon oreille.

– Tu auras ton poney, Shay, dit-elle. Cela dit, vu qu'Éric est là, c'est peut-être son poney que tu devrais chevaucher ce soir, ricane-t-elle en me faisant un clin d'œil.

Oh, Tracey, si tu savais. Le poney d'Éric n'aime que les cavaliers masculins. Reggie a plus de chances de le chevaucher que moi.

Ils s'éloignent d'un pas rapide et j'entends mon amie parler non-stop de tout ce qui lui vient à l'esprit, alors que Reggie baisse régulièrement les yeux sur son décolleté.

– Tu sais qu'elle perd son temps avec lui, n'est-ce pas ? demande Éric. C'est un bel enfoiré. Avant que vous arriviez, il n'arrêtait pas de parler de toutes les meufs qu'il s'est tapées avant de déménager ici.

– Mouais, je m'en doutais, je réponds en soupirant. Mais tu sais ce qu'on dit, le cœur a ses raisons que la raison ignore.

Et celui de Tracey se prépare à une grosse déception.

– Ah. C'est comme ça qu'on finit avec un herpès génital, déclare Éric, me faisant glousser.

En parlant des raisons du cœur, le mien accélère lorsque Landon entre dans la pièce.

Je mentirais si je disais qu'il n'est pas séduisant. Au fil des années, le garçon agaçant qu'il était s'est transformé en un bel homme agaçant, et j'ai observé sa transformation à distance. J'aurais aimé qu'il reste plus longtemps au stade de l'ado maigrichon avec un appareil dentaire, mais je n'ai pas eu cette chance. Il a désormais un sourire parfait assorti à ses yeux bleus parfaits, des cheveux bruns toujours en bataille et un corps musclé. On dirait l'Incroyable Hulk, bon sang. Ses muscles ont leurs propres muscles, et lorsque je les regarde, j'ai toujours l'impression qu'ils me font un doigt d'honneur.

Nos yeux se croisent et il me lance un regard intense, comme pour dire : *Tu as vraiment eu le culot de venir, hein ?*

Oui Landon, je suis ici, et tu ne m'intimides pas avec tes regards assassins.

Il semble relever le défi, venant à nous avec un gobelet rouge à la main, arborant un sourire narquois.

Je déteste sa façon de sourire. Qui me semble beaucoup trop sinistre.

Je déteste aussi qu'une partie de moi soit attirée par ce sourire. En fait, une part de moi a désespérément besoin de ce sourire. Parfois, j'observe Landon de loin en me demandant si ses lèvres vont se courber vers le haut. Mais Landon semble vivre avec une grimace figée sur le visage.

Il avance lentement vers nous de sa démarche nonchalante et s'arrête entre Éric et moi. Je déteste qu'il soit aussi près, et mes poils se hérissent sur mes bras.

– Éric, Poulette, je suis content de voir l'un de vous deux, déclare-t-il avant de boire une gorgée et de se tourner vers moi. Je suis surpris que tu aies eu le courage de venir.

Je croise les bras et m'efforce d'ignorer les frissons qui parcourent mon dos.

– Crois-moi, je n'avais aucune envie de venir, mais j'y étais obligée pour soutenir Tracey.

– Tu n'es pas obligée de trouver des excuses pour venir chez moi, Poulette.

– Je n'ai aucune excuse à te donner, Satan, je crache.

Je déteste qu'il m'appelle Poulette. Je trouve ça insultant ; comme si je n'étais qu'une poule de plus dans la basse-cour dont il est le roi.

Poulette.

Poulette.

Poulette.

Argh ! Quel enfoiré !

Le pire, c'est qu'il adore voir qu'il m'agace. C'est pour ça que je fais autant d'efforts pour maîtriser mes émotions quand je suis en sa présence. Je n'ai pas envie que ma souffrance lui apporte du plaisir. Si mon cœur me trahit et bat la chamade quand je suis à ses côtés, Landon n'est pas obligé de le savoir.

– Quand est-ce que vous allez enfin coucher ensemble, histoire d'enterrer la hache de guerre ? plaisante Éric en levant les yeux au ciel.

– C'est dégoûtant, je réponds en faisant mine de vomir.

– Plutôt mourir, ajoute Landon. En plus, tes restes ne m'intéressent pas.

– Tu as tort, mes restes sont les meilleurs, répond Éric en me faisant un clin d'œil.

Éric me donne toujours l'impression d'être appréciée, ce qui est tout le contraire de Landon.

– Je vais me chercher une bière, dit-il. Landon, viens me chercher si tu allumes la console. Shay, je t'inviterais bien, mais…

– Il te déteste autant que moi, déclare Landon, coupant la parole à Éric.

Mon ami nous désigne tour à tour en s'éloignant.

– Sans rire. Juste un coup rapide. Dedans, dehors. Faites-moi confiance ; débarrassez-vous de cette haine de la meilleure façon qui soit.

– Jamais ! je réponds en même temps que Landon.

Tiens, pour une fois, nous sommes d'accord.

Nous restons seuls un moment, nous fusillant du regard jusqu'à ce que la situation devienne trop oppressante.

– Si tu veux bien m'excuser, je vais aller partout sauf ici.

– Idem, répond-il.

Et nous partons dans des directions opposées.

CHAPITRE 5

LANDON

Je n'aurais jamais dû organiser cette fête.

Ma maison est vite envahie par des hordes de gens que je ne connais même pas, et il ne faut pas longtemps aux regrets pour s'installer. Lycéens et autres péquins ont décidé de venir puisqu'il y aurait de l'alcool et de la drogue et, avec un peu de chance, des occasions de draguer. En plus, la plupart des gens n'ont sans doute jamais mis les pieds dans un hôtel particulier de leur vie.

Je pensais que la fête m'aiderait à ne pas penser à Lance, mais je me suis méchamment trompé. J'ai beau être entouré de gens, je ne cesse de revivre les meilleurs moments que j'ai passés avec la plus belle personne que j'ai eu l'occasion de côtoyer.

Quarante-cinq ans.

Il aurait eu quarante-cinq ans aujourd'hui.

– Tu es sûr que tu ne veux pas appeler les flics pour dénoncer la fête, histoire qu'ils virent tous ces mecs et qu'on se fasse une petite soirée jeux vidéo entre potes ? demande Greyson en s'appuyant contre la cheminée du salon, tandis que des dizaines de lycéens se bousculent sans se soucier du bordel qu'ils font.

– Non, t'inquiète.

Je hausse les épaules et me masse la nuque tandis que mon ami m'offre un faux sourire, celui qu'il dégaine quand il réfléchit trop.

– Allez, détends-toi ! Bois un verre et profite de la soirée, j'ajoute en lui mettant une tape dans le dos.

– Ouais, ok. C'est juste que je sais qu'aujourd'hui est…

Je lui coupe la parole, sachant déjà ce qu'il va dire. Or, je n'ai aucune envie d'en parler.

– Ça roule, à plus tard, alors.

Je me dépêche de partir pour qu'il ne puisse pas me demander toutes les trois secondes si je vais bien. Je vais parfaitement bien. Mieux que jamais.

Plus tard dans la soirée, comme à chacune de mes fêtes, je finis dans ma chambre avec Greyson, Éric et Hank. Personne d'autre n'a le droit de venir ici et si quelqu'un s'amuse à essayer, je lui fais tellement peur que je lui ôte toute envie de retenter sa chance à l'avenir. Greyson me traite toujours de Scrooge lorsque cela se produit, et il n'a pas tout à fait tort. Je ne prends pas de pincettes lorsque je fous les gens dehors. Mais la dernière chose dont j'ai envie, c'est de retrouver un couple en train de baiser dans mes draps en percale.

Et puis, ma chambre sert de refuge à Ham, lors de ces soirées, et personne n'emmerde mon chien, surtout s'il est saoul ou défoncé.

Éric et Hank fument un joint et racontent des conneries qui ont le mérite d'empêcher mon cerveau de sombrer dans le néant.

– Vous allez acheter le nouveau *SimCity* ? demande Greyson, les mains dans les poches.

– Ben ouais, tu plaisantes ou quoi ? Ça a l'air génial, répond Hank et tirant sur le joint avant de le passer à Éric, ignorant Greyson.

Hank a l'air bien trop enthousiaste pour un simple jeu.

– J'ai dit à mes parents que je réservais la salle télé pendant un mois après sa sortie. Je compte le terminer aussi vite que possible.

Hank a une voix grave et c'est un mec très viril. Peu de mecs sont plus musclés que moi, mais à côté de lui, mes épaules et mes biceps font pâle figure. Et il a plus de barbe qu'aucun mec de notre âge. Éric l'a surnommé le Gorille, à cause des poils noirs qui dépassent toujours de ses tee-shirts, mais Hank s'en fout. On passe notre temps à se chambrer, c'est comme ça qu'on sait qu'on est amis.

Toutefois, le truc le plus drôle chez Hank le Gorille ultra-viril, c'est que chaque fois qu'il s'enthousiasme à propos de quelque chose, sa voix devient suraiguë. C'est la même chose lorsqu'il rit, et Hank est constamment en train de s'emballer ou de rire, ce qui fait de lui le mec le plus divertissant de la bande. Même lors de mes journées les plus sombres, il me suffit de voir Hank pour que son rire me remonte aussitôt le moral. Je comprends que lui et Raine soient amoureux. Raine adore faire des blagues et Hank adore rire.

– Mec, ça va être chanmé ! s'exclame-t-il justement en tapant dans ses mains avant de partir dans une longue tirade sur les qualités du nouveau *SimCity*.

– Ça me paraît complètement nul, si tu veux mon avis, déclare Éric en haussant les épaules.

Cela suffit à blesser Hank, et les deux entament un débat enflammé, chacun essayant de prouver à l'autre qu'il est un débile qui ne connaît rien à rien.

Greyson intervient de temps en temps pour donner son avis, mais je le soupçonne d'être surtout concentré sur les derniers résultats de basket.

– Ok, alors dans ce cas, quel est le meilleur jeu, d'après toi ? demande Hank.

Éric répond du tac au tac.

– Facile. *Super Mario Sunshine*.

Hank pousse un grognement et se plie en deux.

– Putain de merde, c'est la réponse la plus gay que j'aie jamais entendue. Je ne peux pas croire que j'ai fumé un joint avec toi.

Éric esquisse une minuscule grimace au mot « gay », et je suis suffisamment attentif aux autres pour savoir quand ils sont mal à l'aise. Or, Éric l'est toujours en entendant les mots « gay » ou « pédale », même s'il répond en riant ou en changeant de sujet. Il m'est même arrivé de détourner moi-même la conversation pour lui filer un coup de pouce.

Il ne m'a jamais ouvertement remercié, et il n'a pas besoin de le faire. C'est ce que fait un bon ami : il aide ses potes dans les situations difficiles.

– Eh, je peux tirer une latte ? demande une voix derrière moi.

Je lève la tête et vois le Charmeur du Sud sur le pas de ma porte, les yeux rivés sur le joint que tient Hank. Il entre dans ma chambre comme s'il était chez lui, prend le joint et tire une grosse latte. Lorsqu'il a fini, il le passe à Éric en fronçant les sourcils.

– Merde, la beuh du Kentucky me manque. J'vous jure, la vôtre est coupée aux herbes de Provence. Elle fait pas du tout le même effet. Chez moi, j'étais défoncé pendant des jours.

C'est pas comme ça que ça marche, Reggie.

Ce type est un vrai mythomane. Personne n'est défoncé pendant des jours après avoir fumé un joint.

Il se mêle à la conversation, se l'approprie et, bientôt, on est coincés à l'écouter vanter les mérites de son Kentucky natal. La bouffe, la beuh, le sport. J'ai jamais vu un mec bander autant en parlant de son État d'origine. Je suis presque jaloux de ne pas kiffer autant que lui la musique bluegrass, le bourbon et le Kentucky Fried Chicken.

Si le Kentucky était une bite, Reggie serait le premier à la sucer.

– Et c'est quoi le problème des meufs d'ici ? demande-t-il en nous regardant tour à tour.

– Comment ça ? répond Hank.

– Ben, putain, je cherche juste à baiser, moi. Vous ne connaissez pas une meuf qui serait partante ?

Je baisse la tête en levant les yeux au ciel. Ce mec est le cliché du parfait enfoiré. J'ai vraiment du mal à le supporter. Il n'est pas sérieux, si ? Il ne peut pas être transparent à ce point. Je n'en reviens pas que les meufs du lycée se jettent à ses pieds.

– Je ne sais pas, répond Hank en haussant les épaules. Les meufs d'ici sont plutôt cool. Mais ça fait quatre ans que je suis avec Raine, donc je ne me demande pas trop qui je peux baiser.

Quand Hank s'engage, c'est du sérieux. Je parie que Raine et lui finiront comme ces couples qui ne quittent pas la piste de danse des mariages alors que ça fait soixante ans qu'ils sont ensemble.

Hank continue de parler, et je ne cesse de prier pour que Reggie se casse. Chaque fois qu'il tire sur le joint et ouvre la bouche pour dire quelque chose, j'ai envie de le lui arracher des mains et de lui dire de se barrer. Je ne fume plus, c'est vrai, mais la beuh vient de KJ, mon ancien dealer, et je sais que c'est de la bonne came. Reggie ne sait pas de quoi il parle.

Il avance vers Ham pour le caresser, mais mon chien le dévisage en grognant.

C'est un bon toutou, ça.

– Mais si tu veux savoir quelles sont les meilleures meufs à baiser, c'est à Landon que tu devrais poser la question. Il s'est tapé plus de nanas que Bill Clinton, remarque Éric.

Je pousse un grognement, n'ayant aucune envie de me joindre à cette conversation affreuse.

– Ah ouais ? Alors tu peux aider ton bro, répond Reggie en me mettant un coup de coude.

Bro. Ce blanc-bec du Kentucky, avec son tee-shirt Biggie Small trop grand pour lui, m'a appelé son « bro » ? C'est décidé : je ne supporte vraiment pas le nouveau.

– Tu avais l'air de t'en sortir très bien en bas, avec une meuf. Je ne crois pas que tu aies besoin d'aide.

– Tu parles de Stacey ? Non, elle est un peu… *too much* pour moi.

– Tracey, je corrige.

Cela dit, je perds mon temps. Reggie se fout de savoir comment elle s'appelle. Mais ça m'agace qu'il ne fasse même pas l'effort de retenir son prénom. Je parie qu'il fait exprès de se tromper pour paraître détaché et cool.

Mais ce qui m'agace encore plus, c'est qu'il soit dans ma chambre et qu'il fume ma beuh.

– Tracey, Stacey, peu importe. C'est pareil, non ? plaisante-t-il en me bousculant comme si on était potes depuis toujours.

Ouais, ok BRO.

– Et c'est quoi le problème de Monica, cette garce ? demande-t-il.

– Ce n'est pas une garce.

Roh, eh merde ! Maintenant je défends Monica ? J'ai vraiment hâte que cette soirée se termine.

– Landon et Monica ont un… passé. Je ne l'approcherais pas, si j'étais toi, répond Hank.

– Tu peux faire ce que tu veux. Monica est totalement libre, je marmonne.

Cela dit, je doute qu'un mec comme Reggie l'intéresse. Il est trop jeune et innocent pour elle. Monica préfère les hommes qui ont des enfants ou qui ont l'esprit aussi torturé qu'elle.

Reggie ne répond pas à ses critères.

Il se frotte les mains comme un débile en attente de sa dose.

– Allez, mec, file-moi des pistes.

– Je ne sais pas, vraiment, je réponds.

– Land est modeste, c'est tout. S'il y a bien un mec qui peut se taper qui il veut, c'est lui, dit Éric, me mettant mal à l'aise, même si ce n'est pas moi qui me vante.

– Sauf Shay, rétorque Reggie.

Hein, quoi ?

– Qu'est-ce que tu as dit ?

– Stacey-Tracey m'a dit que vous vous détestiez, ce qui est dingue, parce que Shay est méga bonne. C'est dommage que tu n'aies aucune chance.

Méga bonne.

Ça ne m'étonne pas qu'il dise ça puisque son cerveau fait la taille d'un petit pois, mais il se prend pour qui, pour me dire quelle meuf je peux avoir ou pas ?

– Si je voulais me taper Shay, je n'aurais aucun mal, je réponds d'un ton nonchalant.

Bon sang, cet enfoiré fait ressortir mon pire esprit de compétition.

– Tu crois ? Tu es confiant à ce point ? demande Reggie en haussant un sourcil.

– Ben ouais, *bro*. Si j'voulais une zouz, j'en aurais une, ma parole, je réponds d'un ton moqueur, parodiant sa façon de parler.

Hélas, cet abruti ne comprend rien. Ce n'est pas le cas de Greyson, qui ricane dans sa barbe sans se joindre à la conversation. En fait, Greyson n'aime pas se mêler de ce genre d'histoire. Il en a assez à la maison, et je comprends qu'il ne s'intéresse à rien en dehors du basket.

– C'est dingue que tu penses ça, mon frère, parce qu'à entendre Stacey-Tracey, Shay se fout complètement de toi, insiste Reggie.

Ce connard de mec veut vraiment que je lui colle une droite, on dirait.

– J'en suis sûr et certain. Si je le voulais, elle tomberait même amoureuse de moi, je déclare.

Je me rends compte que je passe pour un enfoiré en disant ça, tout ça parce que je suis en présence du plus gros enfoiré du pays et qu'il me met au défi.

– Eh… euh… les mecs… commence Éric, essayant de nous interrompre.

Mais je ne le laisse pas faire. Reggie croit vraiment qu'il peut débarquer dans ma ville, dans ma maison, dans ma chambre, et s'asseoir sur mes draps en percale, et me dire ce dont je suis capable ?

– Ok, alors tu dis quoi d'un petit pari amical ? propose Reggie en se redressant. Je parie que Shay ne tombera jamais amoureuse de toi.

– Les mecs… dit Greyson en se raclant la gorge, mais on l'ignore également.

– Moi je dis que si. J'en suis sûr à cent pour cent. J'accepte ton pari, je déclare en lui serrant la main.

Bon sang, j'ai vraiment l'air d'un imbécile.

– Les garçons, si vous comptez parier que je vais tomber amoureuse de quelqu'un, vous devriez peut-être m'inclure dans le pari, non ? dit Shay depuis l'embrasure de la porte.

On tourne brusquement la tête et je la découvre bras croisés, appuyée contre la porte, un sourire agacé sur les lèvres.

– Bon sang, les gars, vous auriez pu nous prévenir, je gronde à l'attention de mes amis.

Éric lève les bras d'un geste théâtral.

– J'abandonne, râle-t-il.

– Ce n'était rien, je dis à Shay. Juste des conneries de mecs.

– Oh, je t'en prie, ne te dégonfle pas simplement parce que tu as été pris sur le fait, Satan. Si tu crois que tu es capable de me séduire au point que je tombe amoureuse de toi, alors vas-y, lance-toi. Mais sache que je veux jouer, moi aussi.

– Jouer ? Comment ça ? demande Reggie.

– Je veux dire que je veux participer. Je parie que Landon tombera amoureux de moi le premier.

Tout le monde éclate de rire, parce que tout le monde sait que l'idée que je tombe amoureux est ridicule. Je n'aime personne. J'ai même du mal à supporter les gens.

L'idée que je puisse aimer la personne qui m'agace le plus sur terre est tout simplement absurde.

– Je le répète, c'était juste des conneries entre mecs. Laisse tomber, Poulette !

– Qu'est-ce qu'il y a, Satan ? demande-t-elle en avançant jusqu'à moi. Tu as peur d'avoir des sentiments pour quelqu'un que tu détestes ?

S'il y a une chose que je ne peux pas enlever à Shay, c'est son mordant. Et je parie que ses morsures sont divines.

– Pas du tout, mais je ne compte pas perdre mon temps avec toi.

– Eh bien, c'est qui la poule mouillée, maintenant ? *Cot cot cot*, ricane-t-elle alors que mes potes éclatent de rire.

Bande de traîtres.

– Tu veux vraiment jouer avec le feu, Shay ?

– J'adorerais te voir me brûler, répond-elle en souriant.

Je dois avouer que ses provocations sont super-sexy. Je sens mon sexe durcir dans mon jean, et je ne fais rien pour le cacher. Après tout, le défi n'est pas de me faire bander, c'est de faire fondre mon cœur de glace.

– Voilà un défi que j'aimerais bien voir ! déclare Hank en se frottant les mains. Des ennemis jurés qui se battent pour l'amour, et le vainqueur…

– Aura le droit de se vanter jusqu'à la fin de sa vie, termine Shay en plongeant ses yeux chocolat dans les miens.

Apparemment, elle compte aller jusqu'au bout, et ce n'est pas moi qui vais me dérober.

– Et si personne ne tombe amoureux ? demande Hank.

– Alors, à la fin de l'année, le pari est fini. On a quatre mois et demi pour gagner, répond Shay.

Je fais un pas de plus vers elle.

– Tu es sûre que tu veux te mettre dans cette situation, Poulette ? je demande en haussant un sourcil. Parce qu'une fois que tu seras amoureuse de moi, tu seras déçue par tous ceux qui viendront après.

– Et quand tu m'aimeras, tu ne pourras plus jamais m'oublier, répond-elle en faisant un pas à son tour.

On est tellement près que sa poitrine touche presque la mienne. Même avec mon mètre quatre-vingt-huit, elle se tient droite et me regarde dans les yeux.

Si je ne la détestais pas autant, j'aurais presque trouvé sa détermination mignonne. Mais ce qu'elle ne sait pas à mon sujet, c'est qu'il n'y a pas de place pour l'amour dans ma vie. Mon esprit n'accueille pas ce sentiment. Cette victoire va être facile.

– Je t'en prie, je ricane en baissant la tête pour approcher ma bouche de la sienne. Je vais adorer posséder ton esprit et ton cœur.

– N'importe quoi ! répond-elle.

Elle se met sur la pointe des pieds et je sens désormais son souffle chaud sur ma bouche.

– Tu tomberas amoureux de moi sans jamais avoir goûté à mes lèvres.

– Tu tomberas amoureuse de moi alors que je continuerai à te traiter comme une merde.

– Prêt à parier, Satan ? demande-t-elle en me tendant la main.

– Pari conclu, Poulette.

Je serre sa main avec trop de force, et elle en fait de même. C'est sans doute la première fois qu'on se touche depuis le jour où elle m'a pris dans ses bras, l'an dernier.

Je suis tenté un instant de ne plus lâcher sa main, car ses doigts sont chauds comme l'été alors que les miens sont gelés, comme toujours.

– Merde, siffle Reggie en se tournant vers les autres. On est sûrs qu'ils ne baisent pas déjà ?

– Honnêtement, c'est dur à dire, avoue Éric.

Toutefois, nous continuons de les ignorer. De mon côté, je suis déjà en train de réfléchir à tous les moyens que je vais employer pour que Shay tombe amoureuse de moi, des moyens de l'agacer, de la rendre folle et de me rendre irrésistible.

En fait, peut-être que ce pari est justement ce qu'il me faut pour occuper mon esprit pendant les semaines à venir.

Pousser Shay à tomber amoureuse de moi est la parfaite distraction.

***

Les gens continuent à boire et à foutre le bordel, et je suis surpris que les voisins n'aient pas encore appelé les flics. Certains objets de déco se brisent par terre, et j'ai hâte de le dire à mes parents, parce que c'est mon passe-temps favori : les énerver. Est-ce que ce sera la porcelaine ? Les tapis ? Les vases en cristal ? Qui sait !

Je sais que c'est bête et immature, mais je ressens le besoin absurde d'énerver mes parents. Surtout mon père. Au moins, quand il me gueule dessus, il m'adresse la parole.

Parfois, mes conneries sont suffisamment graves pour que maman revienne à la maison. Elle s'inquiète pour mon bien-être, alors que papa dit que je cherche juste à attirer leur attention.

Les deux ont raison.

– Et si on jouait à Sept Bouteilles ? propose quelqu'un dans le salon.

Tandis que certains poussent un grognement, d'autres applaudissent l'idée.

Ce jeu est vraiment enfantin, mais il semble à la mode en ce moment. C'est un mélange du jeu de la bouteille et de « sept minutes au paradis ». On s'assoit en cercle et quelqu'un fait tourner la bouteille au milieu. La personne sur qui elle s'arrête doit ensuite s'enfermer dans un placard pendant sept minutes avec celle qui a lancé la bouteille.

Comme je l'ai dit, c'est vraiment immature, l'idée qu'on sera un jour les dirigeants du monde est inquiétante.

Je n'ai jamais voulu y participer, mais quand je vois Reggie demander à Shay si elle veut jouer et qu'elle secoue la tête, je saisis l'occasion.

– Tu ne joues pas, Poulette ? Tu as trop peur, c'est ça ?

Elle semble choquée que j'aie le culot de lui adresser la parole.

– Crois-moi, je n'ai pas peur. C'est juste que je n'ai pas envie, répond-elle en haussant les épaules.

– Cot… Cot… Cot… je chuchote dans son oreille.

Je sais combien ça l'agace que je fasse ça.

– Je ne te vois pas te joindre au cercle, dit-elle en s'attachant les cheveux.

Elle ne serait pas en train de me mettre au défi ?

Je réponds en m'asseyant en tailleur et en l'invitant à me rejoindre.

– Je n'ai rien à prouver, Landon, répond-elle en levant les yeux au ciel.

Je ne la quitte pas des yeux tandis que j'articule « cot, cot, cot ».

Elle a envie de résister, je le vois. Elle a envie de m'ignorer, mais ce n'est pas ainsi que cela fonctionne entre nous. Quand l'un pousse l'autre, il n'a d'autre choix que de pousser encore plus fort.

Elle s'assoit plus loin en me faisant un sourire qui me dit d'aller me faire foutre.

Plusieurs couples s'enferment dans le placard et, quand ils en sortent sept minutes plus tard, ils semblent confus, gloussant comme les ados qu'ils sont.

Quand vient mon tour, je saisis la bouteille sans me soucier de savoir sur qui elle va tomber. À quatorze ans, j'avais déjà appris à maîtriser le geste afin d'embrasser la fille que je voulais.

Cette fois, il ne s'agit pas d'un baiser, mais plutôt d'une occasion de plus pour emmerder Shay.

La bouteille tourne et tourne, et Shay ne la quitte pas des yeux. Lorsqu'elle ralentit, je la vois marmonner « non, non, non » jusqu'à ce qu'elle s'arrête pile sur elle.

Le cercle se met à siffler et à applaudir à l'idée que deux ennemis jurés vont devoir s'enfermer dans un placard pendant sept minutes. Je sais déjà qu'on aura à peine refermé la porte qu'ils seront scotchés dessus, essayant d'entendre ce qui se passe à l'intérieur.

Je me lève et ouvre la voie à Shay.

– Je t'en prie. Les poules d'abord.

Elle grimace et fronce légèrement les sourcils avant de se lever à son tour et d'avancer vers le placard d'un pas déterminé. On y entre tous les deux et nous nous retrouvons nez à nez pour la deuxième fois de la soirée.

– Ok, les mecs, vous connaissez les règles, dit Éric en saisissant la poignée. Vos sept minutes au paradis, ou plutôt en enfer, dans votre cas, commencent… maintenant !

Il referme la porte et Shay soupire aussitôt.

– Je n'arrive pas à croire que je suis coincée avec toi pendant sept minutes. Il y a un million de choses que je préférerais faire en ce moment, râle-t-elle.

– Ah ouais ? Comme quoi ?

– Oh, je ne sais pas… regarder de la peinture sécher.

– Eh ben, puisqu'on est là, on devrait en profiter, je plaisante en commençant à défaire ma ceinture, conscient que ça va l'irriter de plus belle.

Je regrette de ne pas voir son agacement. J'adore voir ses narines se dilater de rage.

– Mon Dieu, ôte-toi tout de suite cette idée de la tête, Landon, et arrête de jouer avec ta ceinture. Il est hors de question que je te touche.

– J'y ai déjà pensé, tu sais, je réponds d'une voix suave.

– Pensé à quoi ?

– À t'embrasser.

– Tu mens, rétorque-t-elle.

– Tu as raison, je mens.

– J'ai toujours raison.

Pourtant, je disais vrai. J'y ai déjà pensé, une seule fois, après les obsèques de Lance. J'avais plané pendant des semaines, me noyant dans l'alcool pour ignorer mes idées noires, et j'étais assez instable. Si mes amis n'avaient pas été là pour moi, je pense que j'aurais mal fini. Je me souviens d'être arrivé au lycée, un jour, et d'avoir vu Shay près de son casier avec ses amies. Elle riait aux éclats et sa joie était si sincère que je n'arrivais pas à la quitter des yeux.

Je ne cessais de repenser au jour où elle m'avait tenu contre elle pendant le moment le plus sombre de ma vie. Elle avait été là pour moi – mon ennemie –, prenant soin de mes blessures. Et tandis que je la dévisageais dans le couloir du lycée, j'avais envisagé un instant de la remercier. De marcher jusqu'à elle, d'ouvrir la bouche et de lui montrer ma gratitude. Je ne suis pas habitué à ce que des gens s'occupent de moi sans espérer quoi que ce soit en retour.

Je me souviens de l'avoir regardée dans les yeux, puis d'avoir étudié son nez fin, puis ses joues, puis ses lèvres charnues.

Je m'étais demandé quel goût aurait sa bouche si je l'embrassais pour la remercier. Je m'étais demandé si elle aurait le goût des bonbons qu'elle passe son temps à manger. Je m'étais demandé si un baiser avec un ange serait divin. J'avais envisagé un instant de le découvrir… jusqu'à ce qu'elle referme son casier et qu'elle tourne les talons.

Je suis vite revenu sur terre, mais… j'y avais pensé.

Nous nous taisons un long moment et je finis par me racler la gorge. Je n'aime pas le silence. Le silence et moi ne faisons pas bon ménage.

– Allez, juste un baiser, Poulette. Personne ne le saura ; je sais garder un secret.

– Tu parles, tu gardes les secrets aussi bien que les filles, c'est-à-dire que tu les recraches tout de suite. Sauf Monica, bien sûr.

– Monica n'est pas à moi.

– Ça ne change pas le fait qu'elle pense que tu es à elle.

– Tu es jalouse ? je demande en souriant.

– Jalouse d'avoir à gérer un mec comme toi ? Jamais de la vie.

– Si tu le dis, Poulette.

– Bon sang, tu ne veux pas arrêter de m'appeler Poulette ? gronde-t-elle. Je déteste ça.

– Oh, tu veux un nouveau surnom, p'tit cul ? Je veux bien t'en trouver un autre, p'tit cul.

Elle frisonne de dégoût. Tant mieux. J'adore l'agacer.

– Pas ça non plus, répond-elle.

– Je vais y réfléchir.

– Tu pourrais simplement m'appeler par mon prénom.

– Non, il est trop moche pour franchir mes lèvres.

– Je te déteste.

– Je te déteste plus encore.

– Ouais, mais c'est moi qui te déteste le plus.

Je ricane dans ma barbe.

– Tu crois vraiment qu'un mec comme moi peut tomber amoureux de toi ?

– Oui. J'en suis certaine. Les gens sont faciles à décrypter. Y compris toi.

– Tu ne sais rien de moi, Shay.

– Bien sûr que si. Je lis en toi comme dans un livre ouvert.

– Ok, dans ce cas…

Je sors mon téléphone de ma poche, allume la lampe et éclaire le placard.

– Lis-moi.

Elle hausse un sourcil.

– Tu es sûr ? Analyser les gens est un don chez moi. Tu ne vas peut-être pas aimer ce que j'ai à dire.

– Je n'aime jamais ce que tu as à dire, donc ça ne changera rien à la normale. Vas-y, lance-toi.

Elle roule ses épaules et tend les bras, comme si elle s'apprêtait à me soulever.

– D'accord. Tu es fake, Landon.

C'est tout ? C'est ça, sa grande révélation ?

– Comment ça, je suis fake ?

– Je veux dire que tu es fake. FAKE. Il n'y a rien de sincère chez toi. Tu es un mensonge ambulant.

J'éclate de rire, ce qui est plutôt rare pour moi. J'en ai même les larmes aux yeux.

– Mais de quoi tu parles ? Tout est vrai, chez moi. Je suis la personne la plus honnête de la ville.

– Non, rétorque-t-elle en secouant la tête. Tu es la plus fausse. Tu es encore plus fake que les nouveaux seins que Carly Patrick a eus pour ses dix-huit ans.

– Quoi ? je m'exclame, choqué. Je ne suis pas fake, Shay.

– Ce n'est pas grave, Landon, dit-elle en haussant les épaules avant d'étudier ses ongles. Ça semble plaire aux gens.

– Je ne suis pas fake, j'insiste, alors que je commence à m'énerver. Et j'ai vu les seins de Carly en personne. Ils ne bougent pas d'un iota, même sous une pression féroce. Je ne peux pas être plus fake que ces pastèques en silicone. Je suis plein de choses merdiques, mais fake n'en fait pas partie.

– Ok. Dans ce cas, tu peux répondre à une question ?

– Tout ce que tu voudras.

– Combien de personnes savent à quel point tu es triste ?

– C'est quoi cette question ? j'aboie.

– Une question très simple.

Elle semble tellement cool et mesurée, c'est une des nombreuses choses que je déteste chez elle. C'est comme si sa vie était un long fleuve tranquille. Je rêverais d'être aussi équilibré que Shay, et ça me rend furax.

– Depuis quand tu es triste, Landon ?

Je regarde ma montre.

– Depuis trois bonnes minutes, à présent, parce qu'être coincé dans ce placard avec toi est un véritable enfer.

– C'est pourtant toi qui voulais t'y enfermer avec moi.

– Je me suis trompé. J'ai fait une erreur de jugement. J'avais oublié à quel point tu étais chiante.

Elle me répond par un sourire. Un sourire, bon sang ! Elle est clairement ravie de me voir aussi énervé.

– Tu vas me répondre, à propos de ta tristesse ?

– Ça dépend, est-ce que tu vas me sucer ? je rétorque.

– Tu fais toujours ça ? demande-t-elle en penchant la tête sur le côté.

Merde, elle refait ce truc : elle m'analyse. Elle prend note de mes mouvements, de ma mâchoire contractée, de mes expressions les plus révélatrices.

Ne la laisse pas te transpercer, Landon.

Mes barrières sont érigées, et je n'ai aucune intention de la laisser les détruire.

– Est-ce que je fais quoi ?

– Est-ce que tu caches toujours ta souffrance derrière ton sarcasme ?

– Je n'ai aucune raison de souffrir. Tu as vu ma vie ? J'ai du fric, des fêtes de ouf et des nanas qui se jettent à mes pieds tous les jours. De quoi j'aurais à me plaindre ?

– Peut-être que l'argent, les filles et les fêtes ne suffisent pas à rendre quelqu'un heureux. Je vois dans tes yeux combien tu es triste.

– Tu ne sais rien de moi, Shay, je siffle en grimaçant.

– Alors, comment se fait-il que je t'énerve aussi facilement ? Si j'avais tort, si tu n'étais pas triste, pourquoi ça t'agacerait autant que je le dise ?

– Tu ne m'agaces pas, je réponds calmement.

Bien sûr que si, elle m'agace.

Elle me pousse dans mes retranchements. Elle me fait savoir qu'elle voit en moi ce que personne d'autre ne voit. Ma colère s'accumule dans ma poitrine et je cherche un moyen de l'évacuer avant qu'elle n'explose.

– Peut-être qu'on devrait se taire jusqu'à la fin de ce calvaire, je déclare.

– Eh bien, pour la deuxième fois de ma vie, je suis d'accord avec toi.

Shay s'assoit par terre et je l'imite, m'adossant contre les manteaux. Comment sept minutes peuvent-elles sembler aussi longues ? Est-ce que le temps a cessé de s'écouler ? Quel enfer !

Un silence de plomb s'installe de nouveau et, comme toujours, il s'accompagne de pensées noires. Or, Shay arrive à lire dans mes pensées. Quand le silence devient trop pesant, je me racle la gorge et tente de plaisanter pour faire taire mon cerveau.

– Une poule et le diable entrent dans un placard, tu connais la blague ?

Elle glousse discrètement.

Mince, Shay n'avait jamais ri à mes blagues, c'est nouveau, ça. Ce qui est nouveau, également, c'est de voir combien j'aime l'entendre rire.

– Landon ? chuchote-t-elle.

– Ouais ?

– Tais-toi, ok ?

Ouais, ok.

– Plus qu'une minute en enfer ! s'écrie Éric de l'autre côté de la porte.

On se lève tous les deux et je fais un pas vers elle.

– Je comprends que tu ne veuilles pas m'embrasser. C'est intime et personnel. Mais c'est ta dernière chance de me sucer sans que personne ne le sache. Je ne t'en empêcherai pas.

– Non merci. Je suis allergique aux cacahuètes, répond-elle du tac au tac, à voix haute, faisant éclater de rire les gens agglutinés derrière la porte.

Elle m'offre un sourire narquois, fière de sa réponse. Ce sourire est aussi sublime qu'agaçant et j'adore le détester.

Shay : 1

Landon : 0

Toutefois, je ne suis pas inquiet. Le jeu ne fait que commencer. Elle a peut-être marqué un point, mais je ne la laisserai pas recommencer. C'est mon terrain de jeu, après tout, et Shay ne sait pas à qui elle a affaire.

Lorsque les sept minutes sont écoulées, nous ouvrons la porte et découvrons une foule de gens entassés dans le couloir. Et à la tête de la foule, Monica et son regard détraqué. La dernière chose dont j'ai envie, c'est de gérer la folie de Monica. Elle réagit toujours comme ça quand elle me voit parler à une autre fille, même si elle se tape des dizaines de mecs tous les mois.

Je me tiens plus droit et ouvre la bouche pour parler, mais je n'en ai pas le temps. *Sbaf !*

Sa main claque ma joue et des picotements de douleur parcourent mes veines. Waouh, ça fait presque deux mois qu'elle ne m'a pas giflé. Je crois que c'est un nouveau record.

– Tu te fous de moi, Landon ? Tu joues à Sept Bouteilles avec une autre meuf ? Avec mon amie ? hurle-t-elle alors que ses yeux s'emplissent de larmes.

S'il y a bien une chose sur laquelle on peut compter, c'est les mélodrames de Monica et la curiosité malsaine que les gens de notre ville ont pour son sens théâtral.

Quant à moi, je trouve sa remarque hilarante, étant donné toutes les horreurs que Monica dit de Shay dans son dos. Je crois qu'elle la déteste encore plus que moi. Je pense même qu'elle est jalouse de la haine que je voue à Shay, ce qui accroît son propre dégoût pour elle. Parfois, ses propos sont tellement horribles que je la reprends, me surprenant à défendre la fille que j'ai détestée toute ma vie. Comment quelqu'un peut-il défendre son ennemi en privé et tout faire pour le rabaisser en public ? La réponse est qu'il faut être un vrai connard. Comme moi.

J'ouvre la bouche pour répondre, mais elle m'en ôte la possibilité en me giflant de nouveau, faisant hurler la foule de joie.

Ok, ça devient ridicule.

Monica a les chevilles qui enflent en entendant les gens l'encourager et elle prend un peu trop confiance. Elle lève de nouveau la main et je saisis son poignet pour l'arrêter.

Une claque, ça passe. Pour être honnête, c'est sans doute mon karma qui me rattrape. Deux claques, je veux bien laisser passer aussi. Je suis certain de m'être mal comporté plus d'une fois au cours de notre relation toxique. Mais trois ?

Tu as les yeux plus gros que le ventre, Monica.

Je baisse la tête et esquisse un sourire en dégainant mon regard de chat potté.

– Je suis désolé, d'accord ?

Je ne sais pas pourquoi je m'excuse, mais les filles semblent aimer ça dans la bouche des mecs.

– Laisse tomber, Landon. Tu n'es qu'un con.

Je ne rate pas son sourire, néanmoins, et je comprends qu'elle aime ce moment. Au moins, quelqu'un s'amuse. Quant à moi, j'ai encore la joue en feu.

Toujours en vie.

– T'en fais pas, Monica. Il ne s'est rien passé. Crois-moi…

Shay tourne la tête vers moi et me reluque des pieds à la tête d'un air dédaigneux.

– … Il ne se passera jamais rien entre nous, conclut-elle.

Elle tourne les talons et s'en va et, je ne sais pourquoi, j'ai envie de la suivre pour lui dire combien elle se trompe. Pour lui dire que je vais envahir sa vie comme la mauvaise herbe que je suis.

Mais je ne bouge pas.

Je regarde les gens attroupés derrière Monica.

– Barrez-vous, je siffle en les fusillant du regard.

Ils se dépêchent de déguerpir, me laissant seul avec Monica.

– Tu me dégoûtes, marmonne-t-elle en se tenant bien droite dans les talons aiguilles qui doivent compresser ses pieds. Tu n'es qu'une merde, tu le sais ? Tu ne vaux rien.

– Tu es saoule, je réponds en grimaçant.

– C'est une fête. Tout le monde est saoul. Tout le monde sauf toi et Madame Parfaite, ricane-t-elle.

Ah, voilà la Monica que je connais si bien.

– Je parie qu'elle baise en écoutant le générique du *Club Dorothée*.

Je n'écoute plus ce qu'elle dit. La plupart du temps, j'ignore ses commentaires parce que je connais son passé. Je sais que son quotidien est horrible. J'ai vu les pages cornées et déchirées du livre de sa vie. Certaines pages ont même été arrachées pour en cacher les aspects les plus sombres, et je suis le seul à les avoir lues. Si elle a besoin de se défouler, j'encaisserai ses coups. Mais ça ne veut pas dire qu'elle ne laisse pas des bleus.

– Tu devrais rentrer chez toi.

– C'est ce que je comptais faire, de toute façon. Ta fête est pourrie, répond-elle en jetant ses cheveux dans son dos. N'oublie pas de faire un plouf, Landon, en l'honneur de ton oncle, marmonne-t-elle avant de s'éloigner.

Pourquoi ferait-elle ça ?

Pourquoi dirait-elle ça ? Pour me blesser ? Pour n'être pas la seule à souffrir ?

Je reste figé sur place, assailli de pensées pour Lance, et bientôt je ne peux plus respirer. Tout le monde autour de moi boit, danse, fait la fête, ne voyant pas la crise d'angoisse qui menace de m'engloutir, ne voyant pas ma souffrance.

J'ai envie de me noyer.

J'ai désespérément envie de me noyer. Dans de la vodka, du whisky, de la tequila. Dans mes larmes.

Je tourne la tête et découvre deux yeux chocolat rivés sur moi. Tout le monde voit à travers moi, ne me remarquant pas, comme si j'étais invisible, mais ces deux yeux m'étudient comme si j'étais une souris dans un laboratoire. Des yeux sublimes, qui voient au plus profond de mon âme. Shay est la seule qui prend la peine de me regarder, et je vois qu'elle m'analyse de nouveau. Elle plonge dans mes pensées et explore les pages de mon livre sans que je l'y aie invitée.

Arrête, Shay.

Je m'oblige à bouger et passe devant elle en la bousculant.

– Si tu ne comptes pas me sucer, arrête de me regarder, *sunshine*[1].

– Ne m'appelle pas *sunshine* ! répond-elle.

Alors, ne sois pas aussi éblouissante.

Je ne sais pas à quelle heure les gens sont partis ; je crois que Greyson leur a dit de déguerpir vers une heure du matin. Lorsque les couloirs de la maison sont vides, je me dirige vers la piscine. Notre piscine chauffée est entourée de baies vitrées et on peut admirer la nature tout en nageant dehors en plein hiver.

« Quel est l'intérêt d'avoir une piscine si on ne peut pas en profiter toute l'année ? » avait demandé ma mère lorsqu'elle avait dessiné les plans de la maison.

L'eau scintille sous la pleine lune. *La pleine lune*... L'anniversaire de Lance tombe à la pleine lune, cette année. Une part de moi a envie de lever la tête et de hurler comme un loup. Une autre part de moi a juste envie de pleurer.

Au lieu de ça, j'avance au bord de l'eau et saute dedans tout habillé. Je n'utilise jamais le plongeoir, parce que ça me perturbe trop. Je me laisse couler au fond et y reste aussi longtemps que possible. C'est ce que je fais tous les soirs, depuis la mort de Lance. Je n'ai aucun mal à rester sous l'eau. En fait, c'est ce que je fais depuis qu'il est mort. Je retiens mon souffle.

---

1. « Soleil ». (NdT, ainsi que pour les notes suivantes)

CHAPITRE 6

LANDON

Est-ce qu'il vous est déjà arrivé de n'avoir aucune envie de sortir du lit ?

Le lendemain matin, je suis usé.

Même mon esprit bâille d'épuisement.

Je n'aurais pas dû organiser cette fête. Je n'aurais pas dû faire ce pari stupide. J'aurais dû accepter la proposition de Greyson et me contenter d'une soirée pizzas et jeux vidéo.

Je n'ai pas dormi. J'ai fermé les yeux quelque temps, mais je les ai rouverts dès que mon passé a ressurgi derrière mes paupières.

Lorsque le soleil se lève, je vois que mon téléphone affiche des dizaines de messages de gens qui me disent que la fête était géniale. Or, aucune de ces personnes n'est un ami. Greyson, Éric et Hank sont les seuls que je décrirais ainsi, on se connaît depuis toujours. Tous les autres ne sont que des silhouettes qui croisent ma route, du brouhaha.

Je ne réponds pas aux messages, car ils ne s'adressent pas vraiment à moi, mais à celui que je prétends être au quotidien, le gosse de riches qui leur procure leur beuh et leur tise. Le gosse de riches qui les rend populaires par association. Le gosse de riche qui améliore leur statut social.

S'ils me connaissaient vraiment, ils ne trouveraient pas reluisant de savoir qu'il me faut une volonté surhumaine pour m'extirper du lit tous les matins. Je me suis longtemps demandé s'il en était ainsi pour tout le monde, si tout le monde luttait pour se lever. Il y a des jours où ma seule envie est de m'enfouir sous la couverture pour n'en sortir que plusieurs semaines plus tard. Je n'arrive pas à dormir, mais j'ai envie de rester sous la couette, seul avec mes pensées macabres. Voilà ce que j'ai envie de faire en ce dimanche matin : être seul, dans mon lit. Toutefois, lorsque je vois les messages de mes parents, je sais qu'il faut que je me bouge avant que Maria n'arrive.

Maman : Les voisins m'ont parlé d'une
fête. Tu vas bien ? Appelle-moi quand
tu as ce message. Je t'aime.

Le message de mon père est un peu différent.

Papa : Arrête de faire le con.

Je t'aime aussi, papa.

Je lève les yeux et vois qu'il est déjà 10 h 01.

Je m'assois dans le lit et appelle ma mère, qui répond dès la première sonnerie, comme toujours.

– Salut, Landon.

– Salut, maman.

– Comment tu vas ? Tout va bien ? Les voisins avaient l'air inquiets, dit-elle d'un ton soucieux.

– Je vais bien. Les choses ont un peu dérapé, c'est tout. Je suis désolé.

– Ne t'en fais pas. L'essentiel, c'est que tu ailles bien.

– Des vases ont été cassés, je déclare.

– Oh, chéri, ce n'est pas grave. Ce ne sont que des objets matériels. On les remplacera. C'est surtout toi qui m'inquiètes.

Elle est dérangée par quelqu'un et je l'entends parler de différents tissus. Lorsqu'elle reprend l'appel, elle me demande si j'ai besoin qu'elle rentre.

Je réponds que non.

Elle est en train d'accomplir son rêve. Elle n'a pas besoin de mes cauchemars.

– D'accord, chéri, alors appelle-moi avant de te coucher, ou dès que tu en ressens le besoin. Je suis là. Je t'aime. N'oublie pas que je ne suis qu'à un coup de fil. Je t'aime.

– Moi aussi, je réponds avant de raccrocher.

Je file dans la salle de bains et prends une douche, ne pensant à rien tandis que l'eau chaude coule sur mes muscles. Je n'ai pas l'énergie de réfléchir ce matin. Je ne pensais pas qu'il était possible de se sentir aussi profondément épuisé. Je ne savais pas qu'un cerveau pouvait être aussi usé sans réfléchir à grand-chose. Mes muscles sont las, et je ferme les yeux pour savourer le contact de l'eau bouillante sur ma peau.

Après ma douche, je m'habille et fais le tour de la maison, en essayant de tout remettre en ordre. Je ramasse les cannettes de bière vides et les bouteilles de vodka et les mets dans des sacs-poubelles, puis je sors l'aspirateur et la serpillière. Enfin, je frotte tous les w.-c. répugnants de la maison.

Les lycéens sont dégoûtants, surtout quand ils ne sont pas chez eux et qu'ils n'ont pas à nettoyer.

C'est ce que je déteste le plus avec les fêtes : le jour d'après. Je sais que Maria aurait tout nettoyé à ma place, mais elle ne mérite pas ça. Contrairement à mes sentiments pour Shay, j'adore sa grand-mère. Cela dit, c'est difficile de ne pas l'aimer. Elle est coriace et ne fait rien pour cacher sa force de caractère. J'imagine que c'est d'elle que Shay tient sa fougue. Je ne sais d'ailleurs pas pourquoi ça me plaît autant chez Maria, alors que ça m'agace chez sa petite-fille. Peut-être que c'est parce qu'elle se montre toujours affectueuse et tendre avec moi alors que je ne le mérite pas. Ou peut-être que c'est parce que je n'ai pas eu de grand-mère, tout simplement.

En même temps, je crois que le fait qu'elle vient toujours avec de la nourriture y est pour beaucoup.

Le dimanche est mon jour préféré, parce que Maria vient faire le ménage. Ça fait sept ans qu'elle est notre employée, et c'est une de mes personnes préférées sur terre.

Ce dimanche-là, lorsque Maria arrive, elle m'offre un sourire resplendissant. Elle sourit tout le temps et elle fredonne toujours lorsqu'elle passe la porte de la maison.

– Tu fais peur à voir, Landon, déclare-t-elle. Il faut que tu dormes.

– J'y travaille.

– Menteur !

Je regarde le plat rectangulaire qu'elle tient dans ses mains.

Pourvu que ce soit des lasagnes, pourvu que ce soit des...

– Je nous ai fait des lasagnes pour le dîner, dit-elle.

Yes !

C'est mon plat préféré de tous les temps, en dehors des *enchiladas* de Maria. La cuisine de Maria est le temps fort de ma semaine. C'est comme si elle déversait tout son amour dans les plats qu'elle mijote.

– Tu t'es reposé ce week-end ? Tu as dormi ? demande-t-elle.

– Ouais, plutôt bien.

– Encore des mensonges. Tes cernes sont plus gros que les miens, et j'ai quatre cents ans.

– N'importe quoi, Maria ! Je te donnerais à peine trente ans.

– Tu m'as toujours plu, tu sais ? répond-elle en souriant et en me tendant le plat pour que je le mette au frigo. Tu as fait quoi, hier soir ?

– J'ai traîné avec Greyson. Rien de spécial. On a joué sur la console.

– Ah, alors tu n'as pas fait la fête ?

Je souris. Je ne peux pas lui mentir une troisième fois et elle en a parfaitement conscience.

– Tu as de bonnes notes, Landon Scott ?

Maria est la seule personne que j'autorise à m'appeler par mon deuxième prénom. En fait, j'aime bien quand c'est elle.

– Oui, très bonnes.

– Tu as choisi les matières que tu allais étudier à la fac, à l'automne ?

Elle connaît déjà la réponse, mais elle me pose toujours la même question. J'ai été accepté à la *Chicago Law School*, comme l'a exigé mon père, et je suis censé y aller pour suivre le chemin qu'il m'a tracé. Je l'ai laissé faire, parce que je ne savais pas quoi faire d'autre. Après tout, je ne sais pas ce que je veux faire dans la vie, il m'est donc plus facile d'obéir à mon père et de devenir ce qu'il veut.

Or, j'ai du mal à me faire à l'idée d'aller à la fac. N'ayant pas de passion ni de préférences particulières, comment suis-je censé décider quoi faire de ma vie ? J'ai déjà du mal à me sortir du lit le matin, bon sang. J'ai donc écouté mon père et je ferai la même chose que lui. Sa vie a l'air monotone et ennuyeuse, mais au moins il a réussi.

– Ce n'est pas grave de ne pas savoir ce que tu veux faire, répond Maria, lisant dans mes pensées. Tu n'es pas obligé de tout savoir tout de suite. Tu n'as qu'à choisir quelques matières dans lesquelles tu penses pouvoir t'épanouir. Tu es un garçon intelligent et plein de talents, Landon. Tu peux accomplir tout ce que tu veux si tu fais l'effort, et tu n'es pas obligé d'étudier le droit parce que ton père te l'a dit.

– Tu ne crois pas que je ferais un bon avocat ? je plaisante.

– Tu ferais un bon n'importe quoi. Je veux juste que ça te passionne, c'est tout.

Je ne réponds pas, ne voulant pas gâcher l'ambiance en annonçant à Maria que rien ne me passionne.

Je vais dans la cuisine pour mettre les lasagnes au frigo, et Maria m'y rejoint avant de se mettre au travail.

– Comment va ton cœur, aujourd'hui ? me demande-t-elle, comme tous les dimanches.

– Il bat encore.

– Tant mieux.

Si quelqu'un d'autre m'avait posé une telle question, je l'aurais envoyé bouler. Mais Maria mérite une réponse, quelle qu'elle soit. Je ne pourrais pas manquer de respect à cette femme, même si je me forçais, sans doute parce qu'elle me mettrait une raclée et m'aspergerait d'eau bénite si je me montrais insolent envers elle.

– Et le tien ? je demande.

Le pire, c'est que j'ai sincèrement envie de savoir comment elle va. Je peux compter sur les doigts d'une main les gens auxquels je tiens vraiment, et Maria en fait partie. Je crois même que, parfois, Maria est en haut de la liste.

– Il bat encore, répond-elle en souriant.

Elle tourne les talons et, quelques heures plus tard, elle frappe à la porte de ma chambre. Lorsqu'elle l'ouvre, elle agite son balai au bout duquel pend un soutien-gorge rouge en dentelle.

– Une petite soirée tranquille avec Greyson, tu disais ?

J'éclate de rire.

– Les choses sont devenues un peu bizarres après minuit.

Elle secoue la tête en marmonnant quelque chose, sans doute une prière, puis elle retourne au travail.

Un peu plus tard, je mets les lasagnes au four pendant que Maria dresse la table pour deux. Le dimanche avec Maria, c'est notre rituel. Avant qu'on entame le repas, elle prend toujours ma main dans la sienne pour dire une prière.

Je garde les yeux ouverts, mais elle s'en fiche. Elle m'a expliqué il y a longtemps qu'on n'est pas obligé de fermer les yeux pour que Dieu nous bénisse.

Elle me parle du lycée, me rappelle de me comporter convenablement avec tout le monde et me donne des conseils pour être quelqu'un de bien. Je ne lui ai jamais dit, mais nos repas du dimanche sont tout pour moi. J'ai besoin d'elle, et elle est toujours là. S'il y a une personne sur laquelle je peux compter, c'est Maria.

La plupart du temps, Maria parle de sa famille, et surtout de Shay, mais j'ai appris à l'ignorer, au fil des années. Je me fiche d'en savoir davantage sur la fille que je déteste et encore plus de savoir combien elle est heureuse. Mais maintenant, avec ce pari, j'ai envie d'en apprendre autant que possible à son sujet. Toute information me sera utile pour la faire tomber sous mon charme.

– Shay se prépare pour la pièce de théâtre du lycée, donc on ne parle que de ça à la maison. Elle est vraiment épatante. L'écriture et le jeu d'acteur sont un don pour elle, dit Maria en souriant jusqu'aux oreilles. Elle est artiste par nature. C'est la seule chose qu'elle tient de son père, heureusement.

– Ah bon, elle aime le théâtre ? je demande en avalant une bouchée de lasagnes.

C'est tellement booon...

– Oui. Elle est superbe. Elle a un talent inné pour ça.

J'aimerais en savoir davantage sur Shay, mais je sais que Maria trouvera suspect que je pose trop de questions. Pourtant, tout ce que je peux apprendre sur elle m'aidera à remporter notre pari. Plus j'en saurai, plus il me sera facile de la séduire.

Donc : actrice, écrivaine.

Superbe, aussi.

Ce n'est pas important, mais je l'ai pensé, donc j'en prends note.

Je recueille tous les petits indices que Maria sème à propos de sa petite-fille, et je les mets au chaud dans ma poche. Je suis sûr que ça m'aidera un de ces quatre.

***

Aujourd'hui, j'étais heureux.

J'ai décidé de l'écrire, car les jours se suivent en devenant de plus en plus sombres.

De plus en plus difficiles.

Je sens que mon esprit noircit à nouveau. Je continue de prendre mon traitement et de me forcer à garder la tête hors de l'eau, mais je le sens. Je sens que je coule.

Je passe plus de temps avec ma famille car, je ne sais pourquoi, elle m'apaise.

J'essaie.

Je fais tout pour ne pas me noyer.

Je ne sais pas de quoi sera fait demain, mais aujourd'hui, j'étais heureux.

Aujourd'hui, je suis heureux.

Ça mérite d'être couché sur le papier.

L

CHAPITRE 7

SHAY

Deux jours ont passé depuis la fête, et je n'ai pas cessé de penser à Landon et à son regard lugubre. Je le revois au milieu du salon, figé. J'ai su tout de suite qu'il faisait une crise d'angoisse. J'en avais moi aussi, chaque fois que papa sortait vendre sa drogue ou lorsqu'il ne rentrait pas de la nuit. Je me souviens d'avoir eu la sensation d'être paralysée et que chaque nouvelle inspiration était plus difficile que la précédente. J'imaginais le pire. Je le voyais inconscient dans un fossé ou coincé dans une fusillade. J'imaginais qu'il était mort ou qu'il tuait des gens. Je me souviens d'avoir eu l'impression que les murs se resserraient sur moi et que je n'avais aucune échappatoire.

Je sais d'où venait mon angoisse de l'époque et je ne peux m'empêcher de me demander d'où vient celle de Landon. Je n'en reviens pas qu'il ait pu être au milieu d'une pièce bondée de gens qui se disaient ses amis, et que personne n'ait vu sa douleur.

Personne, sauf moi.

Je l'ai vue et elle m'a inquiétée, alors que ce n'est pas ma place. J'étais tellement alarmée, en fait, que je me suis tournée vers Greyson pour en savoir plus. Il a sans doute été surpris que je lui parle de Landon, étant donné que je ne me suis jamais souciée de lui par le passé mais… je ne pouvais pas rester sans rien faire après avoir été témoin de sa souffrance. Je ne peux pas m'engager dans ce pari débile si Landon est déjà fragile.

J'ai d'abord été tout excitée de ce pari. J'ai pris ça comme un défi amusant, qui mettrait en valeur nos talents respectifs. Celui de Landon est physique, bien évidemment. Au fil des années, j'ai vu nombre de filles se liquéfier, juste parce qu'il leur avait fait un clin d'œil. Son rôle de bad boy lui va à merveille et ces pauvres lycéennes se jettent à ses pieds et dans son lit, sans réfléchir.

Mon talent à moi n'a rien à voir. Si Landon excelle en termes d'attirance physique, je suis une pro des émotions. Tous ceux que je rencontre deviennent des personnages et je m'efforce d'apprendre tous leurs secrets. Je note leurs traits de caractère dans mes carnets, j'étudie leur façon d'être, ce qui les motive et les inspire, ce qui les agace. Je leur pose beaucoup de questions. C'est mon don, je vois toutes les facettes des gens. J'ai appris très tôt qu'il n'y a pas de véritables méchants dans la vie ; seulement des héros qui ont été rabaissés pendant si longtemps qu'ils en ont oublié leur capacité à faire le bien.

Ainsi, j'ai d'abord pensé que séduire Landon serait fun. Rendre amoureux mon ennemi juré m'avait semblé une occasion parfaite de me moquer de lui jusqu'à la fin des temps. Et puis, un jour, peut-être que je créerais un personnage aussi complexe que lui.

Mais c'était avant que je parle à Greyson et que j'apprenne la vérité sur les difficultés que traverse Landon.

– Il ne va pas très bien ces temps-ci, et je crois que ça fait un bail qu'il n'a pas dormi, me dit-il. Sa tristesse ne se voit que si on le regarde de près, et la plupart des gens ne font pas l'effort de regarder. C'est un de mes meilleurs amis, donc je le vois. Je vois tout. Il ne va pas bien depuis que son oncle est décédé, et samedi était l'anniversaire de Lance, donc ça a ravivé sa tristesse. Je sais que vous aimez vous détester, lui et toi, mais c'est un mec bien, Shay. Il est perdu, c'est tout, comme nous tous, je suppose.

Les paroles de Greyson ont ôté tout le fun de notre pari, qui m'a soudain paru cruel.

Le lundi suivant, je rejoins Landon à son casier, n'oubliant pas ce que Greyson m'a dit sur son ami. J'avance vers lui en le regardant et en me demandant si je vais tomber sur le Landon triste et rompu ou sur le Landon froid et distant que j'ai l'habitude de voir.

– Salut, Landon.

Il se tourne vers moi, surpris de me voir à ses côtés. Je dois avouer que c'est bizarre. Je n'avais jamais pensé dire « Salut » à Landon sans y être forcée.

– Quoi d'neuf ? demande-t-il en sortant des livres de son casier pour les mettre dans son sac.

– Je voulais juste te dire… qu'on peut annuler le pari. Avec tout ce qui se passe en ce moment…

Je ne termine pas ma phrase, supposant qu'il comprend.

Sa vie est déjà suffisamment compliquée sans y ajouter un pari débile. Il a de plus gros chats à fouetter.

– Comment ça « avec tout ce qui se passe » ?

Sa voix est grave et rauque et, à huit heures du matin, je frissonne tandis que ma peau se couvre de chair de poule.

– Ben, Greyson m'a dit que c'était l'anniversaire de Lance le week-end dernier, et…

– Quoi ? Tu as peur de perdre ? rétorque-t-il.

Il est sur la défensive, mais je n'ai pas raté son léger mouvement de recul lorsque j'ai mentionné son oncle.

– Non. Je me disais juste que tu as d'autres problèmes à gérer.

– Je n'ai strictement rien à gérer, gronde-t-il en refermant son casier et en hissant son sac sur son épaule. N'essaie pas de rejeter ça sur moi. Si tu veux déclarer forfait, alors fais-le. Mais il est hors de question que ce soit moi qui l'annule, parce que je ne suis pas une poule mouillée, moi.

– Landon, tu fais encore le deuil de ton oncle. Tu ne vas pas bien.

– Je n'ai pas besoin de toi pour savoir ça, répond-il.

– Ouais, mais… rien que ça, c'est déjà énorme. L'anniversaire de sa mort approche dans quelques semaines…

Sa mâchoire se crispe et il serre plus fort les bretelles de son sac.

– Greyson parle trop, siffle-t-il.

– Je suis contente qu'il me l'ait dit.

– Écoute, Poulette, dit-il en faisant un pas en arrière. Je ne veux pas de ta pitié. Je n'ai pas besoin d'être plaint, ok ? Je n'ai pas besoin que Madame Parfaite me vienne en aide.

– Ce n'est pas ce que je veux, et je ne suis pas parfaite…

– Mouais, peu importe. Si tu ne veux pas aller au bout du pari, c'est cool. Je savais que tu allais te dégonfler, de toute façon. Je savais que tu n'en étais pas capable, mais n'essaie pas de me faire croire que tu me rends service en abandonnant. Je reste persuadé que je gagnerai.

Je l'étudie en prenant soin d'observer sa façon de bouger en plus de ce qu'il dit. Je note ses doigts agités et son sourire en coin qui n'a rien de joyeux.

Je repense aux paroles de Greyson en étudiant Landon.

« Sa tristesse ne se voit que si on le regarde de près. »

Ses yeux.

Ses superbes yeux tristes.

Son regard est pesant et misérable, rempli d'une histoire qu'il a trop peur de raconter. Il cache quelque chose. Ses blessures ? Sa douleur, peut-être ? Sa vérité ?

Je veux en savoir plus à son sujet. Je veux étudier les facettes qu'il cache au reste du monde. Je veux connaître le garçon que je déteste et savoir pourquoi il se déteste lui-même. Je suis sûre que personne ne hait Landon autant que lui-même, et cette idée me rend désespérément triste.

Ce n'est pas de la pitié… juste de la tristesse.

C'est sans doute la personne la plus complexe que j'aie eu l'occasion de rencontrer et, en tant qu'écrivaine, je mentirais si je disais que je ne suis pas curieuse de savoir comment va se dérouler l'histoire de Landon.

– Très bien, alors le pari tient toujours, je déclare, la tête haute.

Je le vois se détendre un peu, comme si ce défi l'emballait, comme s'il en avait besoin, même.

Néanmoins, il se crispe de nouveau et hausse les épaules.

– Tant mieux. La prochaine fois qu'on se revoit, tu me diras que tu m'aimes, dit-il avant de tourner les talons.

– C'est toi qui me le diras le premier.

– Dans tes rêves, poupée !

– Dans mes pires cauchemars, tu veux dire ! je crie dans son dos. Et ne m'appelle pas poupée !

Il agite sa main pour me congédier en s'éloignant, mettant fin à la conversation. Je reste un moment devant son casier, réalisant soudain qu'essayer de rendre Landon amoureux de moi est peut-être beaucoup trop ambitieux, même pour moi. Je ne sais même pas s'il sait ce qu'est l'amour.

Ce défi est une erreur. On le sait tous les deux.

Or, je ne sais pourquoi, je tiens à ce pari plus que je ne le devrais. Lorsque je suis près de Landon, je sens la chaleur de son corps en moi, et je n'ai jamais ressenti ça avec quelqu'un d'autre. J'ai besoin de savoir d'où ça vient. J'ai envie de savoir qu'il ressent la même chose.

Je veux connaître son histoire, son roman sombre et torturé.

***

– Attends, j'ai dû mal comprendre, dit Tracey quelques heures plus tard. Tu as parié avec Landon qu'il tomberait amoureux de toi ?

– Oui, je réponds en prenant mon bouquin d'anglais dans mon casier.

– Landon… Landon Harrison ?

– C'est ça.

– Landon Harrison… Le Landon Harrison qui a mis du chewing-gum dans tes cheveux en CM1 ?

– C'était pas du chewing-gum, c'était un Krema.

– Tu dis ça comme si c'était mieux.

– Ouais, tu as raison, ce n'est pas mieux, mais ce n'était pas du chewing-gum. J'ai donc quatre mois pour faire en sorte qu'il tombe amoureux de moi avant qu'il n'arrive à me faire coucher avec lui.

Tracey agite les mains, parfaitement confuse.

– Excuse-moi, mais je ne comprends pas. Vous vous détestez. Votre haine est ma seule certitude dans la vie. Je trouve super-bizarre que tu aies envie de faire ce truc.

– Je sais, mais je ne pouvais pas me désister. Je l'ai surpris en train de faire un pari avec Reggie à mon sujet, comme deux gorilles se frappant la poitrine pour savoir lequel est le plus viril.

– Pas mon gentil Reggie ! s'exclame Tracey.

Je lève les yeux au ciel.

– Tu sais, Reggie n'est sans doute pas aussi gentil que tu le penses, Trace.

– Ce n'est pas grave, j'aime bien les bad boys, aussi. Tu me files un bonbon ? demande-t-elle en tendant la main, passant du coq à l'âne.

Je sors un bonbon de ma poche. Je ne quitte jamais la maison sans en avoir sur moi, c'est un tic que je tiens de ma grand-mère.

Tracey sourit jusqu'aux oreilles et mets le bonbon dans sa bouche.

– Je suis contente que tu les aies entendus. Tu imagines, s'ils avaient essayé de t'embobiner ?

– C’est justement ce que j’ai pensé. Et maintenant, la balle est dans mon camp, parce que je sais à quoi m’en tenir. Maintenant, Landon doit accepter les conséquences d’avoir parié sur moi. J’ai hâte de le voir perdre.

Tracey me scrute en fronçant les sourcils.

– Quoi ? je demande. Qu’est-ce qu’il y a ?

– Chérie, je ne sais pas comment te dire ça sans que tu croies que je suis dans le camp de Landon, mais…

Elle ne termine pas sa phrase et je hausse un sourcil interrogateur.

– Crache le morceau !

– Tu as un cœur sensible.

– Quoi ? De quoi tu parles ? je réponds en riant.

– Chérie… tu passes ton temps à écrire des histoires d’amour. Tu es gentille avec absolument tout le monde. Il y a quelques années, tu as nourri un chaton au biberon avant de l’emmener chez le véto, et… je sais pas, tu tries tous tes déchets. Sans rire, tu supportes même *Hellica*[2] alors que tout le monde la déteste.

– Tu veux dire *Monica*, je corrige.

– Je maintiens ce que j’ai dit. Cette nana est la définition même de l’enfer, et son mec est ton ennemi. Tu veux vraiment t’embarquer avec l’âme sœur d’Hellica ? Tu sais qu’elle se comporte en parfaite psychopathe avec tous ceux qui la

2. Contraction de *Hell* (« enfer ») et Monica.

contrarient. Même si elle et Landon n'ont jamais été officiellement ensemble, elle pense quand même qu'il est à elle. De son point de vue, Landon est sa chasse gardée.

– Je ne vois pas le rapport avec notre pari.

– J'ai juste peur que tu ne saches pas faire autrement que d'aimer quelqu'un. Si Landon Harrison montre la moindre faiblesse ou le même défaut… je ne sais pas… il suffirait qu'il te sourie pour que tu t'attendrisses et… *bam* ! Il t'aura déjà pénétrée sans que tu t'en rendes compte, parce que tu seras toute confuse et sur ton nuage en pensant être amoureuse.

– N'importe quoi. Je peux le faire.

Bon sang, j'espère que je peux le faire ! Sinon, je suis foutue.

– Ok… Mais… il y a un autre problème.

– Ah bon ?

– Je pense que tu vas finir par coucher avec Landon Harrison.

– Quoi ? Pas du tout ! Et tu sais, tu n'es pas obligée de dire son nom entier chaque fois que tu parles de lui.

– Bien sûr que si, parce qu'il s'agit de Landon Harrison : ton ennemi juré ! Tu te comportes comme si cette situation n'avait rien d'étrange alors que vous vous apprêtez à entrer dans l'arène pour vous battre jusqu'à la mort. Tu ne peux pas perdre, Shay. Tu m'entends ? Si tu couches avec lui, tu auras perdu ta virginité avec Landon Harrison ! Tu en auras pour des années de psychothérapie.

J'éclate de rire, referme mon casier et avance dans le couloir.

– C'est pas si grave, Tracey.

– Euh… si, justement ! C'est la victoire la plus importante de ta vie. Si Landon Harrison tombe amoureux de toi, c'est la plus grande victoire de tous les temps. Ton ennemi sera à genoux à tes pieds. Si ça, ce n'est pas monumental, je ne sais pas ce qui l'est. Je veux que tu restes concentrée. Tu as quatre mois. Il va tout faire pour te faire céder. Il va mettre tout son sex-appeal au service de sa victoire.

– Landon n'est pas sexy, je rétorque.

– Écoute, Shay, je sais que tu détestes ce mec, mais mentir ne t'avancera à rien. Le pays tout entier admettrait sans hésiter que Landon est sexy.

C'est vrai.

Landon a un sourire en coin et une fossette à la joue gauche. Ses yeux sont d'un bleu si vif qu'ils me rappellent l'eau du lac par une belle journée d'été, et il a le corps d'un athlète. Et il sent toujours super-bon, enfin, quand il ne sent pas le parfum de ses conquêtes. Je n'ai pas souvent l'occasion de le renifler, mais parfois, lorsqu'il passe à côté de moi, il sent si bon que je rêve de me blottir dans le creux de son cou. Du moins, si je ne le détestais pas autant.

Sans oublier sa voix grave et raffinée. Landon parle comme les acteurs d'Hollywood à l'époque de Cary Grant. Tous ses mots sont doux et suaves. Même quand il semble complètement déconnecté d'une conversation, ses mots glissent de sa bouche comme un ruban de soie.

Je comprends que les filles le trouvent… attirant. Mais peu importe.

– Alors, c'est quoi ton plan d'attaque ? demande Tracey.

Je ne sais pas trop quoi répondre. En fait, je n'en ai pas. Je compte surtout l'éviter autant que possible pendant les prochains mois. Je me fiche pas mal qu'il tombe amoureux de moi ; je veux simplement m'assurer que l'inverse ne se produira pas. Après tout, si on s'en tire à égalité, ça me va parfaitement.

– Je n'en ai pas.

– Voilà qui est décevant, répond Tracey en fronçant les sourcils.

Nous passons l'angle du couloir et voilà Landon, devant son casier, parlant à une fille qui le drague ouvertement.

Il tourne la tête et plonge son regard dans le mien, puis il sourit.

Merde. Est-ce que j'ai mentionné le sourire de Landon ?

– OMG, s'exclame Tracey en me prenant par le bras pour accélérer le pas. Tu vas tellement perdre ce pari !

– Eh ben, j'apprécie ton vote de confiance, je râle.

– Désolée, mais il compte clairement utiliser son sourire en coin pour gagner, et ça va marcher.

– De quoi tu parles ? Comment tu sais que ça va marcher ?

– Shay, il vient de te faire l'amour rien qu'avec ses yeux.

Je me sens rougir et je plaque mes bouquins contre ma poitrine.

– Quoi ? N'importe quoi, Tracey.

– Je dis juste qu'il te déshabillait du regard et qu'il ne s'est pas contenté de ça. Tu devrais jeter un œil dans ta culotte pour t'assurer que tout va bien.

Bon sang, ma meilleure amie va trop loin, parfois.

– T'es dégoûtante.

– Pas du tout. Il n'y a rien de dégoûtant à une bonne baise des yeux. C'est grâce à ça que Reggie m'aide à supporter le cours de littérature.

– Reggie et toi faites l'amour avec vos yeux pendant le cours de littérature ?

– Ben, c'est un peu à sens unique, mais crois-moi, il se joindra à moi le jour où il daignera me regarder.

J'éclate de rire en écoutant les propos ridicules de mon amie.

– Au fait, ça se passe comment, avec Reggie ?

J'ai grandement besoin de changer de sujet.

– On en est encore au stade du chat et de la souris. Mais il commence à tomber sous mon charme, dit-elle alors que nous nous arrêtons devant son casier. Il m'a donné un surnom.

– Ah ? C'est quoi ?

Elle se tient bien droite et esquisse un sourire béat.

– Stacey.

Je cligne plusieurs fois des yeux en me demandant si elle est sérieuse.

– Bon ok, il ne sait pas comment je m'appelle, admet-elle. C'est nul, je sais, mais tout le monde n'a pas la chance de se faire baiser des yeux dans les couloirs du lycée !

– Il ne m'a pas baisée des yeux, bon sang !

– Je parie qu'il te regarde encore, rétorque-t-elle pour me provoquer.

– Je parie que non.

Nous nous retournons en même temps et je découvre qu'elle a raison. Landon ne m'a pas quittée des yeux alors que la nana continue de lui parler d'un air tout excité. *Merde, je suis foutue.*

Nos regards se croisent de nouveau et je frissonne des pieds à la tête. Pourquoi me regarde-t-il comme ça ? Et pourquoi mon cœur bat la chamade quand je croise son regard ?

Landon ouvre la bouche et lèche lentement sa lèvre inférieure avant de la mordre. Il sourit ensuite, et sa fossette apparaît de nouveau. Les portes de l'enfer viennent de s'ouvrir, et je suis sans voix.

– Meuf… chuchote Tracey. Je crois que je viens de jouir à ta place.

Elle rougit, comme moi, mais sa peau est bien plus pâle et sa gêne est plus flagrante que la mienne. Dans des moments comme celui-ci, je suis contente d'être mate de peau, ça cache mon malaise.

Et en cet instant, Landon me met clairement mal à l'aise.

Je ne sais pas dans quoi je me suis embarquée. Je ne sais pas pourquoi j'ai tendu la main au diable. Mais il est hors de question que cette fossette me fasse craquer. J'ai la ferme intention de garder mes distances et de l'éviter à tout prix. Je ne peux pas tomber amoureuse de lui si on ne se croise jamais.

***

Tous les jours, après les cours, je me rends à Hadley Park. C'est un endroit magnifique, avec un immense terrain de jeux et de superbes sentiers de randonnée. Je viens ici depuis que je suis toute petite. J'ai dévalé ces toboggans un million de fois avec mes parents et Mima. Quand mon père n'était pas au meilleur de sa forme, Mima m'emmenait ici et on passait des heures à construire des châteaux de sable. Puis elle me prenait par la main et nous descendions le sentier qui mène à deux gigantesques saules pleureurs baptisés « l'arbre des amoureux » car les deux troncs ont fusionné pour ne devenir qu'un.

Aujourd'hui, je continue de parcourir ces sentiers et de m'asseoir sous les saules. Nous sommes en hiver et la nature est encore endormie. Les feuilles ne sont pas encore apparues et les fleurs n'ont pas éclos, mais l'écorce des saules n'en est que plus belle car on distingue mieux les initiales gravées dessus. Des dizaines de lettres y ont été sculptées au fil des ans, car la légende veut qu'en gravant ses initiales et celles de son amant dans l'écorce des arbres, l'histoire d'amour durera pour toujours.

Mima et mon grand-père y ont inscrit les leurs, ainsi que maman et papa.

À mes yeux, c'est la chose la plus romantique au monde, un arbre pour les amoureux. J'espère un jour pouvoir y graver mon nom et celui de la personne que j'aime.

Tracey dit vrai, à mon propos. J'ai un cœur sensible. J'aime l'amour. J'aime l'idée de trouver quelqu'un avec qui j'aurai envie de passer le restant de mes jours. J'ai désespérément envie de connaître un lien aussi fort. J'ai écrit des dizaines d'histoires d'amour. Je crois entièrement à l'amour, même si je n'en ai jamais fait l'expérience. Un jour, mes initiales seront gravées dans l'écorce de ces arbres et elles ne seront pas seules. Ma seule certitude, c'est que celles de Landon n'y figureront pas.

Je suis certaine que je remporterai notre pari, parce que Landon n'est pas le genre de personne qu'on aime. On peut le désirer ou l'aduler, mais pas l'aimer. Ce n'est pas pour lui. Il n'est pas capable de laisser quelqu'un l'approcher au plus près de son âme ; or, c'est ce qu'il faut pour être aimé. Son cœur refuse qu'une autre personne l'entendre battre. Pour moi, Landon Harrison ne sera jamais le héros. Il sera toujours le méchant dans l'histoire des autres.

Je ne graverai jamais mes initiales aux côtés des siennes, car quelqu'un comme moi ne peut pas aimer un monstre comme lui. Dans les contes de fées, la belle tombe amoureuse de la bête.

Dans la vraie vie, la bête dévore la belle.

Je ne laisserai pas cela se produire. Je ne tomberai pas amoureuse, et mon cœur ne sera pas brisé.

J'ai peut-être un cœur sensible, mais je refuse qu'il soit sensible à Landon.

CHAPITRE 8

LANDON

Une des choses que je préfère chez Shay, c'est combien il est facile de la faire rougir. C'est une gentille fille, ça se lit sur son visage. Je suis certain qu'il va être facile de la conquérir. Je connais les filles comme elles et j'ai couché avec plus d'une : lorsqu'elles tombent amoureuses, leur cœur l'emporte toujours sur la raison. Aimer est pour elles une seconde nature.

Ses joues rougissent au moindre commentaire déplacé, et je sais que ça la rend dingue. C'est pour ça que je continue à le faire. En revanche, je suis surpris de voir qu'agacer Shay suffit à me faire oublier les jours à venir.

Jamais je n'aurais cru que Shay serait celle qui m'aiderait à garder la tête hors de l'eau.

Heureusement, je peux compter sur Madame Levi, qui n'oublie pas de me rappeler combien les prochaines semaines vont être difficiles.

Je suis de nouveau dans son bureau, les yeux rivés sur les photos de sa nièce et de son neveu.

Elle sourit, comme d'habitude, et ses mains jointes sont posées sur ses cuisses.

– Alors, Landon, comment s'est passé ton week-end ?

– Très bien. Rien de spécial.

– J'ai entendu que tu avais organisé une fête…

Elle ne termine pas sa phrase, comme si elle ne voulait pas paraître indiscrète, alors que c'est justement ce qu'elle est.

– Ouais. Ce n'était rien de grandiose.

Et voilà le premier mensonge de notre rendez-vous.

– Tu veux me raconter ?

Bien sûr, Madame Levi. Laissez-moi vous parler de tous ces mineurs qui ont bu de l'alcool et pris des drogues dans la maison de mes parents.

– Non, il n'y a rien à dire. C'était plutôt calme.

Elle fronce les sourcils, mais laisse tomber le sujet et déplace des papiers sur son bureau. Elle semble fatiguée ce matin. En même temps, qui ne l'est pas ? Peut-être qu'elle a du mal à dormir elle aussi. Ses cernes sont assortis aux miens, après tout.

– Ton anniversaire arrive dans quelques semaines, c'est ça ?

Je ne peux me retenir de grimacer, car je fais tout pour l'oublier.

Je ne réponds rien. Malgré mon silence, elle poursuit.

– Cela veut donc dire que ça fait presque un an que ton oncle est décédé…

– Le jour de mon anniversaire ? Oui, Madame Levi. J'en ai conscience, je rétorque.

Je m'en veux aussitôt d'avoir été sec avec elle, car tout ça n'est pas de sa faute. Elle ne fait que son travail, après tout. C'est juste nul que son métier l'oblige à aborder tous les sujets que je m'efforce d'enfouir jour après jour.

Je marmonne des excuses et elle secoue la tête.

– Ne t'excuse pas, Landon. Je réagirais de la même façon si une vieille me forçait à parler de sujets aussi lourds.

Madame Levi n'est pas si vieille, mais elle se comporte comme une mamie. Je parie qu'elle passe ses samedis soir à tricoter au coin de la cheminée.

Je m'enfonce dans mon fauteuil, dépité, parce que mon cerveau s'est déjà remis en marche.

Merde, je déteste ça.

Je repense à ce jour funeste. Chaque fois que je ferme les yeux, je revois Lance dans l'eau, flottant sur le ventre, immobile dans le clapotis de l'eau.

« Lance ! j'avais crié. Lance ! »

Chaque fois que ce souvenir surgit, ma gorge se serre un peu plus.

– Qu'as-tu prévu pour ton anniversaire ? demande Madame Levi, empêchant mes pensées de sombrer encore plus.

Cependant, sa question ne me remonte pas le moral.

– Ma mère sera à la maison. Je ne sais pas encore ce qu'on va faire, mais elle sera là. Mon père trouvera sans doute une raison de travailler.

– Est-ce qu'ils te manquent ?

– Qui ?

– Tes parents.

– La situation est telle qu'elle est, je réponds en haussant les épaules.

– Oui, mais est-ce qu'ils te manquent ?

Chaque jour.

Bon sang, je suis vraiment pathétique. Un grand gars comme moi qui veut sa maman.

– Ce n'est pas la fin du monde.

– Est-ce qu'elle sait qu'elle te manque ? demande Madame Levi.

À quoi rime cette question ?

– Peu importe. Elle ne rentrerait pas pour autant.

– Peut-être que si, répond-elle d'un ton prudent.

Je n'en dis pas plus à ce sujet, ça ne changera rien à la situation.

– Ne vous en faites pas pour moi.

Maman sera là pour mon anniversaire. C'est tout ce qui compte. Elle sera là quand j'aurai le plus besoin d'elle.

– Je n'y peux rien, Landon. Je t'aime bien et je me fais du souci pour toi, avoue Madame Levi, me mettant mal à l'aise.

Je n'aime pas savoir que les gens tiennent à moi, car je me sens obligé de ne pas les décevoir. Or, ça finit toujours par arriver malgré mes efforts.

Je remue sur mon fauteuil et elle semble remarquer ma gêne, car elle passe à autre chose.

– En tout cas, d'ici ton anniversaire, tu devrais peut-être éviter les fêtes ?

– Ok.

Je n'en ai pas envie, de toute façon. J'avais pensé qu'être entouré m'aiderait à oublier mon chagrin, mais en vérité, ça ne fait que le rendre plus flagrant. Je ne me suis jamais senti aussi seul qu'en étant dans une pièce pleine de gens qui ne voient pas combien je souffre.

Samedi dernier, quand Shay a levé la tête et m'a surpris en pleine tourmente, j'ai été terrifié qu'elle me perce à jour. Mais j'ai également été… soulagé ? C'était étrange, et je n'ai pas su comment réagir.

Lorsqu'une personne voit la souffrance d'une autre et ne tourne pas la tête, elle vous fait un cadeau : c'est comme si elle vous autorisait à être vous-même sans craindre d'être moqué ou jugé.

Je regrette seulement que cette personne ait été Shay Gable.

Madame Levi se masse la nuque avant de redresser un des cadres sur son bureau.

– Est-ce que tu as trouvé de quoi t'occuper l'esprit pour t'aider à tenir ?

– Euh, ouais, on peut dire ça.

Shay, Shay et Shay.

– Super, c'est bien. Qu'est-ce que c'est ?

Je ne réponds pas.

– J'espère que c'est légal, au moins ? demande-t-elle en haussant un sourcil.

– Ça l'est.

Elle soupire d'un air soulagé.

– Tant mieux. C'est super, Landon. Mais si ça ne suffit pas, voici quelque chose qui pourrait t'intéresser, dit-elle en me tendant un prospectus.

Merde, j'ai vraiment touché le fond.

– Ce sont des réunions de groupe pour les adolescents qui ont vécu des situations difficiles. Ils se réunissent deux fois par semaine pour parler de leurs problèmes, explique Madame Levi.

Je pose le prospectus sur son bureau.

– Merci, mais je ne suis pas fan des séances de thérapie, et encore moins lorsqu'elles sont en groupe.

Elle saisit le document et me le tend de nouveau.

– Je te comprends, mais il faut parfois sortir de sa zone de confort pour avancer.

Je ne la contredis pas, cette fois, et je range le papier dans mon sac.

La conversation semble alors s'éterniser, tout comme le reste de la journée.

Chaque fois que je croise Shay, je dégaine mon plus beau sourire d'enfoiré, et elle s'en trouve toute chamboulée.

Le lendemain se déroule de la même façon, mais lorsque mercredi arrive, elle finit par me sourire en retour. Elle ne rougit pas et elle ne se dépêche pas de me fuir. Lorsque je m'assois au self avant les autres, Shay marche dans ma direction et pose son plateau en face de moi.

Elle ne me regarde pas.

Elle ne dit pas un mot.

Elle ouvre sa boisson au chocolat, et je l'entends expliquer à une fille qu'elle déteste le lait normal, car ça lui donne l'impression de le boire directement au pis de la vache, alors que le lait chocolaté paraît plus acceptable pour les humains.

Je ne sais absolument pas où elle veut en venir par là, mais j'ai l'habitude de ne pas la comprendre. Ce n'est pas la première fois que je l'entends dire de telles absurdités.

Le lendemain, elle recommence, elle s'assoit en face de moi à midi. Elle en fait de même le surlendemain, et le jour suivant.

C'est tellement bizarre que je commence à m'inquiéter, et je ne peux plus rester sans rien dire.

– Qu'est-ce que tu fais ?

– Je mange, répond-elle en avalant un raisin et en coupant son sandwich en deux. Observe les indices, Sherlock, ricane-t-elle.

Je suis à deux doigts de sourire en entendant sa réponse.

– Je vois ça, mais pourquoi tu t'assois en face de moi tous les jours ? Tu ne sais pas combien c'est agaçant de voir ta tronche de si près, chaque midi ?

– Qu'est-ce qui se passe, Landon ? Ma proximité te met mal à l'aise ?

– Il en faudrait bien plus que ça pour me faire peur, poupée.

– Ne m'appelle pas poupée.

– C'est dommage, tu as pourtant la tête de l'emploi.

Elle finit son repas en silence, en me regardant droit dans les yeux sans rougir.

Okay, Shay. J'ai compris ton petit jeu.

Elle veut me prouver qu'elle peut me tenir tête. Elle fait la dure à cuire.

Néanmoins, j'ai toujours l'impression qu'il y a quelque chose dont Shay ne parle à personne. Et ça va me rendre dingue de ne pas savoir.

– Eh merde, je marmonne.

– Quelque chose ne va pas ?

– C'est quoi, ton deal ?

– Mon deal ?

– Ouais. Pourquoi je n'arrive pas à lire en toi, Poulette ?

– Je ne sais pas, répond-elle en haussant les épaules et en poursuivant son déjeuner. Je suis sans doute trop complexe pour toi.

Je ne peux pas me retenir de rire et cela me prend par surprise. En général, mes sourires sont faux et forcés parce que c'est ce qu'attendent les gens. Ils s'attendent à ce qu'on sourie, à ce qu'on éclate de rire parce qu'on est heureux.

Mes sourires sincères sont rares, Shay m'en a extorqué un. Et je mentirais en disant que ça ne m'a pas fait du bien.

– Laisse tomber, la lecture est surfaite, de toute façon.

Je mens, bien sûr. Lorsque je n'arrive pas à faire taire mon cerveau, c'est justement vers la lecture que je me tourne, j'ai donc une gigantesque bibliothèque dans ma tête.

– Je suppose que tu penses que l'oxygène est surfait aussi, étant donné le peu qui alimente tes neurones, répond-elle en souriant.

Waouh, son sourire est sublime.

Shay est particulièrement impertinente aujourd'hui. Je ne le lui dirai jamais, mais je trouve son insolence plutôt sexy, en fait.

Je tends la main et m'empare des derniers raisins sur son plateau avant de me lever pour partir.

– Eh ! J'allais les manger ! râle-t-elle.

– C'est ce qui les rend encore meilleurs, je réponds sans me retourner.

– Je te déteste ! crie-t-elle.

– Et moi plus encore !

– Non, c'est moi qui te déteste le plus !

Je n'aurais jamais pensé que la haine pouvait être aussi excitante.

Je n'ai pas de stratégie pour qu'elle tombe amoureuse de moi. Je ne sais pas si elle en a une, de son côté, mais ce truc qui nous lie, quoi que ce soit, est hyper-fun.

Fun.

À quand remonte la dernière fois que quelque chose m'a paru amusant ?

Ces jours derniers, j'avais l'impression de m'embourber dans des sables mouvants, tout était lent, épuisant et sans espoir. Mais aujourd'hui, avec Shay… je me sens rafraîchi. J'aime la titiller et la tourmenter. On aime s'agacer mutuellement. On aime se détester à notre façon.

CHAPITRE 9

SHAY

L'autre jour, Landon a rempli mon casier de dizaines de bouts de papier sur lesquels était écrit : « Alors, tu m'aimes ? » J'ai répondu « Non » sur chacun et les ai remis dans son casier.

Ensuite, il a fouillé dans mon sac à dos et a écrit « pénis » sur mon devoir d'histoire, m'obligeant à le recopier dans son intégralité avant de le rendre.

Je me venge le midi suivant en me léchant les doigts avant de les plonger dans son brownie.

Étonnamment, ça ne le dérange pas..

– Merci, Poulette, répond-il en prenant le gâteau. Je préfère que mes desserts soient moelleux, justement.

Et il mord dedans à pleines dents, comme si de rien n'était.

Sa façon de dire « moelleux » me donne envie de vomir, mais je constate en même temps que mes cuisses se contractent et que je rougis. Je le regarde manger le brownie tout entier, puis il plonge son regard dans le mien en se léchant les doigts un à un.

Lentement. Avec délectation.

Oh mon Dieu !

Recommence.

Il soulève ensuite son tee-shirt à manches longues, révélant son torse musclé, et s'en sert pour essuyer les coins de sa bouche pendant que je compte chacun de ses abdos.

Landon porte toujours des tee-shirts à manches longues qui montrent combien ses bras sont musclés.

– Si tu continues à me reluquer comme ça, je vais devoir te faire payer, déclare-t-il avec un sourire machiavélique.

Je contracte encore plus mes cuisses en arrachant mon regard de son torse.

C'est injuste.

Les mecs de son âge ne sont pas censés être aussi virils. Landon sait que son corps est un atout et il n'a absolument aucun complexe. En dehors de Chad Michael Murray, les ados ne devraient pas être aussi musclés.

Je tiens aussi longtemps que possible et finis par me lever, trop émoustillée, sentant sur moi son regard satisfait quand je m'éloigne.

Notre pari aurait dû nous pousser à nous séduire, mais il ne fait qu'accroître notre haine mutuelle. En tout cas, c'est mon cas. Je ne peux pas me prononcer pour lui, et je me fiche de ce qu'il pense. Je le déteste. De façon viscérale.

Néanmoins, je ne sais pas pourquoi mon cœur a décidé de battre un peu plus fort chaque fois que Landon me joue un tour. Je ne sais pas non plus pourquoi mon entrejambe se contracte lorsque je pense à lui. Ni pourquoi mon estomac fait un saut périlleux lorsqu'il vient vers moi.

Ce doit être des flatulences.

Tandis que la haine que Landon et moi nous vouons augmente, il en va de même pour celle de papa et Mima. Chaque jour, lorsque je passe la porte de la maison, je suis accueillie par leurs disputes. Mima a toujours quelque chose à reprocher à mon père, et ces derniers temps, ce sont les boucles d'oreilles en diamants. Maman a proposé de les revendre, mais Mima n'a rien voulu entendre.

– Ce n'est pas une question d'argent, Camila. Ce qui m'inquiète, c'est de savoir comment il a pu les acheter. Ses petits boulots ne lui rapportent pas assez pour s'offrir un tel luxe. Ouvre les yeux, bon sang, gronde Mima.

– Et si tu t'occupais de tes affaires, Maria ? aboie mon père.

– Ma fille fait partie de mes affaires, justement.

Je sais que ma mère se sent coincée entre les deux, entre l'amour de sa vie et la femme qui l'a élevée. En plus, ma mère a toujours détesté les conflits. Elle fait tout pour préserver la paix et ne jamais vexer personne. Tout ce qui compte pour elle dans sa vie, c'est de rendre les gens qu'elle aime heureux.

Quant à Mima… c'est tout l'inverse. Si ma mère est une souris, ma grand-mère est une lionne, et elle n'a pas peur de rugir. Elle affronte les conflits sans crainte ni remords. Elle n'a pas peur de dire ce qu'elle pense. Je suppose que c'est parce qu'elle a toujours dû se taire avec mon grand-père. Lorsqu'il est décédé, Mima s'est juré de ne plus jamais se taire pour un homme, et elle tient sa promesse. Hélas, mon père n'est pas épargné : elle ne se retient jamais de dire ce qu'elle a sur le cœur, même si ça lui fait du mal.

Il m'est toujours difficile de les écouter se disputer, parce que je les aime tous du fond du cœur. Je regrette seulement qu'ils n'arrivent pas à trouver un compromis qui satisferait tout le monde.

C'est pour ça que je m'efforce d'être aussi sage. Il y a déjà trop de tension chez moi, et je n'ai pas envie d'aggraver la situation ou d'être un fardeau de plus pour ma mère. Je suis donc la petite princesse parfaite. Je ne bois pas d'alcool, je ne me drogue pas, je ne sèche jamais les cours. Je n'ai que des vingt sur vingt et j'accepte toujours de rendre des devoirs supplémentaires. Je suis une élève modèle et une adolescente facile pour préserver ma famille de l'effondrement.

Mes parents peuvent dormir tranquilles, leur fille fait toujours ce qu'il y a de mieux et de juste.

Lorsqu'une grosse dispute fait rage chez moi, je m'enferme dans ma chambre jusqu'à ce que tout le monde se soit calmé, et je me réfugie dans mon propre monde, mon monde imaginaire.

En fait, je ressemble beaucoup à mon père. En tout cas, c'est de lui que je tiens mon sens artistique. Quand mon père ne s'attire pas d'ennuis, c'est un super-écrivain. Et quand je suis bloquée dans mon écriture, c'est vers lui que je me tourne pour demander de l'aide.

Il comprend bien mieux que moi la structure que doit suivre une histoire. C'est grâce à lui que j'ai commencé à écrire, mais aussi à jouer au théâtre. Je n'avais aucune envie d'être actrice, au départ, mais mon père m'a convaincue que les personnages de mes scénarios seraient bien plus riches et complexes si j'apprenais à incarner des rôles en plus de les créer.

« Tu seras meilleure si tu peux avoir différents points de vue. C'est ce que font les plus grands auteurs », m'avait-il expliqué..

Or, j'ai toujours rêvé d'être une scénariste brillante, comme mon père, avec ses défauts en moins. Je n'ai pas besoin de rajouter ses imperfections aux miennes.

Il a longtemps été convaincu que la drogue l'aidait à être ouvert d'esprit et qu'il voyait plus clair dans ses histoires qui s'en trouvaient enrichies. Et, d'une certaine façon, il avait raison. Un jour, j'ai lu un script qu'il avait écrit en étant sous emprise, et c'était un chef-d'œuvre.

Mais il y avait aussi des histoires chargées d'angoisse et qui ne menaient nulle part. On aurait dit des gribouillis, elles me faisaient peur. Ces histoires me faisaient craindre pour la santé mentale de mon père.

Lorsqu'ils n'étaient pas sous emprise, les textes de mon père semblaient… forcés ; comme s'il devait faire un effort surhumain pour coucher les mots sur le papier. Il lui fallait des mois pour finir un projet. Il jurait qu'il n'écrivait que de la merde et déchirait ses pages, alors que ce qu'il décrivait comme pourri était ce à quoi j'aspirais. Ces moments-là étaient des moments sombres et déprimés, et il finissait toujours par replonger dans ses mauvaises habitudes.

Quand il était défoncé, il travaillait comme un acharné. Il ne dormait pas, il mangeait à peine et s'en prenait à tous ceux qui osaient l'interrompre. Si ces textes étaient brillants lorsqu'il était drogué, pour autant ça ne faisait pas de lui un homme bien.

Maman a soutenu mon père quoi qu'il fasse, et Mima l'a accusée d'être complice de l'addiction de mon père, lui expliquant que ce n'est pas ainsi que fonctionnent les relations. Mais ma mère ne l'a jamais écoutée, au nom de l'amour.

Je suis née dans une famille rongée par l'addiction.

Mon père est accro à la drogue, et ma mère accro à lui.

Je suis surprise de ne pas avoir sombré dans quelque chose, moi aussi.

Lorsque papa est sorti de prison, il a cessé d'écrire. Il a compris que c'était son point faible et qu'il ne pouvait plus y toucher. Il n'a pas encore trouvé quelque chose qui occupera son cœur et son esprit.

Maman dit qu'il lui faut un passe-temps ; Mima dit qu'il lui faut un travail plus noble.

Mon père se décrit comme étant un touche-à-tout. Il a toujours refusé d'avoir un emploi classique, expliquant qu'il ne supporterait pas des tâches répétitives. Il préfère donc avoir trois boulots différents. Mais si ça occupe son esprit, ça ne nourrit pas son âme.

J'aimerais vraiment qu'il trouve un moyen d'être heureux et d'atteindre tout son potentiel.

– Toc toc, dit sa voix de l'autre côté de la porte.

– C'est ouvert.

Papa tourne la poignée et reste debout dans l'embrasure de la porte, les mains plongées dans les poches de son jean.

– Ça va ?

– Ouais. Je prépare mon audition, je réponds sans mentionner que mon estomac est encore noué de les avoir entendus se disputer.

– Ah ouais, pour la pièce de théâtre du lycée, c'est ça ? demande-t-il en venant s'asseoir sur mon lit.

– Ouaip. *Roméo et Juliette*.

– « Ô Roméo, Roméo, pourquoi es-tu mon Roméo ? » C'est un classique.

En effet.

– Tu es prête ? Tu veux que je te fasse réciter ton texte ? demande-t-il, se comportant comme si le salon n'avait pas été une scène de guerre quelques minutes plus tôt.

Je ne ressemble pas à mon père, qui est le cliché de l'*American Boy*, avec ses yeux bleus, ses cheveux blonds et son sourire en coin qui ressemble davantage à une grimace. Sa peau est pâle, ses cheveux rasés de près. Les rides autour de ses yeux révèlent son parcours tumultueux, tout comme son dos voûté. Ses joues sont creusées par la drogue et l'alcool, et il paraît plus vieux que son âge. Toutefois, il est là aujourd'hui : en vie et plutôt en bonne santé.

Et c'est une bénédiction.

– Est-ce que Mima et toi allez vous entendre un jour ? je demande.

Mon père hausse un sourcil, surpris par ma question.

– On est trop semblables, elle et moi. C'est pour ça qu'on se dispute tout le temps, mais je ne peux pas lui en vouloir. Je vous ai déçues de nombreuses fois par le passé. Maria s'inquiète, et c'est normal, mais je n'ai pas l'intention de merder encore une fois. Pas cette fois. Cette fois, c'est différent, d'accord ?

J'ai envie de le croire, mais ma confiance s'est effritée un peu plus à chacun de ses mensonges. Comment croire quelqu'un qui n'a jamais tenu parole ?

– Tu le promets ? je demande.

– Je le promets.

Il se lève pour venir jusqu'à moi et il tend la main pour recoiffer une de mes mèches.

– Je suis désolé pour toutes ces disputes, Shay. Vraiment. Et je n'en veux pas à ta grand-mère de douter de moi. Elle cherche juste à vous protéger, ta mère et toi. C'est son boulot. Mais tu dois comprendre que c'est mon boulot, aussi, de vous protéger. Je suis là et je me soigne pour être un meilleur mari et un meilleur père. J'essaie d'être meilleur pour nous offrir une vie meilleure.

Les paroles de mon père tiennent une place particulière dans mon cœur. C'est une place minuscule que j'empêche de grandir, de peur d'être déçue de nouveau. J'ai peur que mon cœur soit brisé par l'homme dont le rôle est justement d'en réparer les morceaux cassés, pas de créer les fissures.

C'est dans ce petit coin de mon cœur que je crois en lui. C'est là que je garde espoir et que je prie pour lui. J'espère que cette place ne rétrécira jamais et qu'un jour, au contraire, elle pourra croître pour accueillir tout l'amour de mon père.

– Allez, viens, dit-il en s'appuyant contre mon bureau. Récite-moi ton monologue.

Mon père a toujours cru en moi et en mes talents d'artiste. C'est la seule chose dont je sois sûre à cent pour cent : lorsqu'il me félicite, c'est sincère et authentique.

Je passe le reste de la soirée à répéter mon monologue avec lui, et il me donne son avis, critiquant mes pauses, mon rythme et mes expressions. Il me fait rire, sourire et grâce à lui, je crois en moi, en mon talent et en mon âme. Il conclut la soirée par son double haussement de tête et… le petit coin de mon cœur que je lui réserve s'emballe et bat la chamade, empli de fierté.

CHAPITRE 10

LANDON

S'il y a bien quelqu'un à qui je ne veux pas ressembler en vieillissant, c'est mon père. C'est un homme au cœur de glace, et je suppose que cela lui sert dans les salles d'audience. Deux choses le motivent dans la vie, dont je n'ai que faire : l'argent et la gloire.

Il est avocat de la défense et presque trop doué pour son métier. Le nombre de criminels qu'il a réussi à faire libérer est dérangeant. Cela dit, papa ne dit jamais que ce sont des criminels, préférant dire que ce sont des hommes et des femmes qui sont accusés à tort.

Je crois parfois qu'il est tellement désabusé qu'il gobe ses propres mensonges, ou peut-être est-il forcé de se mentir pour pouvoir dormir tranquille ? Je ne sais pas comment ma mère a pu tomber amoureuse d'un mec comme lui.

– Tu es en retard, aboie-t-il quand je passe la porte de *RH Law Firm* le mercredi suivant.

J'ai à peine dix minutes de retard et il me prend déjà la tête.

– Seulement de dix minutes, je marmonne. Il y avait des bouchons.

– Dix minutes, c'est quand même du retard. Tu resteras vingt minutes de plus pour te rattraper, gronde-t-il.

Je regrette de ne pas ressembler davantage à ma mère. Avec mes cheveux bruns et mes yeux bleu clair, je suis la copie conforme de mon très cher père. Toutefois, la ressemblance s'arrête là. Il aime les costards à plusieurs milliers de dollars, et moi je porte une cravate bon marché qu'il m'a obligé à acheter pour ce stage. Si j'avais pu, je me serais contenté d'une cravate à clipser, ça l'aurait rendu fou.

Après qu'il m'a grondé pour avoir été en retard, je ne le vois plus de l'après-midi. Il file dans son bureau et il y reste jusqu'à la fin de la soirée, comme chaque fois que je viens à son cabinet. Mon père est un fantôme dont je n'aperçois même pas l'ombre. Cela dit, ça me convient parfaitement. Je suis bien plus fan de ma mère.

Elle m'écrit souvent quand je suis au cabinet de mon père pour me demander comment il va. Comme si je le savais ! Mon père ne laisse personne passer les barrières qu'il a érigées autour de lui, elles sont même plus hautes que les miennes, ce qui n'est pas peu dire.

Travailler pour mon père est le pire moyen que j'ai de m'occuper l'esprit. Les minutes semblent durer des heures, et je suis sur le qui-vive dès que sa secrétaire s'enferme dans son bureau avec lui.

Elle s'appelle April, et elle est loin d'être aussi belle que ma mère.

Je ne dis pas à ma mère ce que fait mon père avec April, parce que je n'en ai pas la preuve. Je n'ai que mes doutes.

Car mon père est tout à fait le genre à tromper sa femme avec sa secrétaire.

Je finis les tâches inutiles qu'il m'a laissées à faire et je m'en vais sans lui dire au revoir. En même temps, il s'en fiche complètement. En revanche, il n'a pas oublié de demander à son assistante de s'assurer que je resterai bien vingt minutes supplémentaires.

Maman m'écrit plusieurs fois pour me demander si tout s'est bien passé au cabinet. Elle sait que je déteste y aller et m'a souvent dit que je pouvais démissionner si je le voulais ; mais, connaissant mon père, il s'en prendrait à elle. Ma mère a suffisamment de problèmes avec lui sans que je sème la pagaille dans leur couple.

Maman : Comment était ton père ?
Il t'a emmené dîner ?

Moi : Non. Il ne le fait jamais.

Maman : Est-ce qu'April travaillait aujourd'hui ?

Moi : Ouaip.

Maman : Est-ce qu'elle a beaucoup aidé ton père ? Est-ce qu'ils semblent proches ?

Je sais où elle veut en venir et je déteste ça. Je déteste voir qu'April fait douter ma mère à ce point.

Moi : Elle ne t'arrive pas à la cheville.

Elle ne répond pas tout de suite.

Maman : Je t'aime, je t'aime, Land.

Moi : Moi aussi, maman. Bonne nuit.

***

– Qu'est-ce qui se passe entre vous deux ? siffle Monica en approchant de mon casier d'un pas déterminé.

Ses yeux sont hagards et elle a l'air furax. Cela dit, c'est Monica : ses yeux sont toujours hagards et elle est toujours furax à propos de quelque chose.

– Tu peux être plus précise, s'il te plaît ?

– Toi et la sainte-nitouche. C'est quoi cette histoire de pari ?

Ah. Shay. Bien sûr.

– C'est juste pour s'amuser, je réponds en haussant les épaules.

– Ça n'amuse personne, marmonne-t-elle. Je ne comprends pas pourquoi tu perds ton temps avec cette petite emmerdeuse.

– Une emmerdeuse ? je ricane. L'autre soir, tu semblais dire que c'était une de tes amies les plus proches.

– Peu importe, j'étais saoule. Mets fin à ce truc, ok ?

Je hausse un sourcil.

– Excuse-moi, j'ai dû rater le moment où on a décidé que tu avais le droit de me dire quoi faire ou pas.

Elle hausse les sourcils à son tour.

– Tu m'as promis que tu serais là pour moi.

Je sais très bien ce que j'ai promis à Monica il y a plus d'un an : de la protéger quand je le pouvais. Et j'ai tenu ma promesse. Mais ça n'implique pas que je laisse tout tomber pour céder à ses requêtes ridicules. On ira bientôt à la fac, de toute façon. Il va bien falloir qu'elle apprenne à se débrouiller sans moi.

En plus, je lui ai fait cette promesse quand j'étais défoncé, tout le monde sait que ce genre de promesse ne vaut rien.

– Écoute, j'ai promis de t'aider, ok ? Et c'est ce que j'ai fait. Quand tu as faim, je te trouve à manger. Quand tu es ivre morte, je t'aide à décuver. Mais que ce soit bien clair : je ne suis pas un pion que tu peux contrôler, Monica. Je compte faire ce que je veux, avec qui je veux, quand je le veux.

Ses lèvres se pincent et elle me scrute des pieds à la tête.

– Tu vas vraiment continuer ce pari débile avec Shay Gable ? T'es sérieux ? On la déteste.

Faux. C'est moi qui la déteste. Monica n'aime pas ma façon de détester Shay, sans doute parce qu'elle n'aime pas que j'accorde de l'attention à une autre fille.

– Ce que je fais ne te regarde pas.

Elle remonte son sac sur son épaule et lève les yeux au ciel.

– Comme tu veux, Landon. Ce n'est pas comme si elle allait tomber amoureuse de toi, de toute façon. Une fille comme elle ne pourrait jamais craquer pour une ordure comme toi.

Et voilà les insultes, pile à temps.

Elle me frappe sur le torse et me pousse en arrière.

Bon sang, est-ce qu'elle est saoule ? Défoncée ?

Il est dix heures du matin, un jeudi, et je ne suis pas d'humeur pour ses petits jeux. Je me suis à peine débarrassé de ma fatigue après une énième nuit sans dormir.

– Ok, Monica. Cette conversation est terminée, je déclare en tournant les talons pour m'éloigner.

– Mais oui, c'est ça ! Va-t'en ! Fuis la vérité. J'espère que tu vas perdre ton pari débile, parce que personne ne peut aimer quelqu'un comme toi. Tes cicatrices prouvent justement à quel point c'est vrai.

Je ferme les poings, déçu de constater une nouvelle fois combien il lui est facile de m'atteindre. Cependant, je ne lui réponds pas. Je ne regarde pas dans sa direction non plus, mais elle n'a pas besoin de voir mon regard pour savoir que ses paroles m'ont blessé. Elle sait où frapper pour me faire souffrir.

Je sèche le cours suivant, préférant aller sur le terrain de foot couvert de neige. Je me planque sous les gradins pour être loin de tout et de tout le monde.

Un poids écrase ma poitrine et chaque inspiration me semble aussi glacée que l'air extérieur.

Je sais ce qui se passe. J'ai eu suffisamment de crises d'angoisse cette dernière année pour savoir que je ne peux pas l'éviter. Lorsque mon corps a décidé de s'effondrer, je n'ai pas d'autre choix que d'attendre et constater les dégâts.

Parfois, les crises sont rapides. D'autres fois, elles semblent durer des jours entiers. Je retrousse mes manches pour révéler les cicatrices de ma tristesse passée, les marques laissées par mon esprit torturé. La première fois que Monica a vu mes cicatrices, elle m'a accusé d'en faire des caisses.

– Tu ne t'es même pas coupé comme il faut pour te tuer. Tu t'es juste coupé pour attirer l'attention, avait-elle aboyé.

Elle avait tort. Je n'ai jamais voulu qu'on voie mes cicatrices. J'en ai honte, au contraire. C'est pour ça que je porte des tee-shirts à manches longues tous les jours. Je ne suis pas fier de ce que j'ai fait, et ce n'était pas pour attirer l'attention. Ce n'était pas non plus pour me suicider, en fait. C'était pour ressentir quelque chose en dehors du vide qui m'animait. Je voulais désespérément ressentir quelque chose, parce que mon esprit semblait affreusement éreinté.

Ça fait longtemps que je ne me suis pas scarifié. Je fais de mon mieux pour trouver d'autres moyens de ressentir quelque chose.

Mes mains se mettent à trembler et je m'agrippe aux barres givrées en même temps que je baisse la tête pour ne pas vomir. Mes doigts brûlent de tenir si fort la barre en métal, mais je suis soulagé de ressentir quelque chose, même si c'est de la souffrance.

La souffrance implique que je suis encore en vie.

Ça compte pour quelque chose, non ?

***

Je crois que je suis né avec un cœur percé.

Il ne bat pas comme il le devrait, et je ne sais pas si ça veut dire qu'il ne mérite pas d'être aimé.

Qui voudrait aimer un cœur brisé ?

J'espère seulement que les cœurs brisés peuvent quand même recevoir de l'amour.

Car ce sont ceux qui en ont le plus besoin.

L

***

Après ma crise d'angoisse, je retourne au lycée et vais tout de suite au bureau de Madame Levi. On n'a pas rendez-vous et je suis soulagé de voir qu'elle est seule.

Je ne savais pas où aller. J'aurais aimé être un homme et me remettre seul de ma crise. Mais je ne suis pas assez fort. Je ne sais pas comment ignorer mes pensées pour aller bien.

– Landon, dit Madame Levi en levant la tête.

Son sourire est inquiet, et elle a raison de l'être. Je doute que les gens viennent la voir sans prévenir, juste pour parler de la pluie et du beau temps.

– Est-ce que ça va ?

– Ouais, je réponds en mettant mes mains dans mes poches.

C'est tout ce que je suis capable de répondre.

Elle hausse un sourcil et je fuis son regard, honteux de savoir qu'il lui suffit d'un simple regard pour savoir que je vais mal.

– Tu ne devrais pas être en cours ?

– Sans doute, si.

Un silence s'abat dans la pièce et je lève les yeux vers les photos de sa famille sur son mur. Ils ont tous l'air si heureux et soudés.

Je me demande si elle est consciente de la chance qu'elle a.

Eh merde ! Je commence à m'apitoyer sur mon sort, encore une fois.

– Tu veux t'asseoir un moment ? demande-t-elle.

– Je n'ai pas envie de parler, je réponds aussitôt.

– On n'y est pas obligés, dit-elle en désignant le fauteuil face à elle. Mais je t'en prie, assieds-toi.

J'accepte son invitation et je crois que Madame Levi comprend combien je lui suis reconnaissant ce jour-là. Je suis reconnaissant d'avoir quelqu'un avec qui m'asseoir en silence. Parfois, être accompagné dans son silence fait plus de bien que de parler de ses souffrances.

CHAPITRE 11

LANDON

Cet après-midi-là, Hank, Greyson et Éric viennent traîner chez moi. Ils savent toujours quand je ne vais pas bien, mais ils ne me posent pas de questions, et je leur en suis reconnaissant car je n'ai pas envie de parler. On traîne autour de la piscine, parlant de tout et de rien.

KJ se pointe chez moi à la demande de Hank. Comme mes parents ne sont jamais là, ma maison est le lieu privilégié pour ce genre de trafic. KJ est plus vieux que nous ; il doit avoir la quarantaine, comme Lance. Ça fait un moment qu'il fournit mes amis et, en dehors du fait qu'il vend de la drogue, il a l'air d'être plutôt correct.

Éric fume un joint sur la chaise longue en observant le ciel.

– Vous avez déjà joué au jeu des nuages ? demande-t-il.

Les nuages sont énormes et semblent presque faux, comme ceux du générique des *Simpson*.

– Le jeu des nuages ? je demande.

Il croise les mains sous sa tête et hoche la tête.

– Ouais, il faut regarder les nuages et dire à quoi ils nous font penser.

KJ sourit en comptant les billets que lui donne Hank.

– Ma fille cadette adore ce jeu. L'été dernier, on est restés des heures, allongés dans l'herbe, à dire tout ce qu'on voyait. Des tortues, des chiens, Michael Jordan… C'était super, déclare-t-il en riant. Mon aînée est trop vieille pour ça maintenant, mais on y jouait aussi quand elle était petite. C'était génial.

KJ parle souvent de ses filles quand il passe à la maison. Je me demande si mes parents font la même chose quand ils sont avec des amis.

Papa raconte sans doute les pires histoires à mon sujet.

Maman raconte sans doute les meilleures.

C'est fou qu'on puisse avoir des rôles aussi différents selon la personne qui écrit le script.

– Voilà qui est super, mais je peux savoir ce que vous faites dans ma maison avec ces ados ? demande une voix qui me fait sursauter.

– Maman, salut ! je dis en me levant. Qu'est-ce que tu fais ici ? Je croyais que tu restais encore quelques jours en Californie.

– J'ai décidé de rentrer plus tôt, répond-elle en coiffant ses cheveux derrière son oreille.

Elle se tourne alors vers KJ et son air de chiot qui a fait une bêtise.

– Je ne sais pas qui vous êtes et je ne sais pas ce que vous faites avec ces garçons, mais je crois que vous devriez partir.

Il ne dit pas un mot et bat aussitôt en retraite.

– Salut, Madame H., dit Hank avec un sourire niais. Vous êtes ravissante dans ce trench.

Éric se lève de sa chaise longue.

– C'est une nouvelle coupe de cheveux ? Ça vous va bien.

Greyson sourit jusqu'aux oreilles.

– Vous avez perdu du poids ? Vous avez bonne mine, en tout cas.

Maman ricane discrètement.

– Au revoir, les garçons.

Ils s'apprêtent tous à partir quand ma mère les arrête.

– Mais d'abord, filez-moi la came.

– Mais, Madame H., c'est pour mes allergies ! plaisante Hank.

Elle tend la main et il pousse un grognement en lui donnant le sachet de beuh.

– Bonne soirée, les enfants.

– À bientôt, Madame H., répondent-ils à l'unisson en filant vers la porte d'entrée.

Maman vient vers moi et hausse un sourcil en me fusillant du regard.

– Sérieusement, Landon ? De la marijuana ?

Elle l'appelle toujours comme ça, au lieu de dire de l'herbe ou de la beuh. Je ne sais pas pourquoi, mais ça sonne toujours plus dangereux, dit comme ça.

– Je ne fumais pas, je marmonne.

Son regard me dit qu'elle ne me croit pas, et je me sens minable.

Cela dit, je lui ai donné suffisamment de raisons de ne pas me croire par le passé. Elle a trouvé tellement de beuh dans ma chambre qu'elle devait croire que j'avais ma propre production quelque part.

Je n'en reviens toujours pas qu'elle soit à la maison. Bon sang… elle m'a tellement manqué. J'ai envie de la prendre dans mes bras, mais j'ai aussi envie de lui crier dessus parce qu'elle n'est pas là assez souvent. J'ai envie de lui dire que c'est une piètre mère, ces temps-ci. J'ai envie de lui dire que je ne vais pas bien et que j'ai besoin d'elle, plus que jamais.

Mais j'ai surtout envie d'un câlin. Désespérément.

– Je suis désolé, maman.

– Oui, répond-elle en hochant la tête. Moi aussi. Viens me voir.

Elle ouvre les bras et je me laisse tomber contre elle, comme un enfant en manque d'amour. Elle sent la rose et je réalise combien son parfum m'a manqué. J'ai beau être plus grand qu'elle, j'ai toujours l'impression que c'est elle qui m'aide à tenir debout.

J'avais presque oublié que ses câlins étaient les meilleurs.

– Tu m'as manqué, chuchote-t-elle en me serrant plus fort contre elle.

Lorsqu'on se lâche enfin, je me gratte la nuque, gêné.

– Qu'est-ce que tu fais là ?

– Je voulais voir comment tu allais. J'ai parlé à Madame Levi et elle semblait inquiète.

Ah oui, tout s'explique. Elle est rentrée parce qu'une tierce personne a critiqué ses compétences de mère. Elle a sans doute honte qu'une conseillère d'éducation l'ait appelée pour le lui faire remarquer. Ma mère pense sans doute qu'elle fait un super-job de maman. Après tout, je suis plus ou moins en vie, je fais mes devoirs (parce que c'est une distraction comme une autre) et j'ai réussi à ne pas foutre le feu à la maison.

Que demander de plus ?

– Allons commander à manger, dit ma mère en me prenant par le bras. Ton père t'a appelé ? Il a dit qu'il allait t'appeler.

– Non, je n'ai pas eu de nouvelles.

Maman fronce les sourcils, mais je ne comprends pas qu'elle soit surprise. Mon père ne s'inquiète jamais pour moi. Peu importe. Je n'ai pas besoin de lui.

– Je lui en parlerai, la prochaine fois qu'on s'appelle, dit-elle.

– Non, laisse tomber. C'est pas grave.

Elle continue de froncer les sourcils, mais n'en dit pas plus. Je lui emboîte le pas en direction de la cuisine, comme un petit toutou, suivi de près par Ham, le véritable chien de la maison.

– Bon, de quoi as-tu envie ? De pizzas ? De tacos ? De tapas ? demande-t-elle en sortant son téléphone de son sac à main.

– Comme tu veux.

Elle tourne la tête vers moi et me sourit.

– Va pour des pizzas, alors.

Nous passons le reste de la soirée ensemble, devant des films pourris et de vieux épisodes de *Friends*, et on parle de ses clients. Je lui raconte le lycée et lui promets que les cours se passent bien. Je ne mentionne pas Shay, parce qu'elle penserait que j'ai perdu la tête, mais je dois avouer que je pense régulièrement à elle au cours de la soirée.

Maman et moi n'évoquons pas Lance, sans doute parce qu'aucun de nous n'en a la force. Chaque fois que maman en parle, elle fond en larmes. Lance était son unique frère et elle ne s'est pas remise de l'avoir perdu. Elle m'a dit un jour que c'est sans doute à cause du stress de sa mort qu'elle a fait une fausse couche, et ça m'a brisé le cœur.

La situation avait été véritablement affreuse, mais maman n'était pas coupable. Je le lui ai répété je ne sais combien de fois, mais elle ne me croit jamais. C'est pour ça que je garde mes angoisses pour moi au lieu de lui en faire part. Elle a déjà suffisamment de poids sur les épaules sans avoir à porter le mien.

Nous nous couchons vers minuit et, avant que nous nous quittions, elle me dit qu'elle m'aime. Je la crois, comme toujours, car je n'ai jamais douté de l'amour de ma mère. C'est seulement qu'il jaillit par intermittence. Et je le savoure à chaque fois, comme un enfant mal nourri.

Maman reste encore deux jours en ville avant de partir en Floride pour le travail. Et pendant ces deux jours, elle ne me quitte pas une seconde. Elle me pousse même à rater les cours le vendredi pour qu'on puisse passer la journée ensemble. Shopping, balade… et on va même jusqu'à Chicago pour remplacer la lampe qui a été cassée durant la fête. Je pensais que maman voudrait profiter d'être en ville pour dîner avec papa, mais elle n'en fait rien. Je ne me souviens pas de la dernière fois qu'ils ont été dans la même pièce. Je suppose qu'il y a des amours qui n'ont pas besoin d'être alimentées en permanence. Ils font marcher leur couple à leur façon.

Maman essaie aussi de cuisiner. Elle prépare des pancakes qui ont un goût de levure chimique, des lasagnes cramées et un gâteau à la noix de coco qui est parfaitement hideux. Ce sont trois de mes plats préférés, et ma mère les a tous lamentablement ratés.

Maria aurait été horrifiée. Je l'étais aussi, mais au moins elle est là, et elle essaie de me faire plaisir.

Lorsqu'elle dort à quelques pas de moi, que son cœur bat sous le même toit que le mien, quand je sais que je ne suis pas seul… je dors. Pour la première fois depuis longtemps.

Je suis euphorique de la savoir à la maison. Plus euphorique que sous n'importe quelle drogue.

Comme elle part le samedi matin, je me lève plus tôt pour lui préparer le petit déjeuner. Je ne crois pas pouvoir avaler un énième repas cramé, et je me dis que c'est une gentille attention. Maria m'a appris pas mal de petits plats durant cette dernière année.

Chaque fois que je retourne les pancakes sans les gâcher, j'ai l'impression qu'elle est à mes côtés, à me tapoter dans le dos en me disant « Beau boulot ».

Je suis au fourneau lorsque ma mère débarque dans la cuisine en traînant ses valises. Elle en a une de plus que lorsqu'elle est arrivée et j'ai envie de lui demander pourquoi, étant donné qu'elle sera de retour dans moins de quinze jours pour mon anniversaire. Toutefois, j'ai appris très tôt à ne pas demander pourquoi les femmes ont besoin d'autant d'affaires quand elles voyagent. Une fois, lors d'un week-end en famille, ma mère avait apporté cinq maillots de bain, pour trois jours. Le plus surprenant, c'est qu'elle a réussi à tous les mettre.

– Pourquoi ça sent la vraie nourriture, ici ? demande-t-elle. Hmmm…

Elle avance vers l'îlot central et prend une poignée de rondelles de bananes et de noix émiettées pour les manger.

– Depuis quand tu cuisines ?

Depuis que tu m'as laissé tout seul et que je dois me débrouiller.

Je n'en dis rien, car je n'ai pas envie d'être méchant alors qu'elle est sur le départ. Je n'ai aucune envie de l'accuser d'être parfois une mère merdique, même si c'est le cas.

J'imagine que je suis un fils merdique, parfois, et elle n'en dit jamais rien.

C'est ce qui fait de nous des humains ; on est parfois merdiques sans le vouloir. C'est dans notre ADN.

– J'ai appris des trucs à droite à gauche, je marmonne.

Je ne lui dis pas que c'est Maria qui m'a tout appris pour que ma mère ne se sente pas minable. Elle est particulièrement sensible à ce genre de choses.

– Eh ben, ça sent délicieusement bon. Et pas le cramé !

– C'est mon jour de chance. J'ai brûlé pas mal de plats, crois-moi.

Je propose de la conduire à l'aéroport, mais elle me répond que les adieux seront trop difficiles si je l'accompagne. Je comprends, je suppose. Je suis déjà si triste que je suis à deux doigts de la supplier de rester plus longtemps, mais je n'ai pas envie d'être ce genre de mec. Et puis, elle sera bientôt de retour pour mon anniversaire.

– Je peux avoir un câlin ? demande-t-elle.

J'obéis aussitôt et elle me serre fort contre elle avant de me regarder dans les yeux, au bord des larmes. Elle me serre de nouveau dans ses bras. Je déteste la voir pleurer. Je me sens toujours si inutile.

– Allez, maman, n'en fais pas des tonnes. On se revoit vite. Et tu vas me faire brûler les pancakes !

– Oui, pardon. C'est juste que…

Elle fuit mon regard et elle frissonne légèrement.

– C'est juste que quoi ?

Elle se force à sourire et secoue la tête.

– Ce n'est rien. Je vais me coiffer et me laver le visage. Je reviens savourer ton petit déj.

Je suis en train de retourner les pancakes lorsque son sac à main tombe par terre, déversant tous ses trucs de fille. Je pose la spatule et ramasse un tampon que je regrette d'avoir vu. L'idée que ma mère utilise des tampons est étrangement perturbante. Les mamans ne sont pas censées avoir leurs règles, point à la ligne. C'est juste dégoûtant d'y penser.

Je ramasse le reste de ses affaires : son rouge à lèvres, ses pièces de monnaie, ses stylos, ses billets d'avion.

Lorsque je vois ce qui est écrit dessus, mon cœur ne fait qu'un bond.

Elle va à Paris ?

Pourquoi ne me l'a-t-elle pas dit ?

Je croyais qu'elle partait en Floride.

C'est alors que je vois la date de son vol retour.

Dans cinq semaines.

Trois semaines après mon anniversaire.

C'est quoi ce bordel ?

Elle est censée être là pour moi. Elle est censée rentrer pour le moment le plus pourri de ma vie. Elle est censée me soutenir pour ne pas que je me noie. Mais au lieu de ça, elle va en France, pour manger des macarons avec des célébrités et les habiller pour des premières ?

Je comprends tout, maintenant. Son trop-plein d'émotion, il y a quelques secondes, n'était pas parce qu'elle me dit au revoir. Mais parce qu'elle m'abandonne.

J'aime ma mère plus que tout, mais là, en cet instant, je la déteste.

Elle m'a menti. Du moins, elle m'a caché la vérité, ce qui est pire qu'un mensonge selon moi.

Je remets tout dans son sac et me force à maîtriser mes émotions. J'ai envie de hurler, de l'insulter et de lui dire qu'elle est une mère affreuse parce qu'elle choisit son boulot plutôt que moi, mais je n'en dis rien.

Je retourne à mes pancakes et j'attends. Elle va forcément me le dire. Elle ne peut pas partir sans me dire qu'elle va à l'étranger pour plusieurs semaines. Elle n'aurait pas le culot d'être aussi égoïste.

On s'assoit à table et je la regarde avaler mes pancakes. Elle répète sans cesse que je suis un cuisinier hors pair et me conseille même d'aller en école hôtelière après le lycée. Elle parle de son boulot, mais ne mentionne jamais ses voyages. Elle me décrit les stars pour lesquelles elle travaille ainsi que les nouvelles tendances de la saison été, mais elle ne parle jamais de Paris. Pas une seule fois.

Je la regarde rassembler ses affaires pour aller à l'aéroport et la colère que je retiens se change en désespoir, en tristesse et en sentiment de solitude.

– Viens me faire un câlin, ordonne-t-elle.

Une fois de plus, je lui obéis.

Je regrette de ne pas être plus fort et de ne pas avoir le courage de l'affronter pour lui dire combien ses actes me font mal alors que je souffre déjà tant, mais je n'en fais rien. Je ne dis pas un mot, parce que c'est ma mère et que je l'aime.

L'amour est une maladie. Je ne comprends pas pourquoi les gens le recherchent. L'amour me laisse toujours avec le sentiment d'être vide à l'intérieur.

Elle marche vers le taxi qu'elle a appelé, je la regarde, les mains plongées dans mes poches.

– Eh, maman…

Elle tourne la tête vers moi et attend.

– Je me demandais quand tu allais me dire pour Paris, avant ou après avoir atterri ?

Elle écarquille les yeux, surprise, et ouvre légèrement la bouche.

– Comment tu…

– Tes billets sont tombés de ton sac.

Elle frissonne et secoue la tête.

– Land, je te promets que j'allais te le dire. C'est juste que… je savais que ça te déplairait, vu que ton anniversaire approche. On m'offre une super-opportunité de travailler avec de nouveaux clients en Europe. Tu n'imagines pas qui…

Mon cœur givré se glace encore plus.

– T'en fais pas, je gronde. C'est rien.

– Chéri… marmonne-t-elle en faisant un pas vers moi.

– Tu devrais y aller, sinon tu vas rater ton vol.

Ou bien tu pourrais rester et me choisir, moi. Reste pour moi.

S'il te plaît, maman.

Choisis-moi.

Elle recule. Elle ne me choisit pas.

Je suis un imbécile d'y avoir cru, même un instant.

Elle saisit la poignée de sa valise.

– Je suis désolée, Landon. Sincèrement. Il y a tellement de choses que tu ne sais pas, que tu ne comprends pas… et je veux tout t'expliquer. Vraiment. Mais je ne peux pas refuser une telle opportunité. Je t'expliquerai tout quand j'en aurai l'occasion, mais…

– Te fatigue pas, je siffle en tournant les talons pour rentrer dans la maison. Bon voyage.

Elle ne me suit pas.

La maison est de nouveau vide et je file dans ma chambre pour m'allonger sur mon lit. Je ferme les poings et me frappe plusieurs fois le front.

– Putain ! je gronde, réveillant Ham qui dormait dans un coin.

– Putain ! je répète en me frappant encore plus fort, essayant de retenir mes larmes, refusant d'être une mauviette qui pleure parce qu'on le laisse seul.

Ham se lève et s'étire avant de grimper sur le lit. Il se faufile sous mon bras et je le repousse. Chaque fois que je le rejette, il revient, encore et encore.

– Ham ! Va-t'en ! je crie, agacé par ce chien stupide.

Mais il s'en fiche. Il se contente de remuer sa petite queue et de revenir dans mes bras. Je finis par me rendre et par le serrer contre moi, refusant toujours de pleurer.

On reste comme ça un long moment.

Tout est calme. Les souvenirs de la veille résonnent sur les murs et, cette nuit-là, je ne ferme pas l'œil une seconde.

***

Le lendemain, je m'extirpe du lit lorsque quelqu'un sonne à la porte. Je regarde l'heure, c'est Maria qui vient faire le ménage.

Lorsque j'ouvre la porte, elle affiche un grand sourire qui s'évanouit dès qu'elle me voit.

Il faut croire que je suis aussi effrayant de l'extérieur qu'à l'intérieur, aujourd'hui.

– Comment va ton cœur, aujourd'hui ? demande-t-elle.

Merde, merde, merde.

Mes yeux se remplissent de larmes, mais je les ferme aussitôt. Sois un homme, bon sang.

Aujourd'hui, après la nuit que j'ai eue, la question de Maria me frappe en plein cœur.

Je ne réponds pas, ça me ferait craquer pour de bon.

Elle ne dit rien non plus. Elle se contente de faire un pas en avant et de me prendre dans ses bras, me serrant fort contre elle. Sans elle, sans cela, je me serais effondré.

Elle pose son oreille contre mon torse et ne me lâche pas, et je finis par la serrer contre moi.

– Il est toujours là, Landon, promet Maria. Ton cœur, je l'entends battre. Tu vas bien. Ça va aller. Tu vas bien.

Ses paroles me rapprochent encore un peu plus près du précipice.

Je ne sais pourquoi, elle se met à prier. Après tout, les prières qu'elle a formulées pour moi n'ont jamais été entendues. Peut-être que le répondeur de Dieu est plein et qu'il ne peut plus prendre de messages. Peut-être qu'il est occupé chaque fois que Maria prie pour moi. Ou peut-être qu'il n'y a pas de Dieu, en fin de compte.

Elle avait prié pour Lance, aussi.

À l'évidence, ça n'avait pas marché.

Néanmoins, elle continue de prier.

Et je la laisse faire.

Je ne pensais pas que c'était possible, mais mon vilain cœur brisé continue en effet de battre.

CHAPITRE 12

SHAY

Plusieurs jours passent sans interaction entre Landon et moi. Il a été absent du lycée et, depuis son retour, il est distant avec tout le monde, pas seulement avec moi. Il parcourt les couloirs comme un ange déchu ; sombre, de mauvaise humeur, blessé, brisé même, à un point que je ne pensais pas possible. A-t-il dormi, ne serait-ce qu'une heure, ces derniers jours ? Je suis épuisée rien que de le regarder, j'ai envie de dormir pour lui.

Je fais un pas vers lui, mais il se crispe aussitôt. J'aimerais lui demander ce qui ne va pas, mais nous ne sommes pas amis. On ne prend pas des nouvelles l'un de l'autre. On se fiche des sentiments de l'autre. Entre nous, ce n'est qu'un jeu, rien de plus.

Je note néanmoins son repli sur lui-même dans mon carnet. Lorsque j'ai un personnage en tête, je remplis un carnet d'informations à son sujet. Étant donné la complexité du personnage de Landon, j'en suis déjà à mon troisième calepin.

Je me sens bête d'attendre que Landon me prête attention. Je m'étais habituée à ses commentaires insolents ou cochons et à ses farces enfantines, et maintenant que ce n'est plus d'actualité, ça me manque et ma gorge est nouée.

Est-ce qu'il est passé à autre chose ?

À quelqu'un d'autre ?

A-t-il laissé tomber notre pari ?

Car ce n'est pas mon cas, bien au contraire. J'ai encore envie de jouer, de le regarder et de l'étudier.

Je suis presque résolue à l'idée que tout est fini lorsqu'une grosse voix chuchote dans mon dos au moment où je sors des livres de mon casier.

– Ton cul a l'air énorme, dans ce jean.

Mon cœur bat la chamade et des frissons parcourent mon corps.

Je lui lance un sourire narquois en secouant la tête.

– Ah bon ? Eh bien, avec tes oreilles, tu ressembles à Dumbo, je réponds, essayant de paraître calme alors que mon sang bout dans mes veines.

Bien évidemment, ma remarque sur les oreilles de Landon est un mensonge, puisque tout chez lui est parfait. S'il a un seul défaut, je ne l'ai pas encore trouvé.

Je me tourne vers lui en m'appuyant contre mon casier. Il me domine d'une bonne tête. J'oublie toujours combien il est grand, jusqu'à ce qu'il soit assez près de moi et que je sois obligée de lever la tête. Il semble fatigué, comme d'habitude. Et triste, aussi, comme toujours.

– Ce n'est pas la seule chose chez moi qui soit digne de Dumbo, si ça t'intéresse, plaisante-t-il en posant une main sur le casier voisin du mien.

Je fais de mon mieux pour ignorer les battements frénétiques de mon cœur.

– Ça m'a tout l'air d'un vilain cas d'éléphantiasis. Tu devrais consulter un médecin.

Il répond par un sourire, que je déteste, parce que ça me donne toujours envie de sourire en retour. Ça lui va si bien. Il devrait faire ça plus souvent.

Il pose son autre main de l'autre côté de ma tête, me coinçant contre les casiers.

– Alors, quand est-ce qu'on sort ?

– Comment ça ?

– Ben, tu sais ; c'est quand notre premier rencard ?

J'éclate de rire.

– Les rencards ne sont pas ton genre, Landon, et certainement pas avec moi.

– Si tu préfères qu'on aille tout droit au pieu, loin de moi l'idée de te le refuser… répond-il.

Je lève les yeux au ciel et me baisse pour passer sous son bras. Je pars en direction de ma classe et il se dépêche de me rattraper.

– Ok, pas de baise. Mais sans rire, quand est-ce qu'on va traîner ensemble, toi et moi ? Comment je suis censé remporter ce pari si on ne se voit jamais en dehors du lycée ?

– Roh, mince, quel dommage ! Faut croire que tu vas perdre, alors.

– Ah, tu veux te faire désirer, c'est ça ?

– Non, je réponds en secouant la tête. Si tu me désires, c'est ton problème. Je ne joue pas, Landon. Je suis très occupée et je refuse de chambouler ma vie pour faire de la place à quelqu'un que je déteste.

– Comment tu comptes gagner ce pari si tu ne me vois jamais ? Comment je suis censé tomber amoureux de toi si on ne se parle pas ?

– Je me fiche que tu tombes amoureux de moi. En ce qui me concerne, si tu perds ton pari, j'en sors gagnante.

– Tu comptes fausser le jeu en m'évitant ?

– Exactement.

Il sourit de nouveau, mais cette fois, son sourire est sinistre.

– Je suis navré de te décevoir, mais le pari ne va pas se terminer ainsi.

– Ah bon ? Comment tu comptes contourner ce problème ?

– Je ne sais pas encore, mais ne t'en fais pas, j'adore relever les défis. Je trouverai un moyen.

– Ok, Landon. J'ai hâte de voir ça.

Je tourne les talons, mais il m'interpelle de nouveau.

– Poulette !

– Quoi ?

– Ce que j'ai dit sur ton cul… commence-t-il en me reluquant des pieds à la tête, ce n'était pas une insulte.

Et voilà mon cœur qui s'emballe de nouveau.

– Satan ?

– Ouais ?

– Ce que j'ai dit sur toi et Dumbo… c'était une insulte.

Il esquisse un sourire alors que je m'en vais.

Ça fait trois sourires en l'espace de cinq minutes.

Trois sourires, resplendissants et merveilleux.

***

– Devine qui sort avec Reggie ce week-end ? s'écrie Tracey en venant vers moi d'un pas léger. Moi ! s'exclame-t-elle en se désignant avec ses pouces.

Je fronce les sourcils, un peu déçue. Ça fait plusieurs semaines que j'observe Reggie et j'en ai déduit que ce n'est pas la meilleure personne sur terre. J'espérais secrètement que le béguin de Tracey serait bel et bien révolu.

– Ah ? je réponds, ne sachant pas quoi dire d'autre.

– Oh, c'est quoi, ça ?

– De quoi tu parles ?

– C'est quoi ce ton ? Tu n'es pas contente pour moi ?

– Si, c'est juste que… Reggie a l'air d'un enfoiré, Tracey.

– Quoi ? Pas du tout, pourquoi tu dis ça ?

– Parce que je l'ai vu emmerder tout le monde. J'ai vu comment il parle aux autres en les rabaissant. Bon sang, il ne se rappelait même pas ton prénom ! Je veux que tu fasses attention à toi, c'est tout. Je ne veux pas qu'il te fasse du mal.

Elle se crispe complètement, l'air se charge de tension.

– Bon sang, Shay, c'est quoi ton problème ? Tu ne peux pas être heureuse pour moi ? Tu sais bien que ce genre de truc ne m'arrive pas souvent.

– Je crois que tu pourrais faire mieux, c'est tout.

– Ben, je n'en suis pas si sûre, moi. Je n'en reviens pas que tu te comportes comme ça, après toutes les fois où je t'ai soutenue coûte que coûte, et surtout dernièrement !

– De quoi tu parles ?

– De Landon. Si on parle d'enfoirés, c'est par lui qu'on devrait commencer ! C'est toi qui es en train de craquer pour lui.

– Pas du tout, je réponds, outrée.

– Bien sûr que si ! J'ai vu comment tu le regardes. Ton visage ne ment jamais, Shay.

– Si tu le dis, mais je ne vois pas le rapport avec Reggie. Tu ne le connais pas assez pour avoir envie de sortir avec lui.

– Et toi, tu sais quoi de Landon, en dehors du fait qu'il te traite comme de la merde depuis l'école primaire ? rétorque-t-elle, de plus en plus agressive.

Je lève les mains en signe de capitulation.

– Ok, d'accord, je suis désolée. Je ne veux pas que tu souffres, c'est tout. Je suis sans doute trop protectrice.

– Ouais, ben, ce n'est pas la peine. Je sais ce que je fais et je suis heureuse, donc évite de gâcher ma joie, tu veux ? gronde-t-elle avant de tourner les talons et de disparaître.

Quelques heures plus tard, je tombe sur Reggie dans les bras d'une élève de seconde.

Tracey mérite bien mieux que cet enfoiré, et le pire, c'est qu'elle n'en a pas conscience.

CHAPITRE 13

LANDON

– Alors, tu as trouvé un moyen pour que Shay tombe amoureuse de toi ? demande Raine, allongée dans ma piscine, sur un matelas gonflable en forme d'ananas.

Ça fait quatre ans que Raine sort avec Hank, et elle vient parfois à la maison avec les mecs, car d'après elle, il n'y a pas de meilleur endroit pour bronzer. Elle dit que ma piscine a les meilleurs rayons de soleil, alors qu'elle est entourée de baies vitrées. Bref.

Ça ne me dérange pas que Raine vienne, parce qu'elle fait partie de la bande. On a même un nom : *Les Quatre Fantastiques (+ Raine)*. Elle et Hank sont constamment collés l'un à l'autre, et j'aurais sans doute trouvé ça dégoûtant si c'était un autre couple. Mais avec eux, ça semble normal. Comme si c'était leur destin.

Je n'ai jamais vu deux personnes autant faites l'une pour l'autre. Leur histoire est digne des meilleures comédies romantiques.

– Je n'ai pas besoin qu'elle tombe amoureuse de moi, il faut juste qu'elle couche avec moi, et elle se persuadera toute seule qu'elle m'aime, je réponds en levant le nez de la BD qu'Éric a apportée.

Il s'est mis à en faire la collection depuis que son père lui a offert son premier volume à pour son anniversaire, l'an dernier. Depuis, c'est son nouveau passe-temps. Je crois que c'est parce que ça lui donne un centre d'intérêt commun avec son père, et je le comprends.

C'est d'ailleurs pour ça que je vais faire de la paperasse à Chicago, une fois par semaine. C'est ma tentative pathétique pour me sentir proche d'un mec qui est un pro pour garder ses distances.

– Ah si, Landon. Je suis désolé, mais tu n'as pas le choix, répond Éric. Shay n'est pas du genre à coucher avec un mec auquel elle ne tient pas déjà.

– Ben, je ne sais pas comment faire, alors, je rétorque.

En ce qui me concerne, ça fait longtemps que j'ai fait une croix sur l'idée d'être aimé.

– Tu as juste à baisser la garde, dit Raine. Ouvre-toi à elle, et la belle te laissera entrer.

Que je m'ouvre à Shay ? Ça me paraît peu probable.

Après tout, je m'ouvre à peine à Ham, qui n'est même pas en mesure de me briser le cœur ou de raconter mes secrets si l'envie lui prenait. Les chiens sont fidèles même aux plus affreux des maîtres.

– Non, ce n'est pas mon style, je réponds à Raine en me tournant vers Éric. Comment tu as fait pour qu'elle tombe amoureuse de toi, toi ?

– Crois-moi, mec, ricane Éric en feuilletant sa BD, tu ne veux pas qu'elle t'aime de la même façon qu'elle m'a aimé.

En vérité, je n'ai strictement aucune envie qu'elle m'aime, mais si c'est mon seul moyen de remporter ce pari…

– Allez, donne-moi des astuces pour qu'elle tombe sous mon charme, j'insiste.

– Pas question, répond aussitôt Éric. Je ne compte pas me mêler de cette histoire. Considère que je suis plus neutre que la Suisse.

Je me tourne vers Grey, qui secoue la tête.

– J'adore la Suisse, désolé, mon pote.

Merde.

Je hausse un sourcil en direction de Hank, qui éclate de rire.

– Je ne t'ai jamais dit que j'adorais la raclette ? plaisante-t-il.

– Il est passé où, le slogan « *Bros before hoes*[3] », bon sang ?

– Eh, fais gaffe, ne sois pas sexiste, gronde Raine en me fusillant du regard. Je pense qu'on est tous d'accord pour dire que Shay est loin d'être une

3. Les potes avant les salopes.

salope. Quoi qu'il en soit… elle a toujours aimé écrire. Elle adore inventer des scénarios et des trucs de ce genre. Tu as forcément dû la voir avec un de ses petits carnets, non ?

– Raine, bon sang ! soupire Hank en éclaboussant sa copine. On a dit qu'on était la Suisse ! On ne se mêle pas des histoires des autres.

– Je n'ai jamais dit que j'étais neutre, moi. Tu sais, je suis une vraie Américaine : j'aime me mêler de ce qui ne me regarde pas. Je trouve ça plutôt romantique, en fait.

– De quoi tu parles ? Pourquoi c'est romantique ? je demande, estomaqué.

– C'est évident ! Vous allez tous les deux tomber amoureux l'un de l'autre. Et comme dans toutes les bonnes comédies romantiques, il vous faut une fée marraine pour vous pousser vers votre destin.

Hank pousse un grognement en se frappant le front, comme il le fait toujours quand sa copine en fait des tonnes.

– Arrête ! Tu n'aimes même pas la raclette ! s'exclame Raine.

Hank lui fait un doigt d'honneur, elle le lui renvoie.

– Je t'aime, mon sucre d'orge, dit-il en lui faisant un clin d'œil.

– Je t'aime aussi, mon petit pain suédois, répond-elle.

Beurk. Cela dit, j'aime qu'ils puissent se dire « je t'aime » juste après s'être insultés.

Si je tombe amoureux un jour, je veux que ça ressemble à ça. Tout n'est pas rose, mais c'est sincère, et leur histoire leur est propre.

– Quoi d'autre, Raine ? je demande.

– Ces derniers temps, elle ne parle que de l'audition pour la pièce de Shakespeare, répond-elle.

Tiens donc, Shakespeare… Lance avait toutes ses pièces et, ces derniers mois, quand je n'arrive pas à dormir, je me plonge dedans. Je crois qu'on sous-estime le pouvoir soporifique du dramaturge anglais.

– Tu n'as pas bientôt fini de te mêler de ce pari débile ? demande Hank.

– Si, tu as raison. Je ne dirai plus rien, conclut-elle avant de se rallonger sur son ananas.

Elle m'en a déjà dit beaucoup, de toute façon. Après Maria, Raine est la deuxième personne à me parler de cette pièce : ça doit être sacrément important pour Shay. L'info n'est pas tombée dans l'oreille d'un sourd.

Le jeudi suivant, KJ se pointe chez moi pour déposer la beuh des mecs. Comme ma mère l'a surpris la dernière fois, il décide de ne pas rester longtemps.

Je m'occupe de la transaction, mais je ne cesse de penser à Shay et aux différents moyens par lesquels je pourrais me rapprocher d'elle. L'autre jour, Reggie s'est moqué du fait qu'elle n'était pas encore amoureuse de moi, puis il s'est vanté en disant que si c'était lui, il l'aurait déjà baisée et qu'elle serait folle de lui.

J'ai failli lui mettre une droite et lui répondre qu'il ne mériterait jamais quelqu'un comme elle, mais je me suis tu. Ce serait une perte de temps, de toute façon.

Cependant, il n'a pas tort. Après tout, nos seuls échanges ont consisté à s'insulter dans les couloirs du lycée. J'ai besoin d'être avec elle plus de cinq minutes si je veux avoir une chance de remporter ce pari.

Mais comment ?

– Ok, tout est bon. À bientôt, mec, déclare KJ.

– Attends, je peux te poser une question ?

– Vas-y.

– Tu continues de vendre à Monica ? Elle est un peu bizarre, ces derniers temps, et je sais qu'elle a l'habitude de se fournir chez toi. Enfin, je sais qu'elle est toujours bizarre, mais c'est pire que d'habitude ; comme si elle ne se contentait plus de fumer des joints. Tu lui as vendu quoi ?

KJ soupire et siffle :

– Désolé, Landon, mais le secret docteur-patient est sacré. Je ne peux pas te le dire.

– Ouais, sauf que tu n'es pas médecin.

– Mais les gens vont mieux grâce à moi, plaisante-t-il. Désolé, mec. Si elle voulait que tu le saches, elle te le dirait. C'est une adulte. Elle est assez grande pour décider ce qu'elle fait.

Mouais, sauf que Monica n'est pas une adulte et qu'elle n'a jamais été en mesure de prendre les bonnes décisions. Je l'ai vue plus d'une fois au fond du trou lorsqu'elle ne mangeait pas et qu'elle séchait les cours, lorsque je devais lui faire à manger et faire ses devoirs pour que personne ne se doute de rien. Je l'ai longtemps aidée à garder les pieds sur terre, mais elle est seule, à présent. Elle a tout juste dix-huit ans et elle file droit vers l'autodestruction, avec l'aide de KJ.

Je m'efforce de rester calme.

– Écoute, je dis juste qu'elle a beaucoup de problèmes. Elle n'a pas besoin d'aggraver sa situation en prenant ce que tu lui donnes.

– Mec, c'est une grande fille. Elle sait ce qu'elle fait.

– Arrête de la fournir, KJ, je gronde, dégoûté.

KJ éclate de rire en secouant la tête.

– T'es pas son père, Landon.

– T'en as vraiment rien à foutre, alors ? Ça ne te fait rien de la tuer à petit feu ?

– Je ne lui fais pas avaler les pilules de force, mec. Elle le fait toute seule.

Je me lève d'un bond en serrant les poings.

– Dégage de chez moi tout de suite !

– Monica avait raison, ricane-t-il en se levant. Tu es vraiment moins drôle quand tu es sobre. Écoute, je vais arrêter de lui vendre, ok ? Je ne cherche à tuer personne. Détends-toi, mec. La vie n'est pas sérieuse à ce point.

Il a beau me dire qu'il va arrêter de lui vendre sa came, je ne le connais pas assez bien pour savoir si je peux le croire. Je ne peux qu'espérer que, le moment venu, il fera ce qu'il faut.

CHAPITRE 14

SHAY

Monica Smith n'est pas mon amie.

Je sais ce qu'est une amie, et je sais ce qu'est une ennemie. Ce que je ne sais pas, c'est ce qu'est Monica. Un mélange des deux, peut-être : une ennemie qui me sourit comme si nous étions proches, ou bien une connaissance qui me trahira.

Il fut un temps où nous étions proches, cependant. Un temps où je ne me posais pas cette question. Quand nous étions petites, Monica, Tracey, Raine et moi étions tout le temps ensemble. On ne se quittait jamais et on avait les mêmes goûts. Il ne se passait pas un week-end sans que les filles ne dorment à la maison, et Monica était toujours de la partie.

Le changement s'est opéré quand Monica et moi avons auditionné pour le même rôle dans *Cendrillon*, au collège. Elle rêvait d'incarner la princesse, et elle m'en a voulu quand j'ai eu le rôle, alors qu'elle s'est vu attribuer celui d'une des méchantes sœurs. Elle a refusé le rôle et n'a plus jamais passé d'audition.

Elle a alors déclaré que le théâtre était pour les losers dont la vie était trop ennuyeuse pour être eux-mêmes et que c'est pour ça qu'ils voulaient désespérément incarner le rôle d'un autre.

À l'époque, elle a aussi dit qu'elle ne pouvait plus être vue dans mon quartier. « C'est ici que vivent les pauvres, et mon père dit que je ne suis pas en sécurité » avait-elle dit. Or, je savais qu'elle mentait. J'étais allée dans sa superbe maison suffisamment de fois pour savoir que son père se fichait de ce qu'elle faisait.

Au fil des années, l'amitié entre Tracey, Raine et moi est restée intacte, et Monica est devenue notre Cruella d'Enfer à nous. Elle s'est transformée du jour au lendemain.

Monica est le parfait exemple de la fille riche, belle et populaire qui méprise tout ce qui ne l'est pas. Elle déteste donc tout le monde.

C'est la reine du lycée, et elle n'a pas peur de traiter ses camarades comme des paysans, ses serviteurs. J'ai tendance à réserver ma haine pour Landon, mais il y a des fois où j'ai vraiment du mal à supporter la façon dont Monica traite les gens.

Si Landon est fake, je suis persuadée qu'il tient ce talent de Monica.

– Salut, Shay, dit-elle en se tournant vers moi.

Elle est assise devant moi en cours d'histoire du monde, mais elle ne cherche jamais à me parler.

En général, elle est trop happée par son téléphone pour daigner s'adresser aux autres. Je me suis toujours demandé à qui elle écrivait, vu que tous les lycéens semblent l'ennuyer au plus haut point, tous sauf Landon, bien sûr.

– Salut…

Elle m'étudie de la tête aux pieds avec ce regard dédaigneux que je déteste. Je ne l'ai jamais vue regarder quelqu'un avec autre chose qu'un air moqueur et hautain.

– Alors, il se passe quoi entre toi et Landon ? demande-t-elle en croisant les bras.

Son chewing-gum apparaît toutes les trois secondes entre ses lèvres rouges et elle me sourit d'un air menaçant.

– De quoi tu parles ?

– Depuis que vous avez joué à Sept Bouteilles, vous semblez… je ne sais pas. On dirait qu'il se passe quelque chose. Je vous ai vus traîner près des casiers, l'autre jour. Vous aviez l'air… proches.

– Eh bien, il n'y a rien entre nous, je réponds en regardant l'heure sur la pendule, impatiente que le cours commence.

À choisir, je préfère entendre parler de l'Empire romain que de discuter de Landon avec Monica.

Elle continue de me dévisager sans cligner des yeux. D'ailleurs, c'est flippant. Son regard est toujours vif et rivé sur sa proie, comme si elle s'apprêtait à attaquer.

– Je croyais qu'il ne s'était rien passé dans ce placard, dit-elle en se recoiffant.

– C'est vrai. Et je le répète, il n'y a rien entre Landon et moi.

– Ne mens pas, Shay, lance-t-elle en riant. Je l'ai oublié, tu sais. Je suis passée à autre chose.

Si ça, ce n'est pas le plus gros mensonge de la semaine…

Elle sort son rouge à lèvres de son sac et en remet une couche.

– Je veux juste m'assurer que tu vas bien, vu les problèmes que tu as eus avec ton père, par le passé.

– De quoi tu parles ? je réponds en haussant les sourcils.

– Ben, tu sais… chuchote-t-elle. La prison et les drogues.

Mon estomac fait un saut périlleux, je me demande comment elle le sait. Cela dit, c'est Monica ; elle est toujours au courant de tout.

– Je ne vois pas le rapport avec Landon, je réponds après m'être raclé la gorge.

– Ben c'est évident. Écoute, je ne devrais pas te dire ça, mais… tout le monde sait qu'il aime faire la fête. Et ces derniers mois, il est devenu vraiment accro. C'est d'ailleurs pour ça que j'ai rompu avec lui. Je ne voulais pas risquer qu'il m'entraîne dans sa dérive.

Je hausse un sourcil tandis que ma gorge se noue. S'il y a bien une chose que je ne supporte pas, c'est la drogue.

– Ah bon ? Il ne montre pourtant pas de signes…

Je ne termine pas ma phrase car, en fin de compte, ça n'a pas d'importance. Je ne peux pas me fier à ce que dit Monica. Je la connais, je sais combien elle est rancunière. Croire Monica serait comme faire confiance à un homme politique ; ça finit toujours par un scandale que tout le monde aurait préféré éviter.

Quand Monica n'obtient pas ce qu'elle veut, elle provoque des scandales et fait des scènes, comme un enfant capricieux. Et je ne veux surtout pas me retrouver mêlée à son histoire avec Landon.

– Je te l'ai dit, Monica… Il n'y a rien entre Landon et moi.

Et même s'il y avait quoi que ce soit, tu serais la dernière personne à qui j'en parlerais.

– Ok, tant mieux. Je voulais juste te prévenir. Il faut qu'on se soutienne, entre filles.

Mais bien sûr. T'es une vraie Spice Girl, Monica.

La sonnerie retentit, mettant fin à cette conversation aussi affreuse qu'absurde.

Monica me sourit brièvement d'un air machiavélique.

– Mais je n'ai pas à m'inquiéter puisqu'il ne se passe rien entre vous. De toute façon, il a une petite bite, conclut-elle avant de se tourner vers le prof.

Eh ben… d'accord. Je n'avais vraiment pas besoin de le savoir.

CHAPITRE 15

LANDON

– T’es défoncé ? me demande Shay en s’asseyant en face de moi au self.

– Tu sais, je me pose cette question tous les matins.

– Je suis sérieuse, Landon. Est-ce que tu te drogues ?

Je l’étudie et remarque qu’elle semble on ne peut plus sérieuse, en effet. Elle est tendue et elle me scrute d’un regard sévère.

– De quoi tu parles ?

– Dis-le-moi, s’il te plaît. Parce que si tu te drogues, je ne veux plus jouer. Je ne veux rien avoir à faire avec quelqu’un qui se défonce.

Sa voix semble fragile. Je ne comprends pas d’où vient son angoisse soudaine alors qu’elle se moquait de mes oreilles il n’y a pas si longtemps. Je me redresse pour lui accorder toute mon attention. La seule chose qui me fait tenir, ces jours-ci, c’est de savoir que je vais pouvoir embêter Shay. Mais là, en cet instant, je comprends que ce n'est pas le moment.

– Non, je réponds simplement.

– Ne me mens pas, Land. S'il te plaît, insiste-t-elle d'un ton lourd de tristesse.

– Je te le jure, Shay. Je fumais, avant, mais ça fait un moment que j'ai arrêté. Quand Lance est…

Je ferme les yeux et prends une profonde inspiration.

– Tu dis que tu sais lire dans les gens. Tu dis que tu es douée pour ça. Alors, regarde-moi dans les yeux et dis-moi si je mens. Dis-moi ce que tu vois.

Elle m'étudie avec un regard intense et nous restons plusieurs secondes à nous dévisager.

– Je suis désolée, marmonne-t-elle en se levant.

– Pourquoi tu as pensé que je me droguais ?

– Tout à l'heure, Monica a dit que…

Monica. Bien sûr. J'aurais dû m'en douter.

– Le fait que ça vienne de Monica aurait dû t'alerter, Shay.

Elle passe d'un pied sur l'autre, mal à l'aise.

– Vous êtes toujours ensemble ? demande-t-elle.

– On ne l'a jamais vraiment été.

– Tu devrais peut-être le lui dire, soupire-t-elle en se recoiffant.

– Crois-moi, j'ai essayé. Écoute, je ne me drogue pas et je ne compte pas commencer. Tant que ce pari sera d'actualité, je peux te promettre que je resterai clean, ok ? Je te le jure. Je sais qu'une promesse ne vaut rien, venant de ton ennemi juré, mais je te le promets quand même.

– Ça ne vaut pas rien, chuchote-t-elle timidement.

Elle tourne la tête en s'excusant, alors qu'elle n'a rien à se reprocher. Je comprends que Monica ait essayé de l'atteindre. Elle a vraiment un talent inouï pour empoisonner les pensées des autres.

– Le pari tient toujours, alors, je déclare.

Elle hausse les épaules et tourne les talons.

– Attrape-moi si tu peux, répond-elle.

Ne t'en fais pas, Shay Gable. C'est bien ce que je compte faire.

***

Je passe les jours suivants à réfléchir aux indices que m'ont donnés Maria et Raine. Un élément ressort parmi tous, dont Shay ne pensera pas une seconde qu'il puisse m'être utile. Il va donc de soi que je dois m'en servir.

Le mercredi suivant, je sors donc l'artillerie lourde, et la réaction de Shay n'a pas de prix.

– Tu te fous de moi ? s'exclame-t-elle lorsque j'entre dans le théâtre pour les auditions de *Roméo et Juliette*.

Ça fait plusieurs jours qu'on ne s'est pas parlé parce que nous étions tous les deux trop occupés.

Est-ce que vous saviez que Shakespeare a écrit du charabia ? La plupart du temps, je ne sais même pas de quoi il parle. Heureusement, il y a SparkNotes et suffisamment d'intellos sur terre pour traduire ce qu'a bien voulu dire le vieux dramaturge.

Cela dit, je me suis vraiment marré quand je suis tombé sur ses insultes les plus connues, sur internet, comme par exemple : *Va, va donc, écume d'esprit ! Tu n'as pas plus de cervelle qu'il n'y en a dans mon coude*[4] *!*

Il faudra que je m'en serve sur Reggie quand j'en aurai l'occasion. Cela dit, il répondrait sans doute : « Quoi, mec ? Le KFC me manque. »

Shay en est littéralement bouche bée, elle secoue la tête d'un air incrédule.

– Qu'est-ce que tu fais ici ?

Je descends l'allée et m'assois à sa droite, dans le rang derrière le sien.

– J'avais un peu de temps libre, donc je me suis dit que j'allais auditionner.

– Mais bien sûr ! Tu ne sais pas jouer la comédie.

– Ma vie entière est une sinistre comédie, ma douce.

– Ne m'appelle pas « ma douce ».

– Tu n'as pas aimé poupée, tu n'aimes pas poulette, donc j'essaie de nouveaux surnoms.

– Eh ben, je n'aime pas « ma douce ». Cherche encore.

Je souris jusqu'aux oreilles, ravi de voir que ça l'agace. J'adore ça. Ces derniers temps, Shay est devenue très douée pour riposter, me renvoyant

4. *Troïlus et Cressida*, traduction de François-Victor Hugo, 1868.

constamment la balle, comme dans un match de tennis. Mais jamais elle n'aurait pu imaginer que je me pointerais dans sa bulle de théâtre.

– Je suis sérieuse, Landon. Qu'est-ce que tu fais ici ?

– Je suis sérieux, Shay. Je vais auditionner.

Elle grimace et ne peut s'empêcher de froisser le papier qu'elle tient dans la main.

– Ça fait partie de ta stratégie. Tu essaies de te rapprocher de moi.

– Tu as les chevilles qui enflent, meuf. Mon audition n'a rien à voir avec toi. Sache que je suis un immense fan de Shakespeare. Ce type savait vraiment écrire !

Elle soupire en levant les yeux au ciel.

– Mec, tu ne pourrais pas citer cinq de ses pièces, même si ta vie en dépendait.

– *Othello, Hamlet, Roméo et Juliette, Le songe d'une nuit d'été* et *Macbeth.*

On apprend beaucoup quand on ne dort pas de la nuit.

– Alors quoi, tu as cherché sur SparkNotes, c'est ça ?

Oui, princesse.

Tiens, « Princesse ». Il faudra que je le tente. Je suis sûr qu'elle va détester.

Bon, certes, j'ai bien fait appel à SparkNotes, ce n'est pourtant pas la seule raison pour laquelle je connais Shakespeare. Mais ça ne la regarde pas.

Je me penche vers elle et pose une main sur son épaule.

– Sans vouloir te vexer, Shay, tu te comportes comme une mégère qui a besoin d'être apprivoisée.

Elle dégage ma main en la giflant.

– Je ne sais pas comment tu sais tout ça, mais c'est agaçant. Tu es encore plus agaçant que d'habitude, en fait.

– Qu'est-ce que j'y peux ? Je suis très intelligent. Tu vas vite en avoir la preuve.

Elle se mord la lèvre et me regarde d'un air très sérieux.

– Sans rire, Landon, qu'est-ce que tu fais ici ?

– Je te l'ai dit ! J'ai lu la pièce et je crois que j'ai ce qu'il faut pour être un bon Roméo.

– Dans tes rêves, ricane-t-elle en levant les yeux au ciel.

– Justement, ma biche. Mes rêves deviennent toujours réalité, je réponds en lui faisant un clin d'œil.

– Mon Dieu, pas « ma biche ». C'est hors de question.

– Comme tu voudras.

– Bref. Je sais que tu cherches juste à me déstabiliser en venant ici, mais peu importe. Il faudrait que tu décroches le rôle pour passer du temps avec moi, et je doute fortement que ça arrive. Tu ne pourrais même pas incarner un sac plastique.

– Pourquoi j'aurais besoin d'incarner un sac plastique ? De quoi tu parles ?

Elle lève les yeux au ciel pour la centième fois en cinq minutes, serrant plus fort son texte.

– Tu peux t'en aller, s'il te plaît ? J'essaie de me concentrer avant l'audition, et tu m'en empêches.

– Ok, ça marche. Concentre-toi. Je vais en faire de même. Fais comme si je n'étais pas là. Je ne bouge pas. Je reste juste derrière toi, à répéter mon texte.

Je vois sa nuque se raidir et suis ravi de constater combien ma présence l'affecte. Je ne sais si c'est en bien ou en mal, mais savoir que je suis là déclenche chez elle une réaction physique.

M. Thymes, le directeur du département artistique, appelle les gens un par un sur la scène. Maintenant que j'y pense, je crois que je n'ai jamais mis les pieds dans cette salle, tout le monde me regarde comme si j'étais un extraterrestre. Cela dit, je les comprends.

Landon Harrison dans le théâtre ? Le ciel est tombé sur nos têtes !

– Shay, c'est à toi, dit M. Thymes.

Elle se lève d'un bond, mais avant de se diriger vers la scène, je la vois fermer les yeux et chuchoter quelque chose en serrant la petite croix qu'elle porte autour du cou. Maria a la même. Je me demande si croire en Dieu est aussi facile pour Shay que ça l'est pour sa grand-mère.

En ce qui me concerne, cela fait longtemps que je me livre à une bataille quotidienne avec Dieu.

J'ai envie de croire en lui, mais il m'a donné trop de raisons de douter de son existence.

Lorsque Shay monte sur scène, toute la salle se tait. C'est Shay qui ouvre la bouche, mais c'est Juliette qui parle. La transformation est instantanée. Elle se déplace sur scène comme si elle était une tout autre personne. Ses paroles sont puissantes et douces à la fois. Je n'ai aucune idée de ce qu'elle dit, mais je la crois.

Elle est sublime, et les autres candidates peuvent tout de suite rentrer chez elles, car elle est clairement la Juliette parfaite. Et je suis déterminé à être son amant légendaire.

Tout le monde applaudit quand elle termine son monologue, et elle le mérite amplement. Je suis sans doute celui qui applaudit le plus fort et, lorsqu'elle revient s'asseoir devant moi, je me penche pour chuchoter dans son oreille.

– Tu es faite pour être Juliette.

Elle frissonne avant de soupirer.

– Mais tu n'es pas mon Roméo, Landon. Tu ne le seras jamais.

– Landon, c'est à toi ! déclare M. Thymes.

Je me lève et m'arrête pour la regarder.

– Tu ne vas pas me dire « merde » ou me souhaiter bonne chance ?

– Je te souhaite une bonne merde, Landon.

Waouh, t'es dure, Poulette.

J'adore.

CHAPITRE 16

SHAY

Waouh. Je ne m'y attendais absolument pas.

Le succès de Landon est fracassant. Il est bien meilleur que les autres mecs qui ont auditionné pour le rôle de Roméo. On a l'impression qu'il a toujours été comédien.

Même M. Thymes se lève pour l'applaudir.

– Bravo, Monsieur Harrison, bravo ! s'écrie-t-il. Je crois que nous venons de trouver notre Roméo !

Non mais bon sang, quelle injustice ! Landon ne peut pas être aussi doué, je parie qu'il a choisi son texte hier soir à peine ! Ce n'est pas normal. Il ne peut pas être bon comédien en plus d'être beau, riche et populaire. Je me demande bien quel pacte il a conclu avec le diable.

Il revient s'asseoir à sa place et, encore une fois, il se penche pour chuchoter dans mon oreille.

– Tu as dit quoi, déjà ? Que je ne serai jamais ton Roméo ?

– Va voir ailleurs si j'y suis !

– Mais bien sûr ! répond-il alors que ses lèvres effleurent mon oreille. Je te trouverai n'importe où, Shay.

– Tu penses peut-être avoir trouvé un moyen de traîner avec moi en dehors du lycée, mais tu t'es planté. Je n'ai pas encore décroché le rôle de Juliette. Si ça trouve, tu vas passer tes soirées avec une autre nana.

– Arrête, mon petit grain de beauté, chuchote-t-il en secouant la tête. Tu es faite pour être Juliette. Personne ne peut te surpasser.

« Grain de beauté » ? Mince, ça me plaît. Personne ne remarque jamais que mon visage en est couvert, il faut être très près pour les voir. Cependant, je ne lui dirai jamais que ce surnom me plaît ; je ne veux pas lui donner une telle satisfaction.

– Pari ou vérité ? je demande en l'étudiant d'un air sérieux.

– Pardon ?

– Est-ce que tu dis la vérité ou ça fait partie de ta stratégie pour me séduire et remporter le pari ?

– À ton avis ? répond-il en plongeant son regard dans le mien.

Je découvre qu'il semble sincère, mais peut-être qu'il essaie encore de me manipuler.

Si c'est le cas, je suis triste d'avouer que ça fonctionne.

Mon Dieu, ça fonctionne. J'ai beau m'être habituée à ses moqueries, chaque fois qu'il se montre gentil, mon cœur fond comme du beurre et je déteste admettre que je gobe ses flatteries.

Mais vous savez ce qui se passe lorsqu'on a un cœur en beurre ?

Des artères bouchées.

C'est l'effet que me fait Landon : il bouche mes pauvres artères.

***

M. Thymes attend une semaine entière pour annoncer le nom de ceux qui ont décroché les rôles. Chaque jour est comme une bombe à retardement, et je suis persuadée que ça ne va pas jouer en ma faveur. Ma surprise n'en est que plus grande lorsque je découvre que j'ai obtenu le rôle de Juliette. J'avais beau m'être sentie médiocre lors de mon audition, Landon avait raison. Apparemment, je suis faite pour être Juliette et, même si ça me tue de l'admettre, Landon est parfait pour jouer Roméo.

Après l'annonce des résultats, je rentre chez moi d'un pas léger, tout heureuse de la nouvelle. Je sais que c'est idiot, mais c'est un rêve qui se réalise. J'ai tout donné pour décrocher ce rôle, et la première personne à qui j'ai envie de l'annoncer est celle qui m'a aidée à répéter.

– Papa ! Papa ! je crie en passant la porte et en jetant mon sac par terre.

Je le cherche dans toute la maison avant de descendre à la cave où je le trouve assis à son bureau, devant son ordinateur, tapotant son clavier à toute vitesse.

– Papa…

Je m'arrête en haussant les sourcils.

– Tu t'es remis à écrire ?

Il se tourne vers moi et m'offre un sourire enfantin en se passant la main dans les cheveux.

– En effet !

– Je croyais que t'avais arrêté depuis… Tu sais…

Depuis que tu as compris que tu ne pouvais pas écrire sans un joint dans une main et un whisky dans l'autre.

– Je sais, mais j'étais inspiré. Et quand un artiste est inspiré, il ne peut pas ne pas écrire. Tu le sais mieux que personne.

C'est vrai. Un artiste sans son art mène une vie bien solitaire.

– Bon, ben je ne veux pas te déranger trop longtemps, mais je l'ai eu ! je m'exclame en sautillant sur place. J'ai eu le rôle de Juliette !

– Bien sûr ma chérie, je ne suis pas du tout surpris, répond-il d'une voix calme.

Mon père n'est pas du genre à s'enthousiasmer. Jamais.

– Je savais que tu l'aurais. Tu as travaillé, et ça a marché.

– Je n'aurais pas réussi sans toi. Merci de m'avoir aidée à perfectionner le monologue.

Il répond par un double hochement de tête.

Il est fier de moi.

Il ne le dit pas, mais je le sais.

Folle de joie, je cours vers lui pour le serrer dans mes bras. Il se dépêche de tourner la tête dans la direction opposée, mais c'est trop tard.

Je l'ai sentie.

Son haleine de whisky.

Mon estomac se noue et je fais deux pas en arrière. Je lui offre mon meilleur sourire en m'efforçant de retenir mes larmes.

– Je vais te laisser travailler. Je voulais juste t'annoncer la bonne nouvelle.

– J'ai hâte de te revoir sur scène. Je sais que tu vas être spectaculaire.

Whisky, whisky, whisky.

Ai-je rêvé de l'odeur ? Est-ce que je me fais des films ? Est-ce qu'il a repris ses mauvaises habitudes ?

– Merci. Ok, bonne nuit. À demain.

Je monte dans ma chambre en courant, ferme la porte et éteins les lumières. Je me jette sur mon lit et me cache sous la couette pour fondre en larmes.

Mon père a rechuté. Je l'ai senti. Du moins, je crois. Ce n'est qu'une question de temps avant que maman et Mima le découvrent aussi. Il y aura de nouveau des disputes. Des cris. De la haine.

Il y aura de nouveau des larmes. De la souffrance.

Tant de souffrance.

Je suis épuisée de voir l'histoire se répéter tous les trois ou quatre mois. J'en ai assez d'être aussi épuisée. Je déteste qu'une part de moi ait cru que mon père changerait après être passé par la case prison. Apparemment, rien ne le changera. Les gens ne changent pas. Peut-être que cela n'arrive que dans les contes de fées.

Je reste au lit, faisant le deuil d'un père qui est pourtant en vie. Je fais le deuil de l'homme que j'espérais qu'il serait un jour. Je fais le deuil des rêves que j'avais pour lui. Je fais le deuil de la confiance que j'avais en lui. Peut-être un jour ma mère fera-t-elle aussi le deuil de son époux.

***

Les jours suivants, je fais tout pour me convaincre que je n'ai pas senti ce que j'ai cru sentir. Maman et Mima n'ont rien dit, et il y a eu moins de disputes à la maison ces derniers temps. Je n'ai pas envie de gâcher ça.

Peut-être me suis-je trompée ? Je ne l'ai pas vu boire, après tout. Il ne semblait pas saoul, il ne bafouillait pas, il n'a pas été incohérent. Or, ce sont les signes, en général.

Ainsi, au lieu de me concentrer sur quelque chose que je ne peux pas maîtriser, je décide de me consacrer à *Roméo et Juliette*, et à Landon Harrison.

Chaque jour que nous répétons, le talent de Landon devient de plus en plus évident. Je suis stupéfaite de voir combien il est dédié à son rôle et de constater que cela lui vient naturellement. Au début, j'avais pensé qu'il laisserait tomber dès qu'il verrait l'investissement que cela demande, mais Landon n'a pas peur d'un tel défi, au contraire.

Lorsqu'il n'est pas sur scène, il est dans le public, répétant le dialogue qu'il vient pourtant de sublimer. Au bout d'une semaine, il connaît son texte par cœur. Au bout de deux, il maîtrise la mise en scène. Or, cela ne l'empêche pas de chercher encore des moyens d'améliorer sa performance.

Une part de moi déteste voir combien tout ça lui est facile.

Une autre part, plus grande, trouve son talent très attirant.

J'ai toujours été fascinée par le talent, y compris chez mon père. Pour moi, il n'en est pas ainsi. Je dois travailler plus que la moyenne pour être aussi douée et pour m'améliorer.

Personne ne sait combien d'heures j'ai passées à parfaire mon monologue pour l'audition. Personne ne sait que j'ai déplacé les meubles de ma chambre pour jouer la scène et répéter mes mouvements. Personne ne sait pendant combien de temps j'ai travaillé devant mon miroir pour maîtriser mes expressions.

Personne ne sait combien de fois j'ai pleuré en ayant le sentiment d'échouer alors que j'étais déjà à mon maximum.

Les répétitions durent deux heures, tous les soirs de la semaine, et Landon s'assoit systématiquement à côté de moi. Quand il ne l'est pas, je sens son regard sur moi. S'il n'étudie pas son dialogue, c'est moi qu'il étudie. Apparemment, je suis son deuxième passe-temps favori. Je le surprends parfois en train de me regarder avec tant de tendresse que j'en oublie presque que c'est un jeu.

Tant mieux. Si on doit passer autant de temps ensemble, autant que j'essaie de gagner ce fichu pari, moi aussi.

Toutefois, je dois me rappeler chaque jour que les papillons qui envahissent mon ventre lorsque Landon n'est pas loin ne sont pas réels. Je me répète sans cesse que les battements accélérés de mon cœur sont dus à des brûlures d'estomac. Je fais tout pour me convaincre que tout ce que je ressens n'est dû qu'à mes hormones.

Au fond de moi, je sais que je ne peux pas craquer pour Landon.

Un mec comme lui ne peut pas séduire une fille comme moi.

Surtout pas une fille comme moi.

Moi et mon cœur sensible.

***

– J'ai besoin de munitions, Raine, je dis à mon amie alors qu'elle parle à Tracey après les cours.

J'imagine que Tracey lui parle de Reggie, apparemment, elle est la seule à ne pas avoir encore capté que ce type est un enfoiré. Je l'ai observé dans les couloirs et j'ai vu sa façon de traiter ceux qu'il considère comme moins beaux ou moins cool que lui.

Il s'est acharné sur Billy Peters parce qu'il n'aimait pas sa tenue. Il a fait trébucher Jovah Thomas pendant le cours d'EPS et l'a traité de gros *Télétubbies*. Il a également dit à Wren Miller que l'anorexie était super quand le malade avait un corps comme le sien.

J'ai répété tout ceci à Tracey, qui a refusé de le croire.

« C'est son humour, Shay. Tu ne comprends pas, c'est tout » m'a-t-elle répondu.

Faut croire que je ne trouve pas les brutes très drôles.

Je n'ai pas insisté sur ce sujet, parce qu'elle se montre chaque jour un peu plus protectrice de cet enfoiré. Je n'ai pas l'intention de gâcher mon amitié pour un mec aussi bête que Reggie. J'espère simplement que Tracey découvrira qui il est vraiment avant qu'il ne lui brise le cœur.

J'avance vers mes amies et Tracey se dépêche justement de partir. Il faut que je prenne le temps de lui parler pour m'assurer qu'elle ne m'en veut pas trop d'avoir dit ce que je pensais de Reggie. Mais d'abord…

– Des munitions ? Tu pars à la chasse ? plaisante Raine en rangeant ses livres dans son sac. Hank peut te prêter sa tenue de camouflage, si tu veux.

– Mais non, je suis sérieuse. J'ai besoin que tu me dises comment atteindre Landon. J'ai besoin d'infos sur lui.

Raine écarquille les yeux et semble nerveuse lorsqu'elle secoue la tête.

– Ah non ! Hank m'a interdit de me mêler des affaires des autres depuis que j'ai aidé ma mamie à commander un vibromasseur parce que mon papy n'est plus l'étalon qu'il était.

– Meuf, tu me dois bien ça, je gronde.

– Comment ça ? Pourquoi ?

– Oh, je ne sais pas… Ce n'est pas toi qui as dit à un certain Landon que j'allais auditionner pour le rôle de Juliette ? Ce n'est pas à cause de toi qu'il a auditionné et décroché le rôle de Roméo ?

Le regard de Raine s'illumine.

– Oh mon Dieu ! Il a eu le rôle ? Je suis tellement fière de lui ! s'exclame-t-elle. Je sais que tu le détestes, mais tout le monde sait que Landon est un peu comme un petit frère pour moi.

– Il est plus vieux que toi, Raine.

– Oui, acquiesce-t-elle en posant sa main sur son cœur, mais son innocence lui donne l'air si jeune…

– Si tu le dis. Bref. Tu l'as aidé, alors tu dois m'aider en retour, Raine.

– Je ne peux pas, Shay, répond-elle en grimaçant. Hank me tuera si je m'en mêle. Il ne m'a pas parlé pendant cinq bonnes minutes quand j'ai aidé Landon, et je ne supporterai pas de revivre ça.

– Très bien, je soupire en croisant les bras. Tant pis.

– Non, ne fais pas ça, gronde Raine en agitant son index devant mon visage.

– De quoi tu parles ?

– Je t'interdis de bouder. Je ne supporte pas que mes amies soient tristes.

– Faut croire que tu tiens plus à Landon qu'à moi alors, puisque tu as bien voulu l'aider mais que tu refuses d'en faire de même pour moi ! Je pensais qu'on croyait toutes les deux à la solidarité féminine. J'ai dû me tromper…

– Argh ! râle-t-elle en se frappant le front. D'accord. Tu m'y as forcée. Mais il ne faut pas que Hank ou un des mecs sachent que je t'ai aidée. Ils sont pires que nous, ils se disent tout.

– Je te le promets.

– Bon. Landon adore son chien, Ham. Il l'aime plus que tout. Si tu veux lui plaire, tu devrais l'emmener dans un parc pour chiens.

– Quoi ? Mais non ! Je ne veux pas savoir ce qu'il aime, je veux savoir ce qu'il déteste !

– Pourquoi ?

– Pour l'énerver autant qu'il m'énerve.

– Attends ! Tu ne veux pas qu'il tombe amoureux de toi pour gagner le pari ?

– Si.

– Et tu comptes faire ça en le torturant ?

– Bien sûr.

Raine hausse un sourcil et secoue la tête.

– Je ne crois pas que tu comprennes ce qu'est l'amour, déclare-t-elle.

Peut-être mon amie a-t-elle raison, mais Landon a envahi mon monde, mon espace, et il y a pris ses aises. Le théâtre était censé être mon havre de paix et il est en train d'y marquer son territoire avec ses sourires horriblement séduisants. Au diable l'amour !

Je veux qu'il soit aussi exaspéré que moi.

– S'il te plaît, Raine.

Elle soupire longuement avant de pousser un grognement.

– D'accord. Il a la phobie des reptiles.

– Des reptiles ?

– Oui. En tout genre. Les serpents, les lézards, les tortues… Ah ! Et il déteste les insectes, aussi. Un jour, je l'ai vu rentrer chez lui en courant parce qu'il se pensait poursuivi par une mouche. Il avait tellement la trouille qu'il a raté la marche et qu'il s'est étalé comme une crêpe. Et je ne parle même pas des araignées.

Voilà qui est parfait.

– Merci, je dis en lui tapotant le dos. Tu as choisi le bon camp.

– Ah non, dorénavant, je suis neutre comme la Suisse. Et si un jour ta mamie te demande de l'aider à acheter un vibromasseur, ne le fais pas. Les repas de famille sont tendus, après ça.

C'est noté.

– Au fait, qu'est-ce qui se passe entre Tracey et toi ? Vous vous êtes disputées ? demande Raine.

– Pas que je sache… Mais je crois qu'elle m'en veut de lui avoir dit que Reggie est un enfoiré.

– Bravo, je suis contente que quelqu'un le lui ait dit. Ce type est un minable. Tu as vu comme il mate toujours les filles, même quand il est avec Tracey ? C'est vraiment un connard, si tu veux mon avis.

– Ouais, mais Tracey est folle de lui.

– C'est vrai. Quel bazar ! Si Hank me traitait comme Reggie la traite, ça fait longtemps que je l'aurais castré pour mettre ses couilles dans une soupe à l'oignon à la française.

– Pourquoi à la française ?

– Parce qu'il est aux trois quarts français. Quitte à castrer mon mec, j'aime autant respecter son héritage !

J'éclate de rire en prenant mon amie par les épaules.

– Tu es vraiment une petite amie en or.

– Je sais ! Ce p'tit veinard ne me mérite pas.

Personne ne te mérite, Raine.

– Bon. Puisque Tracey et toi êtes en froid, que dirais-tu d'une bonne vieille soirée pyjama chez moi ? On se fera des soins, on critiquera tout le monde et j'essaierai de réparer votre amitié pour vous remettre sur le droit chemin.

– Je croyais que tu n'avais plus le droit de te mêler des affaires des autres ?

– Que veux-tu ? répond-elle en haussant les épaules avec un sourire angélique. Les vieilles habitudes ont la peau dure…

CHAPITRE 17

LANDON

– Faisons quelque chose ensemble, ce samedi.

On vient de finir de répéter et je me frotte les yeux, car j'ai du mal à croire que Shay me parle. En général, elle fait tout son possible pour éviter d'être en contact avec moi pendant les cours et après, pendant les répétitions. En fait, les seules fois où elle me parle, c'est lorsque je suis Roméo et qu'elle est Juliette. Elle n'est pas facilement abordable, c'est sûr, mais je ne compte pas baisser les bras pour autant.

Je sortais du bâtiment où ont lieu les répètes lorsqu'elle m'a rattrapé en courant.

– Tu veux dire un rencard ? je demande en haussant un sourcil.

– Oui, un rencard. Toi et moi. Soyons fous.

– Je croyais que ce n'était pas mon genre, et surtout pas avec toi, je rétorque.

Elle lève les yeux au ciel, mais sa fossette apparaît quand elle réprime un sourire.

– Tu te souviens de tout ce que je t'ai dit depuis qu'on se connaît ?

– C'est à la fois un don et une malédiction, je marmonne.

– Alors… samedi ? insiste-t-elle en jouant des sourcils.

Je l'étudie d'un air suspect.

– Tu veux vraiment qu'on sorte ensemble ce samedi ?

– Oui.

– Avec moi ?

– Oui.

– Pourquoi ?

– Pour que tu tombes amoureux de moi, bêta !

Elle manigance quelque chose, ça se voit à son sourire béat. On dirait une gamine de cinq ans qui essaie de cacher qu'elle ne s'est pas brossé les dents avant de se coucher.

– Qu'est-ce que tu manigances, Gable ? je demande.

Elle écarquille les yeux, mais ne lâche pas le morceau.

– Rien !

– Qu'est-ce que tu veux faire ?

– C'est une surprise. Ne t'en fais pas, je passerai te prendre et c'est moi qui conduis. Sois prêt à treize heures.

Elle tourne les talons et commence à s'éloigner avant de s'arrêter.

– Ah, Satan ?

– Ouais ?

– Tu étais super à la répète. Ça m'ennuie de le dire, mais personne ne pourrait faire mieux. Tu es vraiment doué. Bonne soirée !

Elle se dirige vers sa voiture, et mon cœur fait quelque chose d'étrange. Je ne sais pas comment le décrire. Avant, mon cœur suivait son rythme régulier et monotone. Mais depuis l'arrivée de Shay Gable, rien ne va plus. Et tout ça, parce qu'elle m'a fait un compliment.

Peut-être était-ce du sarcasme ? Est-elle sincère ? Cherche-t-elle à m'embrouiller ?

Bon sang, laisse-moi voir en toi, Shay.

Je la regarde s'éloigner, elle et son joli petit cul, alors que mon cœur cherche encore à comprendre ce qui s'est passé.

Est-ce que mon cœur bat la chamade pour mon ennemie jurée ?

C'est quoi ce bordel ?

***

C'est quoi, ce bordel ?

Je suis dans la voiture de Shay et nous venons d'arriver à destination. J'aurais dû me douter que ce serait un désastre. Seulement, même dans mes pires cauchemars, je n'aurais jamais cru qu'elle irait aussi loin.

Des Souris et des Hommes est le nom inscrit sur le bâtiment devant nous, un endroit diabolique où des humains cinglés viennent jouer avec des créatures avec lesquelles ils ne devraient en aucun cas frayer. Je regarde par la fenêtre et je vois un mec tenir un serpent autour de son cou.

Comme un psychopathe.

– C'est quoi ce bordel ? je crache alors que ma peau me démange rien qu'à l'idée de passer la porte.

– C'est comme une ferme pédagogique, mais avec des reptiles. J'ai pensé que ce serait marrant, répond-elle comme si de rien n'était alors que mon front est en sueur. Mon petit doigt m'a dit que tu adorais les reptiles.

– Ton petit doigt ? Je vais tuer Raine.

– Roh, allez ! Elle me devait bien ça après t'avoir parlé des auditions pour la pièce. Il est normal que je sache quelque chose sur toi, moi aussi.

– Eh bien, tant mieux pour toi. Tu sais désormais que je déteste les reptiles. Bravo, je gronde en applaudissant. Mais il est hors de question que j'entre dans cet endroit.

– Qu'est-ce qu'il y, Satan ? Tu as peur ? susurre-t-elle.

– Non. Mais je ne suis pas un imbécile qui trouve drôle de jouer avec des créatures qu'on n'est pas censé toucher. Ce n'est pas un caniche, bon sang ;

c'est un boa constrictor. Un animal qui peut étouffer quelqu'un si l'envie lui prend.

– Ça a l'air génial ! répond-elle en souriant. Allez, viens.

Elle ouvre sa portière et sort de la voiture, mais je ne bouge pas. Hors de question que je détache ma ceinture et que je sorte du véhicule.

Shay éclate de rire.

– Tu vas me dire que le plus grand bad boy de la ville a la trouille d'une petite araignée ?

– Ce sont des tarentules, bon sang ! Il n'y a rien de petit chez une tarentule, Shay !

– Tu transpires, dit-elle en gloussant.

– Pas du tout.

Je sens qu'en plus de mon front et de ma nuque, mes genoux se sont mis à suer, tout comme mes orteils.

– Si, insiste-t-elle. Je suis surprise, c'est tout. Il s'avère qu'après tout ce temps, c'est toi la poule mouillée, pas moi.

– Je ne suis pas une poule mouillée, je gronde.

Elle se penche vers moi d'un air amusé.

– Cot cot cot…

Les poils de mes bras se hérissent.

Elle me rend dingue, mais – et c'est on ne peut plus agaçant – ça n'empêche qu'elle m'excite, aussi.

D'accord, Poulette.

À moi de jouer.

Je détache ma ceinture et sors de la voiture en claquant la portière.

– Tu veux vraiment jouer à ça ? Ne viens pas te plaindre quand il faudra que je te conduise aux urgences parce que tu as voulu jouer avec une araignée.

Elle sourit en silence et se dirige vers l'entrée. Je l'imagine peut-être, mais j'ai l'impression, que depuis quelque temps, elle se déhanche encore plus qu'avant, comme si elle cherchait à m'hypnotiser.

Et ça marche, du moins, ça marchait jusqu'à ce que j'entre à mon tour en enfer et que j'aie envie de m'enfuir en courant. Or, je sais que je ne peux pas me défiler. C'est précisément ce qu'elle attend que je fasse.

– Tu veux un Krema ? demande-t-elle en me tendant le bonbon.

Je tends la main pour le prendre, mais elle l'éloigne un instant.

– En revanche, je te serais reconnaissante de ne pas le jeter dans mes cheveux après l'avoir mâché.

– Je me souviens de ta coiffure à l'époque. Je t'ai rendu service, crois-moi.

Je saisis le bonbon et l'avale après l'avoir mastiqué à peine deux fois.

Elle me regarde, bouche bée.

– C'était quoi, ça ?

– Quoi ?

– Cette façon barbare de manger un bonbon ! Tu n'es pas obligé de le gober. Mâche-le, savoure-le. On aurait dit une bête affamée !

– Toutes mes excuses, ma belle. Je t'en prie, montre-moi comment manger un bonbon correctement.

Elle sort un autre Krema de son sac et l'ouvre lentement.

– Ceux à la banane sont les meilleurs, dit-elle, donc j'aime prendre mon temps. Je le mordille d'abord, je prends de petits morceaux pour qu'il ne soit pas fini tout de suite. On ne l'avale pas d'un coup. Il faut le savourer.

– Tu es folle. Mets-le dans ta bouche et mange-le !

– Non, il faut prendre son temps. Dans la vie, les plus belles choses méritent qu'on leur accorde du temps. C'est pareil pour les Krema.

– Avale-le, bon sang. J'imagine que tu sais faire, non ? je plaisante.

Elle lève les yeux au ciel et me frappe le bras. Ça me plaît. J'aime qu'elle me touche, même si c'est accompagné des mots « tu n'es qu'un porc ».

– Peut-être, je réponds, mais je suis sûr que tu aimes le bacon.

Elle sourit, dévoilant sa fossette, et continue de mordiller son bonbon comme un hamster.

– Allez, il est temps de rencontrer tes amies, dit-elle en marchant vers l'accueil.

Avant de voir les animaux, il faut signer un document stipulant que l'entreprise n'est pas responsable en cas d'accident.

Premier signal d'alarme.

Nous sommes ensuite accompagnés à l'arrière, où sont parquées les affreuses créatures, et le guide nous prévient de ne jamais tendre la main vers un animal, car ils sont imprévisibles.

Second signal d'alarme.

On nous demande alors d'enlever tous nos bijoux, car certains animaux pourraient vouloir s'en saisir.

Troisième signal d'alarme.

– C'est une idée catastrophique, je dis en grimaçant alors que Shay continue de grignoter son bonbon.

– Arrête de te plaindre, ça va être super !

Je lui arrache le bonbon des mains et le gobe d'un coup.

Sans cligner des yeux, elle plonge sa main dans son sac, ouvre un autre Krema et se remet à le mordiller.

Notre guide s'appelle Oscar, il est un peu trop enthousiaste à l'idée de me mettre un serpent sur les épaules.

– Ne t'en fais pas, dit-il en me tapotant le dos. Il ne mord pas, et si l'envie lui en prenait, tu serais mort si vite que tu ne sentirais rien.

Je sais que c'est censé être une blague, mais ça ne me fait pas rire du tout.

Oscar s'empare d'une des créatures et je recule instinctivement, faisant rire Shay. Toutefois, elle ne s'approche pas pour autant de la bête. En fait, elle semble aussi stressée que moi. Tant mieux. Nous voilà sur un pied d'égalité. Elle faisait la maligne jusqu'à ce qu'on arrive dans cette pièce. Maintenant, ses yeux sont grands ouverts et elle mâche son bonbon d'un air inquiet.

– Les dames d'abord, je déclare en désignant Charlie, un serpent noir et jaune.

Elle prend une profonde inspiration et gobe son bonbon en entier.

Elle avance vers le serpent en silence. Je la regarde frissonner plusieurs fois alors qu'Oscar lui amène la bête, mais elle l'autorise à le lui poser dans les mains. Elle gigote et frissonne et je suppose que c'est parce que c'est une sensation étrange.

J'ai du mal à l'imaginer, en fait, et je n'ai pas envie de le découvrir. Je n'ai pas quitté des yeux la sortie.

Lorsque je refuse de tenir les trois serpents proposés, Shay se remet à faire « cot cot » en agitant les bras comme les ailes d'une poule.

– Bon, très bien, je gronde. Passe-moi le serpent.

Le dernier s'appelle Greta et, bien sûr, c'est un python royal.

Oscar me dit de tendre les mains à plat.

– Trembler ne va rien arranger, me prévient-il.

– Écoute, je ne ferai pas mieux, donc dépêche-toi de mettre le serpent dans mes mains, ok ? je crache, me sentant aussitôt minable.

Mon stress est en train de prendre le dessus et je ne peux rien pour le contrôler. Des gouttes de sueur coulent sur mon front et j'y vois flou. Néanmoins, il est hors de question que je me défile, pas devant Shay. Ça lui ferait trop plaisir.

Il pose le serpent dans mes mains ouvertes et, en l'espace d'une seconde, tout devient noir.

***

– Landon… Eh, Landon. Réveille-toi, lève-toi.

J'ouvre les yeux sur le visage de Shay.

– Oh, Dieu merci. Je croyais t'avoir tué, s'exclame-t-elle.

Je pousse sur mes mains pour m'asseoir et me frotte le bras de haut en bas.

– Qu'est-ce qui s'est passé ?

– Tu as perdu connaissance pendant cinq minutes, explique-t-elle. J'étais déjà en train d'imaginer ton éloge funéraire. Mais bien sûr, il fallait que tu reviennes parmi les vivants, comme le diable.

Je pousse un grognement et essaie de me lever, mais ma tête se met aussitôt à tourner. Je titube, Shay me rattrape et m'aide à retrouver l'équilibre.

– Doucement, dit-elle d'une voix douce qui semble presque inquiète. Tu devrais voir un médecin, tu es tombé la tête la première.

– Je vais bien. Mais peut-être qu'on devrait laisser les reptiles tranquilles.

– Ah… Ouais, ben, on n'a plus le droit de revenir, de toute façon. Quand tu es tombé, tu as jeté Greta dans un autre box et… mouais, on n'est plus les bienvenus.

– Oh zut, c'est dommage. J'espérais vraiment dépenser toute ma fortune dans cet endroit.

– Faut croire que ce n'est pas ton jour de chance.

J'étudie son visage tandis qu'elle parle. Plus je la regarde, plus je me sens bien. Je suis encore dans le brouillard, mais quelques secondes à l'observer devraient tout arranger.

– Je devrais te ramener chez toi, histoire que tu te mettes de la glace sur le front, dit-elle.

Je passe ma main sur mon front où je découvre un œuf énorme. Super.

Je ne m'oppose pas à l'idée de rentrer chez moi. Plus je serai loin de ces créatures, mieux ça ira.

On roule en silence et, de temps en temps, Shay éclate de rire.

– Qu'est-ce qu'il y a ?

– Rien, rien… répond-elle en gloussant de nouveau. C'est juste que… Quand tu es tombé, on aurait dit un arbre abattu dans la forêt. Raide et sans vie, la tête la première. On aurait dit une scène de film. *Chaud devant !*

– Eh bien, je suis ravi de t'avoir divertie.

– Ah carrément ! Et ton cul dans ce jean, alors que tu t'écrasais…

Elle se met à rire de plus belle. J'aimerais relever sa remarque sur mes fesses, mais son fou rire est aussi mignon qu'il est agaçant et je n'ai pas envie de l'interrompre. Je ne savais pas qu'on pouvait aimer un son qu'on déteste.

– Merci pour un premier rencard affreux, je lui dis lorsqu'elle se gare devant chez moi.

Elle m'offre un sourire resplendissant.

– On remet ça quand tu veux ! Passe une mauvaise soirée !

– Ouais, ouais, toi aussi.

Je sors de la voiture et referme la portière. Je suis presque à la porte quand Shay m'appelle.

– Oui ?

– Cette remarque sur ton cul, ce n'était pas une insulte, dit-elle en souriant.

Je suis à deux doigts de me moquer d'elle, mais je me contente de hocher la tête en passant la porte avec mon plus beau déhanché. Tout à fait : je remue mon cul pour Shay Gable, après être tombé dans les pommes à cause d'un serpent.

Et au fond de moi, je ne lui en veux même pas.

***

– Ah non, c'est mort, dit Raine lorsqu'elle me trouve sur le pas de sa porte quelques heures plus tard. Je ne me mêle plus de votre histoire, jure-t-elle en croisant les bras.

Je sais qu'elle aurait plein de choses à m'apprendre sur Shay, mais elle n'a pas l'intention de m'aider.

– Je suis tombé dans les pommes avec un serpent dans les mains, Raine ! je m'exclame en frottant l'énorme bosse sur mon front.

– Ouais, je sais, ricane-t-elle.

Bien évidemment ! Shay a déjà tout raconté à Raine. Je ne devrais pas être surpris. J'ai beau être proche de Raine, je sais qu'elle et Shay le sont autant, voire plus. La solidarité féminine, bla-bla-bla.

– Allez, Raine. Tu dois me donner une info.

– Désolée, je ne peux pas. Hank m'a dit qu'il refuserait de regarder des comédies romantiques avec moi si je me mêlais de votre histoire encore une fois, et le regarder grimacer de gêne est mon passe-temps favori.

– Mais je ne peux pas gagner ce pari si je n'ai rien contre Madame Parfaite.

– Parfaite ? répète Raine en haussant un sourcil. Tu trouves Shay parfaite ?

– Bien sûr ! Sa vie est bien trop parfaite. Elle n'a aucun problème, aucun défaut. Alors que moi ? J'en ai beaucoup trop et elle les voit tous. Elle lit en moi comme dans un livre ouvert, et c'est injuste.

– C'est tout Shay, justement. Elle a un talent inné pour ça. Peut-être que tu devrais faire pareil. Tu devrais la lire, elle aussi.

– Crois-moi, j'ai essayé. Ses pages sont vierges.

– Oh, Landon, mon *pauvre* Landon, dit Raine en secouant la tête. Personne n'a de pages vierges. Tout le monde est couvert d'encre et de taches. Shay a eu ses batailles, elle aussi.

– Ah ouais ? Du genre ? je demande avec un sourire carnassier.

Elle ouvre la bouche pour me répondre, mais elle se ravise et rive son index sur moi.

– Ah non ! Je suis la Suisse. Je suis une fondue savoyarde. Il va falloir que tu découvres ses secrets tout seul. Sans mon aide.

– Et comment je suis censé faire ?

– Il n'y a qu'à la regarder, Landon. Observe-la vraiment. Essaie de comprendre la langue de son amour.

– La quoi ?

– Roh, bon sang. Attends une seconde.

Elle entre chez elle et revient sur le porche avec un livre à la main, qu'elle me tend d'un air autoritaire.

Je baisse les yeux et lis le titre du bouquin : *Les cinq langues de l'amour*, de Gary Chapman.

– C'est quoi ce truc ? je demande.

– C'est la clé pour que Shay tombe amoureuse de toi. C'est un livre qui te permet de comprendre les différentes manières qu'ont les gens d'aimer. Ça a sauvé mon couple il y a quelques années. Tu vois, je pensais que Hank était sexiste et macho parce qu'il voulait toujours payer pour tout, alors que moi, je suis une femme indépendante qui peut payer ses propres repas. On s'est méchamment disputés à ce sujet, ce qui, finalement, était plutôt mignon. Le soir de la dispute, il portait cette chemise à carreaux que je déteste, celle avec le…

– On peut accélérer, Raine ? je gronde, sachant qu'elle a le chic pour parler pendant des heures si on ne l'interrompt pas.

– Ah pardon ! Je disais quoi, déjà ? Ah oui, les langages ! Il y a cinq langues en amour : les cadeaux, les services rendus, le temps dédié à l'autre, les paroles rassurantes et le contact physique. Hank exprime son amour en rendant service : c'est pour ça qu'il vidange toujours ma voiture, qu'il porte mes livres et qu'il m'invite au resto. C'est comme ça qu'il me montre qu'il m'aime. Maintenant, tu n'as plus qu'à lire ce bouquin pour apprendre à lire Shay. Son histoire est dans ce livre ; tu as juste à creuser un peu pour la connaître. Et qui sait ? Peut-être que vous avez plus de points communs que tu ne le penses. Peut-être que vous parlez le même langage amoureux.

J'ai du mal à y croire, mais peu importe. Raine ne m'en dira pas plus car ses comédies romantiques sont en jeu, je n'ai donc aucune raison de m'éterniser.

Je la remercie pour les quelques détails qu'elle a bien voulu me donner.

– Landon, un bon point de départ serait peut-être de lui montrer ce que tu caches au reste du monde. Peut-être qu'elle aura moins de mal à te montrer sa part d'ombre.

– Mouais, c'est ça.

C'est mort.

– Allez, lis le bouquin. Je te garantis que ça va t'aider. Mais je ne me suis mêlée de rien ! N'oublie pas, je suis une raclette. Shay et toi n'êtes pas mes oignons.

– Message reçu, Raine. Je ne te demanderai plus rien. Promis.

– Tant mieux. Bonne nuit.

– Bonne nuit !

Je marche vers ma voiture lorsqu'elle m'appelle.

– Landon, un dernier truc !

– Quoi ?

Elle se mord la lèvre avant de se frapper le front.

– Elle adore les pivoines !

– Les *pies moines* ?

Je ne sais absolument pas ce que c'est.

– Mais non, abruti, les *pivoines* ! C'est sa fleur préférée. Mais ce n'est pas moi qui te l'ai dit !

Je ne vois pas comment des pivoines et un bouquin qui parle de langage amoureux sont censés m'aider. Mais ça n'empêche que je me plonge dans le livre dès que j'ai passé la porte de chez moi.

CHAPITRE 18

SHAY

J'aurais aimé savourer plus longtemps ma victoire sur Landon, mais lorsque j'arrive chez moi, c'est de nouveau la guerre. En fait, la bataille dure jusqu'au début de la semaine suivante et j'arrive au lycée complètement épuisée.

Je peine même à tenir toute la durée des répétitions. Les cris ont repris de plus belle et, quoi qu'il fasse, mon père ne semble pas pouvoir obtenir l'approbation de ma grand-mère. Ce que je comprends parfaitement.

Apparemment, je n'avais pas imaginé son haleine de whisky.

Je n'en peux plus de cette colère qui a envahi ma maison, et ça affecte mon sommeil. Je ne me souviens pas de la dernière fois que j'ai dormi paisiblement. Dès que je pose ma tête sur l'oreiller, je me demande si mon père va bien.

Je suis si fatiguée que je n'arrive pas à réciter mon texte et je suis à la traîne. À la fin de la répétition, je me suis trompée tellement de fois que je me sens minable. Il va falloir que je me rattrape en travaillant plus.

– Tu as été géniale aujourd'hui, dit Landon pendant que je range mes affaires.

N'importe quoi. J'ai bégayé, j'étais en retard dans mes gestes, j'ai oublié mon texte et voilà qu'il me dit que c'était bien ? J'en viens à le soupçonner de se moquer de moi. Or, je ne suis vraiment pas d'humeur.

En fait, je suis surtout d'humeur à fondre en larmes.

– Ne te moque pas de moi, Landon. Je sais que j'étais nulle, ce soir.

Il hausse un sourcil et m'étudie en penchant la tête, mais il ne dit rien, semblant interloqué.

– Quoi ? je demande.

– Rien, répond-il en secouant la tête. Je me demandais juste si tu as toujours été aussi sévère envers toi-même ou si c'est nouveau.

– Ce n'est pas facile pour moi.

– Qu'est-ce qui n'est pas facile ?

– Ça, je réponds en désignant la scène. Ce n'est pas naturel pour moi comme ça l'est pour toi. La plupart des gens ne mémorisent pas un texte après une seule lecture.

Landon est le premier de la troupe à ne plus avoir besoin de son texte. Je ne suis pas convaincue qu'il sache ce qu'il dit, c'est vrai, mais les mots prennent une mélodie si magique dans sa bouche qu'on ne doute pas qu'il est le véritable Roméo.

– Pourtant, on ne ressent pas que c'est difficile pour toi, dit-il. La scène t'appartient dès que tu y entres. Tu happes l'attention du public dès que tu parles. Tu as l'air confiante et sûre de toi. Quand on te regarde, on sait tout de suite qu'on est face à du véritable spectacle vivant et que c'est de l'art. C'est addictif et envoûtant, et tu le fais d'une façon qui semble totalement naturelle.

Il coiffe ses cheveux en arrière avant de plonger sa main dans sa poche, gonflant ses biceps en se balançant d'avant en arrière.

– Peu importe que ça te soit facile ou non. Il n'y a que le rendu final qui compte, et je te dis qu'il est parfait.

Je cherche une remarque cinglante à lui faire, mais je suis trop épuisée pour répondre quoi que ce soit. Et puis mon cœur se met à battre la chamade en entendant ses paroles, et je ne peux pas être insolente dans cet état.

– Qu'est-ce qui t'arrive ? demande-t-il.

– Rien.

– Menteuse ! Ça ne va pas, ça se voit.

– Même si ça n'allait pas, ce qui n'est pas le cas, tu serais la dernière personne à qui j'en parlerais, Landon.

– Pourquoi ?

– Parce que tu t'en fiches. Je sais que tu ne t'intéresses à moi qu'à cause de ce pari débile.

Il baisse la tête et son dos se voûte légèrement avant qu'il ne plonge ses yeux bleus dans les miens.

– Tu vis une journée de merde et tu as raison de ne pas me faire confiance. J'ai la réputation d'être froid et sans pitié. Mais je sais ce que c'est de vivre des jours affreux. Sauf que pour moi, ce ne sont pas des jours, ce sont des semaines, voire des mois, en fait. Je sais ce que c'est de se sentir minable. Je ne me servirai jamais de tes mauvais jours contre toi, Shay. Même pour ce pari débile.

J'ai envie de le remercier d'avoir dit ça, mais je n'en ai pas le temps, car il tourne les talons pour partir.

– J'espère que ça va s'arranger. Bonne soirée, marmonne-t-il.

– Bonne soirée, je réponds, si bas que je ne crois pas qu'il m'ait entendue.

Sur le trajet du retour, ce soir-là, je fais de mon mieux pour oublier que je vais passer les prochaines semaines avec Landon. Cela dit, depuis quelque temps, je préfère largement sa compagnie plutôt que celle de ma famille.

Lorsque j'arrive chez moi, je comprends tout de suite que c'est une mauvaise soirée.

Je n'ai même pas passé la porte que j'entends Mima hurler. Lorsqu'elle est en colère, elle se met à mélanger l'espagnol et l'anglais et, quand elle est vraiment furax, elle ne parle plus qu'espagnol.

J'ouvre un peu la porte et tends l'oreille avant d'entrer. Je sais qu'ils cesseront de parler dès qu'ils me verront, et je déteste ne pas savoir ce qui se passe.

– Tu lui trouves toujours des excuses, Camila ! J'ai senti l'alcool quand il est rentré ce soir. Il a couru se doucher, parce qu'il sait que je suis au courant. Comment peux-tu rester assise là, et faire comme si tout était rose alors que ton mari a encore sombré et qu'il t'a encore menti ?

– Maman, je n'ai pas la tête à ça. Je sais que c'est le bazar. Tu crois que je ne vois pas qu'il a fait une rechute ? Tu crois que je ne sais pas qu'il sombre ?

– Bien sûr que tu le vois, Camila. Ce que tu n'as pas l'air de comprendre, c'est que tu n'es pas obligée de le ramasser chaque fois. Il rapporte sans cesse ses démons sous ton toit.

– Et tu n'arranges rien en lui aboyant dessus sans arrêt. Tu ne fais qu'empirer la situation.

– Ce n'est pas de ma faute si ton mari est un menteur. J'aimerais que tu arrêtes de lui trouver des excuses. Quel exemple tu donnes à ta fille, Camila ?

Elles continuent ainsi et j'écoute Mima insister pour que maman quitte papa. Honnêtement, je comprends son point de vue. Combien de chances est-on censé laisser aux gens avant de décider que c'en est assez ? Combien de fois encore ma mère va-t-elle sacrifier son bien-être pour celui de mon père ?

Il m'est de plus en plus difficile d'assister à ce spectacle honteux et je suis déçue de ce que devient ma mère. Je l'avais toujours crue forte, et je crois qu'elle l'est… mais pas quand il s'agit de mon père.

On était tellement plus heureuses quand mon père était en prison.

Je referme la porte, n'ayant pas le cœur d'entrer.

Si mon père est là, je ne veux pas le voir. Il m'a menti. Il m'a regardée dans les yeux il n'y a pas longtemps et m'a promis qu'il n'aurait plus d'ennuis. Mais c'est ce que les menteurs font de mieux : ils mentent. Je déteste constater qu'il nous déçoit encore et encore. Je déteste voir que ma mère le défend toujours.

Je déteste cette boucle infernale dans laquelle nous sommes coincés.

Je sors mon téléphone et j'envoie un message à Eleanor.

Moi : Je peux dormir chez toi ?

Je pars chez ma cousine, où je me réfugie toujours quand mon père perd pied. Quand je dors chez eux, ma tante et mon oncle comprennent que mon père a fait une rechute.

Tante Paige ouvre la porte et me regarde avec une tendresse infinie.

– Je suis désolée, Shay.

Elle semble fatiguée, mais je n'ai pas le temps de l'observer car elle me serre fort dans ses bras. Les câlins de Paige sont vraiment les meilleurs.

Elle ne sait pas pourquoi elle est désolée, mais elle sait que mes visites imprévues sont le signe que la guerre fait rage chez moi.

– Ce n'est pas grave, je réponds en souriant tristement.

– Si, ça l'est, dit oncle Kevin d'un ton ferme.

Ça me fait du bien de l'entendre. D'entendre quelqu'un dire que la situation n'est pas normale.

Si seulement ma propre famille s'en rendait compte ! Les disputes me rendent folle. Voir Mima s'en prendre quotidiennement à mon père m'épuise au plus haut point. Le pire, c'est que parfois, ils se disputent pour des choses sans intérêt. Lorsqu'une cuillère sale est restée dans l'évier, ils se chamaillent pour savoir qui l'a laissée là et, comme toujours, ma mère endosse la responsabilité. Bien sûr, Mima saisit l'occasion pour accuser ma mère de protéger mon père, au lieu de se soucier de sa famille dans son ensemble.

– C'est ton amour qui l'empêche de s'améliorer, a dit Mima à ma mère. Tu pardonnes toujours tout le mal qu'il fait.

J'ai pensé si souvent que Mima avait raison.

J'ai prié si souvent pour qu'elle ait tort.

Chez ma cousine, je me sens en paix. Je doute que sa famille se dispute, et si c'est le cas, je parie que c'est pour savoir quoi regarder à la télé. Je n'ai jamais vu trois personnes aussi bien accordées.. La famille d'Eleanor est parfaite. Ils sont comme ces gens tout sourires qu'on voit dans les cadres photos qu'on achète, avant d'y mettre sa propre photo.

Quant à ma famille, elle ressemble plutôt à un épisode de *The Real World*[5]. Il suffit de passer la porte de chez moi pour voir ce qui se passe quand les gens cessent d'être polis et qu'ils disent ce qu'ils pensent vraiment.

Je file dans la chambre d'Eleanor, qui a déjà gonflé le matelas d'appoint. Elle y est allongée, un livre à la main. Je n'essaie pas de me battre pour lui laisser son lit, car elle refuse toujours de me donner le matelas le moins confortable.

« T'as le moral dans les chaussettes. Tu ne vas pas te faire un lumbago en plus, dit-elle toujours. »

Les murs de sa chambre sont recouverts de dizaines et de dizaines de livres. S'il s'agissait de quelqu'un d'autre, je penserais que la moitié n'ont jamais été ouverts. Mais connaissant ma cousine, elle les a sans doute tous lus au moins deux fois.

Je m'assois sur son lit, où elle a déjà posé un pyjama pour moi, et je soupire pendant plusieurs longues secondes.

Cela pourrait paraître anodin, mais le fait qu'Eleanor referme son livre pour s'adresser à une personne vivante est loin de l'être. Ma cousine timide et introvertie ne ferme ses romans que pour ceux qu'elle aime.

---

5. Équivalent américain de *Loft Story*.

– Ils se disputaient pour quoi, cette fois ? demande-t-elle en s'asseyant en tailleur dans le lit.

– Je ne sais pas. J'ai entendu les cris et j'ai fait demi-tour.

– Ça arrive de plus en plus, ces temps-ci, remarque-t-elle.

En effet, ça arrive souvent.

Eh oui : je déteste chaque seconde de chaque journée qui commence ainsi.

– Tu crois que ton père a…

Eleanor ne termine pas sa phrase car elle sait que, parfois, les paroles peuvent blesser sans qu'on le veuille. Elle ne veut pas aller au fond de sa pensée, mais je sais ce qu'elle demande. Est-ce que je crois que mon père s'est remis à dealer de la drogue ?

Je prie que non.

Je crois que oui.

– Je ne sais pas, je réponds en toute sincérité.

La dernière fois que mon père et moi en avons parlé, il m'a promis que non. Mais la promesse d'un menteur ne vaut rien. Mon père a toujours menti pour cacher ses erreurs. Et ça marchait, jusqu'à ce qu'on le retrouve ivre mort, défoncé, ou que ma mère le coince en train de mentir.

Une fois, elle l'a suivi dans une maison où il vendait de la drogue.

J'étais restée à l'arrière de la voiture.

J'avais dix ans.

Vous parlez d'une enfance heureuse !

– J'espère que non, dit Eleanor.

Je lui offre un triste sourire, car ses paroles me mettent les larmes aux yeux. Or, j'en ai marre de pleurer pour l'homme qui est censé être mon héros.

– Si seulement ma famille ressemblait plus à la tienne, je dis en reniflant. Vous êtes si parfaits.

Eleanor fuit mon regard.

– On n'est pas parfaits. On a nos batailles, nous aussi. Des batailles difficiles.

– Ouais, je m'en doute. Avoir des problèmes est humain, mais au moins vous les affrontez ensemble.

Chez Eleanor, ils sont tous les trois dans la même équipe et veulent la même chose : être heureux. Dans ma famille, on ne joue même pas dans la même division. Certes, on veut tous être heureux, mais on pense tous que le bonheur viendra de choses différentes.

– Parlons d'autre chose, propose-t-elle.

– Avec plaisir, je réponds en souriant.

Je parlerais de n'importe quoi plutôt que des blessures de ma famille, qui s'aggravent de jour en jour.

Eleanor se lève d'un bond et attrape une pile de feuilles sur son bureau avant de me rejoindre sur le lit.

– Qu'est-ce que c'est ? je demande lorsqu'elle dépose la pile sur mes cuisses.

– C'est le script que tu m'as envoyé.

– Ellie, je te l'ai envoyé à vingt-deux heures, hier soir, je réponds en haussant un sourcil.

Lorsque je n'arrive pas à dormir, j'écris. Et quand j'écris, j'envoie mon texte à Eleanor. La veille, j'ai enfin fini le manuscrit sur lequel je travaille depuis plus de trois ans, et je l'ai transmis à ma cousine pour avoir son avis.

– Ouais, je sais, et c'est de ta faute si je n'ai pas entendu mon réveil ce matin. Je l'ai lu trois fois, Shay. J'ai tenu à le relire plusieurs fois pour trouver des conseils à te donner, pour l'améliorer ou affiner tes personnages. Mais on a un gros problème.

– Quoi ? je demande, nerveuse.

– Il est déjà parfait.

Mon cœur se met à battre la chamade.

– Je t'interdis de me ménager parce que je passe une mauvaise journée, Eleanor.

– Ce n'est pas le cas ! Shay, ce texte est un chef-d'œuvre. Il ne te reste plus qu'à trouver un moyen de le faire lire au monde entier.

Ma gorge se noue lorsque je réalise que la seule personne à qui je veux faire lire mon script a sans doute sombré dans l'alcool une énième fois.

C'est un père sobre et fiable qui mérite de partager mes passions. Pas un père menteur.

– Par où je commencerais ? je demande à ma cousine.

– Viens voir, dit-elle en se précipitant sur son ordinateur.

Elle ouvre une page de son navigateur.

– J'ai fait des recherches, et il y a plein de concours auxquels tu peux t'inscrire pour avoir un avis professionnel. Tu peux même envoyer ton texte à des universités pour obtenir des bourses d'étude. Je sais que tu hésites à t'inscrire à une licence de cinéma, et c'est vrai que pour une personne lambda, c'est une idée pourrie. Mais tu n'es pas lambda, Shay. Tu es extraordinaire.

– Tu dis ça parce que je suis ta cousine préférée.

– Tu es ma seule cousine, répond-elle en me bousculant. Mais sérieusement, je comprends que tu ne veuilles pas t'endetter pour des études qui pourraient ne mener à rien. Mais si tu obtenais une bourse, tu prendrais moins de risques.

– Peut-être, je réponds en grimaçant.

Eleanor m'a toujours poussée à aller de l'avant et à prendre des risques pour mes rêves. Je lui demande de m'envoyer l'adresse du site dressant la liste des bourses, et lui promets de m'y pencher quand j'en aurai le temps.

Je ne sais pas ce que me réserve mon avenir, mais je suis rassurée de savoir que j'ai quelqu'un dans mon camp qui croit en moi.

On parle de tout et de rien jusqu'à ce que nos paupières deviennent lourdes, et je commence à fermer les yeux quand Eleanor se tourne vers moi.

– Je sais qu'on ne parle jamais de garçons parce que… bref. Mais il se passe quoi entre toi et Landon ? demande-t-elle.

Eleanor ne s'intéresse jamais aux histoires et aux rumeurs du lycée. À part moi, elle se fiche pas mal de ce qui se passe autour d'elle. Le fait qu'elle ait remarqué un changement entre Landon et moi m'étonne beaucoup.

Est-ce que notre petit jeu est si flagrant que ça ?

– Comment ça ?

– J'ai entendu parler de votre pari ; tout le monde en parle. Enfin, on ne m'en a pas parlé directement, mais je l'ai su quand même.

– Ah, je réponds, ne sachant pas quoi dire.

– Est-ce que ça va ? Tu es en train de craquer pour lui ?

– Non, pas du tout.

Certes, mon cœur s'emballe de temps en temps, mais je gère.

– Mais tu pourrais… dit Eleanor. Tu as un grand cœur. Tu pourrais aimer des monstres, si c'était possible.

– Tracey a parlé de « cœur sensible », je ricane.

– Oui, exactement. Et ce n'est pas une critique. Je dis juste que tu ressens plus de choses que la plupart des gens. Quand tu aimes quelqu'un, tu l'aimes plus fort et de façon plus intense. J'ai juste peur que si Landon te fait du mal…

– Ce ne sera pas le cas, je déclare. Je ne le laisserai pas faire.

– Et s'il te blessait quand même ? Et si tu tombais amoureuse de lui et qu'il te brisait le cœur ?

– Je ne sais pas, j'admets à contrecœur.

Je ne sais absolument pas ce que je ferais si Landon parvenait à me faire souffrir, et c'est une éventualité qui m'inquiète chaque jour un peu plus.

– Je veux que tu fasses attention à toi, c'est tout, dit Eleanor en bâillant. Je n'ai pas envie de casser la gueule du mec le plus populaire du lycée, mais je le ferai si j'y suis obligée.

Que ferais-je si Landon me brisait le cœur ? J'y réfléchis un moment avant de parvenir à une conclusion qui me satisfait.

– S'il me brise le cœur, j'espère que je pourrai en tirer une belle histoire, je déclare à voix basse.

Eleanor dort déjà à moitié et répond en marmonnant.

– S'il te brise le cœur, je lui briserai la nuque.

Eleanor Gable, mon héroïne.

Elle s'endort avant moi et je suis bercée par ses petits ronflements.

Je reste éveillée longtemps, pensant à Landon, surprise de voir la fréquence à laquelle il fait irruption dans mes pensées. Je pense à mon père et me demande s'il a vraiment sombré de nouveau. Je pense aux deux hommes qui ne devraient pas m'empêcher de dormir.

Vers minuit, mon téléphone sonne et je découvre un message d'un numéro inconnu.

Inconnu : On devrait répéter le baiser.

Je relis le message, confuse. Je suis sur le point de poser mon téléphone lorsqu'il sonne de nouveau.

Inconnu : Ça ne fait pas partie
de l'histoire ? Le baiser entre Roméo
et Juliette ?

Landon. Bien sûr.

Moi : Comment tu as eu mon numéro ?

Inconnu : Rien ne m'échappe.

Raine.
Bien évidemment.

Landon : Alors, tu en dis quoi, de ce baiser ? Tu l'évites chaque jour aux répétitions. Si tu veux t'entraîner toute seule, ça me va.

Moi : Je n'ai pas besoin de m'entraîner, en fait.

Landon : Tu n'as qu'à me le prouver ; avec ta langue, tes lèvres, tes hanches, tes lèvres…

Moi : Tu as dit « lèvres » deux fois.

Landon : Je ne parlais pas des mêmes lèvres, Poulette.

Mon estomac fait un saut périlleux tandis que je relis son message. Mon entrejambe se met à fourmiller et je fais de mon mieux pour l'ignorer.

Moi : Tu es tellement vulgaire.

Landon : Et toi trop sage.

Moi : Tu ne devrais pas dormir ?

Landon : Et toi ?

Touchée.

Landon : Je peux passer te prendre maintenant, si tu veux. On peut répéter chez moi.

Moi : Ce n'est sans doute pas une bonne idée.

Landon : Parfois, les meilleures idées sont les plus mauvaises. À l'évidence, aucun de nous ne va dormir, ce soir. Qu'est-ce que tu as à perdre ?

Moi : Ma raison, apparemment.

Landon : On n'est même obligés de répéter. Je plaisantais à moitié, de toute façon. Je voulais juste t'agacer. On peut juste parler, si tu veux. Ou pas. On peut se contenter d'être dans la même pièce et de partager le silence.

Je regarde ma cousine endormie et je déglutis. Que ferait Eleanor ? Pour commencer, elle me dirait de dormir. Elle dirait qu'un cerveau fatigué n'est pas apte à prendre des décisions. Elle me rappellerait que Landon n'est pas quelqu'un de bien.

Elle me dirait que je suis trop bien pour lui et de ne pas céder à ses avances. Elle me dirait de rester forte et de lui dire non. Hélas, la sage Eleanor n'est pas disponible. Elle est profondément endormie. Elle n'est pas capable de me dire quoi que ce soit, donc j'écoute mon cœur plutôt que ma tête.

Mon cœur sensible et stupide.

Alors, je lui envoie l'adresse par message, et je retiens ma respiration.

CHAPITRE 19

LANDON

J'ai lu le bouquin sur le langage amoureux deux fois.

J'en ai même surligné certains passages.

Depuis, j'essaie d'observer Shay différemment et, étonnamment, je vois en elle une part de moi.

Il faudra que je remercie Raine de m'avoir donné son numéro, même si elle m'a dit qu'elle n'avait pas fait exprès de me le donner en entier. Raine ne peut pas s'empêcher de vouloir jouer la fée marraine dans notre remake de *La Belle et la Bête*.

Shay est toute timide quand je passe la prendre à l'adresse qu'elle m'a donnée. Je ne l'ai jamais vue aussi silencieuse que lorsqu'elle monte dans ma voiture. Nous roulons pendant dix minutes sans dire un mot. Normalement, elle ne tient pas cinq secondes sans m'insulter. Mais ce soir, elle reste muette.

J'ai envie de lui demander si elle va bien mais, étant donné qu'elle est assise dans la voiture d'un mec qu'elle ne supporte pas, à minuit passé, il est évident que non.

Je me demande à quoi ressemblent les tempêtes dans sa tête. Je me demande si le tonnerre gronde aussi fort que dans la mienne, si les éclairs frappent son âme et si elle se noie elle aussi dans ses propres pensées.

Je m'arrête devant chez moi et m'apprête à ouvrir la portière lorsqu'elle m'arrête.

– Non, chuchote-t-elle.

– Quoi ?

– Je ne veux pas sortir. Je ne vais pas rentrer chez toi.

Me voilà confus. Je ne comprends pas toujours comment fonctionnent les femmes, mais je sais qu'elles ont tendance à se prendre la tête.

– Alors, pourquoi tu…

– Parce que je ne voulais pas être seule avec mes pensées, c'est tout, répond-elle en haussant les épaules.

– Ah. Tu peux ne pas être seule en étant dans ma maison, tu sais.

– Non, justement.

– Pourquoi ?

– Parce que je n'ai pas arrêté de penser à t'embrasser.

– Ah ? je réponds en souriant d'un air narquois.

– Ne t'emballe pas. C'est juste qu'on va devoir s'embrasser pour la pièce, et ça me travaille. Si j'entre dans ta maison, je vais continuer à y penser, parce que je vais penser que tu y penses, et je ne veux pas penser à t'embrasser en étant dans ta maison, parce que dans cette maison se trouve ta chambre, avec ton lit, et que je ne veux pas être une énième fille qui t'embrasse dans ton lit, même si c'est dans le seul but d'améliorer notre performance théâtrale.

Waouh. Elle m'a donné le vertige.

– Tu peux me raccompagner ? dit-elle en baissant la tête. Je sais que ce n'est pas ce que tu avais en tête pour ce soir.

– Ne t'en fais pas, je marmonne. Je n'avais pas envie d'être tout seul, moi non plus.

– Qu'est-ce qu'on fait, Landon ? Ce pari, ce défi stupide, ces mesquineries incessantes… À quoi on joue ? Pourquoi on se prend la tête avec quelque chose d'aussi débile ? Un défi lancé par Reggie, qui n'y a sans doute pas repensé depuis le soir de ta fête ! Qu'est-ce qu'on fait ? répète-t-elle en soupirant.

– Je ne sais pas.

En toute honnêteté, je ne sais pas quoi penser de ce qui se passe entre nous. Tout ce que je sais, c'est que lorsque je pense à elle, mes problèmes me paraissent moins graves.

– C'est bizarre, hein ?

– Ouais, carrément.

– C'est juste que…

Je recule dans mon siège et serre le volant en fermant les yeux.

– Quand je pense à toi et à ce pari stupide, j'ai moins le temps de penser à ma vie pourrie.

– Moi pareil, admet-elle.

Lorsque j'ouvre les yeux, elle tourne la tête vers moi et plonge son regard jusqu'au plus profond de mon âme. Ses yeux sont ce que je préfère chez elle, car ils racontent des histoires magnifiques sans la moindre parole. C'est d'ailleurs ce que j'aime le plus lorsqu'elle joue sur scène. Ses yeux révèlent des émotions profondément sincères et, ce soir, l'histoire qu'ils racontent me brise le cœur.

– Tu es triste ce soir, je chuchote.

– Oui, répond-elle.

Je coiffe une mèche derrière son oreille. Je ne sais pas si j'ai le droit de la toucher, mais elle me laisse faire. Je pose ma main sur son appuie-tête et la regarde dans les yeux.

– Je peux te demander quelque chose ? demande-t-elle.

– Je ne peux pas t'en empêcher.

– Pourquoi tu me détestes ? Pourquoi tu me hais depuis tout ce temps ?

– C'est facile : c'est parce que tu as toujours eu l'air si heureuse, alors je t'ai enviée. J'envie la façon dont tout le monde t'aime et le fait que ta vie est parfaite. Ma vie a toujours été difficile alors que la tienne est faite d'arcs-en-ciel et de paillettes. Je ferais n'importe quoi pour avoir ça.

– C'est ça ? ricane-t-elle. C'est pour ça que tu me détestes ?

– En gros, ouais. Tu as tout ce dont j'ai toujours rêvé… une vie stable.

Elle rit de plus belle.

– Si seulement tu savais pourquoi c'est si drôle !

– Tu peux me le dire. J'aime rire, moi aussi.

– Depuis quand ?

– Depuis maintenant.

Elle se mord la lèvre et hausse les épaules.

– Personne n'a une vie parfaite. Certains sont simplement plus doués pour cacher leurs secrets. Tu dis que ma vie est faite d'arcs-en-ciel, mais il n'y a pas d'arc-en-ciel sans pluie, tu sais. Ma vie n'est pas facile, loin de là. J'ai juste appris à ne jamais sortir sans mon masque.

– Et tu dis que tu n'es pas bonne actrice ! je réponds en souriant. J'y ai cru, moi.

– Tant mieux. Enfin, je crois. Parfois, j'aimerais pouvoir dire la vérité à quelqu'un, pour me sentir moins seule. J'aimerais qu'on me dise : « Ça craint, je suis désolé. Viens dans mes bras. » Tu vois ce que je veux dire ? Je n'ai pas besoin que quelqu'un essaie de me réparer ; je suis assez forte pour le faire toute seule. Je regrette juste de ne pas avoir quelqu'un pour me réconforter de temps en temps. Mais ça va. Je vais bien. Ma vie est chouette, de façon générale.

– Tu n'as pas à faire ça.

– De quoi tu parles ?

– Tu n'as pas à dire que ça va quand ce n'est pas le cas.

Elle secoue lentement la tête.

– Les gens ne m'aiment pas quand je suis triste.

– Comment tu le sais ? Tu ne les laisses jamais voir tes larmes.

Elle ouvre la bouche, mais aucun son n'en sort. Pour la première fois de ma vie, je vois la véritable Shay, la fille sous le masque. Celle qui ressent tout, mais cache ses sentiments au reste du monde parce qu'elle pense que ce sera trop lourd à porter. Je vois ses fissures, et elles sont si belles que mon cœur givré se met presque à battre de nouveau.

Je ne savais pas que la tristesse pouvait être aussi belle.

– Dis-moi tes secrets et je te dirai les miens, je chuchote.

Elle ferme les yeux un instant et lorsqu'elle les rouvre, ils débordent d'émotions qu'elle ne laisse pas couler. Elle n'est pas encore prête à ce que quelqu'un voie ses larmes.

– Mon père est un menteur. Il l'a toujours été, et ce soir, ma mère l'a confronté de nouveau. Je suis rentrée après la répétition et je les ai entendus crier, alors je suis partie chez ma cousine. C'est là que tu es venu me chercher.

– Ça craint. Je suis vraiment désolé, je réponds en espérant qu'elle me croira.

– Ma mère va continuer à laisser passer ses mensonges, en plus. Elle l'aime trop. Il pourrait lui dire que le soleil est bleu et elle le croirait sans lui en demander la preuve.

– Peut-être que cette fois sera différente.

– Peut-être, mais je ne crois pas.

Elle regarde le levier de vitesses et dessine des cercles dessus du bout du doigt.

– Est-ce qu'il t'arrive d'avoir l'impression de tourner en rond ? Ton passé est derrière toi, et tu essaies de le surmonter, de te surpasser, mais ta vie te ramène sans cesse en arrière. À chaque pas en avant, tu fais deux pas en arrière. Quoi que tu fasses pour aller de l'avant et construire ton avenir, ton passé est toujours là.

– Je ne connais que trop bien ce sentiment.

– J'aimerais que mes parents changent quelque chose, même si ce n'est que pour un jour. Je veux qu'ils mettent fin à ce cercle vicieux. Je veux que mon père arrête de mentir pour de bon, et que ma mère le quitte s'il ne le fait pas. Je veux qu'ils prennent conscience de leur valeur. Je veux de la stabilité. Je veux cesser de vivre dans une maison qui m'étouffe et m'épuise.

Elle ne me laisse pas le temps de lui répondre, elle dégage les cheveux de son visage et se redresse.

– Alors, dis-moi ton secret, dit-elle.

Étonnamment, je n'essaie même pas de le lui cacher. Je veux connaître tous ses secrets et je veux lui avouer les miens. Pourquoi ? Pourquoi suis-je autant attiré par une fille que j'ai passé tant de temps à détester ?

– Ben, tu as passé une mauvaise journée, n'est-ce pas ?

– Oui.

– Pour moi, chaque jour est comme ça.

Je ne l'ai jamais dit à personne. Je n'ai jamais avoué que j'ai du mal à respirer, du matin jusqu'au soir. Or, Shay s'est confiée à moi, alors pourquoi ne pas le faire aussi ? Ce soir, nous sommes à égalité. Elle est triste, moi aussi.

Si je souffre autant, c'est à cause des insomnies et de la solitude, mais aussi parce que je garde tous mes sentiments pour moi. Jamais je n'aurais pensé que c'est à Shay que je me confierais, mais… me voilà prêt à tout lui raconter en lui demandant de ne pas me juger.

Elle ne me juge pas, justement. Je ne vois qu'une attention sincère dans le regard de Shay, certainement pas sa déception. Je ne savais pas que j'avais autant besoin d'une oreille attentive.

– Qu'est-ce qui te déprime ? demande-t-elle.

– Je ne sais pas.

Mes paroles résonnent dans ma tête comme un écho sans fin. Je ressemble beaucoup plus à mon oncle que je le souhaiterais. Je me dis souvent que sa part d'ombre s'est ancrée en moi. Peut-être que la tristesse est dans les gènes.

Quoi qu'il en soit, j'ai l'impression de combattre la dépression tous les jours.

La dépression.

Pourquoi ce mot est-il si lourd ?

Pourquoi je me sens aussi nul de le prononcer ?

Je me bats pour ne pas être dévoré par mes pensées, et c'est une bataille épuisante. Je regrette qu'ils ne nous parlent pas de cette maladie, à l'école. Je regrette qu'on ne nous donne pas des astuces pour éviter de sombrer. Au lieu de ça, on nous explique comment faire des équations. J'ai hâte que les maths me viennent en aide un jour…

– Tu es dépressif ? demande-t-elle simplement.

– Non, je mens.

J'ai toujours menti à ce sujet, aussi. Les gens vous regardent différemment s'ils pensent que vous êtes dépressif, surtout s'ils pensent que vous n'avez aucune raison de l'être. Moi-même, quand j'ai su que Lance l'était, je n'ai pas pu m'empêcher de le regarder différemment. Quand on sait qu'une personne qu'on aime souffre, on voit sa souffrance chaque fois qu'on la regarde, et on regrette de ne rien pouvoir faire pour l'aider.

– Tu mens toujours quand on te pose cette question ?

– Non. Je n'ai jamais eu à mentir parce qu'on ne me l'a jamais posée.

– Tu vas vite en avoir marre de traîner avec moi, alors. Je pose beaucoup de questions et je ne tourne pas autour du pot.

– Tant mieux. Moi non plus. Je n'ai pas l'énergie de prendre des gants avec tout le monde.

Elle m'étudie un moment, en hochant légèrement la tête, comme si elle prenait des notes.

– Je devrais rentrer chez ma cousine avant qu'ils s'aperçoivent que je suis partie.

– Ouais, bien sûr.

J'aimerais qu'elle reste plus longtemps. On n'est même pas obligés de parler. On pourrait rester là en silence, et ça me suffirait. Mais Shay ne m'appartient pas.

Elle reste triste, s'inquiétant pour son père, et elle a raison. Lance a lutté contre son alcoolisme et c'est ce qui a fini par causer sa mort, donc je sais combien ça peut être grave.

Je n'essaie pas de lui dire de ne pas être triste. Je la laisse ressentir ce qu'elle ressent, tout simplement.

Sur le trajet du retour, nous passons devant le parc et Shay me demande de m'arrêter.

– Pourquoi ?

– Je veux voir quelque chose.

Je gare la voiture et on descend tous les deux. C'est à moi de lui faire confiance et de la suivre, cette fois. On traverse le bosquet en suivant le sentier où Shay avance d'un pas déterminé.

On arrive dans une clairière ou trônent deux énormes saules pleureurs. Shay en caresse l'écorce. Les deux arbres se rejoignent en s'enroulant l'un autour de l'autre, comme s'ils étaient faits pour n'être qu'un. Plus je m'approche, mieux je vois les lettres gravées dessus.

– On l'appelle l'arbre des amoureux, dit Shay. La légende veut que lorsqu'un couple vient y graver ses initiales, leur histoire d'amour dure toujours. Ça fait des décennies que ma famille fait ça.

– C'est un peu cucul, je marmonne, alors que je trouve ça plutôt cool.

– J'adore, répond-elle. Enfin, j'adorais.

Elle s'arrête devant les lettres CAM & KJG.

Je suis sur le point de lui demander de qui il s'agit lorsqu'elle sort ses clés de sa poche et se met à gratter les initiales.

– Eh, oh, doucement ! je crie en saisissant son poignet pour la tirer en arrière.

Shay a beau être petite, elle est forte et elle m'échappe, se précipitant de nouveau sur l'arbre.

Je l'attrape de nouveau et, cette fois, je l'oblige à tourner le dos à l'arbre.

– Tu fais quoi, Poulette ? Tu ne peux pas détruire les histoires d'amour des gens !

– Si, il le faut. La légende dit que l'amour dure toujours ; pas que le couple sera heureux. Et mes parents ne le sont pas. Ils sont coincés dans ce cercle vicieux, et je veux y mettre fin.

Mon cœur se brise pour elle. Elle tremble de la tête aux pieds en essayant de retourner à l'arbre, mais je ne la lâche pas. Je ne peux pas. Elle s'effondre sous mes yeux et ses larmes coulent sur ses joues quand elle baisse enfin sa garde.

– Cet arbre est une malédiction, et ma mère ne pourra jamais quitter mon père si ses initiales sont encore liées aux siennes, comme ma grand-mère était ligotée à mon grand-père. Cet arbre est maudit. Il faut que j'efface leurs prénoms, sanglote-t-elle.

– Shay, je chuchote d'une voix tremblante, écoute-moi. Effacer leurs initiales ne changera pas tes parents.

– Peut-être que si. Peut-être, peut-être…

Elle lâche ses clés et fond en larmes dans mes bras. Je ne sais pas quoi dire pour l'aider, alors je me contente de la tenir contre moi.

Je l'ai détestée pendant si longtemps parce que je croyais qu'elle était Madame Parfaite. J'ai maudit son bonheur. Je l'ai haïe, parce que j'avais des cicatrices et qu'elle n'en avait pas, et maintenant je me sens idiot d'avoir pensé une telle chose. Tout le monde a ses fissures. Tout le monde a ses blessures qui se remettent à saigner, la nuit. Certains sont simplement plus doués pour les cacher.

Elle s'agrippe à mon tee-shirt en pleurant, et je la tiens contre moi, prêt à ne jamais la lâcher. Mon cœur fond pour elle tandis qu'elle sanglote pour ses blessures et sa souffrance. Lorsqu'elle a pleuré toutes les larmes de son corps, elle recule, gênée. Elle essuie son nez sur le revers de sa main et renifle plusieurs fois en fuyant mon regard.

– Je suis désolée, marmonne-t-elle en s'essuyant les yeux. Je dois faire peur à voir.

Ses yeux sont rouges et gonflés et des larmes coulent encore sur ses joues. Elle a perdu pied dans mes bras, elle a sangloté contre moi, brisée, sincère, et…

– Magnifique, je déclare. Tu es magnifique.

Honnêtement, je ne crois pas que Shay ait un jour été plus belle. Sa souffrance dégage le genre de beauté qu'on veut protéger du reste du monde. J'ai envie de la serrer de nouveau contre moi, de l'apaiser et de lui dire que ses sentiments sont ce qui font d'elle une si belle personne.

– On devrait rentrer, dit-elle en reniflant.

– Oui, c'est vrai.

Je me penche pour ramasser ses clés, mais avant de les lui rendre, je marche jusqu'à l'arbre et je finis d'effacer les initiales de ses parents. Si cet arbre est maudit, je veux mettre fin à cette malédiction. Je veux rompre le sort qui pèse sur sa famille. Je veux libérer Shay pour qu'un jour elle connaisse l'amour, elle aussi.

Elle soupire longuement en prenant ses clés, effleurant la paume de ma main, réveillant une part de moi que je ne connaissais pas. Qu'est-ce que c'était ? Quel était ce sentiment, et comment lui a-t-elle donné vie ?

– Merci, Landon, chuchote-t-elle.

– Je t'en prie.

On rentre chez sa cousine, je me gare le long du trottoir. Lorsque je me tourne vers elle, ce sont ses lèvres que je rencontre.

Ses lèvres.

Contre…

Les miennes.

Elle pose ses mains sur mes joues et m'attire vers elle. Sa bouche a un goût de sel et de gloss à la cerise, et je découvre que c'est ma nouvelle saveur préférée. Au début, je ne réponds pas à son baiser. Je reste figé, craignant de rompre ce moment parfait en bougeant.

– Landon, murmure-t-elle, fermant les yeux en appuyant son front contre le mien.

J'adore entendre mon prénom dans sa bouche. Pas « Satan » ou « enfoiré ». Landon.

J'adore ces deux syllabes sur sa langue.

J'ai l'impression qu'on me voit enfin. Je ne me souviens pas de la dernière personne qui a vu qui je suis vraiment.

– Oui ? je chuchote, effleurant ses lèvres charnues de mon souffle chaud.

– Embrasse-moi, ordonne-t-elle.

C'est donc ce que je fais.

Ma bouche.

Contre…

La sienne.

Je l'embrasse d'abord tendrement, essayant d'ignorer mon sexe qui durcit, en réalisant soudain que j'embrasse une fille. Et pas n'importe quelle fille. LA fille. Shay Gable. Et chaque fois que nos lèvres se rencontrent, elle s'empare d'une nouvelle part de moi.

Je l'embrasse plus fort, avec plus d'ardeur, glissant ma langue entre ses lèvres pour la plonger dans sa bouche. J'ai envie de l'embrasser si fort que ses gémissements m'accompagneront jusqu'à la fin de mes jours. J'ai envie de caresser sa langue avec la mienne et de promener mes mains sur tout son corps. Je la veux.

J'ai tellement envie d'elle que c'en est douloureux.

C'est alors qu'elle s'arrête.

Elle recule son visage, les joues plus roses que jamais. Elle coiffe ses cheveux en arrière et m'offre un sourire prudent.

– Voilà, chuchote-t-elle en promenant son pouce sur sa lèvre avant de la mordre.

Bon sang, Poulette. Recommence.

– Voilà ton baiser, Roméo, dit-elle avant d'ouvrir la portière et de sortir de la voiture.

– Merci, Juliette, je réponds d'une voix rauque.

En tout cas, c'est ce que je crois répondre. Mes pensées sont tellement chamboulées que je n'en suis pas sûr. Je tire sur mon jean et me penche vers elle.

– Tu crois qu'on devrait continuer à s'entraîner ? Pour le spectacle, bien sûr. Je veux que notre performance soit au top.

Elle éclate de rire et ça me fait bander de plus belle.

Note à moi-même : ne pas mettre de jean lorsque je suis avec Shay. Les survêtements sont désormais de rigueur.

– Bonne nuit, Landon, dit-elle avant de refermer la portière.

Landon.

Redis-le.

Elle commence à s'éloigner et je la regarde partir, comme un chiot en manque d'attention, lorsque je baisse la vitre passager.

– « *Bonne nuit, bonne nuit ! Si douce est la tristesse de nos adieux*... je crie.

Elle se tourne vers moi et sourit jusqu'aux oreilles en posant sa main sur son cœur.

– ... *Que je te dirais bonne nuit jusqu'à ce qu'il soit jour.* »

Nous venons de citer *Roméo et Juliette*. J'ai commencé la citation, et elle l'a terminée.

C'est quoi ce bordel ?

Qui suis-je ?

Je peine à me reconnaître, mais c'est bien moi : assis dans ma voiture, à deux heures et demie du matin, citant Shakespeare avec la fille que j'ai haïe toute ma vie. Que j'ai haïe. C'est du passé. En vérité, je ne me souviens pas de la dernière fois que j'ai détesté cette fille. Peut-être il y a un an, quand elle m'a retrouvé dans ma chambre. Peut-être jamais. Tout ce que je sais, c'est que mes lèvres brûlent encore d'avoir goûté aux siennes, et que j'adore leur goût.

J'attends qu'elle ait refermé la porte derrière elle et je me laisse tomber contre mon siège, posant mes mains sur mon cœur, qui bat la chamade.

C'est elle qui m'a fait ça.

Elle a ravivé mon cœur.

Son baiser m'a ramené à la vie.

Je reste assis là un moment, souriant comme un idiot, parce que j'ai cité Shakespeare à une fille qui en a fait de même en retour.

Peut-être que tout cela fait partie du jeu. Peut-être qu'elle essaie de m'embrouiller pour que je tombe amoureux d'elle. Peut-être que tout ça n'est que du vent. Mais, en cet instant, je m'en fiche. Ça me semble bien réel, et c'est terriblement bon.

Va te faire voir, Shay Gable !

Elle peut aller se faire voir pour avoir ramené mes sentiments à la vie.

CHAPITRE 20

SHAY

– Bonjour, dit tante Paige en souriant lorsque j'entre dans la cuisine pour préparer le café.

Je suis surprise de voir qu'il est déjà fait. Chez moi, je suis la première levée et c'est à moi de m'en occuper. J'en suis à mon second café lorsque ma mère me rejoint, mais apparemment, tante Paige est aussi matinale que moi.

– Bonjour, je réponds en prenant une tasse pour me servir.

– Tu veux du lait ?

– Non merci, je le bois noir, comme mon père.

– Pas moi, répond Paige en frissonnant. J'ai besoin d'un nuage de café dans mon lait, plaisante-t-elle.

Ma tante est superbe. C'est une artiste, elle a toujours un pinceau coincé derrière l'oreille. Ses vêtements sont en permanence couverts de peinture et son sourire resplendissant suffit à illuminer une pièce. Elle a également un bandana noué sur la tête, et en la regardant, on croit admirer une œuvre d'art.

Eleanor ressemble tellement à sa mère que c'en est perturbant. Je suppose qu'il en est de même pour ma mère et moi. Il faut croire que les gènes de mon oncle et de mon père ne sont pas assez forts pour atteindre leurs enfants. C'est aux femmes de la famille de transmettre leurs traits à leur progéniture.

Paige resserre son bandana en tournant la tête vers moi.

– Alors, comment s'est passée ta petite virée nocturne ?

J'écarquille les yeux de surprise et elle me répond par un sourire des plus tendres.

– Ne t'en fais pas, je ne dirai rien à tes parents. Je veux juste m'assurer que tu ne vas pas t'attirer d'ennuis. Je t'aime et je tiens à toi. J'ai juste peur qu'il t'arrive quelque chose. Alors, tu vas bien ?

– Oui, je réponds en hochant la tête.

– Tu me fais penser à moi, à ton âge. J'avais un esprit rebelle moi aussi, dit-elle en souriant. Tu veux le conseil d'une vieille bique ?

– Bien sûr.

– Assure-toi qu'il en vaut la peine.

– Comment tu sais que j'étais avec un garçon ?

– Parce que les garçons sont toujours impliqués dans les virées nocturnes des filles. Laisse-toi guider par ton cœur, mais n'oublie jamais d'emporter ta tête avec toi, déclare-t-elle avant de m'embrasser sur le front. Je vais réveiller Eleanor, sinon elle va encore être en retard.

– D'accord. Merci, tante Paige, je dis, alors que ses paroles se gravent à jamais dans mon cœur et dans ma tête.

Elle sort dans le couloir, mais elle s'arrête et passe la tête par la porte.

– Ah, eh Shay ?

– Oui ?

– Je sais que je t'en demande beaucoup, mais… si jamais l'occasion se présente d'emmener Eleanor dans une de tes virées, tu pourrais le faire ? Pour moi ? Elle est introvertie, mais je veux qu'elle apprenne à vivre aussi. Je ne veux pas qu'elle s'enferme dans les livres au point d'en oublier sa propre vie.

Soudain, les yeux de ma tante se remplissent de larmes et ma gorge se noue.

– Est-ce que tout va bien ? je demande d'une voix prudente.

Elle répond en riant, mais son rire semble forcé.

– Oui. Même quand ça n'en a pas l'air, les choses finissent toujours par s'arranger. Promets-moi de prendre soin d'Eleanor, tu veux ?

– Je te le promets.

Une larme coule sur sa joue et elle l'essuie en hochant la tête.

– Merci.

Je n'insiste pas davantage. Et je sais que je tiendrai ma promesse. Je m'occuperai d'Eleanor de la même façon qu'elle prendra soin de moi. Pour toujours et à jamais.

***

Quelques fleurs pour compenser ta soirée pourrie.
J'allais t'offrir des pies moines, mais j'ai opté pour des pivoines, à la place.
Satan
P.-S. : Tu sais combien il est difficile de trouver des pivoines à cette époque de l'année ?
C'est presque impossible.
Presque.

Je tourne la tête en direction du casier de Landon. Bien évidemment, il est avec une fille qui semble dingue de lui. Cependant, il ne lui accorde pas la moindre attention, car son regard est rivé sur moi.

Je sors les fleurs pour respirer leur parfum. Elles sont parfaites. Vraiment parfaites.

Je les range dans mon casier, sors un Krema de ma poche et commence à le mordiller en regardant de nouveau Landon.

Ses yeux sont toujours sur moi.

Je souris.

Il me sourit presque en retour. Le coin de sa bouche se soulève et, à mes yeux, c'est une victoire.

À midi, je m'assois en face de lui.

– Comment tu as trouvé tous les Krema à la banane ? je demande, curieuse.

– Ils en vendaient un sachet au supermarché. Ce n'est rien.

Ça ne me semble pas rien, à moi.

– C'est super-mignon, merci.

– Peu importe.

Il est redevenu le même Landon ronchon que d'habitude, mais encore une fois, son rictus ne m'échappe pas.

– Alors ça y est, tu es amoureuse de moi ? demande-t-il.

– Non, pas du tout. Et toi ?

– Ça ne risque pas, répond-il en regardant ma bouche.

– Tu me détestes toujours ? je chuchote alors que mes yeux se posent sur ses lèvres.

Ces mêmes lèvres que je goûtais hier soir et qui m'ont savourée en retour.

– Oui.

– Tant mieux. Parce que je te déteste aussi.

– Tant mieux, répète-t-il.

– Tant mieux.

Des frissons parcourent mon dos tandis que nous mangeons en silence, entourés des conversations de nos amis.

Tant mieux.

Nous partons à nos cours respectifs après le déjeuner mais, je ne sais pourquoi, à l'intercours, je décide de laisser un mot dans son casier pour le remercier pour les bonbons et les fleurs. Lorsque je pousse la porte ouverte, je découvre des sacs remplis de sachets de Krema, à tous les goûts sauf à la banane. Landon a acheté des dizaines de sachets et les a triés pour ne garder que mon parfum préféré.

Qui l'eût cru ?

Qui aurait cru qu'un cœur pouvait s'emballer pour le diable en personne ?

***

Tout change après notre baiser. Du moins, pour moi. C'est comme si le mur que nous avons mis des années à bâtir entre nous était enfin en train de s'écrouler, pierre par pierre. Après la nuit que nous avons passée ensemble, après que je lui ai montré mes cicatrices et lui les siennes, j'étais déjà attendrie. Ce sont les fleurs et les bonbons qui finissent de faire fondre mon cœur.

J'ai envie d'être près de lui, car j'aime sentir mon cœur battre la chamade. Je veux être à ses côtés, car j'aime sa façon de grimacer. Et j'aime encore plus son sourire.

Je lui écris pour lui proposer de répéter nos scènes ensemble, et nous terminons toujours la soirée en nous embrassant. Parfois, ses mains deviennent baladeuses, mais je les arrête toujours. Cela dit, je l'ai laissé toucher mes fesses, une seule fois.

Ça n'arrivera plus, car ça m'a plu… un peu trop. C'est pour ça que je remonte toujours ses mains sur ma taille.

Cependant, il n'insiste jamais pour aller plus loin. C'est comme si même le contact le plus infime lui suffisait. Quant à moi… je suis désespérée d'en avoir plus. Je pense souvent à ses baisers et j'envisage de le laisser me toucher davantage et de m'emmener dans son lit. Mais dans un coin de ma tête, je n'oublie pas le pari. Et c'est sans parler d'Eleanor, qui me le rappelle tous les jours.

– Ne le laisse pas t'embobiner, dit-elle. C'est comme ça qu'il va t'avoir : en étant super-chou. Des fleurs et des bonbons ? C'est la base du baratineur ! En tout cas, c'est comme ça dans les livres que je lis.

Je sais qu'il y a de fortes chances pour qu'elle ait raison, et peut-être que je baisse ma garde de façon prématurée. Mais je n'y peux rien. Mon cœur a besoin de lui, même si mon cerveau me dit de ne pas céder. Je m'efforce d'écouter les conseils de ma tante, mais les cœurs sont sacrément têtus. Ils s'emballent sans demander la permission à nos têtes.

On continue de s'insulter quotidiennement, mais nos insultes sont plus douces et enjouées qu'avant.

Lorsqu'il m'offre un rare sourire, je passe le reste de la journée à sourire bêtement.

Je note tout ce que je sais et pense de lui dans mon carnet. J'en avais déjà rempli plusieurs avant même le pari. J'avais commencé le soir des obsèques de son oncle. Je n'avais pas réussi à l'oublier après ça, et de temps en temps, j'ajoutais des notes. Au début, mes mots étaient durs. Je crachais ma colère contre lui sur les pages de mes carnets. Après le début de notre pari, mes paroles sont restées tranchantes. Toutefois, dernièrement, leur ton a changé. L'histoire du garçon que je détestais change peu à peu, chaque fois qu'il me montre une facette de lui qu'il cache au reste du monde. Landon est un des personnages les plus complexes que j'aie eu l'occasion d'étudier, et s'il continue comme ça, c'est mon cœur qui va fondre pour lui, et pas l'inverse.

Puis Landon est devenu une échappatoire à mon drame familial. Chez moi, la tension croît chaque jour un peu plus, et les disputes entre Mima et maman sont plus fréquentes. Elles ne se fâchaient jamais quand mon père était en prison. Au contraire, en son absence, elles étaient plus proches que jamais. Je déteste voir qu'il est en train de briser un lien qui était si fort quand il n'était pas là.

Quand j'ai besoin d'une bouffée d'air frais, je rejoins Landon et j'oublie tout à ses côtés, dans ce lien que je ne sais pas décrire. Et il m'accueille chaque fois. Peu importe l'heure qu'il est, je suis toujours la bienvenue et je lui en suis profondément reconnaissante.

Je lui dis que c'est pour qu'on répète, et j'imagine qu'il sait que c'est plus que ça. Je crois qu'il apprend à me lire de la même façon que je sais le lire. Il ne me demande jamais de lui parler. S'il y a quelqu'un qui comprend combien il peut être important de fuir la réalité, c'est bien Landon.

Ce samedi, il est de nouveau là pour moi lorsque j'ai besoin de lui.

– On devrait vraiment commencer à répéter, je glousse entre deux baisers.

J'ai enfin accepté de venir chez lui, mais je m'interdis d'aller dans sa chambre ou de passer la porte d'un placard. Les placards de Landon sont bien trop risqués.

– C'est ce qu'on fait, marmonne-t-il contre ma bouche en glissant ses mains sous mes fesses pour m'attirer sur ses genoux.

Je passe mes bras autour de son cou et secoue la tête en suçant sa lèvre inférieure.

– Je parle de répéter notre texte.

– C'est ce qu'on fait, répète-t-il.

Il plonge sa langue dans ma bouche et je gémis en sentant son sexe durcir sous mes fesses. M'asseoir sur ses genoux était une mauvaise idée, car mon désir de me frotter à lui grandit autant que son sexe.

Je me force à descendre et je m'assois à côté de lui, un peu gênée. Ce n'est pas la première fois que je sens l'érection de Landon depuis qu'on s'est mis à se bécoter régulièrement, mais ça continue de me faire rougir. Je tire sur le col de ma chemise et me mets à le mâchouiller pour masquer ma gêne.

– Tu fais beaucoup ça, tu sais ; tu mâches quelque chose quand tu es nerveuse, dit-il en se passant la main dans les cheveux.

– Et toi, tu fais beaucoup ça, je réponds. Tu te recoiffes quand tu es excité.

– C'est que tu m'excites souvent, ricane-t-il.

Il saisit mes poignets et me ramène sur ses genoux, soulevant légèrement son bassin pour plaquer son sexe contre mon jean. Mes cuisses frémissent et mon cœur bat encore plus vite. Mon Dieu, il se frotte à moi. Je n'ai jamais été dans cette situation, étant donné qu'Éric et moi avons à peine passé le stade du baiser.

– C'est juste que tu t'excites pour un rien, je dis alors que je suis saisie de vertiges.

Je me demande si c'est ce qu'on ressent quand on est défoncé, je me sens hébétée, confuse et fabuleuse.

Je gémis de nouveau lorsqu'il plaque son sexe contre le mien et ne bouge plus. Je ferme les yeux quand il reprend ses frottements et j'appuie mon front contre le sien.

– Oui… je chuchote.

Il accélère ses mouvements et je plante mes ongles dans ses épaules alors qu'il se met à m'embrasser dans le cou.

– Oui, je répète, savourant toutes les nouvelles sensations qu'il me procure.

Il grogne contre ma peau et sa voix est grave et rauque.

– Je veux te goûter, dit-il sans relever la tête.

– Je… Je n'ai jamais…

Je n'ai jamais laissé un garçon me faire un cunni et, même si j'en ai envie, la voix d'Eleanor résonne dans ma tête. *Ça fait partie de sa stratégie, Shay. Ça fait partie du pari !*

– Non, je gronde en me levant d'un bond. Non, non, non.

Il se tient plus droit et me regarde en haussant un sourcil alors que mes yeux se posent sur son érection. Les mecs ne devraient pas avoir le droit de porter des survêtements lorsqu'ils sont avec des filles. Comment est-on censées garder la raison ?

– Qu'est-ce qu'il y a ? demande-t-il.

Je fais les cent pas devant lui en secouant la tête.

– Ça fait partie du pari. Je me suis laissée hypnotiser un instant, mais je sais que ça fait partie du jeu.

Il éclate de rire.

– Shay, ça ne fait pas partie du pari. C'est juste toi et moi, c'est tout.

– Et on est quoi, au juste ?

– Je ne sais pas. On est nous, c'est tout. Écoute, essaie de ne pas te prendre la tête. Ne réfléchis pas trop.

– Ce n'est pas le cas. Enfin si, mais je n'y peux rien. S'il n'y avait pas ce pari, je serais ravie de continuer, mais le pari existe, que je le veuille ou non. Donc, je ne peux pas aller plus loin avec toi, ok ? Je ne peux pas.

– D'accord.

Sa réponse est si franche et spontanée que je suis prise de court.

– Attends, quoi ?

– J'ai dit d'accord. On n'est pas obligés d'aller plus loin. Écoute, je sais qu'il y a ce pari et que tu es sur le qui-vive. Mais pour être parfaitement sincère, j'aime juste être avec toi. Est-ce que j'ai envie de toi ? Oui, clairement. Mais ça ne me dérange pas du tout d'attendre que tu sois prête, ok ? Il n'y a aucun souci. Surtout parce que tu es vierge.

– Quoi ? Qui a dit que j'étais vierge ?

Il ricane et me pointe du doigt.

– Ton visage écarlate. Je n'en étais pas sûr, jusqu'à maintenant. Mais je me posais la question, vu que tu te crispes quand j'essaie de te tripoter.

Je me sens soudain honteuse et gênée, comme une gamine. S'il a deviné que je suis vierge, j'ai clairement été maladroite. Mais quand ? Comment ?

– Arrête ça, dit-il.

– De quoi tu parles ?

– Arrête de te torturer l'esprit en mâchant ton col.

Je n'avais pas remarqué que je le mâchais.

– Je me sens bête, c'est tout.

– Pourquoi ?

– Parce que je manque clairement d'expérience, et pas toi.

– Poulette, gronde-t-il.

Il se lève et avance jusqu'à moi, glissant son index sous mon menton pour m'obliger à le regarder dans les yeux.

– Quand je t'embrasse, j'ai l'impression d'être au paradis. Tu ne manques absolument pas d'expérience.

Le fait que tu sois vierge ne change rien au fait que je n'ai jamais connu de meilleur baiser. Je pourrais t'embrasser toute la journée sans m'en lasser. Mais le fait que tu sois vierge n'est pas rien. C'est important, et je ne t'inciterai à rien tant que tu ne seras pas prête. D'accord ?

– D'accord, je réponds en hochant timidement la tête.

– Mais à ce propos…

Il se baisse pour chuchoter dans mon oreille et son souffle chaud me fait frissonner des pieds à la tête.

– … je connais des milliers de façons de te faire jouir sans que tu perdes ta virginité.

Je sens mes joues s'enflammer de plus belle.

– C'est noté, je réponds d'une voix rauque.

– Bon, eh bien, je vais filer dans la salle de bains m'occuper de… mon pantalon. Et après, on pourra juste parler et… putaaain…

Son grognement s'éteint quand je glisse ma main dans son pantalon. J'enroule ma main sur son érection et la caresse lentement de haut en bas. Mon cœur martèle contre mes tempes, si fort que je crains que Landon ne l'entende. Quand je lève la tête vers lui, ses yeux sont fermés et un sourire béat est scotché sur son visage. À l'évidence, mon rythme cardiaque ne l'intéresse pas du tout.

Je ne suis pas très sûre de ce que je fais. Tout ce que je sais des branlettes me vient de Raine, Tracey et de *Cosmopolitan*. En fait, tout ce que je sais du sexe en général me vient de Raine, Tracey et de *Cosmopolitan*.

Je continue de le caresser et Landon semble apprécier et prendre du plaisir, ce qui me fait plaisir aussi. On recule jusqu'au canapé et je m'agenouille entre ses jambes lorsqu'il s'assoit.

– Mets plus de pression, soupire-t-il entre deux grognements. Tu peux la serrer plus fort, Shay. Je te promets que tu ne la casseras pas.

Je fais ce qu'il dit et il sourit de plus belle.

Je retire un instant ma main de son boxer pour la lécher, puis je l'y replonge.

Leçon *Cosmo* numéro 1 : Pour qu'il jouisse, faut que ça glisse.

– Oui… oui… la tête… frotte la tête… gémit-il.

Bizarre, mais si ça te fait bander…

Je hausse un sourcil et, même si je ne comprends pas vraiment son délire, je fais ce qu'il veut. Je tends mon autre main et caresse sa tête, plongeant mes doigts dans ses cheveux tout en continuant à le branler.

Deux secondes plus tard, Landon éclate de rire et je recule, confuse.

– Pas ma tête, Shay. Celle de ma queue. Mon gland.

Ah.

Eh bien, voilà qui est horriblement gênant.

Je retire brusquement ma main de son pantalon pour cacher mon visage. Je réalise alors que ma main branlait Landon il y a une seconde, et qu'il doit avoir la même pensée que moi et que…

Mon Dieu, faite que je meure sur-le-champ.

Je suis tellement mortifiée que j'en ai la nausée, et j'envisage de m'enfuir en courant, de changer de lycée et de ne plus jamais revoir Landon, et son fichu pénis.

Le pari est fini, Landon. Je pars en Europe. Adios, enemigo !

– Ce n'est pas grave, dit-il en riant.

– Si, je réponds en toussant derrière mes mains.

– Mais non, fais-moi confiance. Ce genre de truc arrive quand on démarre.

– Je doute que ce genre de truc te soit arrivé.

– Je t'assure que si.

J'écarte mes doigts pour le regarder sans révéler mes joues cramoisies.

– Dis-moi…

Il soupire et passe sa main dans ses cheveux décoiffés par mes soins.

– Ok. Ben, la première fois que j'ai fait un cunni à une fille, je donnais tout ce que j'avais, léchant, suçant et ainsi de suite. Et quand je lui ai demandé si elle aimait, elle m'a répondu que je n'étais pas à la bonne… porte.

– Mon Dieu ! je m'exclame, bouche bée, baissant mes mains. Tu léchais son trou de balle ?

– Je suis ravi que ça t'amuse, rétorque-t-il.

Je n'y peux rien et je ne peux pas retenir le fou rire qui me saisit.

– Arrête de rire ! ordonne-t-il.

Mais je n'y arrive pas et je suis bientôt pliée en deux, les larmes aux yeux, en imaginant un jeune Landon en train de lécher le cul d'une fille.

– Arrête ! grogne-t-il alors qu'un sourire apparaît sur ses lèvres.

Plus je ris, plus son sourire s'étire. Il se jette alors sur moi et me pousse sur le dos.

– Si tu as autant envie de rire, laisse-moi t'aider ! s'exclame-t-il en me chatouillant, me faisant hurler.

J'essaie de lui échapper, mais il est trop fort.

– Rends-toi ! crie-t-il.

– D'accord, d'accord, je me rends !

– Dis : « Landon est le meilleur et Shay a tort de se moquer. »

– Landon est le meilleur et Shay a tort de se moquer ! je répète en riant aux éclats.

– Bon, très bien.

Il arrête de me chatouiller et la sensation de ses doigts sur ma peau me manque aussitôt.

Nous sommes tous deux à bout de souffle. Il est à cheval sur moi et il se baisse, rapprochant son visage du mien. Je pose mes mains sur son torse et sens les battements frénétiques de son cœur, synchronisés avec les miens.

– Embrasse-moi, je chuchote.

Il fait comme je lui dis.

– Encore.

Il m'embrasse de nouveau.

Et encore, et encore, et encore…

Il s'allonge sur moi, alignant son sexe sur le mien. Les éclats de rire ont disparu, laissant la place à un désir intense. Il bande de nouveau, et j'en suis ravie.

Si tu rates ton premier coup, essaie encore et encore.

– Canapé, je chuchote.

Il m'obéit aussitôt et je m'agenouille de nouveau entre ses jambes.

– Tu n'es pas obligée de faire ça, Shay, dit-il en me regardant dans les yeux.

Je sais qu'il pense ce qu'il dit. Mais j'en ai envie. J'ai envie de lui faire plaisir et, cette fois, je ne vais pas me tromper.

Je reprends où je me suis arrêtée, et je découvre que la sensation de son sexe durcissant entre mes mains me procure un plaisir inouï. J'accélère et je caresse son gland avec mon pouce.

– Oui, c'est ça, oh, putain, ouais… grogne-t-il. Putain, Shay… C'est ça…

Chaque grognement m'excite un peu plus et mon bassin fait des allers-retours dans le vide, en rythme avec le geste de ma main.

– Bébé…

Tiens, ça me plaît, ça. Il ne m'avait jamais appelée « Bébé » avant.

– Shay, oui, c'est ça…

J'aime encore plus qu'il gémisse mon prénom. Ça me donne l'impression de contrôler sa tête et son cœur.

– Je vais… Shay, je vais… Enlève ta main, dit-il.

Cette fois, je n'obéis pas. Je continue de le branler, de plus en plus vite et de plus en plus fort, sans cesser les va-et-vient de mes hanches.

– Putaaaaaain, crie-t-il alors qu'il se crispe des pieds à la tête, se déversant dans ma main.

Je continue de le caresser, folle de joie, fière et chaude comme la braise.

Je retire alors ma main et lèche lentement mes doigts sous ses yeux. C'est salé, et dégoûtant, mais je fais de mon mieux pour l'oublier.

– Ne te force pas à faire ça, dit-il en riant. Tu peux juste te rincer. Crois-moi, tu en as largement fait assez. Waouh… marmonne-t-il en se laissant tomber en arrière. C'était incroyable. Tu es incroyable, Shay.

Je vais dans la salle de bains pour me laver les mains, mais je prends d'abord le temps de me regarder dans le miroir tandis que je finis de lécher mes doigts.

Je découvre que j'aime ça, en fait. J'aime ce goût.

Quand j'ai fini, je retourne dans le salon, où Landon est revenu après s'être changé.

– Action ou Vérité ? demande-t-il lorsque je m'assois à ses côtés.

– Vérité.

– Je t'annonce que tu vas enlever ton pantalon.

J'éclate de rire et lui jette un coussin à la tête.

Il hausse les épaules, surpris, et lève les mains en signe de capitulation.

– Il fallait bien je le tente.

Soit.

Je m'assois en tailleur et croise les bras.

– Est-ce que je peux changer les règles du jeu ?

– À quoi tu penses ? répond-il en haussant un sourcil.

– Il faut que ce soit sincère. Je ne veux plus que des vérités. Pas de mensonges. Finies les farces. On ne doit plus essayer de séduire l'autre ou de l'énerver juste pour remporter le pari. Je veux que tu sois toi-même, ta version la plus honnête. Et j'en ferai de même. Si l'un de nous tombe amoureux, ce sera fair-play. C'est comme ça qu'on déterminera le vainqueur : en étant sincères.

Il grimace en se frottant le menton.

– Seulement la vérité ?

– Seulement la vérité.

Il soupire longuement et baisse la tête un instant avant de la relever et de plonger son regard dans le mien.

– Je crois qu'on ne part pas sur un pied d'égalité.

– Pourquoi ?

– Parce que mes vérités à moi ne sont pas de celles qu'on aime.

Oh, Landon.

Ces quelques mots suffisent à me faire fondre. S'il savait…

– Je crois que c'est à moi de le décider, non ? je réponds.

Je le vois hésiter, ne sachant pas s'il est prêt à me montrer sa part d'ombre et à s'ouvrir comme il ne l'a sans doute jamais fait avec personne. Mais je lui tends la main, lui offrant une chance d'être sincère pour la première fois de sa vie.

– Allez, Landon, je chuchote en souriant. Quel est le pire qui peut arriver ?

Il fronce les sourcils et finit par esquisser un minuscule sourire.

– Je ne suis pas doué pour parler de ce que je ressens. J'ai l'habitude de tout garder pour moi, admet-il.

– Ok…

Je me lève et sors un carnet de notes vierge de mon sac ainsi qu'un stylo.

– Si tu ne peux pas en parler, alors écris ce que tu ressens dans ce carnet et laisse-moi le lire.

– Tu as toujours des carnets neufs sur toi ?

– Quoi, pas toi ? je réponds en riant.

J'ouvre le carnet et écris une question sur la première page.

– Tiens. Réponds à la question quand tu te le sens et dépose le carnet dans mon casier. Tu peux me poser une question, toi aussi. Tu peux me demander tout ce que tu veux. Et on n'est pas obligés de parler de ce qu'on écrit. Ça te va ? Deal ? je demande en lui tendant la main.

– Deal, répond-il en la serrant.

Lorsque nos mains se touchent, une décharge électrique parcourt tout mon corps et j'ai du mal à lâcher la sienne. Ou peut-être est-ce lui qui ne lâche pas la mienne ? Quoi qu'il en soit, notre poignée de main dure bien trop longtemps.

J'aime sentir sa peau contre la mienne.

– Je devrais rentrer, il est tard, je déclare quand les sensations deviennent trop fortes.

– Ah ouais, alors tu es comme ça, tu ne restes même pas pour parler un peu après une branlette ? Je me sens sali, Poulette.

– Peut-être qu'un jour je te laisserai me salir en retour, je réponds, surprise que ces mots sortent de ma bouche. Tu me raccompagnes à ma voiture ?

– Bien sûr.

Il ouvre ma portière comme un gentleman, et je le remercie.

– Ah, attends, j'ai une dernière question.

– Quoi ? répond-il.

Je grimace en réprimant un éclat de rire.

– Est-ce que tu as senti des restes de PQ et si oui, est-ce que tu les as avalés par mégarde ?

Il secoue la tête en riant.

– Je te déteste.

– Je te déteste aussi.

– Ouais, ben je te déteste le plus, déclare-t-il avant de se baisser pour m'embrasser sur le front.

Ce minuscule baiser me semble infiniment plus intime que tout ce que nous avons pu faire jusqu'à maintenant. C'est officiel, les bisous sur le front sont mon nouveau cadeau préféré de la part de Landon.

– Rentre bien, Poulette, dit-il avant de s'éloigner.

Les papillons dans mon ventre ne me quittent pas de tout le trajet, et chaque fois que je repense à son sexe dans ma main ou que je revois son visage alors qu'il était sur le point de jouir, mon sang s'embrase et je frissonne des pieds à la tête.

***

Je rentre chez moi en ayant l'impression de marcher sur un nuage. Je me sens toute légère après ma soirée avec Landon, mais tout s'effondre quand je reviens à la réalité qu'est ma vie de famille.

Tout est calme, mais c'est un calme étrange. Le silence n'est pas paisible, au contraire, il est terrifiant.

– Qu'est-ce qui se passe ? je demande en entrant dans le salon.

Mima est debout, vêtue de son manteau, et trois valises sont posées à ses pieds ainsi que quelques cartons.

Maman me regarde depuis la table de la salle à manger et se lève pour venir vers moi, les yeux rouges et gonflés.

– Shay… On pensait que tu rentrerais plus tard, mais…

– Qu'est-ce qui se passe ? je répète sèchement.

Mima m'offre le sourire le plus triste que je n'ai jamais vu. Je ne pensais pas qu'elle pouvait avoir l'air si triste, et mon cœur se brise.

– On a décidé que ce serait mieux pour tout le monde si je déménageais. J'ai trouvé un petit appartement, pas loin d'ici.

Quoi ? Non !

– Tu ne peux pas partir, c'est ici, ta maison. C'est nous, je réponds en tremblant de tout mon corps.

Mima ne peut pas nous laisser, c'est grâce à elle que notre famille ne s'est pas effondrée. Sans elle…

On ne sera plus rien.

– Mima, non. Range tes affaires. C'est parfaitement idiot, je déclare en saisissant une de ses valises. C'est ici chez toi. Tu ne peux pas partir.

– Shay, commence ma mère quand je lui coupe la parole.

– C'est à cause de papa ? j'aboie, et mon sang ne fait qu'un tour. C'est à cause de lui ? Si c'est le cas, c'est lui qui devrait partir. Je l'ai senti aussi, maman. J'ai senti son haleine de whisky. Je parie que toi aussi, n'est-ce pas ? Est-ce qu'il t'a finalement expliqué comment il a pu payer ces boucles d'oreilles ? Il a menti, maman. C'est lui qui nous a menti, pas Mima. C'est lui qui devrait partir, pas elle, je gronde d'une voix tremblante.

Comment est-ce possible ? Pourquoi est-ce ma grand-mère qui part alors que c'est mon père le menteur ?

Ce n'est pas juste.

– Shay, essaie de comprendre, s'il te plaît, dit ma mère, les larmes aux yeux. Ça n'a pas été une décision facile.

– Il n'y a pas de décision, car Mima ne va pas partir. Dis-lui, Mima.

J'implore ma grand-mère du regard. Elle a les larmes aux yeux, elle aussi, ce qui finit de me briser le cœur. Mima est forte. Elle ne pleure pas. Elle ne s'effondre pas. C'est elle, notre force à tous.

Elle renifle et se tient plus droite.

– C'est pour le mieux, Shannon Sofia.

Shannon Sofia.

Elle a employé mon prénom complet. Ses paroles sont gravées dans le marbre.

Elle va vraiment le faire. Elle va quitter la maison à cause de mon père alcoolique et de ses mensonges.

Comment est-ce possible ? Comment cela peut-il être juste ?

– Mima a été là pour nous quand il ne l'était pas, maman. Comment tu peux faire ça ?

Maman se met à pleurer et sort du salon, comme si c'était trop pour elle. Mais si c'est trop, comment peut-elle laisser faire ?

– Je viens avec toi, Mima, je déclare.

Elle ne devrait pas être seule. Elle ne devrait pas avoir à partir toute seule.

– Non. Tu restes ici. Tu dois rester chez toi.

– Je ne suis chez moi que si tu es là. C'est toi, ma maison, je chuchote alors que mes larmes coulent sur mes joues.

Je cours vers elle et la serre fort dans mes bras.

– S’il te plaît, Mima. Ne me laisse pas ici avec lui. Je ne peux plus le supporter. Je ne peux pas le regarder la tirer vers le bas encore une fois.

Mima me tient contre elle, me serrant plus fort que jamais.

– *Sé valiente, mi amor*, chuchote-t-elle.

Sois courageuse, mon amour.

– *Sé fuerte.*

Sois forte.

– *Sé amable.*

Sois gentille.

– *Y quédate.*

Et reste.

– Sois là pour ta mère. Elle a besoin de toi, Shay. Plus que tu ne le penses. Elle a besoin de toi. Ne rends pas la situation plus difficile qu’elle ne l’est déjà.

– Je ne comprends pas. Pourquoi elle est comme ça ? Pourquoi elle est aussi faible avec lui ? Je le déteste. Et je la déteste encore plus de l’aimer. Je les déteste tous les deux de t’obliger à me quitter.

– Non, non, non, gronde-t-elle en posant ses mains sur mes épaules. Ne parle jamais de ta mère comme ça. Elle a enduré plus de batailles que ce que tu crois. Tu n’as pas idée de tout ce qu’elle a fait pour te protéger, pour être là pour toi.

– La meilleure chose qu’elle puisse faire pour moi, c’est de quitter mon père.

– Oh, ma chérie… chuchote-t-elle en secouant la tête. Je suis désolée que ce soit aussi dur. C'est dur pour moi aussi. J'ai le cœur lourd, tu sais.

Je commence à avoir du mal à respirer et ma gorge se noue. Elle va partir. Elle va me laisser.

– Mima… je sanglote en l'attirant contre moi.

Elle ne pleure pas. Mima ne s'effondre jamais, elle reste toujours forte pour soutenir les autres.

– Laisse-moi venir avec toi, Mima. S'il te plaît. Je n'y arriverai pas sans toi.

– Tu n'es pas sans moi, Shay. Je ne serai pas loin. Mais ta mère n'y arrivera pas si tu n'es pas à ses côtés. C'est la vérité. Ménage son cœur. Ménage son âme, parce qu'elle est en grande souffrance. Tu es son seul rayon de soleil, Shay. Je te le demande : reste.

Je sanglote dans ses bras pendant un long moment et, quand je me calme enfin, elle me demande de l'aider à mettre ses affaires dans sa voiture. Avant de partir, elle me prend une dernière fois dans ses bras et m'embrasse sur le front.

Qui aurait cru que les baisers sur le front pouvaient blesser autant qu'ils guérissent ?

Je reste debout sur le trottoir jusqu'à ce que sa voiture disparaisse à l'angle de la rue.

Papa n'est même pas à la maison. Il est sans doute dans un bar, à picoler ou à vendre sa came à des gens qu'il ne devrait pas fréquenter, sans se soucier de ce qu'il nous fait. Chacun de ses choix déchire un peu plus notre famille, mais ça ne l'arrête pas. Il ne pense pas à nous, il ne pense qu'à lui-même.

Je déboule dans la maison, furieuse, le cœur brisé. Il faut que je fasse entendre raison à ma mère. Il faut qu'elle se réveille de cette histoire d'amour cauchemardesque qui nous hante depuis bien trop longtemps.

Je suis prête à lui crier dessus, mais je me fige. Elle est dans la salle de bains et je l'entends sangloter de façon incontrôlable. Son souffle est rapide et laborieux. Lorsque je tourne la poignée, je la trouve assise sur le bord de la baignoire, le visage caché dans ses mains.

Je reste furieuse, triste et confuse. Je compte toujours lui dire ce que je pense pour qu'elle comprenne combien ses choix affectent tout et tout le monde autour de nous, pas seulement elle… mais je ne peux pas. Pas tout de suite.

Elle a déjà touché le fond. Je ne peux pas l'enfoncer davantage.

Sé valiente, sé fuerte, sé amable, y quédate.

J'entre dans la salle de bains et m'assois à côté d'elle. Je la prends dans mes bras. Et je reste.

CHAPITRE 21

SHAY

Je ne ferme pas l'œil de la nuit. Mon réveil affiche l'heure en rouge, se moquant de moi et de ma fatigue. Papa n'est pas rentré. Maman pleure toujours dans sa chambre et Mima n'est plus là. La maison semble vidée de sa lumière, rendant le sommeil impossible.

Je regarde de nouveau le réveil.

12:09.

Trop tard pour l'appeler. Et puis, à quoi bon essayer ? Si je le réveille, je me sentirai coupable d'interrompre sa nuit, surtout étant donné son manque de sommeil, en général. Mais s'il ne dort pas… j'ai envie d'entendre sa voix.

Je compose son numéro, et mon cœur bat dans mes tempes pendant que ça sonne.

– Tu vas bien ? dit-il tout de suite en décrochant.

Sa voix est aussi suave que d'habitude et n'indique pas qu'il dormait.

Mon cœur se met à battre plus fort. Je tire mon col dans ma bouche et me mets à le mâchouiller.

– Pourquoi cette question ?

– Parce qu'il est minuit passé, et qu'à cette heure-ci, les appels sont soit des propositions de plans cul, soit pour annoncer une mauvaise nouvelle. Si c'est un plan cul, je serai le dernier à m'en plaindre…

J'imagine son sourire narquois.

– Ce n'est pas un plan cul.

– Merde ! Dans ce cas… tu vas bien ?

– Ça dépend de ce que t'entends par « bien », je dis d'un ton grinçant. Ma grand-mère a déménagé ce soir. Ou plutôt, ma mère l'a mise dehors après qu'elles se sont encore disputées à propos de mon père.

– Quoi ? s'exclame-t-il. Elle est où ? Elle va bien ? Elle va vivre où ?

J'avais oublié la place importante que tient ma grand-mère dans la vie de Landon. Son inquiétude me fait regretter qu'il ne soit pas avec moi pour qu'on se fasse du souci ensemble.

– Est-ce qu'elle va bien ? répète-t-il.

– Elle a trouvé un appartement, près d'ici. Quant à savoir si elle va bien, c'est dur à dire. Elle a une sacrée carapace et elle fait comme si rien ne l'atteignait jamais, même si je sais que ce n'est pas le cas. Elle ne montre jamais de signe de faiblesse, et quand bien même, je ne crois pas que je le remarquerais. Elle est notre point d'ancrage depuis toujours. Je ne sais pas sur qui elle s'appuie quand elle souffre, car j'ai passé toute ma vie à m'appuyer sur elle. J'ai peur qu'elle vive très mal la situation et qu'elle ne l'admette pas. Elle n'est pas du genre à montrer ses sentiments.

– Ceux qui les montrent le moins sont souvent ceux qui souffrent le plus, répond Landon.

– Tu parles d'expérience ?

– On peut dire ça, ouais, dit-il d'un ton qui révèle qu'il ne compte pas en dire plus. Maria compte beaucoup pour moi. Elle a beau être ma femme de ménage, elle a été là pour moi pendant mes moments les plus difficiles.

– Ta femme de ménage ? je demande, confuse.

– Ouais, elle vient tous les dimanches depuis pas mal d'années.

– Landon, ma grand-mère ne fait plus de ménages depuis longtemps. Elle a ouvert son studio de yoga il y a quatre ans…

Ma gorge se noue lorsque je repense à ce que ma grand-mère dit faire tous les dimanches.

– Elle nous a toujours dit que ses dimanches étaient consacrés à un ami qui lui est très cher.

Landon se tait au bout du fil. Je l'imagine froncer les sourcils et se poser un tas de questions.

– Elle ne fait plus de ménages ?

– Non. Plus depuis longtemps.

Nouveau silence.

– Je ne comprends pas, admet-il. Je ne comprends pas comment une personne peut être aussi belle.

– Ouais, moi non plus.

– C'est pour ça que tu n'arrives pas à dormir ? Parce que tu t'inquiètes pour Maria ?

– Oui, je réponds en me tournant dans mon lit. Et toi, pourquoi tu ne dors pas ?

– Parce que je ne dors jamais.

– Il faut dormir, Landon.

– Je sais, mais ce n'est pas parce qu'il le faut que c'est facile à faire.

Certes.

– Je peux rester au bout du fil jusqu'à ce que tu t'endormes, si ça peut t'aider.

– Je ne suis pas sûr que ça marche, mais on peut essayer. Eh, Poulette ?

– Oui ?

– Arrête de mâcher ton col.

Je crache le tissu et me tourne de nouveau.

– Tu veux parler de quoi ?

– De ce que tu veux… de tout.

C'est donc ce qu'on fait. On parle de choses idiotes, de nos choses préférées, de sport.

Je n'ai pas grand-chose à dire à ce sujet, mais il me parle de ses équipes préférées. Il a beau être de l'Illinois, il adore les Green Bay Packers vert et jaune, du Wisconsin. Je le traite de traître, même si je n'y connais rien en football américain, et il me dit que je suis belle, juste comme ça.

Ses friandises préférées sont les Oreo au beurre de cacahuète. Son soda préféré est le Schweppes agrumes. S'il pouvait aller dans n'importe quel État, il irait en Californie. Il a peur des serpents et adore les chiens.

Son film préféré est *Maman, j'ai raté l'avion*.

– Mon moment préféré est quand il regarde le film et que ça dit « Joyeux Noël, espèce de sale bête ». J'avais dix ans et j'ai passé toute une année à dire ça à tout le monde. Je trouve encore ça hilarant, explique-t-il en ricanant tout seul.

C'est son rire que j'aime le plus chez lui.

Je lui parle de moi, aussi. Je lui dis que mon but dans la vie est de voir un de mes scénarios porté à l'écran. Je lui dis que je rêve de remporter un EGOT : un Emmy, un Grammy, un Oscar et un Tony. Ok, c'est un rêve ambitieux, mais si Audrey Hepburn y est arrivée, pourquoi pas moi ?

Cela dit, je sais que je suis loin d'être aussi talentueuse qu'Audrey.

Je lui explique que c'est mon actrice préférée, que c'est à cause d'elle que je suis tombée amoureuse des comédies romantiques. Je lui parle aussi de mes auteurs préférés.

Je lui avoue tellement de choses qu'il doit trouver ennuyeuses à mourir, mais il m'écoute et me pose des questions sur mes rêves, mes souhaits et mes espoirs.

– Tu peux le faire, Poulette. Et tu le feras, promet-il. Tu es trop têtue pour échouer.

Il n'a pas tort. Même si je ne réussis pas tout, je me battrai bec et ongles pour m'approcher autant que possible du but.

– Et toi ? je demande. Qu'est-ce que tu veux faire ?

– Je déteste cette question, marmonne-t-il. Elle me semble toujours être un piège.

– Pourquoi un piège ?

– Parce qu'elle comporte trop de pression, grommelle-t-il avant de se racler la gorge. Tout le monde semble savoir ce qu'il veut faire dans la vie. Hank et Raine veulent ouvrir leur salon de thé, Éric veut être ingénieur, Grey se prépare déjà à reprendre la distillerie de son père. Même Reggie est parti pour être SDF et passer ses journées à faire la manche pour amasser assez d'argent pour rentrer dans le Kentucky. Tout le monde sait ce qu'il veut faire, et moi j'erre sans but, comme John Travolta dans *Pulp Fiction*. D'ailleurs, c'est un autre de mes films préférés, juste après *Maman, j'ai raté l'avion.*

– Je ne l'ai jamais vu.

– Roh, et dire que j'allais te faire une place dans ma vie !

Je ricane avant de répondre.

– Je compte t'accepter dans ma vie, moi aussi.

– Ah ouais ?

– Ouais. Comme je le ferais avec une mycose qui s'installe entre mes orteils.

Il éclate de rire et une nuée de papillons s'envolent dans mon ventre. J'aime ça. J'aime savoir que je le fais rire.

– Ce n'est pas grave si tu ne sais pas encore ce que tu veux faire, Landon. Plein de gens vont à la fac sans savoir ce qu'ils veulent devenir. D'autres font une année de césure, le temps de le savoir. D'autres encore ne vont jamais à la fac. Et aucun de ces choix n'est le mauvais. Aucun choix n'est mieux qu'un autre.

– Ouais, je suppose. Je regrette juste que mon père ne le comprenne pas.

– Je commence à penser que les parents ne sont pas faits pour comprendre leurs enfants.

– Et on n'est pas censés les comprendre non plus, ajoute-t-il.

Là-dessus, il n'a pas tort. Je me demande si les parents se souviennent ce qu'on ressent quand on est jeune, perdu et en quête de direction.

Cela dit, ma mère semblait justement dans cet état-là, ce soir.

Peut-être que les parents sont des enfants avec un cœur vieux et fatigué qui se craquelle un peu plus à chaque battement.

Mon téléphone sonne, affichant un message de Tracey. Elle et Raine m'ont écrit toute la soirée pour me parler de la fête que Reggie a organisée chez lui, à laquelle je n'avais absolument pas envie d'aller.

Tracey : Tu avais raison à propos
de Reggie. C'est un connard
et j'en ai fini avec lui pour de bon.

Le soulagement qui m'envahit en lisant son texto est presque accablant. Je me demande un instant ce qui s'est passé pour qu'elle ouvre les yeux, puis je me rends compte que ça n'a pas d'importance. Du moment qu'elle a tourné la page, je suis contente.

– Eh ben, apparemment le béguin de Tracey pour Reggie est enfin terminé, je dis à Landon en bâillant.

– Tant mieux. Ce type est un connard. Et ce n'est pas peu dire, venant d'un connard comme moi.

– Tu n'es pas un connard, Landon, je réponds en bâillant de nouveau. Tu es comme un ours en peluche qui se cache dans un costume de grizzly.

Il ricane.

– Tu bâilles, remarque-t-il. Tu devrais dormir.

Je me frotte les yeux, essayant de repousser les signes de fatigue.

– Je suis toujours là. Ça va.

– Raccroche, dit-il.

– Pas tant que tu ne dormiras pas.

– Tu ronfleras avant moi.

– Alors, reste en ligne jusqu'à ce que tu t'endormes, toi aussi.

– D'accord.

Je bâille une nouvelle fois tandis que mes paupières se font lourdes.

– Tu me le promets ?

– Je te le promets.

Je ne sais pas si Landon est du genre à tenir ses promesses, mais j'espère que c'est le cas.

Je suis en train de m'endormir et je lui parle d'une voix douce.

– Tu pourrais être acteur, Land. Tu le sais, n'est-ce pas ? Tu es tellement doué. Tu pourrais être le plus grand acteur de la planète.

– C'est ton cerveau endormi qui parle. Tu rêves déjà, dit-il en bâillant à son tour. Bonne nuit, Poulette ! Je te déteste.

Il m'a appelée Poulette. Je ne pensais pas que j'aimerais un jour ce surnom, né d'une haine désormais révolue.

– Je te déteste aussi, Satan.

– Ouais, mais je te déteste le plus.

CHAPITRE 22

LANDON

Shay s'endort avant moi, mais je tiens ma promesse et reste au téléphone jusqu'à ce que je dorme aussi, et je m'endors vraiment. Je ne sais si c'est le son de sa respiration ou si c'est parce que je crains qu'elle ne le devine si je décidais de raccrocher, mais quoi qu'il en soit, je dors.

Je ferme les yeux avec la lune et les ouvre avec le soleil.

Je me réveille reposé, ce que je n'ai pas connu depuis très longtemps.

Dans l'après-midi, lorsqu'on sonne à la porte, je cours pour l'ouvrir, sachant que ça ne peut être qu'une seule personne. J'ouvre la porte en grand et y trouve Maria et son sourire habituel.

– Bonjour Landon, dit-elle en entrant, portant un plat.

Du pain de viande, ça sent le pain de viande, en tout cas. Elle me le tend et m'étudie de haut en bas.

– Tu as l'air reposé, c'est bien. Tu as dormi.

– Oui, j'ai dormi.

Grâce à ta petite-fille et ses super-pouvoirs.

– Il n'y a pas vraiment besoin de faire le ménage, aujourd'hui, si tu veux, on peut juste regarder la télé et discuter.

– Je ne suis pas payée pour regarder la télévision, Landon Scott.

En fait, je ne suis même pas sûr, désormais, qu'elle soit payée du tout.

– Je ne dirai rien si tu gardes le secret, je réponds en l'invitant à entrer. Et j'ai préparé tes cookies préférés aux noix de pécan.

– Tu as cuisiné pour moi ? demande-t-elle en haussant un sourcil.

– Ouais. Alors, qu'est-ce que tu en dis ? Tu prends une journée de repos ?

Elle fuit mon regard et je devine qu'elle cache ses émotions. Maria est trop fière pour montrer un quelconque signe de faiblesse. Je ne la forcerai pas à me parler. Je compte juste la mettre à l'aise et lui apporter un peu de joie pendant ce moment difficile.

– Tu ne diras rien à tes parents ? demande-t-elle d'un ton inquiet.

– Absolument pas. On peut traîner dans le salon. J'ai toutes les saisons de *Friends*.

– Je n'ai jamais vu cette série, admet-elle.

Bon sang, est-ce que toute la famille de Shay est passée à côté des meilleurs divertissements des années 90 ?

– Eh bien, c'est ton jour de chance. Viens.

On s'installe dans le salon et on enchaîne les épisodes de *Friends*. De temps en temps, Maria éclate de rire, mais la plupart du temps, elle secoue la tête et grommelle « *Dios mío !* » d'un ton outré. Elle n'insiste même pas pour qu'on mange dans la salle manger, acceptant qu'on savoure son pain de viande et sa purée sur la table basse, clôturant son délicieux repas par trop de cookies et de glace à la vanille.

– Tu ressembles beaucoup à Joey, remarque-t-elle en désignant l'écran. Tu es un bel homme maladroit et attachant, comme lui.

Je ricane et hausse un sourcil en hochant brièvement la tête.

– « Ça va, toi ? » je cite.

Bien sûr, Maria ne relève pas la phrase culte de Joey et elle hausse les épaules en répondant normalement.

– Ça va, mais cette série est ridicule.

Je n'ai jamais eu de grand-mère, mais j'imagine que ce serait comme ça : une série de moments sympas qui finissent par créer de fabuleux souvenirs lorsqu'on les met bout à bout. C'est ce qu'est devenue Maria pour moi, au fil des ans. Elle m'a offert un tas de moments qui, mis bout à bout, forment quelque chose d'important. Peu de choses comptent vraiment pour moi, dans ma vie, mais Maria en fait partie.

Elle est au moins dans le top cinq.

Et sa petite-fille grimpe dans le classement, elle aussi.

En fin de journée, Maria rassemble ses affaires et se dirige vers la porte d'entrée.

– Merci pour cette journée, Landon. Tu ne le sais pas, mais j'en avais besoin. J'avais besoin d'un jour de repos.

– Je suis ravi d'avoir pu t'aider, je réponds en me recoiffant avant de plonger mes mains dans mes poches. Eh, Maria ?

– Oui ?

– Comment va ton cœur, aujourd'hui ?

Elle m'offre un minuscule sourire et, à ma grande surprise, une larme coule sur sa joue.

– Il bat encore.

Je la prends alors dans mes bras, sans lui demander la permission, car Maria n'a pas besoin d'être prévenue qu'un câlin arrive.

Elle est toujours prête à le rendre.

***

Le lundi suivant, il est évident que Reggie est en couple avec Monica, alors que son histoire avec Tracey s'est terminée à peine quarante-huit heures plus tôt. Avec les ados, tout peut changer en l'espace d'un week-end. Les hormones sont si féroces qu'il est dur de suivre. Monica est accrochée au cou de l'Eminem en herbe et, chaque fois qu'elle en a l'occasion, elle m'envoie un sourire machiavélique comme pour me dire « Jaloux ? ».

Pas vraiment, non.

Elle fait un peu plus peur à voir chaque fois que je la croise. J'ai envie de lui demander comment elle va, de m'assurer qu'elle mange et qu'elle dort, mais j'ai compris que je ne pouvais pas lui donner ce qu'elle veut, donc il vaut mieux que je garde mes distances.

Il n'empêche que ça m'agace de la voir avec Reggie. Cet enfoiré ne mérite personne, pas plus Monica qu'une autre. Je lui envoie un message pour lui dire que ce type a de graves problèmes et qu'il maltraite tout le monde, mais elle me répond de me mêler de mes affaires.

Je m'éloigne du couple bizarre et me dirige vers Éric, qui se tient devant son casier.

– Tu as appris, pour Monica et Reggie ?

– Ouais, ils se sont bécotés toute la soirée, samedi.

Éric ne me regarde pas et il semble d'humeur lugubre. Or, si quelqu'un est toujours joyeux le matin, c'est Éric. Même à sept heures du mat, il chante des morceaux de *La mélodie du bonheur*, agaçant tout le monde.

– Qu'est-ce qui t'arrive ? Tu as l'air tout endormi. Tu as trop fait la fête ? je demande.

Il se tourne enfin vers moi et je découvre qu'il a un œil au beurre noir. Ce week-end, les mecs (+Raine) m'ont écrit non-stop pour me parler de la fête chez Reggie, insistant pour que j'y aille, mais je les ai ignorés parce qu'à choisir entre traîner avec Shay ou le Charmeur du Sud, j'opterai toujours pour Shay.

En fait, à choisir entre Shay ou n'importe qui, ces jours-ci, je choisirai toujours Shay.

– Qu'est-ce qui t'est arrivé ? je m'exclame.

Il grimace en secouant la tête.

– Rien, c'est rien.

– Mec, tu as un énorme coquard ! Ça n'a pas l'air d'être rien.

– Laisse tomber, Land, tu veux ? rétorque-t-il sèchement.

Ça ne ressemble pas du tout à Éric de parler ainsi, lui qui est toujours si calme.

Et c'est moi qu'il envoie chier, en plus.

C'est alors que Reggie passe devant nous en tenant Monica par la taille. Il regarde Éric et prend un air dédaigneux en secouant la tête.

– Espèce de tapette ! marmonne-t-il.

Je me crispe immédiatement.

– Qu'est-ce que tu as dit ? je gronde.

– Pas toi, Landon. Calme-toi.

– C'est lui qui t'a fait ça ? je demande à Éric à voix basse.

La grimace d'Éric me dit tout ce que j'ai besoin de savoir et mon sang ne fait qu'un tour. Je ne tiens pas à grand-chose ni à grand monde. Mais Reggie s'en est pris à une des personnes à qui je tiens le plus, et je ne peux pas le tolérer.

Je serre ma mâchoire en avançant vers Reggie.

– Qu'est-ce que tu as dit ? je répète.

– J'ai dit « tapette », dit-il en désignant Éric. Ce connard a eu le culot de se pointer chez moi et de se bourrer la gueule. Et je l'ai trouvé en train d'embrasser un type dans ma chambre. C'est dégoûtant. Le monde n'a pas besoin de monstres comme…

Je cloue le bec de cet enfoiré homophobe avec mon poing. Et si je le fais, c'est à quatre-vingt-dix-neuf pour cent pour Éric, et à un pour cent pour moi. J'ai envie de coller une droite à ce type depuis le premier jour.

Reggie titube, puis il essuie sa lèvre sanglante avec le revers de sa main.

– Connard ! gronde-t-il avant de se jeter sur moi.

Mon poing est déjà prêt et je lui en recolle une. Il me pousse contre les casiers et on tombe par terre. Il arrive à me frapper une ou deux fois, mais je reprends le dessus et lui assène des coups répétés au visage. Je veux qu'il soit aussi bleu que mon ami, je n'arrêterai pas tant qu'il ne sera pas bleu comme Éric.

La foule se rassemble autour de nous et il faut quatre profs pour nous séparer.

– Reggie ! Landon ! Chez le proviseur ! Tout de suite ! crie Monsieur Thymes.

Les profs nous tirent vers le bureau du proviseur et Monsieur Thymes me regarde comme s'il était déçu que j'aie employé mes poings. Quoi, Roméo a bien dû se battre une ou deux fois, non ?

Je m'essuie l'œil, qui me fait déjà mal, et je sens du sang couler sur ma joue. Je lève la tête et découvre mon regard préféré rivé sur moi. Shay semble terrifiée, elle tient ses livres serrés contre sa poitrine. Je ne sais pas si c'est la bagarre qui lui fait peur, ou moi. Je sais de quoi j'ai l'air quand je me laisse aveugler par ma colère. Je ne veux pas qu'elle voie cette facette de moi. Je ne veux pas qu'elle me juge pour ma part d'ombre.

Je suis sur le point de baisser les yeux lorsqu'elle ouvre la bouche et articule : « Est-ce que ça va ? »

Elle s'inquiète pour moi. J'ai beau m'être comporté comme une bête et être couvert de bleus, la Belle se fait quand même du souci pour moi.

Je hoche la tête.

– Oui, Poulette. Je vais bien.

***

Monsieur Keefe, le proviseur, est un homme âgé avec la barbe et le ventre bedonnant du Père Noël. Ça fait un moment que je ne me suis pas retrouvé dans son bureau pour une bagarre. Depuis le décès de Lance, je ne ressens plus le besoin de m'exprimer par la violence. Il n'empêche que le proviseur n'est pas surpris de me voir, en fait, on dirait qu'il s'attendait à ce que ça se reproduise un jour.

– J'avais cru un instant que cette étape était derrière vous, Monsieur Harrison, marmonne-t-il.

Ouais, moi aussi, Monsieur Keefe.

Reggie s'assoit à côté de moi et j'ai le plaisir d'être témoin du changement de couleur et de volume de sa tronche. Il a l'air particulièrement mal à l'aise.

Tant mieux.

Il a beau avoir perdu la bagarre, il n'a pas sa langue dans sa poche et il profite que le proviseur sorte chercher des papiers pour me provoquer de nouveau.

– Tu te comportes comme un connard parce que je baise ta chienne, siffle-t-il en s'essuyant le nez.

Je serre les poings, mais je ne réagis pas. Je ne veux pas lui donner cette satisfaction. Shay voudrait que je sois au-dessus de ça. Et je veux l'être aussi. Je veux m'améliorer. Je ne céderai donc pas à ses provocations. En tout cas, c'est ce qui était prévu jusqu'à ce qu'il ouvre de nouveau la bouche.

– C'est ça, je baise ta chienne d'ex, et j'ai hâte de baiser la nouvelle, aussi. Roh, cette bouche ! J'ai hâte d'y mettre ma queue. Elle a l'air tellement sage, je parie qu'elle me dira s'il te plaît et merci quand j'éjaculerai sur elle.

Il a signé son arrêt de mort.

Lorsque le proviseur revient, nous sommes par terre, en pleine bagarre. Je suis à cheval sur Reggie et je lui assène coup sur coup.

– Landon ! Qu'est-ce que tu fais ? s'écrie Keefe avant de me tirer en arrière.

– Vous voyez, Monsieur le Proviseur ? Il m'a encore attaqué, sanglote Reggie. Je n'ai rien fait. Il a clairement du mal à contrôler sa colère et il m'en veut de sortir avec son ex. Je ne suis pas du genre à me battre, jamais. Ça ne me ressemble pas. J'ai trop de respect pour vous et mes camarades pour faire une telle chose.

Tiens donc ! Eminem est un lèche-bottes en plus d'être le plus gros connard sur terre.

Or, le proviseur a l'air de gober son cinéma. Peut-être que c'est parce qu'il a l'habitude que je sois le coupable dans ce genre d'histoire. Il ne connaît pas Reggie, mais il me connaît trop bien, du moins, celui que j'étais avant. Il ne sait pas que Reggie est cent fois pire que moi.

– Gardez vos mains dans vos poches, les garçons ! ordonne le proviseur en rivant son regard assassin sur moi. Je vais te chercher un autre pack de glace, Reggie. Landon ?

– Oui ?

– Ne bouge pas.

Ça roule.

Les parents de Reggie arrivent, paniqués à l'idée que leur « ourson d'amour » se soit battu.

– Ça ne lui ressemble pas du tout ! déclare sa mère. Jamais mon Reggie ne frapperait quelqu'un. C'est un gentil garçon. Il a forcément été provoqué, dit-elle en me scrutant de la tête aux pieds.

Je ne réponds rien et ne lui renvoie pas son regard dédaigneux. Elle découvrira bientôt le genre de fils qu'elle élève. Personne ne peut cacher sa part d'ombre pour toujours, pas même le Charmeur du Sud.

– Il a fait la fête chez vous, ce week-end, je marmonne à ses parents alors qu'ils sortent du bureau. Vous devriez jeter un œil dans votre bar.

Reggie écarquille les yeux, choqué que je l'aie balancé à ses parents. J'avoue que c'était un coup bas, mais que dire ? Je me sens particulièrement fourbe aujourd'hui. Il n'aurait pas dû lever la main sur mon ami.

Ils me gardent dans le bureau du proviseur jusqu'à ce que mon père arrive. Ma mère est encore en Europe, à mener sa vie de rêve. Elle me laisse des messages vocaux tous les jours, mais je ne l'ai pas rappelée. Elle mérite de se sentir coupable un moment.

En revanche, je lui écris un sms tous les jours pour qu'elle sache que je suis en vie. Même si je lui en veux encore, je ne veux pas qu'elle se fasse un sang d'encre.

Papa va être furieux contre moi. Il va arriver, agacé d'avoir dû faire la route depuis Chicago, un jour de semaine, pour régler mes problèmes. Quand il entre dans le bureau, je devine tout de suite son irritation. Mon père ne dit pas grand-chose avec les mots, il préfère le dire avec les yeux.

Le proviseur lui explique qu'il ne sait pas bien pourquoi la bagarre a commencé, précisant seulement qu'elle s'est terminée quand les professeurs s'en sont mêlés.

– Normalement, Landon devrait être exclu pendant trois jours. Toutefois, étant donné qu'il a le rôle principal dans la pièce du lycée…

Le proviseur ne termine pas sa phrase, déplaçant des documents sur son bureau. Notre lycée est réputé pour deux raisons : le basket et le théâtre. Le proviseur ne peut donc tolérer de perdre son précieux Roméo, même pour quelques jours.

– Nous pensons que cette activité extrascolaire lui est bénéfique. Même s'il y a eu ce faux pas, nous espérons que ça n'arrivera plus. Reggie et lui ont été priés de garder leurs distances.

Sur ce point, pas de souci.

Mon père est surpris d'apprendre que je joue dans une pièce. Ça ne m'avait jamais intéressé auparavant et… on ne parle pas de ce genre de chose, de toute façon. Il fronce les sourcils, puis il s'excuse de ma part.

– Je suis désolé qu'ils t'aient fait venir, je dis lorsqu'on sort du bureau du proviseur. Ce n'était pas si grave que ça, je déclare en hissant mon sac sur mon épaule.

– Tu as cassé la gueule à ton camarade, Landon. C'est grave.

– Ouais, mais…

Mon père se pince le nez en secouant la tête.

– Je n'ai pas le temps pour ça, pour tes conneries.C'est quoi, cette histoire de pièce ?

– Je… j'aime vraiment ça, papa, j'admets en rassemblant tout mon courage. J'aime le théâtre. J'envisage de continuer à la fac, l'an prochain.

Mon père ricane en secouant la tête.

– Mais oui, c'est ça, Landon !

– Je suis sérieux, papa. Ça m'intéresse vraiment. L'université de Chicago a une super-licence de théâtre et…

– Je te l'interdis ! aboie-t-il.

– Quoi ?

– J'ai dit que je te l'interdis. Je ne vais pas payer pour que tu passes une licence débile et que tu perdes ton temps et mon argent. Je te l'interdis. Tu vas aller en fac de droit, comme on l'a décidé.

– *On* ne l'a pas décidé, papa. C'est toi qui l'as décidé. Tout seul. Je…

Je vois qu'il n'écoute pas. Il n'écoute jamais. Mes paroles sont sans conséquences pour lui.

Ma mère, au moins, aurait écouté.

– Je n'ai pas le temps pour ça, déclare-t-il en regardant sa montre. Il faut que je retourne à Chicago et que j'essaie de rattraper le retard que tu m'as fait prendre. Je vais sans doute devoir bosser samedi, du coup. Ah, et tant que j'y suis, je vais sans doute être pris le week-end d'après, aussi.

– Le week-end d'après ? je répète. Mais c'est mon anniversaire. Je pensais que tu serais là, vu que maman ne le sera pas.

– Ouais, je le pensais aussi, jusqu'à ce que tu décides de te battre comme un sauvage. Tu dis que tu es sérieux à propos du théâtre, mais tu n'es même pas assez mature pour régler tes problèmes sans en venir aux mains. Le seul rôle qui devrait t'intéresser, c'est celui d'un garçon de ton âge. Tu n'es plus un enfant, alors arrête de te comporter comme si tu en étais un. On parlera de ça plus tard.

Cependant, je sais qu'on n'en reparlera jamais. Le sujet sera balayé sous le tapis, comme toutes les disputes qu'on a eues. Papa va se replonger dans le travail, comme d'habitude, et moi dans mon cafard..

Maman me manque.

Mon père tourne les talons et s'éloigne, me laissant planté dans le couloir comme un imbécile, profondément déçu qu'il ne soit pas là pour mon anniversaire. J'ai besoin de lui. J'aurai besoin de lui, ce jour-là, et il ne sera pas là.

Génial.

Une fois mon père parti, je me dirige vers la sortie. Je suis trop anéanti pour aller en cours d'histoire.

– Tu vas où ? dit une voix lorsque je pousse la porte.

Je me tourne et tombe sur Shay, arborant le même regard inquiet que tout à l'heure.

– Je ne sais pas. N'importe où sauf ici, je réponds.

Je n'ai pas envie de parler. Et je n'ai pas envie que Shay me voie au fond du trou. Elle a déjà assez souffert comme ça.

– D’accord, dit-elle en me rejoignant et en ouvrant la porte à ma place.

– Qu’est-ce que tu fais ? je demande en haussant un sourcil.

– Je viens avec toi, répond-elle comme si c’était parfaitement logique.

– Je ne crois pas, non. Tu n’es pas du genre à sécher les cours.

– Disons que ça change aujourd’hui. Allez viens, on peut aller chez moi. Il n’y a personne et je peux t’aider à panser tes blessures.

– Écoute, Shay, je ne veux pas être chiant, mais…

– Alors ne le sois pas.

– Quoi ?

– Ne sois pas chiant. Laisse-moi faire ça, Landon. Je suis sûre que tu vas rentrer dans ta maison vide et t’apitoyer sur toi-même. Tu pourras le faire plus tard. Pour l’instant, tu ne dois pas être seul. Allez, viens.

Elle marche vers ma voiture, ne me laissant d’autre choix que de la suivre.

En plus, au fond de moi, je sais que je la suivrais n’importe où.

Je lui donne les clés. Je n’arriverai pas à me concentrer sur la route, donc il vaut mieux qu’elle conduise.

En tout cas, c’est ce que je pense jusqu’à ce qu’elle passe au volant et que la voiture fasse des à-coups et cale sans arrêt.

– Bon sang, Poulette, tu vas me faire faire une crise cardiaque.

– Ben, tu devrais conduire une automatique comme tout le monde.

Je me redresse et écarquille les yeux, horrifié.

– Tu ne sais pas conduire une voiture manuelle ? je m'exclame.

– Non, répond-elle en haussant les épaules. Je ne pensais pas que ce serait très différent.

Elle démarre, elle cale brusquement. Elle démarre, elle écrase la pédale de frein. Mon Dieu, on va mourir.

– Descends tout de suite de la voiture !

– Mais…

– Shannon Sofia ! Lâche tout de suite ce volant ! je crie, la faisant sursauter.

– D'accord, d'accord, bon sang ! On dirait ma grand-mère. Je descends, ça va !

– Ouf !

On échange nos places et je fais de mon mieux pour conduire jusque chez elle en sécurité.

– Comment tu connais mon deuxième prénom ?

Je me frotte le nez en cherchant un moyen de ne pas passer pour un loser.

– Quand tu venais chez moi avec ta grand-mère, quand tu étais petite, elle l'a crié une fois. Ça m'est resté en tête.

Comme tout ce qui la concerne depuis le jour où je l'ai rencontrée.

Je sens son regard sur moi et je regrette de ne pas lire dans ses pensées. J'aimerais savoir comment elle réfléchit. J'aimerais lire en elle aussi facilement qu'elle lit en moi.

Lorsque nous arrivons chez elle, elle m'emmène tout de suite dans sa chambre sans me laisser le temps d'observer les lieux, et elle m'assoit sur son lit.

– Je vais chercher un gant tiède. Je reviens tout de suite.

Je balaie sa chambre du regard. Les murs sont recouverts d'affiches de films et de portraits d'acteurs. Une bibliothèque est remplie de ses carnets, et je parie que tous sont pleins, de la première à la dernière page.

À l'évidence, les mots lui viennent facilement. De mon côté, je ne crois pas en avoir suffisamment pour remplir un seul carnet.

Shay revient avec un gant tiède et elle le pose sur mon visage. Je grimace, mais la chaleur me fait du bien.

– Tu te battais souvent, avant ? chuchote-t-elle en essuyant délicatement ma joue. Quand tu étais plus jeune.

– Ouais.

– Je suppose que tout le monde te trouvait violent, mais tu ne te battais que contre ceux qui embêtaient les plus faibles. En tout cas, c'est ce que j'avais remarqué.

– Tu faisais attention à ça ?

– Je faisais attention à tout ce qui te concernait, admet-elle, faisant fondre mon cœur.

– Éric m'a dit ce que tu as fait pour lui aujourd'hui. C'était courageux de ta part.

– C'était débile. J'aurais pu perdre ma place dans la pièce. J'aurais pu me faire virer du lycée.

– Ouais, c'était bête, mais les choses idiotes peuvent être courageuses aussi. Éric n'en parle pas vraiment, de sa sexualité.

– C'est pour ça que vous avez rompu ?

– Oui. Je le sais depuis un moment. Et toi ?

– Je m'en doutais, mais je ne lui en ai jamais parlé. Ça ne me regarde pas et ça ne change rien au fait que c'est une des personnes les plus importantes dans ma vie. Il peut aimer qui il veut, ça ne changera pas ce que je pense de lui.

– Waouh, dit-elle en soupirant.

Elle s'agenouille et recule pour plonger son regard dans le mien, et mon cœur fond de plus belle.

– À quoi tu penses ?

– Je… C'est juste que… tu n'es pas du tout la personne que je pensais que tu étais toutes ces années.

– Je me dis tous les jours la même chose à propos de toi.

– Si tu devais choisir un seul mot pour me décrire, tu choisirais lequel ? demande-t-elle.

Facile.

– Gentille.

– Gentille ? C'est tout ?

– Oui. Tu es gentille avec tout le monde, même avec ceux qui ne le méritent pas, comme moi. Tu prends le temps d'observer les gens et d'étudier leur point de vue. Tu es patiente, aussi. Ce serait mon deuxième choix. Tu ne cherches pas à ce que les gens collent à tes attentes. Tu les laisses vivre et exister tels qu'ils sont.

– Waouh, dit-elle en posant ses mains sur sa poitrine. C'est la chose la plus gentille qu'un ennemi m'ait dite, plaisante-t-elle, me faisant ricaner.

Je ne suis pas ton ennemi, Poulette. Jamais.

– Et moi ? Comment tu me décrirais ?

– Gentil.

– Copieuse !

– Peut-être, mais c'est vrai.

– On m'a attribué beaucoup d'adjectifs, dans ma vie, mais pas celui-là.

Je tourne la tête vers sa bibliothèque remplie de carnets.

– Ils sont tous utilisés ?

– Oui. Ce sont les personnages que j'ai créés en étudiant les gens que je connais. Ça m'aide pour mes histoires.

– Est-ce qu'il y en a sur moi ? je demande en haussant un sourcil.

– Peut-être quelques-uns… répond-elle en rougissant.

– Je peux les lire ?

– Non, dit-elle en riant. Je peux te demander quelque chose ?

– Vas-y.

– Pourquoi on se détestait ?

Je hausse les épaules et fronce les sourcils.

– Je ne sais pas. Peut-être parce qu'on était trop bêtes pour accepter la vérité.

– Et c'est quoi, la vérité ?

Elle se rapproche de moi, sa bouche effleure la mienne. Ses inspirations deviennent miennes, et mes expirations lui appartiennent.

J'ouvre la bouche et l'embrasse brièvement.

– La vérité, c'est…

Elle me coupe la parole en s'emparant brusquement de ma bouche, plongeant sa langue entre mes lèvres alors que je saisis ses fesses pour la prendre sur mes genoux. Elle entoure ma taille avec ses jambes et m'embrasse encore plus fort. Je pourrais l'embrasser toute ma vie et ne pas m'en lasser.

Ces temps-ci, les plus beaux moments que je vis sont lorsque ses lèvres sont plaquées contre les miennes. Ses baisers ont un goût de banane, à cause des bonbons qu'elle mange tout le temps.

Mon Dieu, j'adore ses baisers sucrés. J'adore qu'elle caresse ma lèvre avec sa langue avant d'ouvrir la bouche pour m'inviter à la dévorer. J'adore sentir ses mains sur mon torse lorsque les miennes se promènent sur le creux de ses reins. J'adore qu'elle gémisse doucement contre mes lèvres. J'adore qu'elle se cambre contre moi. J'adore baiser sa bouche avec ma langue alors qu'elle en fait de même avec la sienne.

Je recule et plonge mon regard dans le sien. Je veux plus. Je veux la goûter, l'explorer. Je veux me nourrir de son corps et son âme.

– Je peux… ? je commence comme un puceau nerveux.

– Oui, dit-elle en hochant la tête avant de s'allonger sur le lit.

J'adore la déshabiller et voir ses yeux se dilater d'excitation. J'aime qu'elle me laisse les rênes, mais j'aime encore plus qu'elle les saisisse. J'aime la voir frissonner lorsque je la touche et voir ses yeux m'encourager à continuer. J'aime que mes mains tremblent contre sa peau et sentir mon cœur me dire de ne pas arrêter.

J'aime l'entendre gémir lorsque j'écarte ses jambes et m'empare de son sexe avec ma bouche. J'aime qu'elle me dise non lorsque je cherche à remonter pour l'embrasser. J'aime voir ses hanches se soulever lorsque je titille son clito avec ma langue. J'adore l'entendre me dire d'y aller plus fort et d'aller plus loin. J'adore son goût. C'est une récompense pour lui avoir procuré autant de plaisir.

Je deviens accro à ses gémissements. Elle m'ordonne de la doigter plus fort alors que ma langue continue de s'acharner sur son clito, titillant tout ce qu'elle peut. Shay ne lâche plus mes cheveux.

– Oh, Land… Attends… Oui… Ralentis… Mon Dieu ! crie-t-elle.

J'adore l'entendre me supplier.

– Encore, encore, encore.

J'adore ça. J'aime l'entendre. J'aime…

Je…

Je l'aime…

– Qu'est-ce qui se passe ici ? dit une voix.

Je lève la tête et vois une femme dans l'embrasure de la porte.

– Maman ! s'écrie Shay, tirant sur la couette pour se couvrir. Mon Dieu, je… tu… on…

Shay ne sait pas quoi dire et je me lève d'un bond, horrifié d'être face à sa mère, dans sa chambre, deux secondes après que ma tête a été entre ses jambes.

Merde.

– Qu'est-ce que tu fais ici ? demande Shay.

Merde ! La mère de Shay m'a surpris en train de bouffer la chatte de sa fille.

J'ai envie de mourir. D'une mort lente et douloureuse. Les joues rouge cramoisi de Shay me disent qu'elle ressent la même chose.

Sa mère hausse un sourcil d'un air furieux.

– Je suis rentrée manger à la maison. Et toi, qu'est-ce que tu fais ici ? Tu devrais être à l'école !

– Pardon, Madame Gable. C'est de ma faute, et je…

– Va-t'en, ordonne-t-elle.

Je fais ce qu'elle dit. Après tout, je n'ai pas d'autre choix ; je peux difficilement lui expliquer ce que faisait ma tête entre les jambes de sa fille alors qu'on devrait être en cours…

Je rentre chez moi et écris à Shay lorsque j'arrive.

Moi : Tout va bien ?

Elle ne me répond pas, et la dizaine de messages que je lui écris ce soir-là restent sans réponse. Le lendemain, elle vient me voir en souriant jusqu'aux oreilles.

– Tu es punie ? je demande.

– Ouaip.

– Elle a pris ton téléphone ?

– Ouaip. Et coupé Internet.

Normal, je suppose.

– Tu n'as pas de regrets ? je demande timidement.

Elle sourit de plus belle en rougissant.

– Pas de regrets.

***

Éric m'écrit quelques jours plus tard pour me dire qu'il est désolé de ce qui s'est passé avec Reggie. Il me dit qu'il a honte, ce qui me rend triste. Il n'a aucune raison d'avoir honte.

Éric : Je ne suis pas gay, tu sais…
Enfin… Je me cherche, c'est tout.

Moi : En ce qui me concerne, tu peux
être ce que tu veux. Tu es mon ami.

Éric : Merci, Land.

Moi : Je me battrais avec n'importe qui
pour toi. Donne-moi un nom
et je l'achève.

Je suis triste de ne plus voir Shay après les cours, mais je comprends qu'elle soit privée de sortie. Si j'étais son père, je lui aurais interdit toute interaction avec un humain pendant les trente prochaines années. Au moins, je la vois pendant les cours et les répétitions.

Le mardi suivant, on frappe à ma porte. Je cours pour l'ouvrir, espérant que ce sera Shay. Hélas, je suis face à Monica. C'est la dernière personne que j'ai envie de voir mais, comme une mauvaise habitude, Monica a le chic pour apparaître aux pires moments.

– Qu'est-ce que tu veux ? je demande.

– Me défoncer avec toi, marmonne-t-elle alors qu'elle l'est déjà.

– Je n'ai pas le temps pour ces conneries, Monica, je gronde en refermant la porte sur elle.

Elle m'en empêche en plaquant fermement son pied par terre.

– Monica, je suis sérieux. Je suis occupé.

– Avec cette garce ? siffle-t-elle.

– Ne la traite pas de garce.

– Ah, je vois. Alors, c'est elle que tu protèges, maintenant, au lieu de moi ?

Je lève les yeux au ciel et claque la porte. Elle n'est clairement pas en état d'avoir une conversation. Je pensais vraiment que KJ arrêterait de la fournir.

– Est-ce qu'elle les a vues ? crie-t-elle sur mon perron. Est-ce qu'elle a vu tes horribles cicatrices ? Est-ce qu'elle a vu ce que tu t'es fait ?

Ses paroles me glacent le sang et j'ouvre de nouveau la porte, la saisissant par le bras pour la faire rentrer, claquant la porte derrière nous.

– À quoi tu joues, putain ? je siffle alors que mon cœur bat la chamade.

– Lâche-moi, râle-t-elle en m'échappant.

– C'est quoi, ton problème ? Tu te prends pour qui, à venir ici pour crier comme une folle ?

– Je ne crierais pas comme une folle si tu me rendais pas aussi dingue ! hurle-t-elle en tremblant des pieds à la tête.

Elle frissonne de tout son corps, plus défoncée que jamais.

– Tu as pris quoi ? je demande.

– Rien, répond-elle d'un ton lugubre.

Putain, Monica !

Je déteste cette fille. Je déteste son addiction et je déteste me reconnaître dans son regard sinistre.

– Dis-moi, Monica, j'ordonne.

– Je te l'ai dit. J'ai rien pris. Quoi, tu crois que tu es le seul débile à pouvoir être sobre ?

– KJ t'a vendu quelque chose ?

La dernière fois que je l'ai vu, je l'ai supplié de la laisser tranquille et je l'ai prévenu qu'elle sombrait chaque jour un peu plus. Il m'a promis d'arrêter, mais les promesses d'un dealer sont comme celles du Père Noël : elles ne sont que du vent.

J'en veux à Monica de faire irruption chez moi, dans la vie que j'essaie de reconstruire. Mais ma colère se change vite en inquiétude.

– Quand as-tu mangé pour la dernière fois ?

– Tais-toi, Land.

– Réponds-moi.

– Je ne sais pas.

– Alors assieds-toi, j'ordonne en désignant la table de la salle à manger.

– Ah, tu veux que je reste, maintenant ? Va te faire foutre, Landon ! J'ai qu'à prendre mon téléphone pour trouver des dizaines de mecs qui voudront que je reste, qui voudront que je les touche, que j'écarte mes cuisses pour…

– Assieds-toi et ferme-la, Monica ! j'aboie.

Elle met ma patience à rude épreuve, et je suis furieux chaque fois qu'elle parle de ce que lui font les autres mecs. Ce n'est pas parce que je veux Monica, c'est parce qu'ils ne la veulent pas non plus. Ils se servent d'elle, abusent d'elle et la jettent quand ils en ont fini.

Comme va bientôt le faire Reggie.

Elle ricane en faisant une révérence, puis elle s'assoit à table.

Je vais dans la cuisine et lui prépare un sandwich au beurre de cacahuète, puis je lui sers un verre d'eau et pose le tout devant elle.

– Mange, je déclare en m'asseyant en face d'elle, le plus loin possible.

Elle lève les yeux au ciel et me fait un doigt d'honneur, mais elle prend néanmoins le sandwich et mord dedans.

À chacune de ses bouchées, mon inquiétude se dissipe un peu.

J'ai été dans cette situation tellement de fois, à manger des sandwichs avec elle alors qu'on était défoncés ou saouls. Ces moments ne me manquent pas du tout.

Ce sentiment de désespoir et de vide ne me manque pas.

Même quand on mangeait ensemble, je me sentais seul. Je me suis toujours senti seul avec Monica. Je crois que sa solitude est si grande qu'elle déborde sur les autres pour les ensevelir.

– C'était à cause de moi ? demande-t-elle.

– De quoi tu parles ?

– De ta bagarre avec Reggie. C'est pour moi que tu t'es battu ?

Sa question est grave et son désespoir se lit dans ses yeux. Elle veut qu'on se batte pour elle. Elle veut être la raison pour laquelle les hommes perdent la tête. Je n'ai jamais rencontré une femme qui avait autant besoin d'être désirée. C'est triste à voir. J'ai deux raisons de ne pas lui répondre. La première, c'est que la vérité lui ferait trop mal, et la seconde, c'est que mon silence est une réponse suffisante.

Ses yeux se remplissent de larmes, mais elle les ravale aussitôt et son regard devient aussi sinistre qu'avant. Il arrive que sous son masque, on aperçoive la vraie Monica, mais ces moments ne durent jamais.

– Alors, tu lui as montré ? demande-t-elle.

– De quoi tu parles ?

– De tes cicatrices.

– Je refuse de parler de ça.

Elle ricane en secouant la tête.

– Tu as peur parce qu'elle ne t'acceptera jamais pour qui tu es, avec tes cicatrices. Elle ne t'aimera jamais vraiment, Landon. Elle n'aimera jamais…

– Arrête, je gronde en frappant du poing sur la table.

Elle répond en frappant la table à son tour.

– Non, non, non, non !

– Monica !

– Landon !

– Je veux que tu…

– Pourquoi elle ? hurle-t-elle en agitant les bras d'un air frustré.

– Quoi ?

– Pourquoi… elle ? répète-t-elle d'une voix rauque en se mettant à trembler.

Je sais que ce n'est pas la drogue qui la met dans cet état. C'est parce que ses émotions prennent le dessus, cherchant n'importe quel moyen de lui échapper.

– Pourquoi pas moi ? Pourquoi tu ne pouvais pas tomber amoureux de moi ?

– Monica, ne fais pas ça. Tu sais parfaitement pourquoi on ne pourrait jamais être ensemble. On est toxiques l'un pour l'autre.

– Justement, comme Roméo et Juliette. Tu ne vois pas ? Je veux être ta Juliette. Je suis faite pour être ta Juliette, pas elle. Elle ne te mérite pas.

Encore un mensonge.

C'est moi qui ne mérite pas Shay. Je ne la mérite pas, mais je ne peux pas m'empêcher de la désirer.

Je ne réponds pas à Monica parce qu'elle est défoncée et en pleine crise de nerfs. Cette conversation ne rime à rien. Je veux juste qu'elle finisse son sandwich et qu'elle rentre chez elle. J'en ai marre de tourner en rond avec elle. Ça me donne le vertige.

– Alors quoi, maintenant tu ne me réponds même plus ? siffle-t-elle. Tu vas m'ignorer ? Eh ben, va te faire foutre, Harrison !

Elle saisit l'assiette et la jette contre le mur derrière moi.

Revoilà, la Monica que je connais.

– Ok, je marmonne en me levant. Il est temps que tu partes.

Je commence à l'aider à se lever, mais elle dégage ma main.

– Je n'ai pas besoin de ton aide, aboie-t-elle en titubant. Je n'ai besoin de l'aide de personne.

Elle marche vers la porte et je la suis de loin.

Elle pose un pied sur le perron et se tourne vers moi.

– Qu'on soit clairs, Landon : ce n'était pas moi qui étais toxique pour toi. Je n'étais pas ton poison. Tu es né malade, comme ton oncle minable, et tous ceux qui t'approchent sont infectés par ton virus.

Tu me juges alors que c'est toi qui m'as rendue comme ça. Va te faire foutre.

Je ne dis pas un mot. Elle est partie beaucoup trop loin pour que je lui fasse entendre raison.

– Tu vas finir par craquer, gronde-t-elle en me poussant. Tu vas montrer ton vrai visage. Tu vas montrer ta rage, et j'espère que ta Juliette débile verra tout. J'espère qu'elle te verra au plus bas, comme je t'ai vu, moi, quand tu m'en as fait voir de toutes les couleurs. L'horloge tourne. Tic-tac, connard !

Elle me pousse de nouveau et je la laisse faire. Elle souffre, elle est en colère et perdue. Je comprends tous ces sentiments. Si elle a besoin que je sois son punching-ball, j'encaisserai ses coups.

– Allez, rends-toi, ordonne-t-elle en continuant à me frapper.

Elle veut que je craque et que je m'enfonce dans la pénombre avec elle, comme au bon vieux temps, mais je refuse de le faire. Je ne peux plus continuer cette danse. Je ne peux plus être celui qu'elle veut que je sois. Je suis en train de changer, parce que Shay me croit capable d'être meilleur. Elle croit en moi.

Et je commence à croire en moi, moi aussi.

– Bats-toi, Landon !

– Non, je réponds calmement.

Elle me frappe de nouveau, mais je ne craque pas. Je ne me rends pas. Je ne sombre pas avec elle.

– Très bien, tant pis ! finit-elle pas hurler en descendant les marches. Amuse-toi avec ta pièce stupide, ta Juliette débile et votre conte de fées merdique. Mais je te préviens, Roméo. À la fin, vous crevez tous les deux !

Elle rentre chez elle d'un pas déterminé en me traitant de tous les noms.

J'attends qu'elle soit en sécurité chez elle pour rentrer chez moi.

Plus tard dans la soirée, quand sa mère se gare dans l'allée, je traverse la rue pour lui parler. Madame Cole n'est pas une de mes fans et, pour être honnête, je ne l'aime pas beaucoup non plus. C'est une femme méchante qui se moque quotidiennement du physique de sa fille. Tous les régimes chocs qu'a endurés Monica, c'est sa mère qui l'a obligée à les suivre. Il doit être facile pour Madame Cole de juger le corps des autres étant donné que le sien est presque entièrement refait.

– Madame Cole, je peux vous parler une minute ? je demande poliment.

Elle tourne la tête vers moi, clairement agacée de me voir là.

– Qu'est-ce qu'il y a, jeune homme ? répond-elle d'un air dédaigneux.

Elle connaît mon prénom, c'est juste qu'elle refuse de l'employer.

– Je voulais vous dire que je crois que votre fille a besoin d'aide. Elle a des ennuis et elle ne va pas bien. Je voulais vous prévenir, pour voir si…

– C'est pas toi qui fumais des joints et picolais avec ma Monica ? aboie-t-elle.

– Ben si, mais…

– Il n'y a pas de mais qui tienne. Ma fille ira très bien si tu ne l'approches pas pour l'empoisonner. Je sais ce que tu es, Harrison. J'ai entendu des histoires sur ton âme sombre et glaciale. N'approche pas de ma fille, tu m'entends ? Tu es une mauvaise influence.

N'entend-elle pas ce que je lui dis ?

– Écoutez, vous pouvez me détester autant que vous voulez, mais Monica est malade, et elle a besoin de ses parents…

– Elle a ses parents. Ne viens pas me dire comment élever ma fille. Elle va très bien. Maintenant, sors de chez moi avant que j'appelle les flics. Si je te revois avec Monica, il y aura des conséquences, crois-moi.

Elle refuse de m'écouter. Elle ne peut pas mettre sa vie en suspens assez longtemps pour voir la gravité du problème. Elle ne supporte pas l'idée d'échouer en tant que mère.

En partant de chez elle, j'envoie un message à KJ, pour l'engueuler d'avoir vendu de la drogue à l'adolescente la plus instable du monde.

Je rentre chez moi et lorsque j'entre dans le salon, mon regard se pose sur l'énorme pendule. Monica a raison sur un point : le tic-tac dans ma tête se fait de plus en plus fort à l'approche de mon anniversaire. Cependant, je fais tout pour éviter l'explosion.

Ce soir-là, je n'arrive pas à dormir, donc je prends mon courage à deux mains et ouvre le carnet que Shay m'a donné pour y enfouir mes vérités.

Je lis sa question et me sens nerveux à l'idée de répondre. Son écriture est sublime. Les lettres se courbent les unes après les autres et l'encre dessine une danse sur la page blanche.

Qu'est-ce qui te rend triste ?

Je ne réfléchis pas à ma réponse. Je n'essaie pas de paraître différent de ce que je suis, et je ne fais rien pour éviter de passer pour un loser. J'écris mes vérités. Chaque mot emporte avec lui une part de moi et, le lendemain, je dépose le carnet dans son casier.

CHAPITRE 23

SHAY

Le lendemain, je trouve le carnet dans mon casier.

Je le saisis aussitôt et l'ouvre à la première page, relisant plusieurs fois ce que Landon a écrit, m'efforçant de retenir tout ce qui fait que Landon est Landon. Au fur et à mesure de ma lecture, mon cœur s'ouvre un peu plus à lui.

Poulette,

Qu'est-ce qui me rend triste ? Je crois que c'est une question piège, non ? En tout cas, je ne suis pas sûr de savoir comment l'aborder. Ça va te sembler décousu, mais tant pis. C'est ce que tu voulais, non ? Voici mes pensées tordues.

Les Bulls me rendent triste, tout comme la saison merdique qu'ils ont eue cette année. Je suis triste de ne jamais avoir vu Michael Jordan sur le terrain, et qu'il ne me reste plus que de vieilles vidéos de lui. Je ne savais pas que le sport pouvait être aussi intense avant de le voir jouer.

Ham me rend triste quand il mange les talons de mes Nike. En plus, il ne mâche que la gauche, jamais la droite. Le moins qu'il puisse faire, c'est de les mâchouiller de façon égale. Petit con. Si je n'aimais pas autant ce chien, je le détesterais.

Je suppose que ce ne sont pas les réponses que tu attendais. Tu as l'air du genre à aimer les pensées plus profondes.

Alors, c'est parti.

Être seul me rend triste, et j'ai longtemps cru que je m'y habituerais. Je suis seul depuis si longtemps, je pensais que la tristesse disparaîtrait, mais elle reste. Chaque nuit, lorsque je suis au lit, ma solitude m'engloutit. Je n'arrive pas à dormir parce que je réfléchis trop. J'ai l'air d'un rabat-joie, je sais.

J'espère que ça passera un jour. J'espère que je pourrai dormir heureux.

Toute cette tristesse est épuisante. Je suis fatigué. Tout le temps. T'es-tu déjà sentie super-vieille alors que tu es tellement jeune ? C'est comme ça que je me sens. Je suis épuisé comme un homme de quatre-vingt-dix ans, j'ai mal jusqu'aux os.

Je passe pour un emo en écrivant tout ça, et je suis à deux doigts d'arracher cette page et de laisser tomber cette idée, donc je vais refermer ce carnet et fermer ma gueule.

Satan

Je vais à mon prochain cours en serrant le carnet contre moi. Au lieu d'écouter le prof, je relis encore et encore les mots de Landon, les gravant dans ma mémoire. Je remets ensuite le carnet dans son casier pour qu'il puisse répondre aux autres questions que je lui ai posées. Après ça, nous échangeons le carnet régulièrement. Lorsque je lis ses réponses, j'ai l'impression d'entrevoir le cœur de Landon et, vu la lourdeur de ce qu'il écrit, je comprends que c'est énorme qu'il s'ouvre à moi. J'espère qu'écrire lui fait autant de bien que ça m'en fait. Coucher ses pensées sur le papier peut parfois rendre les sentiments plus faciles à vivre. L'écriture semble être un beau moyen d'éviter d'être englouti par son esprit.

***

Quel est ton moment préféré de l'année ?

Poulette,
J'adore l'automne. Il y a quelque chose de magique à voir les feuilles changer de couleur et virevolter dans les airs avant de se coucher par terre. C'est comme si les arbres mouraient pour mieux revenir à la vie au printemps. Les gens semblent plus heureux à l'automne, aussi. Je ne sais pas pourquoi ; peut-être que c'est parce que les plus belles fêtes approchent. Halloween, Thanksgiving, Noël... C'est le tiercé gagnant du bonheur.

Est-ce idiot d'aimer autant les fêtes ? Maman ne voyage jamais à cette période de l'année, et j'aime l'avoir à la maison. Elle prend les fêtes très au sérieux, surtout Noël. Elle se change en Mère Noël et insiste pour que je mange tous les cookies de la terre. Le seul problème, c'est que ma mère est une piètre pâtissière. Elle pense que le bicarbonate et la levure sont la même chose, ce qui pose de sérieux problèmes. Il n'empêche que je mange ses affreux cookies parce qu'elle en est tellement fière.

On s'installe devant la télé et on regarde des films de Noël, qui sont tous des navets bourrés de clichés. Mais, entre ce carnet et moi, j'aime bien ces comédies ringardes.

Ma mère va rater mon anniversaire, cette année.

Ça me rend encore un peu triste. Et par « un peu », je veux dire beaucoup.

J'ai longtemps pensé qu'elle était une des seules personnes qui ne me laisseraient jamais tomber. Mais je suppose que c'est dans la nature humaine, de décevoir les autres.

J'ai espoir qu'elle sera là pour les fêtes, au moins.

Et je mangerai ses cookies horribles.

Satan

***

Quel est pour toi le rencard ou la journée parfaite avec quelqu'un ?

Poulette,

Du sexe. Du sexe sauvage à en casser la tête de lit.

C'est la réponse que tu cherchais ?

Si le sexe n'est pas à l'ordre du jour, je suppose que ma journée parfaite serait de rester devant la télé, à manger des pizzas devant un marathon de Friends. *Si quelqu'un aime la même série que toi, je crois que ça fait de cette personne ton âme sœur.*

Satan

P.S. : Si tu veux que ma première idée de rencard devienne réalité, tu sais où me trouver. Ma tête de lit est solide, mais avec un peu de détermination, mes rêves pourraient devenir réalité.

***

Page blanche. Laisse libre cours à tes pensées.

Poulette,

Il est trois heures du matin, et je n'arrive pas à dormir.

Une tempête fait rage dehors et le tonnerre est si fort que j'en ai mal à la tête. Je déteste les orages, parce que j'ai l'impression de me noyer un peu plus à chaque coup de tonnerre. Bien sûr, c'est peut-être parce que c'est mon anniversaire demain. Je déteste les anniversaires. Enfin, pas tous, juste les miens. J'ai l'impression qu'ils seront tous maudits, maintenant que Lance est mort à cette date. Quelque part, je comprends que ma mère se soit réfugiée à Paris. Ça doit être dur pour elle. Comment fêter une vie tout en étant en deuil ? J'aimerais la détester de ne pas être là, de préférer son travail à moi, mais quelque part, je la comprends. Je ne sais pas comment je vivrais le fait de fêter un anniversaire, sachant que c'est à cette date que mon frère s'est donné la mort.

Toutefois, j'aime penser que je serais différent, que je pourrais dire à mon fils ou à ma fille que le monde est plus beau parce qu'ils existent. J'aime penser que je saurais les encourager à ne pas se sentir coupables. J'aime penser que je les aimerais encore plus fort en sachant qu'ils se détestent un peu.

Mais qu'est-ce que j'en sais ? Il n'est pas évident de se mettre à la place de quelqu'un d'autre. Peut-être que mes parents font du mieux qu'ils peuvent ? Peut-être qu'ils essaient juste de s'en sortir sans s'effondrer ?

J'aimerais détester mon oncle, aussi, de s'être tué le jour de mon anniversaire. Cela dit, je crois qu'il ne savait même pas quel jour c'était. Il allait terriblement mal, à la fin.

Mon but pour demain est simplement que la journée passe. Rien de plus, rien de moins.

Ensuite, j'attendrai 365 jours pour recommencer.

Je regrette de ne pas être né une année bissextile. Comme ça, je ne supporterais cette merde qu'une fois tous les quatre ans.

Bref. Le point positif de cette nuit, c'est que j'ai beaucoup pensé à toi.

Ce n'est pas rien, si ?

Satan.

***

Nous avons établi des règles, concernant le carnet. On ne doit jamais parler de ce que Landon y a écrit. Il n'est pas censé révéler ses vérités à voix haute, et je tiens parole du mieux que je peux. Néanmoins, lorsque je lis ce qu'il a écrit, le vendredi, je ne peux m'empêcher d'aller le voir. Il est debout dans le self et sur le point de partir quand je cours vers lui.

Sans un mot, je le prends dans mes bras et le serre aussi fort que possible. Tout le monde nous regarde. Tout le monde observe Shay Gable faire un câlin à son ennemi juré. Et tous regardent Landon Harrison me serrer à son tour contre lui.

Je l'étreins si fort que je ne sais plus où les battements de son cœur commencent et où se terminent les miens. Ils semblent battre à l'unisson, ne faire qu'un.

C'est son anniversaire, il sent le bois fumé et il est vêtu tout en noir.

C'est la version de lui que je préfère, la plus sincère.

– Joyeux anniversaire, je chuchote en posant ma tête sur son torse.

Je ne suis même pas sûre qu'il m'ait entendue, tant j'ai parlé bas.

Il me serre de nouveau contre lui, m'embrasse sur le front et y appuie son menton.

– Merci, Poulette, répond-il d'une voix rauque.

– Y a pas de quoi, Satan. Je suis là. Toujours.

Je crois que je le pense, en plus.

CHAPITRE 24

LANDON

Ça fait trois cent soixante-cinq jours que la terre tourne autour du soleil et que la lune se lève tous les soirs.

Les gens ont ri, pleuré et fêté des tas d'occasions.

Et Lance a tout raté.

Il a raté les levers et les couchers du soleil, les orages, les jours de beau temps.

Il a raté mon anniversaire.

Mon anniversaire.

J'ai dix-huit ans.

Je suis jeune et bête et je me sens vieux.

Je ne me souviens pas de la dernière fois que j'ai dormi plus d'une demi-heure d'affilée, sauf quand Shay m'a forcé à dormir. Cette semaine a été affreuse, et elle a été encore pire que je ne le pensais parce que je n'ai pas pu lui parler tous les soirs.

J'ai mal à la tête à force de ne pas dormir et, quoi que je fasse, les cernes sous mes yeux ne disparaissent pas, ils se creusent chaque jour un peu plus.

Elle ne saura jamais combien j'avais besoin de ce câlin, au self. J'étais debout et mes pensées hurlaient dans ma tête. J'étais figé. Puis elle est arrivée et elle m'a pris dans ses bras. Cela dit, peut-être qu'elle savait ? Peut-être qu'elle est devenue si douée pour lire en moi qu'elle arrive à être là chaque fois que je suis sur le point de m'effondrer.

Durant l'après-midi, je trouve le carnet dans mon casier, ainsi que sa nouvelle question : *Qu'est-ce qui te rend heureux ?*

Je le lui rends en laissant la page blanche.

***

À la fin des cours, les Quatre Fantastiques (+Raine) essaient de me convaincre de traîner chez Hank pour mon anniversaire, mais je leur mens en leur disant que j'ai prévu quelque chose avec mon père. Je n'ai pas envie d'être entouré ce soir. Mes pensées sont trop bruyantes, et je ne veux pas être le rabat-joie de la bande.

J'essaie de ne pas penser au fait que mes parents ne sont pas là. Maman m'a appelé aux aurores, puis plusieurs fois dans la journée.

« Je t'aime, je t'aime, répète-t-elle à chaque fois. Je suis désolée, chéri, et je te promets de tout expliquer bientôt. Joyeux anniversaire. Rappelle-moi, s'il te plaît. Écris-moi. S'il te plaît. Ok. Je t'aime, Landon. Je rentre bientôt. Je t'aime. »

Je ne réponds pas à ses appels. Je n'ai pas envie d'entendre pourquoi elle n'est pas là. Mais je lui envoie un message, parce que je suis pathétique et que je ne veux pas qu'elle s'inquiète en ce jour funeste.

Moi : Je vais bien.
J'espère que toi aussi.

Je parie que mon message la fera pleurer. Ma mère pleure pour un rien.

Mon père n'appelle pas du tout. Je comprendrais qu'il ne me souhaite pas un « joyeux » anniversaire car il est dur d'être joyeux en ce jour, mais il aurait pu marquer le coup. Il ne saura jamais combien cela m'aurait fait plaisir.

Je rentre chez moi, je traîne avec Ham et je joue à des jeux vidéo aussi longtemps que possible. J'entends des cailloux atterrir sur ma vitre, mais les stores sont fermés. Je sais que c'est Monica qui veut attirer mon attention, mais je n'ai pas l'énergie de la supporter. Je n'ai plus d'énergie à lui donner.

On sonne à ma porte vers dix-huit heures et je vais ouvrir en grommelant. Je suis certain que c'est Monica qui vient me hurler dessus parce que je n'ai pas ouvert ma fenêtre, et je suis surpris de trouver Shay sur le pas de ma porte, une boîte dans les mains.

– Salut toi, dit-elle en m'offrant un sourire resplendissant qui me fait fondre.

Je fonds pour Shay. Je tombe un peu plus amoureux d'elle chaque jour et je me contrefiche de perdre notre pari stupide.

– Qu'est-ce que tu fais là ? Tu n'es pas punie de sortie ?

– Si, mais j'ai fait le mur.

– Poulette…

Ma gorge se noue, car Shay n'est pas du genre à faire le mur. Elle n'est pas du genre à enfreindre les règles, à sécher les cours ou à mentir. Pourtant, elle est en train de faire les trois à la fois.

Pourquoi ai-je l'impression que je déteins un peu trop sur elle ?

– Tu vas m'inviter à entrer ? demande-t-elle en souriant. Ou tu vas me laisser plantée là, comme une débile, avec mon carton.

Je fais un pas de côté et elle se dirige tout droit vers la cuisine.

– Y a quoi dans la boîte ?

– C'est une surprise pour plus tard, dit-elle en la rangeant dans le frigo. Je t'interdis de regarder, ajoute-t-elle en se tournant vers moi. J'ai pensé qu'on pourrait passer la soirée devant *Friends* et commander des pizzas.

Le rencard parfait avec la fille parfaite.

Je suis en train de tomber amoureux de toi…

– Carrément, je réponds.

Je suis si nerveux que je suis surpris qu'elle ne le remarque pas.

On s'installe sur le canapé et je lui suis reconnaissant d'apprécier *Friends* davantage que sa grand-mère. Chaque fois qu'elle rit à une réplique de Joey, je grave son sourire dans ma mémoire. Lorsqu'elle mâche son tee-shirt parce que Ross et Rachel se disputent, son regard s'imprime à jamais dans ma tête.

– Tu dévisages toujours les gens quand ils ne te regardent pas ? plaisante-t-elle en enlevant un poivron de sa pizza.

– Non, seulement toi. Toujours toi.

Elle se tourne vers moi, surprise par ce que je dis. Elle pose sa pizza, essuie ses mains sur sa serviette et se rapproche de moi. Elle caresse mes lèvres du bout du doigt et les étudie lorsque j'ouvre la bouche. Ensuite, elle pose son front contre le mien et ferme les yeux.

Je sens qu'elle réfléchit à toute vitesse, mais je n'entends pas ses pensées.

– À quoi tu penses ? je chuchote.

– Qu'est-ce qu'on fait, Landon ? demande-t-elle d'une voix tremblante.

– Je ne sais pas.

– C'est toujours un jeu ?

– Je ne sais pas…

Et je dis la vérité.

Je ne sais pas si on continue à cause du pari ou parce qu'il existe désormais un lien bien réel entre nous. Je ne sais pas si elle commence à ressentir la même chose que moi. Je ne sais pas si elle tombe amoureuse… si, comme moi, elle est en chute libre.

– Ça me fait un peu peur, admet-elle. Ce qui se passe dans mon cœur, quand je suis avec toi. Ça me fait peur…

– Ça me fait peur aussi. Mais il y a une chose que je sais… je dis en soulevant son menton pour qu'elle me regarde dans les yeux.

– Quoi ?

– Je vais adorer t'aimer autant que j'ai adoré te détester.

Elle m'embrasse, et la dernière partie de mon âme revient à la vie.

J'ai goûté à son paradis en la nourrissant de mes péchés.

– On peut aller dans ta chambre ? demande-t-elle.

– Il ne se passe rien de bien lorsqu'on est dans la chambre de l'un ou de l'autre, Poulette. Et si je t'y amène, je vais avoir envie de…

– Casser la tête de lit ? ricane-t-elle.

– Exactement. Et…

Elle me coupe la parole en m'embrassant de nouveau.

– On peut aller dans ta chambre ? chuchote-t-elle.

Je sens mon sexe durcir et je la serre contre moi.

– Tu es sûre ?

– Oui, promet-elle.

Je la soulève dans mes bras et l'emmène dans ma chambre. Je vire Ham et ferme la porte derrière nous. L'avantage de vivre comme moi, c'est que personne ne va nous tomber dessus ce soir.

Je pose Shay sur mon lit et recule pour la regarder. Elle lève vers moi ses grands yeux émerveillés et je l'observe tandis qu'elle étudie mon corps des pieds à la tête.

– Tu es nerveuse ? je demande.

– Oui.

– Tu veux toujours…

Elle s'agenouille et saisit le bas de son tee-shirt pour le passer par-dessus sa tête avant de le jeter par terre.

– Oui.

Bon sang, mais pourquoi j'ai remis un jean ? Mon érection va déchirer mon pantalon d'une minute à l'autre. Elle empoigne mon tee-shirt pour l'enlever et je me crispe.

– Attends, Poulette…

Je ferme les yeux, retenant mon souffle.

– Qu'est-ce qu'il y a ? demande-t-elle.

– Je… euh…

Je lui tourne le dos et ferme les poings alors que la voix de Monica résonne dans ma tête. « Elle a vu tes cicatrices ? »

– C'est juste que…

– Tu peux me parler, dit-elle d'une voix rassurante.

Je hoche la tête, conscient qu'elle le pense, mais aussi que des mots ne suffiront pas. Ce n'est pas quelque chose qu'il faut dire. C'est quelque chose qu'il faut montrer.

Sans me tourner vers elle, j'enlève mon tee-shirt et le jette par terre, révélant les marques qui scarifient mes bras. Les preuves de mes angoisses. Les preuves de mon cerveau tordu. Les preuves de mon cœur brisé.

– Mon Dieu, Landon, qu'est-ce qui t'est arrivé ? s'exclame-t-elle en avançant pour mieux voir mes cicatrices.

Chaque trait symbolise un moment où je me suis perdu. Chaque trait montre ma douleur et mon combat.

Chaque jour, sous la douche, mes doigts effleurent les souvenirs de mes pensées funestes. Mes cicatrices ont guéri, mais elles sont plus rouges que le reste de ma peau. Elles partent dans tous les sens, de haut en bas, de gauche à droite.

Je ferme les yeux pour ne pas voir son regard terrifié. Elle doit penser que je suis une cause perdue, que je ne mérite pas d'être aimé, par qui que ce soit. Qui pourrait aimer quelqu'un avec un cœur aussi lourd ? Qui pourrait vouloir quelqu'un qui a sa souffrance gravée sur la peau ?

– Je… euh…

Je gonfle mes poumons, essayant de retrouver ma voix.

– Écoute, je comprendrais que tu ne veuilles plus qu'on se voie, après avoir constaté combien je suis dérangé. Mais j'ai pensé qu'il fallait que je te les montre avant que tu ne les découvres et que tu flippes et…

Un frisson parcourt mon échine tandis qu'elle effleure mes cicatrices du bout du doigt, retraçant les sillons de ma souffrance. Je baisse la tête et je ferme les yeux. Je ne me suis jamais senti aussi faible, aussi vulnérable… aussi sincère.

– Tu es triste ? chuchote-t-elle.

– Oui.

– À quel point ?

– Très triste.

– Souvent ?

Je déglutis.

– Tout le temps.

C'est la vérité la plus dure à dire.

– Mon oncle était triste, aussi. Il se faisait souvent du mal. Je l'ai vu faire. Je l'ai vu et je n'ai rien fait. Peut-être que je n'aurais rien pu faire, mais j'aurais pu essayer. Si j'avais essayé, peut-être qu'il ne se serait pas…

Je respire et regarde mes pieds.

– J'ai trouvé ses journaux intimes, après sa mort. Il avait beaucoup de pensées suicidaires. Il était tellement seul… mais ce qui m'a fait le plus peur, c'est de voir à quel point ses pensées ressemblaient aux miennes. Ça me fait peur de voir combien je ressemble à mon oncle.

– Tu n'es pas comme lui, Landon.

– Et si j'étais… pire ? Et si j'étais abîmé au point d'être irréparable ? Et si je finissais comme lui ?

– Ce ne sera pas le cas.

– Comment tu le sais ?

– Parce que je ne te laisserai pas faire.

Je ferme les yeux et essaie de reprendre le contrôle de mes émotions. J'essaie aussi de comprendre pourquoi elle ne s'est pas encore enfuie.

– Je peux te demander quelque chose que je t'ai déjà demandé ? chuchote-t-elle calmement.

– Oui.

– Est-ce que tu es dépressif ?

Les larmes coulent sur mes joues et je ne fais rien pour les essuyer. Je hoche lentement la tête alors qu'une bombe semble prête à exploser dans ma poitrine.

– Oui.

– Ok, dit-elle en soupirant avant de se rapprocher. Ok.

C'est tout ce qu'elle dit. Elle ne s'enfuit pas. Elle n'est pas dégoûtée de savoir que je suis dépressif. Elle ne détourne pas les yeux.

Or, c'est justement ce dont j'ai besoin. J'ai juste besoin que quelqu'un reste.

Elle plaque sa bouche contre mes cicatrices et les embrasse délicatement. Elle n'en rate pas une. Ensuite, elle lève la tête et m'embrasse sur les joues, avalant mes larmes.

– Ton histoire ne se résume pas à ces cicatrices, Landon. Tu es plus que ton oncle. Tu es plus que ta dépression. Tu es gentil, dit-elle en m'embrassant sur le torse. Tu es fort, ajoute-t-elle en trouvant mon cou. Tu es intelligent, déclare-t-elle en m'embrassant dans les paumes des mains. Tu es talentueux, jure-t-elle en embrassant mes pouces. Tu es beau, dit-elle en m'embrassant au coin des yeux. Et ce monde a besoin de toi. Je sais que ce ne sont que des mots et que tu n'y crois sans doute pas, mais je compte te les répéter chaque jour pour que tu t'en souviennes quand tu en as besoin.

Elle continue de me dire ce qu'elle pense de moi en embrassant tout mon corps. Pour chaque cicatrice, elle m'offre cinq compliments, qu'elle appelle mes vérités. Pour chaque souvenir douloureux, elle promet d'en créer de plus beaux à l'avenir. Elle embrasse mes cicatrices et dit qu'elles sont belles.

– Landon ? dit-elle à voix basse en plaquant son corps contre le mien.

– Oui ?

– Est-ce que je peux te faire mien, ce soir ?

Oui, oui… mille fois oui.

– Oui, mais la véritable question est : est-ce que je peux te faire mienne ?

– Je suis à toi, promet-elle. Tout entière.

Elle hoche la tête, sûre d'elle. Son assurance m'émeut aux larmes, mais je ne les laisse pas couler, car je réalise qu'on vient de m'offrir le plus beau cadeau d'anniversaire de ma vie : Shay.

J'éteins la lumière, gêné qu'elle voie mes cicatrices. Seule la lune éclaire la chambre par la fenêtre.

Je finis d'abord de la déshabiller, et elle se dépêche d'enlever mon jean. Elle étudie mon érection d'un air presque émerveillé, ne semblant pas bien quoi en faire. Elle caresse mon boxer du bout du doigt, et je frissonne en fermant les yeux.

– Elle est à toi, je susurre. Seulement à toi.

Elle baisse mon boxer et commence à s'agenouiller, mais je l'arrête.

– Non, j'ordonne en la tournant pour l'allonger sur le lit. Toi d'abord.

Je m'accroupis au pied du lit et écarte ses jambes pour retrouver mon nouveau passe-temps favori : faire trembler Shay de plaisir.

Elle empoigne les draps tandis que je la lèche, gémissant lorsque je la suce, criant de plaisir alors que la dévore. Chaque fois qu'elle soulève son bassin, je m'acharne un peu plus sur son clitoris. Chaque fois qu'elle essaie de reculer, je l'attire plus fort contre ma bouche. Je ne compte arrêter que lorsqu'elle aura joui contre ma langue. Je veux tout goûter d'elle. Je veux me noyer en elle et ne jamais avoir besoin de respirer.

– Landon ! crie-t-elle dans l'oreiller lorsque son orgasme arrive enfin. Mon Dieu, Landon, c'était… c'était…

Elle ne trouve pas les mots et je ricane fièrement.

– Bon ?

– Bon.

Elle est haletante lorsqu'elle saisit mes bras pour que je remonte l'embrasser. Je m'étends sur elle et étudie son visage, hypnotisé par ce que je vois.

– Maintenant, je te veux. Tout entier. En moi, dit-elle en appuyant son front contre le mien.

J'hésite un moment, conscient de l'importance de ce qu'elle dit.

– Tu es sûre ?

– Oui, mais…

Elle semble un peu incertaine et plonge son regard dans le mien. Un regard intense et plein d'émotions. Un regard apeuré et vulnérable. Ce doit être effrayant de se montrer dans cet état. J'ai l'impression que peu de gens voient ce côté-là de sa personnalité.

– Je peux te demander quelque chose ? chuchote-t-elle en posant ses mains sur mon torse.

– Oui. Tout ce que tu voudras.

Elle rapproche mes lèvres des siennes et chuchote dans ma bouche.

– Vas-y doucement.

Je ne sais pas si elle parle de son corps ou de son cœur.

Donc, je prends mon temps avec les deux.

En cet instant, nous ne devenons plus qu'un et nos cœurs se synchronisent. Elle pousse un cri lorsque je la pénètre, et je m'efforce d'être doux, de prendre mon temps, de me donner à elle à un rythme qui lui convient.

J'adore. J'aime la sentir. J'aime ses gémissements.

J'aime… Shay.

Mais je ne peux pas le lui dire. Je sais qu'il vaut mieux éviter de dire à une fille qu'on l'aime lorsqu'on fait l'amour avec elle pour la première fois. C'est LE truc à éviter pour ne pas passer pour un connard.

Il n'empêche que je l'aime. Je le sais. Comment ne pas l'aimer ?

Peut-être l'ai-je toujours aimée, même quand je la détestais. Aimer Shay est simple et naturel.

Je lui fais l'amour, et elle ne le sait même pas. Elle ne sait pas ce que je ressens pour elle ; elle ne sait pas qu'elle a redonné vie à tout ce qui dormait en moi depuis longtemps. Elle ne sait pas qu'elle rend ma vie meilleure.

Ainsi, je fais tout pour qu'elle le sente. Je lui offre mon amour avec chacun de mes coups de reins, de mes baisers et de mes gémissements. Je la remplis, espérant qu'elle le sait, qu'elle le sent. Et à voir sa façon de me regarder… À voir sa façon de caresser ma joue… sa façon de soupirer mon prénom…

Je crois qu'elle le sent.

Elle sent mon amour.

Lorsqu'on a joui tous les deux, on s'écroule l'un contre l'autre, nus et sincères.

Tout ça est bien réel.

– C'était… commence-t-elle, à bout de souffle.

– Incroyable, je conclus.

Nous restons silencieux un long moment, allongés côte à côte, écoutant nos respirations et les battements de nos cœurs.

– On devrait s'habiller, dit-elle en frissonnant. J'ai un peu froid, et notre soirée télé nous attend.

J'acquiesce, même si une part de moi rêve de rester au lit avec elle jusqu'à la fin de mes jours.

On retourne dans le salon pour regarder *Friends*, puis on enchaîne avec *Maman j'ai raté l'avion !*, *Pulp Fiction*, puis *Diamants sur canapé* et *Sabrina*. Deux films pour moi, et deux pour elle.

On rit beaucoup, aussi, ce que je ne pensais pas possible le jour de mon anniversaire. Mais Shay est comme ça ; elle a la capacité de me faire rire, même quand je crois que c'est impossible. Je ne sais pas comment, elle parvient à apaiser mon cœur farouche et il n'y a qu'elle pour faire ça. Avec elle, mes jours les plus sombres sont baignés de soleil.

Il est minuit passé et je sais qu'elle devrait rentrer chez elle. Je sais qu'elle va avoir de sacrés ennuis avec ses parents, mais j'ai envie d'être égoïste. Je veux lui demander quelque chose que je n'ai sans doute pas le droit de lui demander.

– Shay ?

– Oui ?

– Tu peux rester avec moi, ce soir ? je demande d'une voix rauque et timide.

Je n'ai pas honte de la supplier. Je n'ai pas honte de me mettre à genoux à ses pieds et de lui demander de rester avec moi. Car quand Shay est avec moi, je me sens mieux. Je me sens moins seul.

Ma question ne semble ni la déranger ni la surprendre. Elle se lève, saisit mes mains et me force à me lever.

– Allons au lit.

On ne se dit plus rien. Mais lorsqu'on arrive à ma chambre, je la serre contre moi et chuchote un mensonge contre sa bouche.

– Je te déteste.

Elle sourit contre mes lèvres.

– Je te déteste aussi.

– Ok. Maintenant, embrasse-moi et déshabille-toi.

Elle fait ce que je lui dis et je me dépêche de me dévêtir aussi.

Je m'apprête à éteindre la lumière lorsqu'elle bloque ma main et secoue la tête.

– Non, Landon… S'il te plaît, chuchote-t-elle en se mettant sur la pointe des pieds pour m'embrasser. Je veux te voir. Je veux te voir tout entier. N'éteins pas.

Nos corps se balancent et se bercent l'un contre l'autre, et, cette fois encore, je prends mon temps. Je fais comme elle me l'a demandé plus tôt : j'y vais doucement. Je n'ai jamais fait l'amour comme ça, avec des sentiments, des émotions et des vérités.

Shay connaît les parties de moi que je cache aux autres, mais il n'empêche… qu'elle reste.

Cette nuit-là, je m'endors en la tenant dans mes bras. Je sais, au fond de moi, que je ne la mérite pas.

Mais il n'empêche qu'elle reste.

***

Lorsque je me réveille, elle n'est plus là. Et je comprends.

Il est midi passé quand j'ouvre les yeux. Ça fait des années que je n'ai pas aussi bien dormi.

Je descends dans le salon et découvre qu'elle a tout rangé. Les boîtes de pizzas et les sachets de chips ont tous été jetés à la poubelle.

J'entre dans la cuisine et trouve un mot sur le frigo : *Ouvre-moi*.

J'obéis et vois la boîte qu'elle a apportée la veille. Lorsque je l'ouvre, je découvre onze petits cupcakes parfaits, décorés d'une lettre chacun.

JE TE DÉTESTE

Il y a aussi une petite carte dans la boîte.

Joyeux anniversaire, espèce de sale bête !
Poulette
PS : Ne t'en fais pas, je te déteste toujours. Mais tous les anniversaires méritent un cupcake.

Je prends un gâteau et mords dedans.

Bon sang, c'est délicieux.

Merde, Poulette.

Je te déteste aussi.

CHAPITRE 25

SHAY

Maman et papa sont assis face à moi sur le canapé. Ils me regardent comme s'ils ne savaient plus qui je suis. Honnêtement, je les regarde de la même manière. Chaque fois que je rentre à la maison, Mima me manque. Son rire, sa chaleur et sa sagesse me manquent au quotidien.

– Tu es punie, dit maman, l'air déçue et furieuse.

– Ouais, je m'en doutais, je marmonne en croisant les bras.

– Ne parle pas à ta mère comme ça, aboie mon père en pointant son index sur moi. Tu enchaînes les bêtises, ça ne peut pas continuer. On a décidé de mettre le holà. Finies les sorties nocturnes en douce, Shannon Sofia. Et puis, tu vas cesser de nous répondre sur ce ton. On t'interdit de ramener des garçons à la maison, et il est hors de question que tu découches. Tu m'as compris ? Tu entends ce que je dis ?

Je ne réponds rien et mon silence a l'air de l'agacer.

Il se lève et vient vers moi.

– Je t'ai demandé si tu as entendu !

– Haut et fort.

– Pourquoi tu fais ça, Shay ? Tu ne t'es jamais comportée de cette façon. Tu as toujours été si sage, dit ma mère.

– Oui, dis-nous pourquoi. C'est complètement absurde. On ne comprend pas pourquoi tu compliques nos vies, soudainement, ajoute mon père.

Mon sang ne fait qu'un tour et je lui fais les gros yeux.

– Tu te fous de moi ? C'est moi qui complique nos vies ?

– Je n'aime pas ta façon de parler, Shannon Sofia, siffle mon père en fermant les poings.

– Ouais, eh ben, moi je n'aime pas que tu nous mentes tout le temps.

– Écoutez tous les deux, commence ma mère quand je lui coupe la parole.

– Est-ce qu'on va aussi se réunir pour parler du fait que tu t'es remis à dealer ? je lance à mon père. Ou on va continuer de faire comme si ce n'était pas le cas ?

– Shay ! s'exclame ma mère.

– Quoi ? Je ne comprends pas pourquoi on tourne autour du pot. Ce n'est pas pour ça que Mima a déménagé ? Ou plutôt, que tu l'as foutue dehors ? Parce qu'elle t'a dit la vérité ? Si vous comptez punir les conneries, on devrait peut-être commencer par papa.

C'est la phrase de trop pour mon père, il se lève d'un bond.

– Tu as un sacré culot, jeune fille, aboie-t-il avec un regard assassin.

Il fait un pas vers moi et ma mère se lève à son tour, s'interposant entre lui et moi.

– Arrête, Kurt ! ordonne-t-elle en posant ses mains sur ses épaules.

Il grimace et plonge son regard dans le mien avant de faire un pas en arrière.

– Va dans ta chambre, ordonne-t-il. Et je t'interdis d'en sortir sans notre permission.

Je le déteste. Je déteste qu'il ait fait partir Mima. Je déteste que maman le laisse faire. Je déteste que notre maison ne soit plus un foyer. J'ai l'impression d'être en prison dont j'ai désespérément envie de m'échapper.

Je fais ce qu'ils disent. Je vais dans ma chambre et m'allonge sur mon lit, ne regrettant en rien d'avoir passé la nuit chez Landon. Il avait besoin de moi, hier soir, et je suis contente d'avoir pu le soutenir.

***

Lorsque le lundi arrive enfin, je ne pense plus qu'à Landon. Hélas, c'est Monica que je vois la première plantée devant mon casier.

– Qu'est-ce que tu fais ? je gronde.

Elle recule et referme mon casier.

– Oups, je me suis trompée de casier, siffle-t-elle avec un sourire diabolique.

– Pourquoi j'ai l'impression que tu mens ? Pourquoi tu fouillais dans mes affaires ?

– Calme-toi, Shay. Ce n'est pas comme si tu y rangeais des trucs précieux, répond-elle en se remettant du rouge à lèvres. J'ai vu que tu étais avec Landon pour son anniversaire. C'est chou. Vous avez fait quoi ? Vous avez joué aux dames ? Au morpion ?

– Ça ne te regarde pas.

Elle penche la tête sur le côté et m'étudie un moment.

– Il t'a montré ses cicatrices ?

– Ça ne te regarde pas, je répète.

– Ooooh, roucoule-t-elle en souriant. Il te les a montrées. Et laisse-moi deviner : tu as couché avec lui. Le pauvre petit Landon avait besoin de tirer son coup pour son anniversaire, et la gentille petite Shay était là pour exaucer son souhait.

– C'est quoi ton problème, Monica ? Qu'est-ce que j'ai bien pu te faire ?

– Facile : tu as pris quelque chose qui était à moi, et je veux le récupérer.

– Landon n'est pas à toi.

– Il m'appartient davantage qu'à toi, Shay. Je comprends, tu sais. Tu veux croire que Landon n'est plus le connard qu'il était l'an dernier. Tu veux penser que la vie lui offre une deuxième chance.

Mais regarde les faits, Shay. Landon est un monstre, comme son oncle, et je ne serais pas surprise qu'il finisse comme lui.

– Tu es répugnante.

– Ouais, je suppose. Mais au moins je ne me fais pas passer pour ce que je ne suis pas, comme Landon. C'est un masque, Poulette. Votre petit jeu va finir en drame. Profite de lui tant que tu peux. Il va bientôt revenir vers moi en courant. Comme toujours.

Je déteste qu'elle m'appelle Poulette, qu'elle s'octroie le droit d'employer le surnom que Landon m'a attribué. Je déteste qu'elle pense avoir des droits sur ce qui n'appartient qu'à Landon et moi. Je déteste qu'elle arrive à empoisonner mes pensées avec son venin.

Je la déteste.

J'ai beau avoir eu une piètre opinion de Landon par le passé, je ne l'ai jamais véritablement détesté. Je ne l'appréciais pas, c'est tout.

Pour ce qui est de Monica…

Mon Dieu, je la déteste vraiment. Je ne crois pas avoir déjà ressenti autant de mépris envers quelqu'un, sauf envers mon père peut-être. Monica n'est pas seulement méchante, elle est diabolique. Elle maltraite les autres pour s'amuser. Elle détruit la vie des autres parce qu'elle s'ennuie. Je déteste sa suffisance, aussi. Cette confiance qui lui vient de sa richesse et de son milieu, et qui lui garantit de s'en sortir, quoi qu'elle fasse. Je déteste voir qu'elle a conscience du pouvoir qu'elle a pour ruiner la vie des gens.

Mais elle n'arrivera pas à me faire peur en me menaçant.

Ça fait longtemps que je l'évite et que je ne me défends pas, parce que je sais comment elle est. Je sais la mocheté qui se cache sous ses ongles manucurés et ses faux cils. Je sais qu'un monstre se cache dans sa tête, et je sais comment il attaque.

Or, je n'ai plus peur de faire sortir sa bête, parce que j'ai découvert que j'avais la mienne, aussi. En tout cas, elle pointe son nez quand on s'attaque aux personnes auxquelles je tiens le plus, et Landon en fait désormais partie.

– Tu ne crois pas que tu as passé l'âge pour ce genre de conneries ? Landon ne veut plus de toi, Monica, et je sais que tu ne veux plus de lui non plus. D'ailleurs, je crois que tu n'as jamais voulu de lui. Alors oublie-le, tu veux ? Laisse-nous tranquilles. Tu pars à la fac l'an prochain. Arrête d'emmerder les gens. On ne t'a rien fait, alors pourquoi tu ne nous fiches pas la paix ?

– Parce que je ne t'aime pas, Gable. Ok ? Tu n'es qu'une sainte-nitouche. Et ce n'est pas parce que je ne veux plus de Landon que j'ai envie de laisser mes restes à une pétasse. Je t'aurai prévenue, Shay : ne t'approche plus de lui, sinon tu vas le regretter.

– Tu ne me fais pas peur. Tu ne peux rien me faire. Je ne suis pas une marionnette que tu peux manipuler, Monica. Si j'ai envie de parler à Landon, je lui parlerai.

– Oh, Poulette, siffle-t-elle en se rapprochant de moi, tu n'as pas idée de ce dont je suis capable. Ne me cherche pas. Je détruirai ta vie d'un simple revers de main.

– Pourquoi tu es comme ça, Monica ?

– Parce que je le peux, déclare-t-elle. Peut-être qu'on devrait parier ensemble, toi et moi. Tu en penses quoi ? Je parie que je peux foutre en l'air ta vie avant la première de ta pièce débile.

– Essaie toujours !

– Pari conclu, Shay. Mais n'attends pas que je sois aussi sympa que Landon. Il pense plus avec sa bite qu'avec sa tête. Ta vie est entre mes mains, c'est officiel. Tiens-toi prête.

Elle tourne les talons et je me dépêche d'ouvrir mon casier, essayant de comprendre ce que cherchait Monica. Or, il ne manque rien. Tout est à sa place, et je ne sais pas quoi penser.

Je sursaute en sentant une main dans mon dos.

– Eh, dit Landon en levant les mains, tu as l'air à cran, dis donc.

– Désolée. Je suis juste fatiguée.

– Tu as eu des ennuis avec tes parents à cause de ce week-end ?

– Tu n'imagines même pas, mais ça en valait la peine. Je n'ai aucun regret.

Il m'offre un sourire radieux qui me fait fondre, puis il tourne la tête vers le fond du couloir en haussant un sourcil.

– De quoi tu parlais avec Monica ?

– Oh, de rien, je réponds en fermant mon casier. Rien d'important, en tout cas. Tu m'accompagnes en cours ?

– Avec plaisir.

Il m'escorte à ma salle de classe, me faisant éclater de rire, et j'en oublie complètement ma conversation avec Monica.

CHAPITRE 26

LANDON

– Qu'est-ce que c'est ?

Monica est sur mon perron, elle tient des carnets noirs dans ses mains.

– C'est tout ce que tu as besoin de savoir sur ta jolie princesse. Ou plutôt, c'est tout ce qu'elle sait de toi.

Elle me les tend et je les feuillette. C'est l'écriture de Shay.

Ses mots sont… très négatifs. Elle dit que je suis distant, méchant, que je suis un monstre. Elle dit que je repousse les gens et que je garde mes sentiments pour moi. Elle dit que je suis fake et que ma vie n'est que mensonges.

Elle dit qu'elle me déteste.

Elle l'écrit plusieurs fois.

Je déteste Landon Harrison.

C'est souligné et répété des dizaines de fois.

Mais tout ça date d'avant notre pari. Elle me décrit tel qu'elle me voyait avant que je lui laisse entrevoir qui je suis vraiment, et ça ne me dérange pas. Du point de vue de Shay, à l'époque, elle avait parfaitement raison.

J'étais un monstre. J'étais méchant. J'étais fake. Ma vie n'était que mensonges.

Notre pari a changé tout ça. C'était avant qu'elle ne m'ouvre les yeux et qu'elle ne fasse fondre mon cœur. Tout ce qu'elle a écrit a changé, parce que Shay m'a permis d'être moi-même, pour la première fois de ma vie.

– Où est le reste ? je demande.

– Quoi ?

Je tourne les pages jusqu'à la fin du carnet et désigne les pages arrachées.

– Où sont les autres pages ?

Elle remue, mal à l'aise.

– Quoi, tu n'as pas lu ce qu'elle a écrit à propos de toi ? Elle pense que tu es horrible.

– Elle pensait, je précise. Elle me trouvait horrible et elle avait raison. Elle écrivait la vérité.

Monica ouvre la bouche, mais aucun mot n'en sort.

– Il faut arrêter, Monica, je déclare. Ce truc entre nous doit cesser. Ça ne redeviendra jamais comme avant, ok ? Et laisse Shay tranquille. Grâce à elle, ma vie est infiniment plus supportable.

– Alors, tu vas vraiment le faire ? Tu vas vraiment choisir Shay ?

– Je la choisirai si elle me choisit en retour.

C'est là que je vois chez Monica quelque chose que je n'ai pas vu depuis longtemps. Ce n'est ni de la colère ni de la méchanceté. Elle est triste, peut-être même plus que moi.

– Et qui va me choisir, moi ? chuchote-t-elle.

Je ne sais pas quoi répondre.

Je ne sais pas quoi faire pour qu'elle soit heureuse. La vérité, c'est que les gens doivent trouver eux-mêmes leur propre bonheur. C'est un travail solitaire, et je suis moi aussi en train de l'effectuer.

– Je crois que c'est toi qui dois te choisir toi-même.

Elle croise les bras pour s'étreindre et des larmes coulent sur ses joues.

– Quand je m'effondrerai, ce sera de ta faute parce que tu n'as pas essayé de me rattraper. Ne l'oublie pas. Tu vas détruire Shay, comme tu m'as détruite aussi, promet-elle.

– Je ne t'ai pas détruite, Monica. La vie t'a abîmée, pas moi. Tu veux un conseil ?

– Un conseil de Landon Harrison ? Ça promet d'être drôle.

– Parle à quelqu'un de ce qui t'est arrivé ; à un psy, ou même à Madame Levi. Tu peux te faire aider, tu sais. Madame Levi m'a aidé plus qu'elle ne peut imaginer. Mais arrête de garder tout ça pour toi. Ça ne peut que s'aggraver. Parles-en. Trouve quelqu'un à qui tu fais confiance. Mais ça ne peut plus être moi. On ne se fait pas du bien, et tu as besoin d'aide. Tu mérites mieux que cette vie de merde.

Encore une fois, elle ouvre la bouche mais ne trouve pas les mots. Elle essuie ses larmes, tourne les talons et rentre chez elle.

Cet après-midi-là, pour la première fois, j'ai enfin l'impression que ce chapitre de ma vie est clos. Elle a compris que je ne retomberai plus dans nos habitudes toxiques.

Lorsqu'on décide de ne plus s'empoisonner, il faut parfois se débarrasser de certaines personnes qui sont tout aussi toxiques que la drogue ou l'alcool. Les addictions ne sont pas que chimiques, elles sont parfois humaines. J'ai désormais appris à trier les gens que je laisse entrer dans ma vie. Il s'avère qu'on n'a pas besoin d'un grand cercle d'amis pour être heureux. Il faut juste que ce soit les bons.

***

Les jours passent à toute vitesse et, soudain, il ne reste plus que quelques semaines avant la fin de l'année scolaire. La première de la pièce arrive donc à grands pas. Une semaine avant le jour J, les parents sont conviés à assister à une avant-première afin de nous permettre de jouer en conditions réelles. De mon côté, je n'ai pas prévenu mes parents. Je leur en veux encore d'avoir raté mon anniversaire et, de toute façon, je doute qu'ils soient venus.

Bien évidemment, tous les autres sont ravis d'avoir un vrai public. Et moi aussi, je suppose. Ça fait si longtemps qu'on ne joue que devant Monsieur Thymes que la pièce a perdu de sa saveur.

Je me rends au théâtre pour me préparer et trouve tout le monde tout excité dans les loges. Shay court vers moi, souriant jusqu'aux oreilles.

– Hey ! Comment tu te sens ?

– Plus nerveux que jamais.

Elle sourit de plus belle.

– Tant mieux. Mes parents sont au premier rang, et mon père veut rencontrer Roméo avant le spectacle, si tu le sens. Il sait que ma mère t'a trouvé dans ma chambre, mais ne t'en fais pas. C'est qu'un gros menteur, et je me fiche de ce qu'il pense.

– Ok, pourquoi pas ?

On se dirige vers le premier rang et quand je vois les parents de Shay, mon estomac fait un saut périlleux.

– Maman, papa, je vous présente Landon, dit Shay.

Je vais vomir.

Je ne les quitte pas des yeux et n'arrive pas à détourner mon regard, du moins du père de Shay.

Son père s'appelle Kurt.

Je suppose qu'il se fait appeler KJ.

Je le regarde dans les yeux et vois sa panique. Je vois son front se couvrir de sueur. Je parie que ses mains sont moites aussi et qu'un million de pensées se bousculent dans sa tête, comme dans la mienne.

Sans rire.

C'est quoi ce bordel ?

– Landon, c'est ça ? dit-il enfin en se raclant la gorge.

Il me tend la main, une main moite et coupable.

– Je suis Kurt, le père de Shay.

Je la serre.

– J'espère que ça va bien se passer ce soir, dit-il en reculant et en croisant les bras. Shay me dit que vous avez travaillé très dur.

Je ne réponds rien, car je repense à toutes les conversations que j'ai eues avec l'homme qui se tient devant moi, me remémorant tout ce qu'il a pu me dire. Or, il y a une chose qui me dérange plus que les autres.

Quelque chose dont il parle presque à chaque fois.

Ses filles.

Au pluriel. Il en a plus d'une.

En ce qui concerne Shay, elle est sa fille unique. Or, me voici, devant l'homme qu'elle a passé sa vie à admirer et qui mène une double vie.

J'ai la nausée. J'ai envie d'avouer ce que je sais. J'ai envie de faire éclater la situation cauchemardesque qui se déroule sous mes yeux. J'ai envie d'étrangler KJ pour avoir gâché quelque chose que des milliers de gens se battraient pour avoir : une famille.

Je ferais n'importe quoi pour avoir une famille soudée.

Shay sourit et se rapproche de moi.

– On devrait retourner dans les loges pour se préparer, dit-elle.

Je n'ai pas quitté des yeux KJ, qui sourit comme si de rien n'était.

– Landon ? insiste Shay en me secouant pour me faire réagir.

– Ouais ?

– On devrait aller se préparer ? dit-elle sur un ton interrogatif et inquiet.

Elle est inquiète. Shay est toujours inquiète pour ceux qu'elle aime.

Comment une personne aussi généreuse qu'elle peut avoir un père aussi monstrueux ?

Je me gratte la nuque.

– Ouais, bien sûr.

Je dis au revoir aux parents de Shay et file dans les loges, mais Shay me rattrape et saisit mon bras.

– Eh, ça va ? demande-t-elle.

– Ouais, désolé, je suis juste stressé.

– C'est à cause de mon père ? Je sais qu'il est intimidant, mais…

– Non, ce n'est pas ça, je réponds en secouant la tête. C'est la pièce, c'est tout.

– Mais oui, bien sûr, répond-elle en souriant. Je suis bête. C'est la première fois que tu joues devant un public. Je suis nerveuse moi aussi, mais tu dois te servir de ton stress, justement. Utilise-le dès ta première scène pour améliorer ta performance.

Elle s'avance et m'embrasse sur la joue en me serrant la main.

– Tu gères, Landon. Tu vas être spectaculaire. Il faut que j'aille me préparer. Je te dis merde, ok ?

– Ouais, merde à toi aussi.

Elle s'éloigne, emportant sa lumière avec elle, me laissant dans le noir avec une information que je ne sais pas comment traiter. Je ne sais pas quoi faire de ce que je sais.

KJ, le connard qui vend de la drogue à des ados, est le père de Shay.

KJ, le connard qui a une autre fille. Shay a une sœur, et elle n'est pas au courant.

Même si Shay ne le sait pas, son pire cauchemar est devenu réalité, et je suis le seul à le savoir.

***

Le spectacle se déroule comme il se doit. Je récite mon texte, maîtrise tous mes gestes et, quand vient le moment d'embrasser Shay, je m'empare de sa bouche et lui donne tout mon amour. Lorsque le rideau tombe, les parents sifflent et applaudissent, et certains offrent des fleurs à leurs enfants. La seule pensée qui m'anime est que je dois déguerpir le plus vite possible. Je ne veux saluer personne, je veux juste rentrer chez moi pour réfléchir.

Je suis forcé de m'arrêter quand Shay me surprend en train de filer en douce.

– Eh, tu étais incroyable ce soir, dit-elle. Mima est venue, et on va manger une glace. Tu es le bienvenu, si tu veux.

Je me gratte la nuque et fais un pas en arrière.

– Non, je crois que je vais rentrer. J'ai besoin de répéter une ou deux scènes avant la première de la pièce.

– Tu plaisantes ? s'exclame Shay en riant. Tu ne peux pas t'améliorer, Landon. Tu es déjà parfait.

– Tu sais ce qu'on dit des artistes… je commence en haussant les épaules.

– On est toujours nos pires critiques, termine KJ en prenant sa fille par les épaules.

J'ai envie de lui coller une droite.

– C'est ça. Bon, c'était chouette de vous voir…

Sauf toi, connard.

– … Shay, on se voit au lycée, lundi.

Je tourne les talons et file avant qu'elle puisse répondre. Je ne regarde en arrière que lorsque je suis arrivé à ma voiture. Shay est entourée par sa famille et ils sourient joyeusement. Je ne sais pas ce qu'elle dit, mais son père l'écoute attentivement, comme s'il n'était pas le pire enfoiré sur terre.

Je pensais que mon père était nase, mais comparé à KJ, Ralph Harrison est un saint.

– Landon, dit une voix.

Je me crispe et tourne la tête, découvrant ma mère, un bouquet de fleurs dans les mains. Je ne croyais pas pouvoir être plus confus que je ne le suis déjà mais… la vie est pleine de surprises.

– Qu'est-ce que tu fais là ? Tu devrais pas être à Rome ? je gronde d'un ton plein de rancœur.

– J'ai atterri ce matin et Madame Levi m'a parlé de l'avant-première des parents. La pièce… Tu…

Ses yeux se remplissent de larmes et ses mains se mettent à trembler. Elle a l'air abattue. Et même si je fais tout pour la détester, je meurs d'envie de la prendre dans mes bras pour m'assurer qu'elle va bien.

Merde. Je me demande quand ce réflexe va passer, quand je vais cesser d'être un fils à maman et être assez fort pour la détester.

Jamais. Je ne pourrai jamais détester ma mère.

– Tu étais incroyable, dit-elle. Tu étais spectaculaire, Land. Je ne sais pas comment décrire ta performance. Je ne savais pas que tu avais ça en toi. Cela dit, ça ne me surprend pas. J'ai toujours su que tu serais brillant, quoi que tu décides de faire. Je suis tellement fière de toi.

Je ne réponds rien, car mes pensées sont totalement chamboulées. J'ai envie de lui faire un câlin et de la détester, mais je suis plus heureux que jamais d'entendre qu'elle est fière de moi.

– Tu as raté mon anniversaire, je rétorque, espérant la blesser.

– Oui… je sais.

– J'avais besoin de toi, je déclare en prenant mon courage à deux mains, et tu n'étais pas là.

Je n'ai jamais admis avoir besoin de qui que ce soit jusque-là, car je pensais que j'aurais l'air faible. Or me voilà faible, blessé. Et j'ai désespérément besoin d'un câlin.

– J'avais besoin de toi, maman, et tu es quand même montée dans ton avion. Tu ne savais pas ? Tu ne savais pas que j'avais besoin de toi ?

– Si, dit-elle en baissant la tête.

– C'est tout ? C'est tout ce que tu vas répondre ? Il va falloir faire mieux que ça, maman.

– Landon… Ton père et moi… on…

Elle déglutit et lève la tête vers moi.

– Ton père me quitte.

– Attends… quoi ?

– Ça fait longtemps qu'on a des problèmes. Depuis la mort de Lance. On s'est beaucoup disputés au sujet de son décès. Il dit que je suis responsable de tes problèmes, parce que j'ai invité Lance à vivre chez nous pensant toutes ces années.

– C'est n'importe quoi.

– Je me demande parfois s'il n'a pas raison. C'était peut-être une erreur de t'élever aux côtés de mon frère alors qu'il n'allait pas bien.

– Lance était quelqu'un de bien, maman. Il m'a appris beaucoup de bonnes choses. La vie était plus belle quand il était là. Quand vous étiez là tous les deux.

– Ça me fait plaisir de l'entendre, Landon, dit-elle en soupirant. Tu ne peux pas savoir à quel point. Mais ton père ne m'aime plus et il ne veut plus de ce mariage. Il pense qu'on n'est plus faits l'un pour l'autre, donc il me quitte. C'est dans les clous depuis longtemps. J'ai eu du mal à m'en remettre et à savoir comment m'en sortir. Quand j'ai épousé ton père, je pensais qu'on serait ensemble pour toujours. Donc, quand il m'a proposé un contrat de mariage, je l'ai signé sans réfléchir. Mais… il prend tout, Landon. Il ne me laisse avec rien. C'est pour ça que j'étais à Hawaï, pour voir l'avocat de Katie qui l'a aidée dans son divorce. Et les filles ont fait appel à leurs contacts pour m'aider à trouver du boulot. C'est pour ça que j'ai repris le travail. Parce qu'il faut que j'aie des revenus.

– Il prend tout ?

– Oui. Jusqu'au dernier centime. C'est pour ça que je voulais savoir s'il couchait avec April. Parce que le contrat de mariage stipule que s'il me trompe, il doit me verser une pension alimentaire. J'aurais pu m'en servir pour payer tes études.

– Mes études ?

– Oui. Je sais que tu n'as pas envie d'aller en fac de droit, mais ton père insiste. Or, je ne veux pas que tu y sois forcé, Land. J'ai vécu dans l'ombre de ton père pendant trop longtemps, et je ne veux pas que tu subisses la même chose. Je veux pouvoir subvenir à tes besoins et financer les études que tu souhaites faire. C'est pour ça que je n'ai pas pu refuser ces boulots. Je ne peux pas refuser cet argent qui pourra t'aider à construire ton avenir.

Elle pensait à moi. Pendant tout ce temps, j'en voulais à ma mère alors qu'elle pensait à moi. Elle ne m'abandonnait pas, elle se battait pour moi. Elle ne s'offrait pas des vacances de luxe ; elle rassemblait de l'argent pour m'offrir un bel avenir.

– Pourquoi tu ne me l'as pas dit ?

– Mon avocat me l'a interdit, pour que tu ne t'en mêles pas et que ton père ne se montre pas plus méchant qu'il ne l'est déjà. Je voulais te le dire, Landon. J'ai détesté te le cacher pendant si longtemps, mais…

Elle frissonne et j'enlève mon manteau pour le lui passer sur les épaules.

Je ne sais pas quoi dire, donc je dis la seule chose qui me vient à l'esprit.

– Je suis désolé que papa soit un con.

Elle éclate de rire tout en se mettant à pleurer.

– C'est la vie.

Sans plus attendre, je la prends dans mes bras et me laisse fondre contre elle.

– Je suis désolé, je répète, sincèrement navré qu'elle souffre.

Elle pleure contre moi et je la serre encore plus fort.

Elle finit par reculer, riant nerveusement en essuyant ses larmes.

– Je n'avais pas prévu de pleurer, je te le jure.

– Tu pleures tout le temps.

– Pas tout le temps, ricane-t-elle. Je t'ai acheté des fleurs, dit-elle en me tendant le bouquet écrasé par notre câlin. Elles étaient plus belles, avant. Je ne sais pas si ça se fait d'offrir des fleurs aux acteurs masculins, mais je suis ta mère, alors je t'offre des fleurs.

– Merci, je réponds en souriant.

– Ça te dit de rentrer et de se gaver de chocolat en regardant des films pourris ?

– Avec plaisir.

Je ne pense plus à KJ pour l'instant. Je sais qu'il faudra que j'y pense tôt ou tard, mais maman est rentrée et je veux profiter d'elle.

– Je peux nous faire à manger, propose-t-elle.

– Au risque de te vexer, maman, je t'interdis de cuisiner jusqu'à la fin de tes jours.

– Mouais, ça se comprend, dit-elle en souriant.

On rentre à la maison, on se fait livrer et on squatte dans le salon, sans même allumer la télé, parlant de nos projets pendant des heures.

– Alors, ce truc d'acteur, dit maman en souriant. Ça te plaît ?

– Ouais, carrément. J'ai dit à papa que j'envisageais d'étudier ça, l'an prochain, mais il m'a dit non.

– Ton père ne contrôle pas tes choix. C'est pour ça que je travaille non-stop, pour que tu aies la liberté de choisir.

– Je ne veux pas t'imposer ce stress, maman. C'est trop.

– Landon, répond-elle en secouant la tête et en posant une main sur mon épaule, tout ce que je fais, je le fais pour toi. Si tu veux aller en licence de théâtre, on trouvera un moyen de t'y inscrire. Il n'y a pas de mais qui tienne.

– Je ne sais même pas si je suis assez doué…

– Tu es assez doué, insiste-t-elle. Tu as toujours été doué pour tout. Mais changeons de sujet… Est-ce qu'il se passe quelque chose entre Juliette et toi, ou ce n'est que de la comédie ?

– Ça se voit tant que ça ? je demande en riant.

– Seulement parce que je suis ta mère. J'ai vu ta façon de la regarder. Alors, dis-moi tout.

Si elle savait…

– C'est compliqué. Ça se passe super-bien entre nous. Elle me fait beaucoup de bien, Maman. Mais je viens d'apprendre quelque chose qui changera sa vie à jamais. Je ne sais pas quoi faire de l'information. Je sais que ça lui fera du mal, mais je sais aussi que ce serait mal de le lui cacher.

– La clé d'une relation saine est la communication, Landon. Ton père et moi n'avons jamais connu ça, en fait. On ne se parlait pas vraiment ; en tout cas, pas de choses sérieuses. Peut-être qui si on l'avait fait, notre relation aurait été plus solide. Ou peut-être qu'elle aurait fini beaucoup plus tôt. Tout ce que je sais, c'est qu'on ne peut pas construire quelque chose de solide sans conversation difficile. Tu tiens à elle ?

– Je l'aime, je déclare d'un ton confiant.

– Tu l'aimes, chuchote ma mère en posant ses mains sur sa poitrine. Mon bébé est amoureux.

– Ne pleure pas, je t'en supplie.

– Je vais essayer. Si tu l'aimes, tu dois être honnête avec elle. C'est ce que je voudrais, moi. C'est ce que veulent toutes les femmes. La vérité.

Je sais qu'elle a raison. C'est juste affreux d'avoir à dire à Shay quelque chose qui va lui briser le cœur.

– Merci, maman.

– C'est quand tu veux. Je t'aime, je t'aime.

– Pourquoi tu fais toujours ça ? je demande. Pourquoi tu le dis toujours deux fois ?

– Je le dis une fois pour que ton cœur l'entende, et une deuxième pour que ça s'imprègne.

– Ok. Je t'aime fois deux, moi aussi, je dis en riant lorsque ses yeux se remplissent de larmes. Et arrête de pleurer autant, maman.

– Désolée. C'est juste que c'était chou. Tu ne sais pas combien j'avais besoin de l'entendre.

– Je vais essayer de te le dire plus souvent.

– Merci, Land.

– Plus sérieusement, comment tu vas avec tout ce qui se passe avec papa ? je demande avant de m'inspirer de Maria. Comment va ton cœur ?

Elle se remet à pleurer en secouant la tête.

– Il est brisé. Ça fait un moment qu'il l'est… Entre Lance, la fausse couche et maintenant le divorce, j'ai l'impression de perdre pied. J'ai l'impression de me noyer, admet-elle en cachant son visage dans ses mains. Je suis désolée. C'est trop pour toi, tu ne devrais pas avoir à subir mes problèmes. Ça va, je vais bien.

– Tu peux me parler, maman.

– Je sais, mon chéri.

Elle essuie ses larmes et se lève pour se rapprocher et m'embrasser sur le front.

– J'ai besoin de repos, c'est tout. On reparlera de tout ça demain matin. Bonne nuit.

Elle va dans sa chambre et ferme la porte derrière elle.

Je range tout notre bazar et quand je me dirige vers ma chambre, je l'entends pleurer derrière sa porte.

Cette fois, au lieu d'attendre devant sa porte comme j'ai l'habitude de le faire, je tourne la poignée. J'entre dans sa chambre, je m'allonge dans son lit et je la prends dans mes bras.

– Landon, je vais bien, ça va, sanglote-t-elle.

Je lui chuchote de se taire, car elle n'a pas à faire semblant avec moi. Elle n'a pas à mentir et à me dire que tout va bien, alors que sa vie est en train de s'effondrer.

Le fait qu'elle craque ne veut pas dire qu'elle est faible. Parfois, la chose la plus courageuse qu'une personne puisse faire, c'est de craquer. Il faut beaucoup de force pour être vulnérable.

– Ça va, maman. Tu peux craquer si tu en as besoin. Ne t'inquiète pas. Je te rattraperai.

Elle passe le reste de la soirée à sangloter dans mes bras, et je ne la lâche pas une seconde.

CHAPITRE 27

LANDON

Le lundi matin, maman repart pour une de ses missions. Elle répète sans cesse qu'elle s'en veut de repartir, mais je la rassure en lui disant qu'elle le fait pour nous et notre avenir. Je lui promets de l'appeler tous les soirs, et ça semble la réconforter.

Comme j'ai passé le week-end avec ma mère, je n'ai toujours pas dit à Shay ce que je sais sur son père, mais je vais devoir le lui dire après les cours. Je ne peux pas lui cacher quelque chose d'aussi gros. Ça va l'anéantir, mais elle a le droit de savoir.

– Landon, salut, dit KJ, me faisant sursauter.

Je m'apprêtais à partir au lycée et, apparemment, il m'attendait. Je me doutais qu'il montrerait sa vilaine tronche tôt ou tard.

Je ne réponds rien. Je ne dois même pas à cet homme un bonjour.

Il frotte ses joues avant de mettre ses mains dans ses poches. Il ne ressemble en rien à sa fille. En tout cas, pas à Shay. Qui sait à quoi ressemble son autre fille ? Si ça se trouve, elle est son portrait craché. J'espère pour elle que non, car son père a tout d'un enfoiré.

– Écoute… commence-t-il lorsque je lui coupe la parole.

– Tu as deux filles. Est-ce que Shay le sait ?

Il reste bien droit, ne dévoilant aucune émotion. Il est si calme, en fait, que c'est flippant.

– Tu es trop jeune pour comprendre.

– Je suis surtout trop vieux pour gober ce genre de conneries.

– Tu crois que je voulais que ça arrive ? Jamais je n'aurais pensé que tu serais sur scène avec ma fille. Je n'ai jamais pensé que…

– Que tu te ferais prendre.

– Tu ne peux pas lui dire, gronde-t-il.

– Je te demande pardon ?

– Tu ne peux pas, Landon. Si ma famille l'apprend, on sera foutus. Pourquoi tu ferais autant de mal à Shay ?

– Il vaut mieux que tu partes, je crache d'une voix menaçante. On n'a rien à se dire.

Il se masse la nuque en secouant la tête.

– Laisse-moi une semaine pour leur annoncer. Laisse-moi le temps de leur dire.

Je ne réponds rien, il ne mérite pas de réponse. Je sais qu'il ment, car c'est ce qu'il fait de mieux.

Il commence à partir lorsqu'il s'arrête et se tourne vers moi.

– Tu es amoureux de ma fille ? demande-t-il d'une voix peinée, comme si la question lui coûtait.

Comme je ne réponds rien, il soupire longuement.

– Si tu tiens à elle, tu ne te mêleras pas de cette histoire. C'est une chouette fille. C'est la meilleure.

– J'espère que ton autre fille n'apprendra pas que tu as dit ça, je siffle.

Son visage reste impassible, dur.

– Je te vois, Landon. Je te connais et je sais la vie merdique que tu mènes. Je ne veux pas que ma fille soit mêlée à ce bordel.

– C'est gonflé, venant de toi.

– Non, je comprends. Je suis un monstre. Je ne suis pas quelqu'un de bien et j'ai fait plus de mal à ma famille que je suis capable de l'admettre. C'est pour ça que je te dis de prendre tes distances. Shay a déjà un monstre dans sa vie. Elle n'a pas besoin d'en avoir deux.

– Mouais. Hélas, tu n'as pas le droit de me dire quoi faire.

– Tu crois que tu es mieux que moi et mes démons ? Je t'ai observé ; je vois tes blessures dans ton regard. Tu n'arrêteras jamais de te battre contre les démons qui vivent en toi. Je ne veux pas que tes problèmes déteignent sur elle. Avant qu'elle traîne avec toi, elle était sage. Elle écoutait et elle était obéissante.

– Ce n'est pas un chiot.

– Peut-être, mais avant toi, elle ne grognait jamais. Elle ne répondait pas, elle ne séchait pas les cours, elle ne mentait pas, et elle ne faisait pas le mur. C'est toi qui la pousses à faire ça. À cause de toi, elle devient quelqu'un qu'elle n'est pas.

Je reste bien droit et croise les bras. Ses paroles passent en boucle dans ma tête et j'essaie de ne pas bouger, parce que si je bouge, je vais lui mettre une droite.

– Merci du conseil.

– Je ne plaisante pas, Landon. Ne t'approche plus de ma fille.

– Ok, je réponds en mettant mes mains dans mes poches. Mais je ne suis pas sûr d'avoir compris : on parle de quelle fille déjà ?

– Ne me cherche pas, gamin. Je suis sur terre depuis bien plus longtemps que toi. Je suis un monstre depuis longtemps. Je sais comment blesser les gens, comment les faire souffrir. Ne me cherche pas, sinon tu le regretteras, crois-moi.

Il se tait et ne dit plus un mot en marchant jusqu'à sa voiture. Il monte dedans et s'en va, et je file au lycée pour dire la vérité à sa fille.

J'attends la fin de la répétition pour parler à Shay de son père. Je ne veux pas lui dire en pleine journée, parce que je ne sais pas comment elle va réagir.

Plus l'heure tourne, plus ma gorge se serre.

– La première va être géniale, dit Shay en prenant son sac. Tu t'améliores de jour en jour, ce qui est assez agaçant, en fait, plaisante-t-elle.

– Tu es incroyable, je réponds d'un ton sinistre, regrettant déjà ce que je vais lui annoncer. Tu le sais, j'espère. Tu sais que tu es une fille incroyable ?

– C'est trop facile, répond-elle en rougissant.

– De quoi tu parles ?

– C'est trop facile de craquer pour toi. Tu veux qu'on aille manger un morceau ? demande-t-elle.

– Tu n'es pas punie ?

– Si, mais ce n'est pas grave. Je leur dirai que la répétition a fini plus tard que prévu.

Elle compte mentir à ses parents et je m'en veux. Peut-être que KJ a raison et que j'ai une mauvaise influence sur sa fille. Si elle me rend meilleur, peut-être que j'ai l'effet inverse sur elle.

– Ne fais pas ça, Poulette, je marmonne.

– De quoi tu parles ?

– Devenir une menteuse.

Elle hausse un sourcil, surprise.

– Est-ce que ça va ?

Tout le monde est parti et nous sommes seuls dans le théâtre.

– Ouais, c'est juste que j'ai un truc important à te dire et que ça me rend nerveux.

– Qu'est-ce qu'il y a ? demande-t-elle en avançant vers moi, l'air inquiète. Comment va ton cœur ?

– Tu ressembles beaucoup trop à ta grand-mère, je réponds d'un ton moqueur.

– Landon, gronde-t-elle en posant sa main sur mon torse, comment va ton cœur ?

– Il bat encore, je réponds en frissonnant.

– Tant mieux. C'est bien.

– Écoute, je ne sais pas comment te le dire, donc je vais juste le dire, sinon je vais exploser, alors…

– Je t'aime, déclare-t-elle, me coupant dans mon élan.

Toutes mes angoisses disparaissent aussitôt. Mon regard se pose sur ses lèvres et, l'espace d'un instant, je me demande si je n'ai pas rêvé. Je me demande si tout ce que j'ai appris ces derniers jours ne m'a pas fait perdre la tête. Elle doit voir mon air confus, car elle fait un pas vers moi et prend mes mains dans les siennes.

– Je suis désolée, chuchote-t-elle. Je voulais te le dire avant toi. Je me fous de perdre le pari, parce que je t'aime. C'est ce que tu allais dire, non ? Que tu m'aimes ?

Je grimace et elle tressaille. Ses joues deviennent rouge cramoisi et elle baisse la tête.

– Ah…

Merde.

– Non, ce n'est pas ça, mais…

– Ce n'est pas grave, Landon, parce que je t'aime, répète-t-elle. Je t'aime, je t'aime, je t'aime. Et je sais que ça veut dire que j'ai perdu le pari. Je sais que ça veut dire que tu as gagné, mais je m'en fiche, parce que je t'aime et qu'être amoureuse de toi me donne l'impression d'avoir gagné. Je voulais juste te le dire. Je ne pouvais pas le taire plus longtemps. Tu n'as pas besoin de me le dire en retour ; je m'en fiche. Je ne crois pas qu'on dise à quelqu'un qu'on l'aime pour l'entendre en retour. Je crois qu'on dit à quelqu'un qu'on l'aime, parce que ça nous remplit de joie. Parce que l'amour est si fort qu'on n'a plus d'autre choix que de le dire. Donc… ouais, dit-elle en riant nerveusement. C'est gênant, mais je t'aime, Landon Harrison. Je t'aime dans la lumière et dans la nuit. Je t'aime comme un murmure et comme un cri. J'aime tes beaux jours et tes jours sombres et… je t'aime. Toi, tout entier. Chaque morceau de toi… et chaque cicatrice, conclut-elle avant de mâchouiller le col de sa chemise.

Je me rapproche et appuie mon front contre le sien. Je ferme les yeux et gonfle mes poumons, respirant son parfum et sa présence.

– Pourquoi aimerais-tu quelqu'un comme moi ? je demande.

– Parce qu'il n'est pas possible de faire autrement.

J'ouvre les yeux et plonge mon regard dans le sien. J'ai envie de lui dire que je l'aime aussi. Je veux qu'elle sache que je l'ai aimée le premier, que je l'ai ressentie le premier. Je veux lui dire que j'ai perdu le pari le jour de mon anniversaire, mais ce n'est pas le moment de lui dire tout ça.

D'abord, je dois lui annoncer une vérité affreuse.

– Shay, tu dois savoir quelque chose à propos de ton père.

Elle recule légèrement et me regarde droit dans les yeux.

– Quoi ? Est-ce qu'il… Est-ce qu'il t'a dit quelque chose ? Il a été méchant ? Est-ce que…

– Il a menti. Il vous ment, à ta mère et toi, à propos de plein de choses.

– De quoi tu parles ? demande-t-elle d'une voix rauque et tremblante.

– Shay, il… euh…

Pourquoi les mots n'arrivent-ils pas à sortir ? Peut-être parce que je vois combien elle a peur. Peut-être parce que je sais combien elle aime son père, malgré elle. Peut-être parce que je sais que ce que je vais lui dire va lui briser le cœur.

– C'est un dealer. Il vend de la merde aux gamins du lycée, Shay.

Elle ne semble pas surprise et je suis confus.

– Je sais. C'est pour ça que Mima en avait marre de lui. Il vendait, par le passé, mais il avait arrêté. On pensait qu'il s'était ressaisi. On pensait qu'il avait des boulots stables et qu'il allait guérir. Mais… il a menti. Parce que c'est un menteur. Mais ma mère ne le quitte pas pour autant.

– Et elle le sait ? je demande.

– Ouais. On le sait.

– Non, je parle de… de son autre fille ?

Elle éclate de rire, un rire franc et joyeux.

– Attends, quoi ? demande-t-elle entre deux éclats de rire.

Elle m'étudie et son rire s'évanouit en voyant mon air sérieux.

– Attends, quoi ?

À l'évidence, elle n'était pas au courant de tous les secrets de son père.

– Shay, il a une autre fille.

– C'est ridicule. Mon père est coupable de plein de choses, mais il n'est pas… il n'a pas… Je suis sa seule… C'est quoi la chute, Landon ? C'est quoi la blague ?

– Ce n'est pas une blague. C'est lui qui me fournissait, Shay. Il parlait souvent de sa famille. De ses deux filles…

– Non, crache-t-elle. Je suis son unique fille.

– Shay…

– Arrête, Landon. C'est plus drôle, gronde-t-elle, les larmes aux yeux.

– Je n'essaie pas d'être drôle, Shay. Je te dis qu'il a une autre fille.

– Arrête ! aboie-t-elle en fermant les yeux. Arrête tout de suite. Je ne comprends pas pourquoi tu fais ça.

– Je le fais, parce que tu mérites de savoir la vérité. Pas de mensonges, seulement la vérité, tu te souviens ?

Elle ouvre la bouche, mais ne dit rien. Elle fait plusieurs pas en arrière et me regarde comme si elle ne me connaissait pas. Comme si elle ne pouvait pas me faire confiance.

J'ai bien fait de lui dire. J'ai bien fait d'être honnête et de lui dire la vérité. N'est-ce pas ?

– Je ne peux pas, je n'ai pas le temps pour ça, dit-elle en tournant les talons.

– Shay, attends ! je crie.

Mais elle ne se retourne pas. Elle se met à courir et ne regarde pas en arrière.

Je n'ai même pas pu lui dire que je l'aime aussi.

CHAPITRE 28

SHAY

Mon cœur bat à tout rompre depuis que j'ai planté Landon dans le théâtre. Ses révélations passent en boucle dans ma tête, comme un cauchemar dont je n'arrive pas à me réveiller.

Une autre fille.

Une autre personne.

Un être vivant qui partage une partie de mon ADN.

Comment est-ce possible ? Comment a-t-il pu nous cacher quelque chose d'aussi énorme ?

Lorsque j'arrive chez moi, mes parents sont assis sur le canapé comme s'ils formaient un couple normal. Comme si notre maison n'était pas remplie de mensonges. Ils rient en regardant une émission, blottis l'un contre l'autre, comme si leurs cœurs battaient à l'unisson.

Ça me rend malade.

Je me plante devant la télé, faisant taire leurs rires.

Maman est la première à se redresser.

– Shay ? Qu'est-ce que tu fais ?

– Est-ce que c'est vrai ? je gronde en croisant les bras, fusillant mon père du regard.

– Est-ce que quoi est vrai ? demande ma mère.

Mon père se crispe et se tient plus droit. Il joint les mains et soupire longuement.

Mon Dieu. C'est vrai.

Je suis saisie d'une violente nausée et je titube en arrière.

– Tu es un monstre.

– Shay, peut-être qu'on devrait parler seul à seul, dans l'autre pièce, propose mon père d'un ton menaçant.

– Elle ne le sait pas ?

– Quoi ? De quoi vous parlez ?

Ma mère se lève et nous regarde tour à tour.

– Qu'est-ce qui se passe ? demande-t-elle.

– Shannon Sofia, gronde mon père d'une voix grave et redoutable.

Mais je m'en fiche. Il n'a pas la même emprise sur moi qu'il a sur ma mère.

– Il a une autre fille, je déclare, et les mots me brûlent la langue.

Maman secoue la tête en soufflant.

– Quoi ?

– Il a une autre gamine.

– Mais non, pas du tout, rétorque ma mère. C'est ridicule. Dis-lui, Kurt. Dis-lui que c'est ridicule, insiste-t-elle.

Mon père ne répond rien. Il reste silencieux et ma mère pâlit.

– Mon Dieu, marmonne-t-elle en se couvrant la bouche. Mon Dieu…

Mon père baisse la tête. À l'évidence, il ne s'en sortira pas avec des mensonges, cette fois. Cela dit, je suis sûre qu'il est capable d'essayer.

– C'était il y a longtemps, Camila. Quand je me droguais. J'ai fait une connerie et j'ai couché avec une autre femme. Elle s'est pointée quelques mois plus tard avec une gamine en me disant que c'était moi le père. Je ne l'ai pas crue, bien sûr. Alors, on a fait un test ADN et…

Il regarde ma mère les larmes aux yeux, et j'ai envie de le gifler.

Il est trop tard pour se repentir, père.

– J'ai merdé, Cam, mais elle n'est rien pour moi. Je lui file juste de l'argent pour la gamine. Y a rien de personnel.

– C'est ce que tu leur dis à propos de moi, aussi ? j'aboie. Qu'il n'y a rien de personnel ? Mais peut-être qu'elles ne savent pas encore quelle ordure tu es ?

– Surveille ton langage, jeune fille !

– Je n'ai pas à t'obéir, je réponds. Tu n'es plus mon père. Tu n'es plus rien pour moi. Maman, on s'en va, je dis en me tournant vers elle.

Ma mère est figée sur place, elle pleure en silence en regardant mon père d'un air choqué.

– Je ne peux pas partir, Shay. Pas encore. Il y a trop de choses qui ne sont pas claires. Ça n'a aucun sens.

– De quoi tu parles ? C'est parfaitement logique ! Il t'a menti encore une fois. Il t'a trahie encore une fois. Il a eu une fille dans ton dos et ne l'a avoué qu'en voyant qu'il n'avait pas d'autre choix.

– Comment tu l'as appris ? demande-t-elle.

– Landon me l'a dit. Il l'a découvert et il m'a dit la vérité.

– Et tu l'as cru ? demande-t-elle.

– Quoi ? Maman, papa vient de l'avouer ! Il vient de te dire ce qui s'est passé, et toi tu doutes de Landon ? Tu te fous de moi ?

– Camila, s'il te plaît, supplie mon père. Reste. Laisse-moi t'expliquer.

– Il n'y a rien à expliquer. Je vais faire ma valise. Tu devrais faire pareil, maman.

Je cours dans ma chambre et prépare une valise, ne sachant pas quoi emporter et quoi laisser. Je mets autant de choses que possible dans mon sac en espérant que Mima m'aidera à récupérer le reste un autre jour.

Lorsque je reviens dans le salon, je trouve ma mère debout et mon père à genoux devant elle, la suppliant de rester. Il a l'air vulnérable, mais ça n'affecte pas sa capacité à mentir et à manipuler ma mère, essayant déjà de la faire culpabiliser.

– Allez, maman. On s'en va, je dis à ma mère.

Elle me regarde avant de baisser les yeux sur mon père, ne sachant pas quoi faire. Je sais que mes parents ont traversé des épreuves dont je n'ai pas idée, et que ma mère souffre au quotidien à cause de leur passé. J'ai envie de lui en vouloir d'être faible et de l'accuser de ne jamais se choisir elle-même, mais elle souffre. Elle est manipulée et écrasée depuis si longtemps qu'elle ne sait plus ce que c'est de ne pas souffrir.

En fait, souffrir lui semble normal. Elle y est habituée. Si seulement elle savait qu'une autre vie l'attend derrière les murs de sa prison. Si seulement elle savait qu'elle pouvait partir et reprendre sa vie à zéro.

– Maman, je gronde. Regarde-moi.

Elle tourne la tête vers moi et je lui souris. Tout ce que je sais de l'amour, je l'ai appris de ma mère. C'est la première personne dans ce monde qui m'a aimée de façon inconditionnelle. Elle est la première à m'avoir fait rire, à m'avoir fait sourire, à m'avoir fait vivre. Et son cœur est brisé. Elle est triste et apeurée, et je suis sûre qu'elle se sent seule. Alors, je prends soin de lui faire savoir qu'elle ne l'est pas.

J'avance jusqu'à elle et prends ses mains dans les miennes, me plaçant devant mon père pour qu'elle ne le voie plus.

Elle a mal, comme Landon. Elle est perdue, confuse, et elle doute d'elle-même. Je sais que je dois lui dire les mêmes vérités qu'à Landon.

– Maman… tu vaux beaucoup plus que l'histoire que cet homme a écrite pour toi. Tu vaux plus que mon père. Tu es intelligente, drôle et forte. Tu es fidèle et sublime, à l'intérieur comme à l'extérieur. Ce n'est pas la fin de ton histoire, ce n'est que le début. Mais elle doit commencer maintenant. Toi et moi, on part d'ici. Tu peux le faire. Tu n'as pas à partir toute seule. Je suis là.

– Ne l'écoute pas, Camila. Elle ne te connaît pas comme moi, aboie mon père en se levant.

Ses larmes de crocodile ont disparu et son regard est glacial.

– Je suis ta maison, ta vérité. Tu ne peux pas me quitter.

Les mains de ma mère tremblent, mais je ne les lâche pas. Je ne partirai pas sans elle. Je ne la laisserai pas tomber en pleine bataille. Alors, je la serre plus fort.

– Maman, tu peux le quitter. Tu peux lui tourner le dos. Tu mérites mieux, et tu ne seras pas seule. S'il te plaît, viens avec moi. Je serai ton… Je serai ton saule pleureur, je déclare en sentant les larmes couler sur mes joues.

Elle fond en larmes, mais je ne la lâche pas.

– On peut rentrer à la maison, maintenant ? je demande.

– C'est ici, sa maison, gronde mon père.

Je sais qu'il ne comprend pas. En vérité, mon père n'a jamais eu de maison. Une maison n'est pas un bâtiment, c'est une sensation de chaleur. Or, Kurt Gable a toujours vécu dans un froid glacial.

– Maman ?

– Oui, chuchote-t-elle enfin. Rentrons à la maison.

– Tu veux que je rassemble tes affaires ?

– Non, répond-elle en serrant fort ma main. Tout ce dont j'ai besoin est ici.

On passe la porte de la maison alors que mon père crie dans notre dos.

– Tu fais une grosse erreur, Camila ! Tu reviendras, tu verras ! Tu reviens toujours ! Tu n'as que moi dans ce monde ; tu as besoin de moi !

Ses paroles sont dures et pleines de mensonges. Il essaie de la rabaisser et de la blesser, mais ma mère ne s'arrête pas. Elle ne s'écroule pas, même s'il fait tout pour l'anéantir. Elle continue, un pied devant l'autre. Et chaque pas la rend plus forte. Chaque pas la rapproche un peu plus d'un lendemain plus heureux.

Et le petit coin que je réservais à mon père dans mon cœur… vole en éclats. Pour toujours.

***

Lorsqu'on arrive chez ma grand-mère, elle ouvre la porte, vêtue de sa robe de chambre. Elle hausse un sourcil et baisse les yeux sur ma valise.

– Tout va bien ? dit-elle en souriant avant de prendre ma mère dans ses bras.

Ma mère craque enfin, éclatant en sanglots dans les bras de Mima, qui ne la lâche pas.

– Tout va bien, chuchote-t-elle.

Mima nous installe dans sa chambre d'amis. Je suis la première à me doucher et à me préparer, et quand ma mère entre dans la chambre, elle me sourit. C'est un sourire triste, mais c'est un sourire quand même.

Ses cheveux sont trempés et elle enroule une serviette sur sa tête avant de s'asseoir à côté de moi sur le lit.

– Tu dois me trouver bête et faible, dit-elle timidement.

– Non. Jamais.

– J'ai déjà essayé de le quitter, tu sais. Des milliers de fois. Mais il trouvait toujours un moyen de me récupérer. Il anéantissait ma confiance en moi au point que je me sentais minable. Je sais que ça semble bête de croire quelqu'un comme ton père, mais j'étais jeune quand je l'ai rencontré. J'étais jeune et perdue, et il m'a aidée pendant la période la plus difficile de ma vie. Je lui dois la plus belle chose qui me soit arrivée, et il adorait me le rappeler. Il s'assurait toujours que je n'oublie pas que, sans lui, tu n'existerais pas.

– Ce n'est pas parce que j'ai son ADN que tu lui es redevable, maman.

– Non, tu ne comprends pas. J'avais dix-sept ans quand je t'ai eue, Shay. J'avais de gros problèmes. Je m'étais enfuie de chez moi et j'étais accro à la drogue. C'est comme ça que j'ai rencontré ton père et qu'on est tombés amoureux.

– Je ne savais pas.

– Oui. Quand j'ai su que j'étais enceinte, j'étais défoncée en permanence. Je n'étais pas en mesure d'avoir un enfant. Je mangeais à peine, j'étais tellement paumée que je ne m'en sentais pas capable, avoue-t-elle en pleurant. Je ne pensais pas que j'arriverais à me sevrer. Je n'étais qu'une gamine, bon sang. Je ne savais pas ce que je faisais. Mais ton père était là. Il m'a tenu la main pendant le sevrage, pendant la période la plus difficile de ma vie, et ça m'a permis de t'avoir. Alors, d'une certaine façon, je me suis toujours sentie redevable envers lui, et il ne m'a jamais laissée l'oublier.

– Il a abusé de toi.

– Non, il n'a jamais levé la main sur moi.

– Maman, sa violence était émotionnelle et mentale. Il t'a fait gober des mensonges pendant des années, et ce n'est pas de ta faute. J'y aurais cru comme toi si j'avais entendu les mêmes mensonges au quotidien. Tu n'es pas faible d'être restée si longtemps. Si tu es restée, c'est parce que tu es forte, justement. Mais sache que je suis ici ce soir grâce à toi. Parce que c'est toi qui m'as élevée, pas lui. Tu es ma mère, et tu étais mon père quand il n'était pas là. Tu es mon héros. Tout va s'arranger.

Elle me sourit et bouscule tendrement mon épaule.

– Comment peux-tu être aussi intelligente ?

– C'est grâce aux deux femmes qui m'ont élevée.

Mima passe la tête dans la chambre et hausse un sourcil.

– Vous avez fini de pleurer, toutes les deux ? Je viens de faire à manger.

– Je meurs de faim, je réponds en même temps que ma mère.

Au moment où on se lève pour aller dans la salle à manger, mon téléphone sonne sur la table.

Landon : Comment va ton cœur ?

Je souris avant de répondre.

Moi : Il bat encore.

CHAPITRE 29

LANDON

Depuis quarante-huit heures, je suis constamment en contact avec Shay, je lui écris, je l'appelle pour m'assurer qu'elle n'oublie pas de respirer. Ça fait deux jours qu'elle n'est pas venue au lycée et je la comprends. Sa vie est sens dessus dessous ; il est normal que sa mère et elle aient besoin de temps pour réfléchir.

Moi : Comment va ton cœur
aujourd'hui ?

Shay : Il bat encore.

Tant mieux.

Le mercredi après-midi, je suis surpris lorsqu'on sonne à ma porte et que je trouve la mère de Shay sur mon perron. Elle est vêtue d'un long trench et de lunettes de soleil, et ses cheveux sont relevés dans un chignon fouillis.

– Madame Gable, bonjour.

Elle grimace en entendant son nom de famille, puis elle enlève ses lunettes de soleil et croise les bras.

– Je t'en prie, appelle-moi Camila.

– D'accord. Qu'est-ce que je peux faire pour vous ?

Elle a des cernes sous les yeux, comme si elle passait ses nuits à pleurer. Cela dit, c'est normal. Après tout, sa vie s'est écroulée, et tout ça à cause des choix égoïstes d'un homme.

– Je voulais te dire merci. Pour ce que tu as fait, pour avoir dit la vérité à Shay à propos de Kurt. On vit un enfer, ces derniers jours, mais Shay et moi avons déménagé et j'ai entamé la procédure de divorce…

Elle ne termine pas sa phrase et renifle, s'essuyant le nez avec sa main.

Shay a les mêmes yeux marron et les mêmes cheveux bruns que sa mère, elles se ressemblent tellement que c'en est perturbant. J'ai envie de prendre Camila dans mes bras pour la réconforter, mais ce ne serait pas juste. C'est moi qui suis responsable de ce qu'elle vit. C'est moi qui l'ai fait souffrir. Si elle a besoin de réconfort, je doute qu'elle veuille du mien. Mais alors, qu'est-ce qu'elle fait ici ?

Elle passe d'un pied sur l'autre et se frotte les bras de haut en bas.

– Pourquoi j'ai l'impression que ce n'est pas tout ce que vous vouliez me dire ?

– Eh bien, parce que c'est le cas. C'est juste que je n'ai pas trouvé comment le dire.

– Lancez-vous et on verra ce que ça donne.

Elle gonfle ses poumons et se lance.

– Je ne veux plus que tu voies ma fille.

Ah, d'accord…

Je m'attendais à tout sauf à ça.

– Je vous demande pardon ?

– Je suis désolée, Landon, vraiment. Mais je le vois dans tes yeux. Je vois dans ton regard et dans ton cœur que tu souffres, et je ne veux pas que tu tires ma fille vers le bas. Pas après ce qu'elle vient de vivre. Son cœur a besoin de repos.

Je grince des dents et ma gorge se noue.

– Vous croyez que je vais lui faire du mal ?

Comment est-ce possible ? J'ai fait ce qu'il fallait. Je ne lui ai rien caché, contrairement à son père. J'ai été honnête avec elle à propos de ce que je savais. J'ai été juste.

Or, ça ne change pas qu'aux yeux de Camila je ne mérite pas Shay.

– Ce n'est pas ça, mon chéri.

Appeler quelqu'un « mon chéri » tout en lui disant de ne plus approcher de sa fille est un tout nouveau genre d'insulte.

– C'est juste que je vois que tu as des soucis. J'ai eu beaucoup d'ennuis moi aussi, et Shay n'a pas besoin d'énergie négative dans sa vie.

– Vous voulez dire qu'elle n'en a pas besoin, comme elle n'avait pas besoin de voir sa mère croire son enfoiré de mari plutôt que sa fille et sa mère ? je crache.

Je n'ai pas voulu être méchant, mais mon cœur se brise. Je me sens perdu. J'ai fait ce qu'il fallait. Je lui ai dit ce que faisait son père. Je n'ai pas menti. Et c'est quand même moi qui suis puni ?

– Je comprends que tu sois en colère. Tu tiens à ma fille, comme moi. Mais si tu tiens vraiment à elle, tu la laisseras partir, Landon. Tu pars à la fac dans quelques mois, n'est-ce pas ? Shay doit se concentrer sur son avenir.

– Je peux être son avenir, moi.

– Non, rétorque-t-elle en secouant la tête. Tu ne peux être que son passé. Elle mérite un nouveau départ. S'il te plaît. Je te supplie de la laisser tranquille. Un jour, tu te féliciteras de ne pas lui avoir fait porter le poids de tes problèmes.

– Vous devriez partir, je déclare en me tenant aussi droit que possible.

Elle fronce les sourcils et remet ses lunettes de soleil.

– Je suppose que tu me trouves méchante, et peut-être que je le suis. Peut-être que je suis tellement perdue que je ne fais plus la différence entre le bien et le mal. Mais dis-moi… est-ce que tu voudrais que ta fille sorte avec un garçon comme toi ?

– Vous ne me connaissez pas.

– Non… mais je connais ton genre. S'il te plaît, Landon. Je t'en supplie. N'abîme pas ma fille de la même manière que mon mari m'a abîmée.

Elle s'éloigne, me laissant seul avec mes pensées.

Je me demande combien de fois il faut entendre qu'on est brisé avant que ces mots se gravent à jamais dans son esprit.

D'abord Monica, puis KJ, et maintenant Camila.

Ce soir-là, je n'arrive pas à dormir. Le lendemain, je me lève en traînant des pieds, comme un zombie qui a passé la nuit à analyser tous les aspects de sa vie.

Je repasse dans ma tête chacun de mes défauts. Même si le père de Shay est un vaurien, il m'a dit que je ne méritais pas sa fille, et sa mère a dit exactement la même chose. Quand deux parents jugent qu'on n'est pas assez bien pour leur enfant, ça fait mal.

Peut-être ont-ils raison ? Peut-être que je ne la mérite pas. Avant moi, Shay ne faisait jamais de bêtises. Mais depuis qu'on a fait ce pari, un côté rebelle s'est libéré en elle. Toutefois, je ne sais pas si c'est à cause de moi. Peut-être que c'est parce qu'avant ça, elle était comme un oiseau en cage et qu'avec moi, elle a enfin appris à voler. Il n'empêche que ça me rend malade.

Je ne peux pas m'empêcher de penser que je suis trop endommagé pour elle, et mes doutes m'ensevelissent peu à peu.

Tu n'es qu'une merde, me disent-ils. *Quelqu'un comme elle ne pourra jamais aimer quelqu'un avec tes problèmes. Elle a juste dit qu'elle t'aimait pour mettre fin à ce pari, pas parce qu'elle tient à toi.*

C'est le problème avec l'angoisse et la dépression : il n'y a rien de logique. Quand mon cerveau se met à douter, il s'emballe et parvient à me faire croire n'importe quoi. Je suis tellement angoissé que je n'arrive pas me concentrer. Lorsque j'arrive au lycée, je passe voir Madame Levi pour qu'elle me mente en me disant que je mérite d'être heureux et que je ne suis pas un moins-que-rien ; mais elle est déjà avec un élève.

Je m'éloigne de son bureau et j'entends Shay m'appeler. Au lieu de me retourner, j'accélère. Je n'ai pas la tête à lui parler. Je ne veux parler à personne.

Je file sur le terrain de foot et me cache sous les gradins. Je saisis les barres métalliques, ferme les yeux et m'efforce de faire taire mes pensées.

Parfois, ça marche. Mais pas cette fois.

***

Je sèche le reste des cours et ne reviens que pour la répétition. Lorsque j'entre dans le théâtre, mes yeux se posent tout de suite sur le regard inquiet de Shay.

– Salut, où tu étais passé ? demande-t-elle.

– J'ai séché les cours.

– Pourquoi ? Qu'est-ce qui se passe ?

– Je n'ai pas besoin de raison pour sécher les cours.

Elle hausse les sourcils.

– Landon.

– Quoi ?

– Qu'est-ce qui ne va pas ?

Moi. Rien ne va, chez moi.

– Rien, tout va bien. On peut juste répéter ? Je n'ai pas envie de parler.

Je tourne les talons et m'en veux immédiatement de lui avoir parlé ainsi, mais j'ai passé les huit dernières heures à dresser la liste de toutes les raisons qui font que je ne la mérite pas.

La liste est longue, détaillée et juste.

Que m'apporterait Shay, si nous étions ensemble ?

Du bonheur, de la joie, des rires, un sentiment d'appartenance, un havre de paix, de l'espoir, de l'amour. Son esprit, son corps, son âme. Sa lumière.

Et qu'est-ce que je lui offrirais en retour ?

Mes cicatrices, mes crises d'angoisse, mes problèmes, mes sautes d'humeur, ma souffrance, ma dépression, mon ombre.

On ne part pas sur un pied d'égalité, ça, c'est certain. Elle m'offrirait tout ce qu'elle est, et je lui prendrais tout. Ils ont tous raison, elle est trop bien pour moi.

– Land, attends, dit-elle en saisissant mon bras.

Je ferme les yeux. Elle m'offrirait sa chaleur et ses caresses, aussi.

– Parle-moi.

– Laisse tomber, Shay, ok ? Laisse tomber et laisse-moi partir.

Elle lâche mon bras et je frissonne. La chaleur de sa main me manque déjà. Elle continue de me dévisager, de me lire, d'analyser chaque part de moi qui s'est brisée à nouveau.

Arrête, Shay... Arrête de lire les pages de mon livre. L'encre n'est pas encore sèche et les mots ne sont pas beaux.

– Tu souffres. Laisse-moi entrer, Landon. S'il te plaît, parle-moi. Quoi qu'il se passe, je suis assez forte pour l'entendre. Je suis là. Je peux t'aider.

Tout ce qu'elle fait me rappelle pourquoi je suis tombé amoureux d'elle. Elle est là, face à moi, inquiète, impliquée. Son regard déborde d'amour. Elle n'a même pas besoin de me dire qu'elle m'aime, je le vois dans ses yeux. Shay Gable me regarde comme si elle avait remporté le gros lot avec moi. Comme si elle voyait en moi un potentiel encore à venir. J'adore sa façon de me regarder. Je déteste savoir que je ne pourrai jamais satisfaire ses attentes.

– Laisse tomber, je gronde une dernière fois. Finissons-en avec cette répétition, ok ?

Je m'en veux d'être aussi froid avec elle. Je m'en veux d'avoir des pensées aussi tordues. Je m'en veux… d'être moi.

Merde.

Je me déteste.

On répète la pièce et quand vient le moment pour Juliette de se donner la mort, pour la première fois depuis le début des répétitions, Shay verse de vraies larmes. Elles coulent sur moi alors qu'elle récite ses dernières répliques, et ses paroles débordent d'émotion.

J'ouvre les yeux et la regarde. C'est de ma faute. C'est moi qui lui ai brisé le cœur, alors qu'on ne sort même pas ensemble. Je n'imagine même pas le mal que je lui aurais fait avec le temps.

– Bravo ! Bravo ! s'exclame Monsieur Thymes lorsque Shay a fini.

Il pose ses mains sur son cœur, les yeux grands ouverts, émerveillés.

– Et c'est pour ça que Shay est notre Juliette, les amis ! Shay, ce que tu viens de faire est spectaculaire. Dans quoi as-tu puisé pour révéler autant d'émotion ?

Elle lui lance un sourire inquiet et hausse l'épaule.

– De la souffrance ?

– Oui, acquiesce M. Thymes en frappant dans ses mains. Je l'ai sentie. Bien, très bien. Je veux voir la même chose ce week-end. Ne lâche pas cette souffrance. Et, Landon ?

– Oui, Monsieur ?

– Garde les yeux fermés lorsque Juliette meurt. Roméo ne regarderait pas Juliette pendant qu'elle se suicide.

– Ça marche.

– À part ça, vous pouvez tous les deux être fiers de vous. Je n'ai jamais vu une telle alchimie entre deux acteurs. Je peux dormir à poings fermés ce soir : avec vous deux, le spectacle sera un succès. Bonne nuit, les enfants.

Je range mes affaires et me dépêche de partir, espérant éviter Shay, mais elle est trop rapide.

– Landon, attends, dit-elle alors que j'ouvre la portière de ma voiture.

Elle plaque ses mains sur la vitre et la referme avant de se poster devant moi.

– Pousse-toi, Shay, je râle en grimaçant.

– Non. Pas tant que tu ne m'auras pas dit ce qui ne va pas. Pourquoi tu es aussi bizarre ? Qu'est-ce qui s'est passé aujourd'hui ?

– Je n'ai pas envie d'en parler. Laisse-moi.

– Non. Landon, je vois que tu souffres. Dis-moi ce que je peux faire pour t'aider.

– Tu ne peux rien. Et je ne veux pas de ton aide.

Ses yeux se remplissent de larmes et elle pose une main sur mon cœur.

– Dis-moi ce que j'ai fait…

Ce qu'elle a fait ?

Elle se sent coupable alors qu'elle ne pourrait jamais rien faire de mal, à part craquer pour un mec comme moi.

Ça se passe sous mes yeux : je vois ma froideur lui briser le cœur. Si Shay sait lire en moi depuis le premier jour, j'ai appris à la décrypter, moi aussi. Et je vois que je la fais souffrir. Il faut que j'y mette fin tout de suite avant qu'on ne tombe encore plus amoureux l'un de l'autre.

– Écoute, je ne voulais pas te le dire tout de suite à cause de tout ce qui se passe dans ta vie, mais vu que tu ne me laisses pas le choix… je vais te le dire tout de suite. J'ai gagné.

– Gagné ? Tu as gagné quoi ?

– Le pari, je déclare en dégainant mon plus beau sourire de connard. Tu n'as pas vraiment cru que je tombais amoureux de toi, si ? Allez, Poulette. Rien de tout ça n'était vrai. C'était qu'un jeu ; rien de plus, rien de moins.

Elle fait un pas en arrière et se cogne contre ma voiture.

– De quoi tu parles ?

– Ce truc entre nous, ça n'a jamais été réel. Je m'ennuyais, et le pari était un bon moyen de m'occuper. Mais c'est fini maintenant, et je ne veux plus rien à voir avec toi. Après le spectacle, on n'aura plus jamais à se reparler.

– Non, chuchote-t-elle en secouant la tête. Non. C'était réel. C'est bien réel. Je ne sais pas ce qui t'arrive, Landon. Je ne sais pas pourquoi tu dis ça, mais je te connais. Je connais ton cœur et je sais comment il bat. Je connais tes vérités, tu te souviens ? Seulement des vérités, pas de mensonges.

Mon cœur déjà malade se brise un peu plus à chacun de ses mots.

– Tout n'était que mensonge, Shay. Rien n'était sincère dans cette histoire.

– Tu… tu m'as montré tes cicatrices. Tu m'as tout montré.

– Poulette, c'est la base pour que vous tombiez amoureuses. Il suffit de vous raconter une histoire super-triste. Ça marche à tous les coups.

Elle s'apprête à dire quelque chose, mais elle se ravise. Elle hisse son sac sur son épaule et s'éloigne à grands pas.

Quelques heures plus tard, elle m'envoie un message.

Shay : Je ne sais pas à quoi tu jouais,
aujourd'hui. Je ne sais pas pourquoi
tu es aussi distant et pourquoi tu ne
veux pas me parler, mais sache que
je pense à toi. Je veux que tu saches
que tu es quelqu'un de bien,
qui mérite d'être heureux
et d'être aimé. Je ne cesserai jamais
de te le dire, Landon. Même si
tu me repousses, je continuerai
de te dire que le monde a besoin
de toi. Quand tu es prêt à parler,
tu sais où me trouver.

Merde, Poulette.

Je n'en reviens pas qu'une personne aussi belle que Shay puisse exister, et qu'elle veuille de moi.

Je ne réponds pas à son message, même si je meurs d'envie de lui dire que je l'aime, dans l'espoir de l'entendre en retour.

***

Shay m'écrit matin et soir. Au lycée, et pendant les répétitions, elle vient me voir pour savoir si je vais bien. Elle me demande comment va mon cœur, et je ne lui réponds pas. Elle est déterminée à me faire savoir que je ne suis pas seul et, bon sang, ça fonctionne. Mais je ne peux pas l'avoir, et elle ne m'aura pas : pas comme elle le veut, en tout cas. Elle mérite un amour entier, et le mien est brisé en mille morceaux.

Je sais donc que je dois faire l'impensable. Je dois franchir une ligne dont on ne pourra pas revenir.

Je dois lui briser le cœur pour de bon afin qu'elle ne m'aime plus.

J'envoie donc un message à tous mes contacts.

Moi : On fête la première chez moi,
ce soir. Apportez de l'alcool
et vos pires habitudes.

Comme toujours, je regrette très vite d'organiser une fête chez moi.

La première de la pièce est spectaculaire. Monsieur Thymes est ravi, Shay pleure, je n'ouvre pas les yeux et le public nous offre une standing-ovation.

Tout ça aurait été génial si j'avais pu fêter un tel succès avec Shay. Si j'avais pu la ramener chez moi et lui montrer combien je l'aime. Si j'avais pu rire avec elle devant *Friends*. Si j'avais pu l'aimer jusqu'à la fin de mes jours.

Ouais, ç'aurait été génial. Mais ce n'est pas réaliste.

Les gens s'entassent chez moi, picolent, partagent des potins et parlent de choses qui ne m'intéressent pas.

Je vois Shay dès qu'elle passe la porte avec Raine et Tracey. Je n'en reviens pas de la repérer aussi vite dans une pièce bondée, comme si j'étais attiré par son énergie, sa lumière. Par elle.

Elle discute avec tout le monde, offrant son sourire radieux et sa personnalité pétillante. Elle illumine tous ceux à qui elle parle. C'est justement ce que j'aime tant chez elle, sa chaleur, son esprit. Tout.

Shay illumine le monde qui l'entoure, et je suis sur le point d'éteindre sa flamme.

Elle tourne la tête vers moi, souriant tout en fronçant les sourcils d'un air inquiet. Elle penche la tête d'un air confus et articule « Salut, Satan ».

Je lui souris sans le vouloir, mais il est impossible de ne pas sourire à Shay.

Salut ma belle.

Je me force à détourner le regard et me concentre sur quelque chose de bien moins agréable : le reste du monde.

– Sept Bouteilles ! Sept Bouteilles ! chantent un groupe d'élèves de seconde.

C'est parti.

Je m'assois dans le cercle et je suis sur le point de faire tourner la bouteille quand une voix m'arrête.

– Qu'est-ce que tu fais ? demande Shay.

– Je joue, je rétorque sèchement.

Elle hausse un sourcil et s'assoit près de moi.

Bon sang, pourquoi est-elle aussi forte ? Pourquoi supporte-t-elle mes conneries ?

Des filles gloussent à côté d'elle, buvant je ne sais quel alcool bon marché dans leurs gobelets rouges. Elles sont ultra-agaçantes, tout l'inverse de Shay. Tout l'inverse de ce que je désire.

C'est à moi de jouer.

Je saisis la bouteille et la fais tourner. Shay plonge son regard dans le mien et je ne la quitte pas des yeux.

– Mon Dieu ! glousse une des gamines quand la bouteille s'arrête sur elle.

Ses copines glapissent de joie et Shay ferme les yeux en soupirant.

Je me lève et m'adresse à la nana.

– Ok, finissons-en.

Elle se lève d'un bond, sautillant comme une enfant. On va dans le placard et je ferme la porte derrière nous.

– Mon Dieu, je n'en reviens pas d'être sur le point d'embrasser Landon Harrison ! *Le* Landon Harrison ! s'exclame-t-elle, bien trop excitée.

– Tu es en quelle classe ?

– En seconde. Mais bientôt en première ! ajoute-t-elle comme si ça la rendait plus intéressante.

Pourtant, ce n'est pas le cas. Je me fiche de qui elle est et d'où elle vient. J'ai juste besoin de savoir qu'elle fera ce que je lui dis.

– Alors…

Elle enroule une mèche sur son index et je regrette amèrement de ne pas être avec Shay.

– Tu veux qu'on s'embrasse avec la langue, ou…

– Je ne vais pas t'embrasser, je déclare.

– Ah ?

– Je n'ai rien contre toi ; tu es très belle. Mais mon cœur appartient à quelqu'un d'autre.

– Alors, pourquoi tu joues à ce jeu ?

– C'est compliqué. Mais j'ai besoin de ton aide. Quand on sortira d'ici, j'ai besoin que tu fasses comme si on s'était bécotés. Et je veux que tu en fasses des tonnes. C'est gagnant-gagnant. Toi, tu peux dire à tes amies que tu m'as embrassé…

– Et toi, en quoi tu es gagnant ?

– Ça ne te regarde pas, mais crois-moi, j'aurai ce que je veux.

Elle hausse un sourcil.

– Tu ne connais même pas mon prénom, je parie.

– Non.

– Pourquoi j'aurais envie d'aider un mec qui se fiche de savoir comment je m'appelle ?

– Je n'ai pas dit que je m'en fichais, j'ai dit que je ne le connaissais pas. Alors, dis-moi.

– Jessie.

– Ok, Jessie. Enchanté. Tu as l'air d'être une chouette fille. Alors, on a un deal, ou pas ? L'heure tourne, tu sais.

Elle se mord la lèvre et réfléchit.

– Ok, ça marche. Mais je veux dire qu'on a mis la langue.

– Bien sûr, avec plaisir.

Jessie se pince les joues pour avoir l'air émoustillée, et lorsqu'on sort du placard, elle raconte aussitôt à ses amies que je lui ai roulé la pelle du siècle.

Shay est devant le placard, pâle comme un linge.

– Tu es sérieux, Landon ? demande-t-elle d'un air choqué.

Je mets mes mains dans mes poches et hausse les épaules.

– Je te l'ai dit, Poulette. C'était qu'un pari entre nous. Rien de moins, rien de plus.

Je vois le moment où elle me laisse partir. Son regard, qui était rempli d'amour quelques secondes plus tôt, est désormais glacial. Elle se redresse et lève la tête fièrement.

– Ok. Tu voulais que j'arrête de tenir à toi ? Félicitations, Landon. Tu as gagné.

Je me déteste plus que jamais, surtout parce que je n'ai pas fini de la repousser.

– Je sais que j'ai gagné, mon p'tit soleil. C'était le but du pari.

– Ne m'appelle pas « soleil », siffle-t-elle.

Ne sois pas aussi radieuse.

– Bon, c'est bon, on a fini ? J'ai eu ce que je voulais de toi, donc j'aimerais vraiment…

Clac.

Sa main s'écrase sur ma joue.

– Va te faire foutre, Landon ! dit-elle d'une voix rauque.

Mais elle se sent aussitôt coupable et elle retire sa main, choquée d'avoir eu le culot de me gifler.

– Je suis désolée, chuchote-t-elle en baissant la tête et en reculant.

Elle tourne les talons et s'enfuit, me laissant seul face à la foule.

Note à moi-même : pour se débarrasser d'une femme, il n'y a rien de mieux que de l'humilier devant des dizaines de camarades. C'est vraiment impardonnable.

– Fichez-moi la paix, je marmonne.

– Landon, qu'est-ce que tu fous ? demande Raine d'un air outré. Pourquoi tu lui as fait ça ?

– Je ne suis pas d'humeur, Raine, je réponds en lui tournant le dos.

Elle me saisit par le bras et me force à la regarder.

– Non, Landon. Je ne comprends pas… Shay et toi… c'était réel. C'est la plus belle chose que j'aie vue depuis Hank et moi, donc je ne comprends pas que tu la repousses comme ça.

– Laisse tomber, Raine.

– Non. Vous êtes tous les deux mes amis, et je…

– Raine, pour une fois dans ta vie, tu peux t'occuper de tes affaires ? j'aboie.

Elle fait plusieurs pas en arrière, choquée de m'entendre lui parler ainsi.

– Ça ne te ressemble pas, Landon, dit-elle en secouant la tête. Je ne sais pas ce qui se passe, mais ce n'est pas toi. Pour l'instant, je vais aller m'occuper de Shay.

– Raine ?

– Ouais ?

– Tu peux t'assurer qu'elle va bien ? je demande d'une voix tremblante.

Elle fronce les sourcils.

– Oui. Mais après, je vais revenir pour m'assurer que toi aussi tu vas bien. Shay n'est pas ma seule amie dans cette histoire. Tu as beau être un enfoiré, je t'aime quand même.

Elle part sur les traces de Shay et je suis soulagé de savoir que quelqu'un va prendre soin d'elle. Je sens une main sur mon épaule, c'est Greyson qui m'étudie d'un air inquiet.

– Ça va ?

– Pas vraiment.

– Tu veux que tout le monde dégage ?

– Ouaip.

Il hoche la tête et part remplir sa mission habituelle.

Heureusement, ma maison est bientôt vide, Greyson est doué pour foutre les gens dehors. Faudra que je le remercie plus tard. Lorsque j'arrive dans ma chambre, les Quatre Fantastiques (+Raine) sont déjà là.

– Qu'est-ce que vous faites ici ?

– Quand tu as dit que tu voulais que tout le monde dégage, tu ne parlais pas de tes potes les plus cool, répond Hank.

– Écoutez… je commence en me massant la nuque, j'ai envie d'être seul ce soir.

– On sait, répond Éric en tapotant le lit à côté de lui. C'est pour ça qu'on ne va pas partir. On est tes amis et on le voit quand tu ne vas pas bien. Donc, même si tu as envie d'être seul, on te l'interdit. Parce que tu ne l'es pas.

– Je ne vous mérite pas, je soupire.

– Ça c'est clair, répond Raine en me mettant un petit coup de coude. Maintenant tais-toi et laisse-moi te mettre une raclée à *Mario Kart*.

Elle me tend la manette et je la prends.

– Eh… Raine… Comment elle va ?

– Elle a le cœur brisé, elle est perdue, anéantie. Et toi ?

J'ai le cœur brisé.

Je suis perdu.

Je suis anéanti.

– Ça va, je réponds en haussant les épaules.

– Menteur, déclare-t-elle en souriant tristement.

***

Après la fête, Shay cesse de me parler, ne m'adressant la parole que lorsqu'elle est Juliette et moi Roméo. En dehors de ça, c'est silence radio. Et je la comprends. Je ne me parlerais pas non plus, à sa place.

Je ne suis qu'un enfoiré qui fait du mal aux gens parce que suis criblé de doutes. Mieux vaut qu'on ne soit plus ensemble. En tout cas, c'est ce que me répète mon cerveau.

L'année scolaire s'achève par la traditionnelle cérémonie de remise de diplômes, mais la robe et le chapeau noir ne m'aident pas à savoir ce que je vais faire de ma vie. Ma seule certitude est que je ne veux pas aller en fac de droit. Mon père continue d'insister, mais ma mère se bat pour qu'il me laisse prendre mes propres décisions.

– Tu dois cesser de le couver, Carol. Ce n'est plus un enfant, et il lui faut une vraie carrière, dit mon père.

– Ce n'est pas parce que tu n'approuves pas que ce n'est pas une vraie carrière, rétorque ma mère.

Ces conversations durent des semaines.

De mon côté, je me fiche complètement de la fac, je n'y pense même pas. Ma seule préoccupation, c'est Shay.

Elle me manque.

Elle me manque terriblement, et je me déteste de ce que je lui ai fait. Je finis par décider que la seule façon de ne plus penser à elle est de replonger dans mes bonnes vieilles habitudes.

Ça commence par une murge lors d'une fête. Des mecs boivent des shots, et je les suis. Or, j'ai à peine goûté à l'alcool que je me sens minable. Peut-être que Monica avait raison : les gens ne changent jamais vraiment. Je resterai à jamais le gamin perturbé qui est strié de cicatrices, à l'extérieur comme à l'intérieur.

L'alcool brûle ma gorge sur son passage et je déteste ça, mais je continue de boire, persuadé que ça m'empêchera de penser à Shay. Hélas, ce n'est pas le cas. Mes pensées n'en deviennent que plus intenses.

Je la croise à deux reprises. Une fois lors d'une petite fête chez Hank, où je bois un verre de trop. Lorsque Shay arrive, je suis déjà ivre et je passe pour un connard auprès de sa cousine. Je dis n'importe quoi et, cette nuit-là, je ne ferme pas l'œil de la nuit.

La deuxième fois que je vois Shay, je n'ai bu qu'un verre, et je la regarde de loin tandis qu'elle rit avec Éric. Elle semble heureuse, sans moi.

Je rentre chez moi et m'effondre dans ma chambre.

Tu vois, elle n'a pas besoin de toi, se moque mon cerveau. *Elle se porte mieux sans toi. Tourne la page. Tu n'es qu'un moins-que-rien.*

Je ne pensais pas que la bataille la plus dure serait contre mes propres pensées.

Car je perds. Jour après jour, la réalité m'échappe un peu plus.

Au moment où la situation ne pourrait être pire, mes amis m'envoient des messages qui me rendent malades.

Hank : Tu as entendu, pour Monica ?

Éric : Mec, c'est dingue !

Moi : Qu'est-ce qui s'est passé ?

Greyson : Elle a fait une overdose
hier soir, chez Reggie. Elle est à l'hôpital.

Ma tête va exploser, et le mot « overdose » se grave dans mon esprit.

Je ne peux m'empêcher de penser à Lance, à sa mort, au fait que je ne l'ai pas sauvé. Je repense ensuite à ma dernière conversation avec Monica, lorsqu'elle m'a demandé qui allait la choisir, elle. Elle voulait savoir qui resterait à ses côtés, et je lui ai répondu que ce ne serait pas moi.

Putain, Monica, pourquoi ?

Je ne sais pas quoi faire. Je n'arrive pas à respirer. Toutefois, je parviens à saisir mes clés, et je file à l'hôpital pour être avec elle, car je suis sûr que personne d'autre n'ira.

CHAPITRE 30

SHAY

Lorsque Raine m'annonce ce qui est arrivé à Monica, je pense aussitôt à Landon.

Je sais que je ne devrais pas m'inquiéter pour lui après ce qu'il a fait à cette fête, mais je n'y peux rien. Quand l'amour nous saisit, il n'est pas facile d'y échapper.

J'aime Landon, même si je ne devrais pas. J'aime sa lumière et son ombre. J'aime son sourire narquois, j'aime ses grimaces. J'aime ses moments heureux et ses moments d'angoisse.

Je l'aime. Même quand il ne le mérite pas. Même quand il me blesse.

Mon cœur, mon âme et mon amour lui appartiennent encore.

Je sais qu'il doit être mal de savoir que Monica a fait une overdose. Vu leur passé, je sais qu'il doit se noyer dans sa tristesse et, même si je lui en veux et suis en colère contre lui, je ne veux pas qu'il soit seul.

Pas maintenant.

Je file tout droit à l'hôpital où je le trouve, seul, dans la salle d'attente. Il est penché en avant, tête baissée. Ses phalanges sont rouges tant il serre les poings, et il semble anéanti. Son dos est courbé, ses manches relevées, révélant les cicatrices qu'il s'efforce pourtant de cacher au reste du monde.

Oh, Landon.

Où est parti ton esprit, ce soir ?

Je marche jusqu'à lui et pose ma main sur son épaule.

Il lève la tête et je découvre ses yeux rouges, son regard confus.

– Qu'est-ce que tu fais là ? chuchote-t-il en reniflant.

– Ça.

Je tire une chaise pour la placer devant lui et je m'assois face à lui, prenant ses mains tremblantes dans les miennes.

– Je fais ça, je déclare.

Il ouvre la bouche, mais ne dit rien.

Je tiens ses mains encore plus fort lorsque ses lèvres se mettent à trembler.

– Shay…

– Ne t'en fais pas. On n'est pas obligés de parler. Je veux juste être là pour toi.

Il grimace et se racle la gorge alors que des larmes coulent sur ses joues.

– Je t'ai fait du mal.

– Je vais bien. Je suis plus forte que j'en ai l'air.

– Pourquoi tu es venue ? Après tout ce que je t'ai fait ?

– Parce que personne ne mérite d'être seul dans des moments difficiles. Pas même toi.

Il marmonne un merci et lâche mes mains pour essuyer ses larmes avant de les reposer dans les miennes.

– Comment va-t-elle ?

– Ils lui ont fait un lavage d'estomac. Elle n'est pas encore réveillée. Ils ne veulent rien me dire, parce que je ne suis pas un membre de la famille. Ses parents ne sont même pas encore arrivés, tu y crois, toi ? Leur fille fait une overdose, et ils ne se précipitent pas à son chevet.

– C'est horrible. Elle n'est pas proche de ses parents ?

– Aussi proche qu'on puisse l'être de gens comme ça. Il n'y a que l'argent et l'image qui les intéressent. Son père est dans la politique. Il compte se présenter au Sénat, un jour, et un tel scandale ruinerait son image.

– Et sa mère ?

– Je suppose qu'elle est chez l'esthéticienne, ou quelque chose comme ça. C'est un sacré numéro, dit-il en soupirant. Shay… sérieusement… qu'est-ce que tu fais ici ?

– Je te l'ai dit. Tu ne mérites pas d'être seul. Je sais que tu crois que si, mais ce n'est pas le cas, Landon.

Il lève un regard anéanti sur moi.

– Tu me manques, chuchote-t-il. Tu me manques tellement que je n'en dors plus.

Mon cœur accélère.

– C'était vraiment qu'un pari, Landon ?

– Allez, Poulette… on connaît tous les deux la réponse, non ?

Mes mains se mettent à trembler, ou peut-être est-ce les siennes ? Quoi qu'il en soit, je ne les lâche pas.

– Pourquoi tu m'as repoussée ?

– Parce que j'ai besoin de tenir les gens à distance. Quand les gens s'approchent trop de moi, ils finissent par souffrir. Regarde Monica.

– Ce qui est arrivé à Monica n'est pas de ta faute.

– Bien sûr que si.

– Pourquoi tu dis ça ?

– Elle m'a demandé de rester avec elle, et j'ai dit non. Je lui ai dit que je ne la choisissais pas. Elle a fait une overdose parce que je n'étais pas là pour elle.

– Non, rétorque Shay. Elle a fait une overdose parce qu'elle a choisi de se droguer. Ce n'est pas de ta faute. Tu n'es responsable de rien.

Il grimace et regarde ses pieds.

– Je n'ai pas embrassé cette fille.

Il parle si bas que je ne suis pas sûre d'avoir bien entendu. J'en viens même à me demander si je n'ai pas imaginé qu'il l'a dit.

Il lève alors la tête et ses yeux bleus plongent dans les miens tandis qu'il me sourit tristement.

– Pourquoi tu as menti ?

– Parce que tu mérites mieux que moi. Pour que tu ne m'aimes plus.

– Eh bien… ça n'a pas marché, je déclare en riant.

Il rapproche sa chaise et appuie son front contre le mien en fermant les yeux. On est si près que nos lèvres pourraient se toucher. Son souffle effleure mes joues et mon cœur bat la chamade.

– Poulette, murmure-t-il.

– Satan.

– Dis-moi que tu ne m'aimes pas.

– Je ne peux pas faire ça.

– Si, tu peux. Dis-moi que tu ne m'aimes pas. S'il te plaît, implore-t-il en caressant ma bouche avec la sienne.

– Non.

– Alors, dis-moi un mensonge.

– Je te déteste, je soupire contre ses lèvres.

– Je te déteste aussi, ment-il en retour, décrochant une larme qui s'écrase sur ma cuisse.

– Mais je te déteste le plus, je promets.

– Je t'aime, dit-il avant de m'embrasser.

Le baiser est si léger que c'est presque irréel. Comme dans une de mes histoires. Comme un rêve qui devient réalité.

– Je t'aime aussi.

– Mais je t'aime le plus, promet-il.

Et je le sens. Je sens son amour dans tout mon corps. Dans mon cœur, dans mon âme, dans mon esprit. Je sais aussi combien il lui est difficile de l'admettre. Je sais que Landon est triste, terriblement triste et endommagé. Mais il m'aime. Et ça doit le terroriser.

– Qu'est-ce que tu fais ici ? siffle une voix.

Il se lève d'un bond et se racle la gorge.

– Monsieur et Madame Cole, bonjour, dit-il en fuyant leurs regards. J'ai appris pour votre fille et je voulais m'assurer qu'elle allait bien.

Les parents de Monica.

Elle ne leur ressemble en rien, mais ça ne me surprend pas. Je suppose qu'elle devait ressembler à sa mère avant que la chirurgie ne la transforme.

– Ça ne te regarde pas, aboie Madame Cole. C'est sans doute à cause de toi qu'elle est dans cet état. Ça fait longtemps que tu la tires vers le bas et ça y est, elle a touché le fond. Notre pauvre Monica est ici à cause de toi et de ta mauvaise influence.

– Je parie que c'est toi qui lui as filé la drogue. C'est de ta faute, ajoute Monsieur Cole d'un ton plein de haine.

– Quoi ? Mais non, pas du tout ! je m'exclame.

Landon lève la main pour me faire taire.

C'est injuste. Ils l'accusent alors qu'il n'a rien fait. Ce n'est pas le méchant dans cette histoire, c'est le héros. Ils le déclarent coupable sans avoir la moindre preuve. Leur haine est dirigée vers la mauvaise personne, c'est eux-mêmes qu'ils devraient détester. Ce sont eux les mauvais parents.

– Sors d'ici, ordonne Madame Cole. Et ne t'approche plus de ma fille. Si je te revois, les flics te créeront tant d'ennuis que tu ne pourras plus jamais mettre les pieds dans cette ville. Va-t'en.

– C'est quoi votre problème ? je m'écrie, furieuse.

Je n'imagine pas ce que je ressentirais si on m'accusait d'être une horrible personne. J'ai envie de hurler pour lui, de le défendre contre chaque insulte.

Mais Landon ne me laisse pas faire. Il refuse que je me batte pour lui.

– C'est bon, Shay, ça va. Je m'en vais, dit-il à voix basse avant de se tourner vers les parents de Monica. Monsieur et Madame Cole, je suis désolé pour ce que vous traversez. J'espère que votre fille va bien. Encore une fois, je suis désolé… pour tout.

Il baisse la tête et marche vers la sortie.

Je m'apprête à lui emboîter le pas lorsque la mère de Monica me saisit par le bras.

– Laisse-le partir, jeune fille. Tu ne vois pas qu'il a des problèmes ? Tu ne vois pas tout le mal qu'il a fait ?

– Vous ne voyez pas le mal que vous venez de faire, vous ? je m'exclame en me libérant de sa prise. Vous vous trompez sur lui. Ce n'est pas un monstre. Il n'est pas endommagé. C'est quelqu'un de bien. Il est gentil et attentionné. Vous vous êtes convaincus de ce qu'il est et vous refusez d'ouvrir les yeux pour voir la vérité.

Je cours après Landon et l'interpelle. Il se tourne lentement vers moi, les mains dans les poches.

– Qu'est-ce que tu fais ? demande-t-il.

– Je viens avec toi.

– Non, Shay. Tu ne peux pas. Tu ne les as pas entendus ? Je ne te mérite pas. Je ne mérite personne.

– Arrête. Ne laisse pas ces conneries t'atteindre, Landon. Ils se trompent. Ne les écoute pas. Laisse-moi venir avec toi. Laisse-moi rester à tes côtés.

Il fronce les sourcils et se masse la nuque.

– Je ne peux pas, Shay. Mais tu peux faire quelque chose pour moi ?

– Quoi ?

– Tu peux rester ici et me dire que Monica va bien ? Je sais que ses parents ne vont pas rester très longtemps. Tu peux me tenir au courant ?

– Et toi ?

– Ne t'en fais pas pour moi, Poulette. Je vais toujours bien.

Menteur.

– Landon…

– S'il te plaît, Shay. S'il te plaît.

Ses paroles ne sont rien à côté de son regard douloureux qui m'implore.

– Elle ne voudra pas me voir, je réponds.

– Crois-moi, j'ai déjà été dans l'état de Monica. Elle préférera voir n'importe qui plutôt que de ne voir personne. Mais tu n'es pas obligée de rester, si tu ne veux pas.

– Je le ferai pour toi. Je ferai n'importe quoi pour toi.

Il sourit et je crois que, cette fois, il est sincère.

Je ne lui demande pas la permission avant de le prendre dans mes bras. Je le serre plus fort que jamais pour qu'il sente que je suis là. Pour qu'il se sente aimé.

– Je t'aime, je chuchote dans son cou alors qu'il me serre contre lui.

J'adore sentir qu'on s'emboîte parfaitement, comme si nous étions deux pièces d'un puzzle qui trouvent enfin leur place.

– Je t'aime, répond-il.

Il recule et me remercie de m'occuper de Monica. Il tourne les talons et je meurs d'envie de le suivre, mais je sais que je ne peux pas. Je lui ai fait une promesse et je dois la tenir.

Je retourne dans la salle d'attente et repense à ce que Mima m'a dit.

Sé valiente, sé fuerte, sé amable, y quédate.

Sois courageuse, sois forte, sois gentille, et reste.

C'est donc ce que je fais.

***

Les parents de Monica s'en vont dès qu'ils apprennent qu'elle va bien. Ils retournent à leur vie, laissant leur fille seule dans un lit d'hôpital.

Lorsque les infirmières s'éloignent, j'en profite pour frapper délicatement à la porte.

– Entrez, marmonne Monica.

Je contourne le rideau et mon estomac se retourne. Monica fait peur à voir. Elle semble anéantie, elle a vraiment touché le fond, cette fois. Elle est pâle, elle a d'affreux cernes sous les yeux et elle semble dépourvue de toute énergie.

Elle se redresse et coiffe ses cheveux derrière son oreille, gênée.

– Qu'est-ce que tu fais ici ? demande-t-elle en fuyant mon regard.

– Je suis venue avec Landon pour voir comment tu allais. Tes parents l'ont viré et il m'a demandé de rester pour savoir si tu vas bien.

Elle ricane et se met à tousser.

– Pourquoi il ferait ça ? Il se fiche complètement de moi.

– On sait toutes les deux que ce n'est pas vrai, Monica. Ce n'est pas parce que Landon n'est pas amoureux de toi qu'il ne tient pas à toi.

Elle souffle et lève les yeux au ciel.

– Tu dois être ravie de me voir comme ça.

Je fronce les sourcils et me demande si elle le pense vraiment, si elle pense sincèrement que je prends du plaisir à la voir souffrir.

– Jamais, je réponds. Je suis contente que tu ailles bien.

Elle tourne la tête vers la fenêtre et essuie ses larmes.

– Je te déteste, tu sais ?

– Oui, je le sais.

– Mais est-ce que tu sais pourquoi ?

– Non…

Elle me regarde tout en pleurant à chaudes larmes.

– Parce qu'avec toi, il va mieux. Je le vois dans sa façon de te regarder. Ses yeux sont remplis d'une lumière que je n'ai jamais pu allumer chez lui. Tu le répares. Tu le ramènes à la vie alors qu'il est endormi depuis longtemps, et je te déteste pour ça. Je te déteste de faire ce que je n'ai jamais réussi.

– Monica.

– Et je t'aime pour les mêmes raisons, dit-elle, me coupant la parole. Je t'aime de lui offrir cette lumière. Ça fait si longtemps qu'il est dans l'ombre, comme moi. On a connu des jours affreux, ensemble. Et tu rends sa vie plus belle et plus facile. L'un de nous mérite bien ça.

– Vous le méritez tous les deux, je déclare en saisissant une des brochures posées sur sa table. Tu vas aller en cure de désintox ?

Elle lève les yeux au ciel et hausse les épaules.

– Je suppose que c'est l'étape logique après une overdose. Ils vont essayer de me dire que la vie est belle et m'aider à être sobre.

– C'est bien, Monica. C'est super-bien. Si tu veux que quelqu'un vienne te voir, pendant que tu es là-bas…

– T'emballe pas, Gable. On n'est pas amies.

Je ris doucement… soit.

– Ok, je vais te laisser te reposer. Je voulais juste que tu saches qu'on pense à toi, Landon et moi.

– Ouais, ok.

Elle tourne la tête vers la fenêtre et je me dirige vers la porte lorsqu'elle m'arrête.

– Est-ce qu'il va bien ?

– Honnêtement ? Je n'en suis pas sûre. Je crois qu'il s'est remis à sombrer.

Elle hoche la tête mais ne me regarde pas.

– Il y a la clé de chez moi sous le rosier devant la porte. Prends-la, va dans ma chambre et prends les feuilles sur mon bureau. Donne-les-lui. Je pense que ça l'aidera.

– Ok, je vais le faire.

– Merci, marmonne-t-elle.

Elle tourne alors la tête vers moi et, pour la première fois, son regard est sincère.

– Vraiment, Shay. Merci.

Je hoche la tête.

– Et si tu veux passer à la clinique, cet été, je ne t'enverrai pas chier, marmonne-t-elle.

– Ça roule.

– Eh Shay ? Je te déteste toujours.

– T'en fais pas, Monica, je réponds en souriant. Je te déteste aussi.

***

Lorsque je pars de l'hôpital, je vais tout de suite chez Monica pour prendre les feuilles sur son bureau. Quand je découvre qu'il s'agit des pages de mon carnet, je suis saisie d'une colère noire. Néanmoins, elle essaie de réparer ses erreurs et de faire le bien, alors je me force à me calmer. Et puis, ma plus grande inquiétude est pour Landon.

Avant d'aller chez lui, je passe chez Mima pour récupérer mes autres carnets. Je ne sais pas si mes textes l'aideront, mais je sais qu'il doit se remplir la tête d'amour, ce soir, et pas seulement de haine.

Je sonne à sa porte et suis nerveuse en attendant qu'il arrive. Je soupire, soulagée lorsqu'il m'ouvre enfin.

– Salut toi, je dis en souriant. Je peux entrer ?

Il fait un pas de côté pour me laisser passer.

– Monica va bien. Elle va rester quarante-huit heures à l'hôpital avant de partir en cure de désintox.

– Ah bon ? Tant mieux. C'est bien.

– Elle m'a demandé de te donner ça, je dis en lui tendant les feuilles arrachées dans mon carnet. Et j'ai pensé que tu devrais lire ceux-là aussi, tant qu'à faire.

– Ils parlent de quoi ? demande-t-il en prenant les trois autres carnets.

– Du personnage le plus complexe et le plus détaillé que j'aie jamais créé. Je crois savoir que tu as déjà lu la première partie, mais je ne supporte pas les histoires inachevées, donc tu devrais lire jusqu'à la fin.

– Tu peux rester avec moi pendant que je lis ? Je… je n'arrive pas à faire taire mes pensées et je ne veux pas être seul ce soir.

– Je ne vais nulle part, Landon. Je suis là. Je serai toujours là.

On s'installe sur le canapé et je ramène mes genoux sous mon menton, mâchouillant mon col tandis qu'il lit ce que j'ai écrit sur lui.

Certains paragraphes le font rire, d'autres le font presque pleurer. Chacun de mes mots est rempli d'amour et de désir pour lui.

De respect.

– Tu penses vraiment toutes ces bonnes choses de moi ? demande-t-il d'une voix tremblante en posant les carnets sur la table basse.

– Non. Je pense bien plus.

Je me rapproche de lui et le prends dans mes bras.

– Je suis désolée que tu sois si triste, Landon.

– Je le suis trop, Shay, répond-il. C'est trop pour toi.

– Tu n'es jamais trop. J'aime ta joie et ta tristesse. J'aime ta lumière et ton ombre. Je t'aime. J'aime chaque script qui parle de toi ; chaque page, chaque correction, chaque version.

Il m'embrasse brièvement et ferme les yeux.

– J'avais besoin de toi aujourd'hui, et tu étais là. Je ne te remercierai jamais assez d'avoir été là pour moi. D'être toi. Avec toi, les nuits les plus noires semblent ensoleillées. Je t'aime, chuchote-t-il. Je t'aime. Je t'aime…

Quand on a fait ce pari stupide, nous n'étions que deux ados idiots. Deux gamins qui se cherchaient l'un l'autre, qui s'agaçaient et s'insultaient. Aujourd'hui, de notre haine est né le plus beau des amours.

– Je peux t'avoir, ce soir ? Je peux t'amener dans ma chambre et goûter chaque centimètre de ton corps ? Est-ce que je peux être à toi, ce soir ? demande-t-il en mordillant ma lèvre.

– Oui. Je suis toute à toi, Landon.

Il me porte à sa chambre et me déshabille lentement.

Cette nuit-là, nous faisons l'amour deux fois. La première fois est tendre et maîtrisée, il prend son temps et vénère chaque cellule de mon corps. La deuxième fois, je lui demande de me montrer ses cicatrices, et c'est ce qu'il fait. C'est un amour fouillis, maladroit. Ses baisers sont plus intenses, ses coups de bassin plus forts et son amour plus flagrant. Son bassin avance contre le mien, me plaquant contre son lit et contre son cœur. Il me fait l'amour comme la bête qui vit en lui. Il grogne et gémit en me pénétrant brutalement, me laissant voir sa douleur, sa tristesse, ses cicatrices.

Ce garçon au cœur brisé est à moi.

Endommagé.

Brisé.

Égaré.

Et tout à moi.

***

Le dimanche matin, il m'accompagne à la porte et me prend dans ses bras.

– Merci d'être restée.

– Pour toi, toujours.

Il me sourit tristement.

– Tu es tout ce qu'il y a de plus beau dans ce monde, tu le sais ? dit-il tendrement.

– Je te renvoie le compliment.

Il plonge son regard dans le mien et je lis en lui. Or, il y a quelque chose qu'il ne me dit pas, quelque chose qu'il garde pour lui, et je déteste ne pas savoir ce que c'est. C'est comme s'il avait de nouveau construit un mur autour de son âme pour m'empêcher de lire le chapitre en cours.

– Qu'est-ce qui se passe ? je demande.

– De quoi tu parles ?

– À quoi tu penses, Landon ?

Il ricane et tapote sa tempe.

– À rien d'intéressant, tu le sais bien.

– Landon, sans rire. Qu'est-ce qui se passe ?

– Ne t'inquiète pas, Poulette. Je vais bien. On s'appelle plus tard, ok ?

Il me serre dans ses bras et m'embrasse sur le front.

– Je t'aime.

– Je t'aime aussi.

Ses paroles ne font rien pour me rassurer et je m'éloigne le cœur lourd. Pourquoi son « je t'aime » ressemble-t-il autant à un adieu ?

CHAPITRE 31

LANDON

Shay s'en va dimanche matin, et je suis content que Maria vienne l'après-midi.

J'ai conscience que je ne devrais pas être seul. Même si Shay est restée hier soir, je sens un poids sur mes épaules qui refuse de disparaître. J'ai peur d'être seul avec mes pensées. J'ai peur d'être seul avec moi-même.

– Tu es silencieux, ce soir. Tu réfléchis trop, me dit Maria pendant le dîner.

– Je suis préoccupé, c'est tout, je réponds en jouant avec ma purée.

– Dis-moi tout, je t'en prie.

J'ai envie de lui en parler. J'ai envie de m'ouvrir à elle et de lui montrer combien je suis perturbé, mais ce n'est pas comme ça que ça marche. Même si je lui en parlais, je n'aurais pas les idées plus claires pour autant. Elle ne comprendrait pas, car moi non plus je ne comprends pas.

Tout ce que je sais, c'est que je suis fatigué. Chaque jour est plus difficile que la veille.

Elle joint les mains et se penche vers moi.

– Ralentis, Landon. Ton cerveau va trop vite. Tu dois le ralentir. Prends le temps de digérer tes sentiments. Vas-y en douceur.

Si seulement c'était aussi simple ! Si seulement la dépression était comme une voiture et qu'il suffisait d'appuyer sur le frein pour pouvoir se reposer ! Si seulement je pouvais couper le moteur, ne serait-ce qu'un instant ! Mais, pour moi, la dépression est tout l'inverse. Quand mon cerveau prend le volant, il écrase la pédale d'accélérateur et fonce droit sur un mur de briques.

Je vais m'écraser d'un jour à l'autre.

D'un jour à l'autre, je vais m'effondrer pour de bon.

– Ça va. Je vais bien, je dis à Maria avec un sourire en coin.

Elle pose sa main sur la mienne et m'étudie de plus près.

– Tu ne vas pas bien, et ce n'est pas grave. Mais ne te laisse pas sombrer au point de ne plus pouvoir remonter à la surface. Je connais ce sentiment. Ça fait des années que je suis dépressive. Je sais combien il est facile d'être englouti par son cerveau.

Je hausse un sourcil, surpris. Maria ne peut pas être dépressive, c'est impossible. Elle est la femme la plus joyeuse que j'ai rencontrée. Elle est comme sa petite-fille : le bonheur incarné.

– Tu ne peux pas être…

Je me tais lorsqu'elle se met à sourire, car son sourire est identique à celui de Shay. Bon sang, bon sang, son sourire me manque tellement. Et son rire. Et son regard. Et sa façon de mordiller ses bonbons.

– J'ai essayé d'accepter ma dépression toute ma vie. Il n'a pas été facile de trouver le bon traitement ni les bonnes personnes à qui parler. Je continue de voir ma psy toutes les semaines. Lorsqu'on est dépressif, on croit qu'on ne mérite pas certaines choses, mais c'est faux, Landon. Tu mérites plus. Plus que ce que te font croire tes pensées. Plus que les doutes qui t'animent. Plus que tes peurs de ne jamais mener une vie normale. Tu mérites plus.

Je baisse la tête.

– J'ai peur.

– Quelle est ta plus grande peur ?

– D'être seul. De ne pas pouvoir laisser entrer les gens à cause de la tempête qui fait rage dans ma tête.

– Et ma petite-fille ? Tu l'as laissée entrer, elle. Je le sais. Je ne t'ai jamais vu aussi heureux que lorsque vous vous rapprochiez.

– Shay est incroyable. C'est la plus belle chose qui me soit arrivée. Mais je ne la mérite pas. J'aimerais sincèrement avoir davantage à lui offrir, mais ce n'est pas le cas. Je suis juste moi.

– Et ça suffit, Landon, chuchote Maria en serrant ma main.

– Ce n'est pas ce que m'a dit ta fille.

Maria hausse un sourcil.

– Camila t'a dit quelque chose ?

– Oui. Elle est venue me voir pour me demander de ne plus voir Shay, parce que je suis trop endommagé. Elle m'a dit que je ne la méritais pas. Que je ne méritais pas d'aimer sa fille.

– Non…

Maria secoue la tête et recule dans sa chaise, choquée.

– Non, non, non.

– Ce n'est pas grave, elle n'avait pas tort.

– Si, Landon, elle avait tort. J'aime ma fille, mais elle n'aurait jamais dû te dire ça. Camila traverse sa propre tempête en ce moment. Sa vie est sens dessus dessous et je parie que ses pensées se bousculent autant que les tiennes. Mais elle s'en est prise à la mauvaise personne, en venant te voir. Au lieu de te parler, c'est à son propre cœur qu'elle aurait dû s'adresser. Elle a des questions à se poser. Les gens qui souffrent ont une fâcheuse tendance à blesser les autres. Ce n'est pas intentionnel, mais ça arrive. C'est pour ça qu'il vaut mieux éviter de prendre des décisions lorsqu'on est triste. On tire parfois sur des gens qui ne méritent pas de prendre des balles dans le cœur. Tu ne méritais pas ça, Landon.

Elle se penche de nouveau vers moi et plonge son regard dans le mien.

– N'importe quelle femme aurait de la chance que tu l'aimes, y compris ma petite-fille. Tu ne vois pas quel cadeau tu es pour ce monde et pour les gens qui t'entourent ? On te veut dans nos vies, Landon. On a besoin de toi. Alors, cesse de t'enfuir, s'il te plaît. Pose les pieds par terre et accepte tes démons. Arrête de les combattre et étreins-les. Tu n'es pas endommagé, Landon, tu es complexe. Et les plus belles personnes sur terre ont souvent les cœurs les plus complexes.

Je ne réponds pas. Que pourrais-je répondre ?

Je suis triste.

C'est le genre de tristesse dont je ne crois pas pouvoir me remettre.

– Tu pourrais me rendre un service, mon garçon ? demande Maria.

– Oui.

– Promets-moi une chose. Promets-moi que si tu touches le fond, si tu penses n'avoir plus rien à offrir… si tu sens que tes pensées t'engloutissent… promets-moi de tendre la main à quelqu'un. Ça n'a pas besoin d'être moi. Mais appelle quelqu'un en qui tu as confiance. Ne te noie pas dans tes pensées, Landon. Tends la main. Ce monde a besoin de toi. On a besoin de toi, ici. Ne pense surtout pas que tu ne comptes pas. Je t'interdis de le penser. Promets-le-moi.

J'effleure mon nez en reniflant, et j'acquiesce.

– Je te le promets.

– Encore, s'il te plaît, insiste-t-elle en me transperçant du regard.

– Je le promets.

Lorsqu'on a fini de manger et de débarrasser la table, je monte dans ma chambre pour prendre la lettre que j'ai écrite ce matin.

– Est-ce que tu peux faire quelque chose pour moi ? je demande. Est-ce que tu peux donner cette lettre à Shay, de ma part ?

– Bien sûr, mon chéri. Tout ce que tu voudras.

– Merci.

Elle récupère ses affaires et je l'accompagne à la porte.

– Merci pour aujourd'hui, Maria.

– Merci pour tous les jours, Landon, répond-elle.

Elle passe d'un pied sur l'autre et me tend les mains.

– Est-ce que je peux prier pour toi, avant de partir ? demande-t-elle.

Je grimace, mais hoche la tête, prenant ses mains dans les miennes. Sa chaleur parcourt aussitôt mon corps, comme avec Shay. Maria se met à prier, et je me joins à elle. Je ne sais pas si je m'y prends bien ni si ça changera quoi que ce soit. Mais cette fois, je fais quelque chose que je n'ai pas fait les fois précédentes.

Cette fois, je ferme les yeux.

***

Lorsque Maria est partie, je vais à la piscine et grimpe sur le plongeoir. Je m'assois sur le bord et m'agrippe à la planche. Je baisse les yeux sur l'eau scintillante qui dessine de petites vagues sous mes pieds.

Les dernières semaines ont été difficiles. Je me demande si c'est ce qu'a ressenti Lance avant de se donner la mort. Je me demande jusqu'où ses pensées se sont enfuies avant qu'il ne fasse son plongeon final.

Une peur accablante pèse sur mes épaules alors que je regarde l'eau en contrebas. Je ne suis pas monté sur le plongeoir depuis son suicide. C'est ici que mon oncle a formulé ses dernières pensées. C'est ici qu'il a pris son dernier souffle. C'est ici qu'il a abandonné.

Je ne veux pas être comme lui.

Je ne veux pas abandonner.

Mais je suis infiniment triste et mon cœur semble tout faire pour m'échapper.

Toutefois, je ne veux pas abandonner.

Des larmes coulent sur mes joues quand je pense à Lance, à moi, à tous nos points communs. Puis je pense à ce que Shay a écrit dans ses carnets. Elle a dit que j'étais unique, que je n'avais pas à marcher sur les traces de mes ancêtres défunts.

Je pense alors à Maria et à la promesse qu'elle m'a obligé à faire.

– Je ne suis pas lui, me dis-je. Je ne suis pas Lance. Je ne suis pas lui. Je ne suis pas lui. Je ne suis pas… lui.

Je ferme les yeux et prends plusieurs inspirations.

Lorsque je les rouvre, je sors mon téléphone de ma poche et me dépêche d'appeler, retenant mon souffle jusqu'à ce qu'elle décroche.

– Salut, maman.

– Coucou, Landon. Est-ce que ça va ?

Elle doit entendre à ma voix que quelque chose cloche.

– Je… euh…

Je me racle la gorge et me masse la nuque.

– Non. Ça ne va pas. Je… j'ai besoin de toi.

J'entends la panique dans sa voix et je devine qu'elle range déjà ses affaires.

– D'accord, d'accord. J'arrive, mon chéri. J'arrive. Tu es à la maison ?

– Oui.

– Ne bouge pas, mon chéri. Je prends tout de suite l'avion. J'arrive.

– Merci, maman.

– Ne me remercie pas, mon chéri. Je serai toujours là pour toi. Toujours. Je t'aime, je t'aime, me dit-elle.

– Je t'aime, je t'aime, je réponds.

Maman appelle Greyson pour lui demander de rester avec moi jusqu'à ce qu'elle arrive. Greyson appelle Éric. Éric appelle Hank. Hank vient avec Raine.

Je descends du plongeoir et ils me prennent tous dans leurs bras, me serrant fort contre eux. Je pleure dans leurs bras comme un enfant, et ils ne se moquent pas de moi.

Ils se contentent de me serrer plus fort.

Mes meilleurs amis ne m'abandonnent pas, même si ma tempête est si féroce qu'ils pourraient être frappés par ma foudre.

– Je suis désolé, les gars, je suis vraiment tordu, je renifle, gêné de craquer devant eux.

– Eh, mec, dit Éric en me tapotant dans le dos. Tu peux être ce que tu veux, on t'accepte comme tu es, dit-il, répétant ce que je lui ai dit quelques semaines plus tôt.

Je ne les mérite pas. Je ne mérite pas leur amour.

Mais ça ne les empêche pas de me l'offrir sans retenue.

CHAPITRE 32

SHAY

– Landon m'a demandé de te donner cette lettre, dit Mima lorsqu'elle rentre de chez lui.

Je suis contente qu'elle passe le voir tous les dimanches, et surtout aujourd'hui. J'ai comme l'impression qu'il en avait sérieusement besoin.

Elle me tend la feuille pliée en quatre.

– Je te préviens, j'ai lu sa lettre, parce que je suis une grand-mère fouineuse et que je me fais du souci pour vos cœurs. Tu es tout pour moi, ma puce, et Landon aussi. C'est un gentil garçon. Il est un peu cabossé sur les bords, mais il mérite quand même d'être aimé.

– Il est vraiment abîmé, n'est-ce pas ?

– Oh, ma chérie. On l'est tous. Si tu crois qu'il existe quelqu'un qui n'a pas de fissures ou de cicatrices, c'est que tu ne regardes pas d'assez près. On ne naît pas parfaits ; on naît humains. Pour vivre. Ressentir. Souffrir. Aimer. Pour pleurer et exister.

Et tout ça entraîne des fissures. On n'a pas besoin d'être parfaits pour aimer ou être aimés. Il suffit d'avoir le courage de montrer ses cicatrices et d'en voir la beauté.

– Je l'aime.

– Oui, et lorsque tu auras lu cette lettre, tu ne pourras pas douter qu'il t'aime aussi. Je te préviens, il a des mots difficiles, mais continue de lire. La fin vaudra toujours un passage difficile.

Elle me laisse seule avec sa lettre, et je m'installe sur le canapé pour découvrir les pensées de Landon.

J'ai à peine lu le premier mot que ma gorge se noue, mais je me force à poursuivre la lecture. J'ai peur de la suite, peur de ce que ses mots vont me dire, des vérités qu'il va révéler.

Poulette,

Je me déteste, et c'est ma vérité.

Chaque jour, j'ouvre les yeux et je me demande pourquoi je suis ici. Pourquoi je me bats tous les jours alors que c'est sans espoir. Je me demande à quoi ça sert, et ça me fait peur. Je peine à sortir du lit et à exister d'une manière qui paraît normale aux autres. Quand on a commencé notre pari, tu m'as dit que j'étais fake, et c'est la chose la plus vraie qu'on ait pu me dire.

Je suis fake.

Je fais mine d'être populaire.

Je fais semblant d'aimer les fêtes.

Je fais mine d'être heureux.

Je prétends m'intégrer.

Je suis fake jusqu'au plus profond de mon âme sauf pour la petite partie qui t'est réservée.

Quand je suis avec toi, je m'aime. Chaque jour où je me réveille en pensant à toi, je sais pourquoi je suis ici. Je sais pourquoi je me bats alors que ça me semble sans espoir. Je sais à quoi ça sert, et ça m'effraie. J'ai peur de voir combien je m'aime quand je suis avec toi, car que se passera-t-il quand tu ne seras plus là ? Est-ce que je peinerai à sortir du lit ? Est-ce que j'arriverai à exister d'une façon qui paraîtra normale aux autres ? Est-ce que j'irai bien si tu n'es pas là ?

Ça me tue, Shay. Ça me tue de voir que je m'effondre sous la plus infime pression. Ça me tue de craquer aussi facilement et d'avoir cette rage en moi que je ne sais pas bien contrôler. Ça me tue de t'avoir fait du mal.

Je me déteste de t'avoir fait souffrir.

Tu es la chose la plus réelle dans ma vie, et j'ai dû te repousser parce que je ne pensais pas être ce dont tu as besoin, ce que tu mérites.

Je n'ai jamais embrassé cette fille, j'espère que tu me crois. Je savais qu'il fallait que je te le fasse croire pour que tu ne veuilles plus me voir. Or, tu es quand même venue à l'hôpital pour me prendre dans tes bras. Tu m'as quand même aimé. Alors, j'ai pensé que tu devrais connaître mes vérités les plus difficiles.

Quand j'étais plus jeune, j'ai envisagé de me suicider. Je ne sais pas si tu t'en souviens, mais j'ai traversé une phase « vilain petit canard ». J'ai été harcelé en cinquième, et je rentrais en pleurant tous les soirs. Ma mère s'est inquiétée pour moi, et c'est pour ça qu'elle a quitté son travail, pour être à la maison avec moi. Le harcèlement a été très loin, et je ne savais pas comment gérer mes pensées et mes émotions. Tout me semblait intense et incontrôlable, et j'avais des crises d'angoisse.

C'est à ce moment-là que je me suis scarifié pour la première fois.

C'est aussi la première fois que j'ai dit à ma mère que j'envisageais de me suicider.

La situation n'est pas vraiment devenue plus facile, je suis juste devenu plus fort. Du moins, physiquement. Émotionnellement et mentalement, c'est encore le bordel. J'ai appris à me défouler en faisant de la muscu, et mes parents m'ont fait prescrire des antidépresseurs. Ça a marché, un peu. Pas autant que j'aimerais, mais au moins, je n'ai plus eu envie de me faire du mal.

J'ai commencé à boire et à me droguer pour faire taire mes pensées. J'essayais de les réprimer jusqu'à oublier qu'elles existaient. Ça a marché un temps. Lorsque Lance est mort d'une overdose, j'ai su que je ne pouvais plus continuer comme ça. J'aimais mon oncle, mais je ne voulais pas connaître la même fin que lui. Je ne voulais pas marcher dans ses pas.

Je me suis donc sevré. Et c'est là que tu es arrivée.

Je ne m'y attendais pas. Tu as allumé la lumière dans un monde que je pensais à jamais rempli d'ombres. Tu m'as fait espérer, souhaiter et rêver d'un avenir auquel je n'avais jamais pensé.

Je ne veux pas mourir, Shay. Pour la première fois de ma vie, je veux vivre. Je veux trouver mon propre moyen de me sentir vivant. Ce que je ressens quand je suis avec toi, je veux le ressentir quand je suis seul. Je veux pouvoir être assis dans le noir et supporter les battements de mon cœur. Je ne veux plus lutter pour sortir du lit. Je veux accepter qui je suis.

Et quand ce sera le cas, je veux être avec toi.

Je te veux tout entière, Shay. Mais pas comme ça.

Je veux d'abord me reconstruire, afin d'être à toi.

Je déclare donc par cette lettre que je vais tout faire pour ne plus jamais être fake.

Je ne ferai plus mine d'être populaire.

Je ne ferai plus semblant d'aimer les fêtes.

Je ne ferai plus mine d'être heureux.

Je ne prétendrai plus m'intégrer, car ce sera le cas.

Ce sera réel. Ça le sera d'abord pour moi, puis pour toi.

Quand j'aurai fini d'écrire cette lettre, je vais demander de l'aide à ma mère. Je vais me faire aider. Je veux aller mieux. Je veux vivre, plus que jamais, et c'est grâce à toi.

Tu as réveillé mon esprit après des années de cauchemar, et je t'en serai éternellement reconnaissant.

Je t'aime.

Landon

PS : Je t'aime.

Je l'ai dit une fois pour que tu l'entendes, et une deuxième fois pour que ça s'imprègne en toi.

Je recule dans le canapé, profondément émue. Différentes émotions se bousculent dans mon cœur, mais la plus forte est du soulagement à l'idée qu'il va se faire aider. C'est celle-là qui me fait pleurer. Il faut être sacrément fort pour admettre qu'on a besoin d'aide.

Je sors mon téléphone et lui envoie un message.

Moi : Comment va ton cœur, ce soir ?

Il ne répond que plusieurs heures plus tard, et je suis rassurée lorsque mon téléphone sonne.

Landon : Il bat encore.

CHAPITRE 33

LANDON

Shay : Retrouve-moi à l'arbre
des amoureux.

Je relis plusieurs fois son message. Ça fait plusieurs jours que maman est rentrée. On a décidé ensemble qu'il serait bon pour moi que je fasse une année de césure pour m'occuper de ma santé. Papa a flippé quand il l'a su, mais maman lui a tenu tête.

– Je vais aller voir quelqu'un, vite fait, si ça ne te dérange pas, je dis à maman, qui trie des papiers sur la table de la salle à manger.

Elle est particulièrement protectrice depuis qu'elle est rentrée, refusant que je reste seul trop longtemps. Elle a même traîné son matelas dans ma chambre pour que je ne sois pas seul la nuit.

– Où ça ? Tu vas voir qui ?

– Je vais juste au parc pour voir Shay.

Elle hausse un sourcil et affiche un sourire narquois.

– Shay ? C'est elle, la fille ?

Je hoche la tête.

– Tu es sûr que tu peux y aller tout seul ? Je peux t'accompagner et attendre dans la voiture…

– Maman, ça va. Promis.

Je comprends néanmoins qu'elle s'inquiète. Ces derniers jours ont été particulièrement difficiles. Je n'imagine pas ce que ce doit être d'avoir un enfant dépressif. Je sais que si ça m'arrivait, je me sentirais coupable. En vérité, le fait qu'elle soit présente suffit à faire taire mes démons les plus féroces. J'ai de la chance que maman soit là.

Il n'empêche qu'elle doit craindre le pire. C'est pour ça que j'essaie de la rassurer quand je le peux.

– Mais tu peux m'y conduire, si ça te fait plaisir.

Elle soupire, soulagée.

– Ok, oui. Ça marche. Bien sûr.

Elle saisit ses clés et on sort de la maison.

Moi : Je suis en route.

La première fois que je suis venu ici avec Shay, c'était en plein hiver. Toutes les fleurs ont éclos, désormais, et les arbres sont couverts de feuilles verdoyantes. Tout est revenu à la vie.

Je descends le chemin jusqu'aux arbres et souris en y découvrant Shay.

– Salut, Poulette, je dis en souriant.

– Salut, Satan.

L'instant d'après, nous sommes dans les bras l'un de l'autre. Je respire son parfum, regrettant de ne pas pouvoir la garder pour toujours. Elle blottit son visage dans mon cou et son souffle chaud caresse ma peau.

Toute ma vie, je sourirai dès que je serai avec elle. Il n'y a qu'elle qui a ce pouvoir.

On s'assoit face aux saules, les yeux rivés sur les histoires d'amour des gens, essayant de comprendre la nôtre. En vérité, nous avons encore trop de choses à découvrir à propos de nous-mêmes. Nous ne savons pas encore qui nous sommes en tant qu'individus, et encore moins en tant que couple.

– J'ai lu ta lettre un million de fois, et je pleure à chaque fois, dit-elle.

– C'est marrant, parce que j'ai lu tes carnets un million de fois, moi aussi. Je ne pleure pas, parce que je suis un homme, j'ajoute en riant, alors qu'en réalité je pleure comme un bébé.

– Mima m'a dit que ta mère était rentrée.

– Ouais. Elle m'attend dans la voiture, si tu veux tout savoir. Elle ne me quitte pas des yeux une seconde.

– Elle m'a tout l'air d'une super-maman.

– C'est la meilleure.

Je lève la tête et regarde les branches se balancer.

– Il y a quelques années, lors d'une sortie débile dans une de ces fermes pédagogiques, je me souviens d'avoir vu une poule entourée de poussins. Je crois que j'étais défoncé, mais ça m'avait marqué. Les poussins étaient tellement petits ; ils étaient beaux et purs. Ils m'avaient fait penser à toi. Le lendemain, à l'école, je t'ai appelée Poulette, et tu as détesté ce surnom. Moi je l'adorais, parce qu'en t'appelant comme ça, je te disais que tu étais belle et pure.

Elle rougit et penche la tête vers moi.

– Tu veux savoir pourquoi je t'ai surnommé Satan ?

– Pourquoi ?

– Parce que tu étais le diable incarné.

J'éclate de rire.

Elle aussi.

– Soit.

– Alors, c'est quoi la suite ? Qu'est-ce que tu vas faire ?

C'est le moment que je redoutais le plus.

– Ma mère est en train de me trouver un meilleur traitement. On va changer de médoc pour voir ce qui me convient le mieux.

– C'est bien, Landon. C'est super.

– Ouais. Elle a même trouvé une super-psy que je vais commencer à voir. Ce ne sera pas Madame Levi, mais… elle fera l'affaire.

Shay sourit jusqu'aux oreilles.

– Je suis fière de toi, d'avoir demandé de l'aide. D'être ouvert à cette idée. Beaucoup de gens ont peur de parler.

– Ouais. Ce n'est pas facile, mais j'essaie. Il y a juste un problème, je déclare en baissant la tête.

– Quoi ?

– Tout ce que prévoit ma mère se trouve en Californie.

Shay ouvre légèrement la bouche et je grimace en voyant sa déception. Je me tourne un peu plus vers elle et prends ses mains dans les miennes.

– Elle a une amie chez qui on pourrait vivre. Mais on pourrait rester ici, aussi. On peut trouver des médecins ici. Je peux essayer de guérir tout en restant près de toi, Shay. Dis-le-moi, et je resterai.

Elle s'apprête à répondre lorsqu'elle secoue la tête.

– J'adorerais te le demander. J'aimerais être égoïste et te dire de rester avec moi pour qu'on soit ensemble, mais je ne le peux pas. La vérité, c'est que si tu restes, je t'aimerai. Si tu pars, je t'aimerai encore plus. Parce qu'en partant, tu feras quelque chose pour toi. Il n'y a que ta guérison qui compte, Landon. Si les meilleurs médecins sont en Californie, c'est là que tu dois aller. En plus, tu seras plus souvent avec ta mère, aussi.

Je baisse la tête, je sais qu'elle a raison. J'ai besoin de ma mère, plus que jamais. Et pour devenir l'homme que je veux être pour Shay, j'ai besoin de guérir dans ma tête. Je dois comprendre comment je fonctionne.

Shay porte mes mains à sa bouche pour les embrasser.

– Bonne nouvelle, même si elle est un peu triste.

– Je ne savais pas que les bonnes choses pouvaient être tristes.

– Moi non plus… Mais j'ai toujours su que les choses tristes pouvaient être belles, tu en es la preuve. Promettons-nous quelque chose. Lorsque tu sauras qui tu es, reviens ici, dit-elle en posant sa main sur son cœur. Reviens-moi. Mais surtout, prends ton temps. Je serai là, je te le promets. Je veux que tu me retrouves, mais pas si tu risques de te perdre en chemin. Prends ton temps pour guérir, dit-elle en souriant. Trouve-toi, perds-toi, et retrouve-toi. Apprends à connaître ton âme, Landon. Creuse en toi. Ris, pleure, apprends. Mais je t'interdis d'aller trop vite. Je t'interdis de sauter des étapes juste pour me revenir. Je suis là. Je suis ici aujourd'hui, je serai ici demain. Je t'en supplie, Landon. Surtout…

Elle pose une main sur ma joue, appuie son front contre le mien et effleure ma bouche avec la sienne alors que ses mots se gravent dans mon âme.

– … vas-y doucement.

CHAPITRE 34

SHAY

Greyson décide d'organiser une fête de départ pour Landon, mais il n'invite que les Quatre Fantastiques (+Raine) et moi. Il invite aussi Mima et la mère de Landon. Étonnamment, il y a plus d'amour que si on avait rempli tout un stade.

La fête est décontractée et pleine de rires et de joie.

Mima nous a préparé un festin et fait une prière avant le repas puis, après l'entrée, Raine se lève pour faire un discours.

– Ok, ok, je vais faire vite, parce que je me suis maquillée et que je ne veux pas ressembler à un panda en pleurant à chaudes larmes. Mais je tiens à lever mon verre en l'honneur de Landon Scott Harrison, un des garçons les plus complexes et intrigants que je connaisse. Je sais qu'on n'est pas une famille, mais je t'ai toujours vu comme un petit frère.

– Je suis plus vieux que toi, Raine.

– Ouais, mais tu t'es toujours comporté comme un petit con, répond-elle avant de se tourner vers Mima et la mère de Landon pour s'excuser. Bref, quoi qu'il en soit, je voulais dire que je suis fière de toi. On l'est tous. Je ne suis pas du genre à me mêler des affaires des autres…

– Menteuse, s'exclame Hank en toussant dans sa main, faisant rire tout le monde.

– Bref. Je veux juste te donner quelques conseils qui pourront t'aider en Californie. Premièrement, ne te fais pas refaire la tronche, tu as déjà une belle gueule. Deuxièmement, si tu croises George Clooney, donne-lui mon numéro, c'est un de ceux avec qui Hank m'autorise à coucher. Troisièmement, ne fais pas la loque sur la plage. Je t'ai déjà vu au soleil, tu crames. Quatrièmement…

Raine se racle la gorge alors qu'une larme coule sur sa joue.

– … appelle ta sœur et tes frères si tu as besoin de nous. De jour comme de nuit. On répondra. Enfin, peut-être pas Éric, parce que rien ne le réveille. Cinquièmement, ne perds pas ton charme d'enfoiré, c'est ce qui fait que tu es toi. Sixièmement, et c'est un des conseils les plus importants, n'oublie pas qu'on t'aime. Je sais que la vie est parfois folle et qu'on est tous très occupés, mais sache que, quoi qu'il arrive, on t'aimera toujours. On sera toujours là pour toi, même à l'autre bout du pays.

Elle essuie quelques larmes et lève son verre.

– À toi, Land. On t'aime et on est fiers de toi. Tu vas faire de belles choses dans ta vie.

On lève tous nos verres avant d'essuyer nos larmes.

Lorsque tout le monde et parti, Landon et moi marchons jusque chez lui pour nous dire adieu une dernière fois. J'ai été nerveuse toute la journée à l'idée que ce moment approchait. Je saisis le cadeau que je lui ai fait et le rejoins dans le salon.

On s'installe sur le canapé et on se regarde longuement, ne sachant quoi dire, ne sachant par où commencer.

– Je ne veux pas passer la soirée à pleurer, je plaisante, alors faisons de ce moment un moment joyeux, ok ?

– Ok.

– Tiens, je dis en lui tendant le cadeau.

– Fallait pas…

– Si. Ouvre-le.

Il déchire le papier et découvre les dix carnets.

– Il y a environ vingt questions dans chaque carnet. J'ai pensé que ça pouvait t'aider à faire le tri dans tes pensées, quand tu te sentiras perdu.

– C'est parfait, dit-il en souriant. Tu es parfaite.

Il m'embrasse, me rappelant combien j'adore ses baisers.

Combien je l'aime.

– Tu sais ce que je veux faire, tout de suite ? demande-t-il.

– Quoi ?

– Regarder quelques épisodes de *Friends* en te tenant dans mes bras.

– Ça me semble parfait.

On se blottit l'un contre l'autre, et Landon sort deux Krema de sa poche, à la banane, bien sûr.

On regarde la série, tombant encore plus amoureux l'un de l'autre, et quand il est temps de partir, j'ai du mal à le lâcher.

Il me raccompagne à ma voiture et m'ouvre la portière.

– Je ne veux pas dire au revoir, je lui dis. Je ne veux jamais te dire au revoir.

– Alors disons-nous bonne nuit, répond-il en souriant d'un air satisfait. Bonne nuit, bonne nuit, « *si douce est la tristesse de nos adieux…*

Je souris jusqu'aux oreilles tandis qu'une nuée de papillons déferle dans mon ventre.

– *… que je te dirais bonne nuit jusqu'à ce qu'il soit jour* », je conclus.

Il se penche pour m'embrasser.

– Pas de regrets ? chuchote-t-il.

– Pas de regrets, je réponds.

Je rentre chez moi en pleurant, mais ce ne sont pas des larmes de tristesse. Ce sont des larmes d'espoir pour Landon. Il va s'en sortir.

Et quand il ira mieux, il me reviendra.

***

Ça fait quelques jours que Landon est parti en Californie. Sa mère et lui ont plié bagage et sont partis vers un plus bel avenir. Or, je compte profiter qu'il ne soit pas là pour guérir, moi aussi. Maman et moi avons besoin de parler des dégâts que papa a causés dans notre relation. On va devoir être sincères pour réparer ce qu'il nous a fait.

On souhaite toutes les deux réparer le lien qui nous unit, parce que notre amour est plus fort que nos luttes.

Landon m'a fait promettre d'avancer en son absence, donc c'est ce que je fais. Chaque jour, j'écris quelques lignes, quelques pages. Je commence à postuler à des bourses d'étude, aussi, avec l'aide d'Eleanor. Et chaque jour, je trouve une raison de sourire.

Les derniers mois m'ont appris une chose, c'est que si la vie n'est pas toujours facile, chaque situation renferme une part de beauté.

Landon m'écrit de temps en temps, me demandant comment va mon cœur, et j'en fais de même avec le sien.

J'essaie de ne pas stresser à l'idée qu'il n'est plus là, et je m'efforce de ne pas penser au moment où il me reviendra, si tant est qu'il me revienne. Une part de moi sait que notre histoire n'est pas finie. Je sais que l'histoire de Shay et Landon ne fait que commencer.

Ainsi, je ne peux faire qu'une chose, suivre le conseil que j'ai donné à Landon lorsque nous étions sous l'arbre des amoureux. J'avance doucement dans la vie, profitant de chaque jour, essayant de ne pas précipiter les choses. Il n'empêche que je pense souvent au jour où Landon et moi nous retrouverons.

Nous n'avons pas gravé nos initiales sur l'écorce de l'arbre, mais les siennes ont laissé leur empreinte sur mon cœur. Et chaque fois qu'il bat, il bat pour lui.

Composition et mise en pages
Nord Compo à Villeneuve-d'Ascq